D1722280

CAROLYN MILLER

Die zweifelhafte Miss DeLancey

Aus dem amerikanischen Englisch
von Susanne Naumann

SCM
Hänssler

SCM

Stiftung Christliche Medien

SCM Hänssler ist ein Imprint der SCM Verlagsgruppe, die zur Stiftung Christliche Medien gehört, einer gemeinnützigen Stiftung, die sich für die Förderung und Verbreitung christlicher Bücher, Zeitschriften, Filme und Musik einsetzt.

Dieses Buch ist ein historischer Roman, indem natürlich auch gewisse historische Persönlichkeiten auftreten. Alle anderen Personen entstammen jedoch der Fantasie des Autors, und jedwede Ähnlichkeit mit lebenden oder verstorbenen Personen ist rein zufällig und nicht beabsichtigt.

© der deutschen Ausgabe 2020
SCM Hänssler in der SCM Verlagsgruppe GmbH
Max-Eyth-Straße 41 · 71088 Holzgerlingen
Internet: www.scm-haenssler.de · E-Mail: info@scm-haenssler.de

Originally published in English under the title: *The Dishonorable Miss DeLancey*
© 2017 by Carolyn Miller
Published by Kregel Publications, Grand Rapids, Michigan (USA). Translated and printed by permission. All rights reserved.

Übersetzung: SuNSiDe, Reutlingen
Umschlaggestaltung: Nakischa Scheibe
Titelbild: Bildnachweise: © Magdalena Russocka (Frau), © Lee Avison (Mann), © Sandra Cunningham (Hintergrund) / Trevillion Images
Satz: Satz & Medien Wieser, Stolberg
Druck und Bindung: GGP Media GmbH, Pößneck
Gedruckt in Deutschland
ISBN 978-3-7751-5984-5
Bestell-Nr. 395.984

Für meine Schwester Roslyn:
Danke, dass ich durch dich Georgette Heyer lieben gelernt habe.

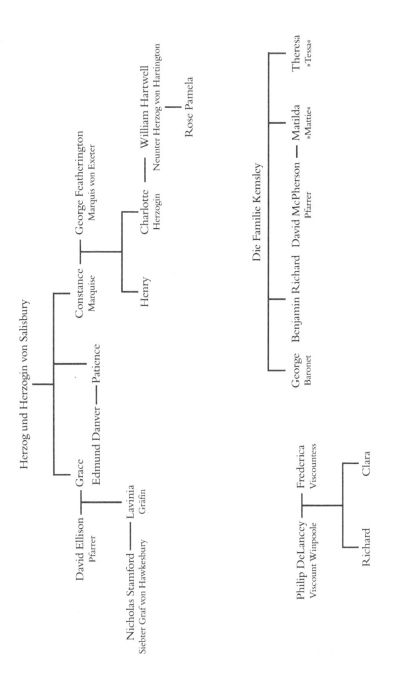

Herzog und Herzogin von Salisbury

David Ellison —— Grace
Pfarrer

Edmund Danver —— Patience

Nicholas Stamford —— Lavinia
Siebter Graf von Hawkesbury   Gräfin

Constance —— George Featherington
Marquise   Marquis von Exeter

Henry

Charlotte —— William Hartwell
Herzogin   Neunter Herzog von Hartington

Rose Pamela

Die Familie Kemsley

George   Benjamin Richard David McPherson —— Matilda
Baronet   Pfarrer   »Mattie«

Theresa
»Tessa«

Philip DeLancey —— Frederica
Viscount Winpoole   Viscountess

Richard

Clara

Kapitel 1

Brighton Cliffs, England
April 1815

Die Hochwohlgeborene Clara DeLancey stand auf den weißen Klippen. Hoch über ihr jagten schwere Wolken vor dem Mond vorbei, sodass die Szenerie unten abwechselnd hell beleuchtet wurde und in bedrohliches Dunkel sank.

Zu ihren Füßen glomm die Laterne, die sie für ihren nächtlichen Ausflug geborgt hatte. Tief unter ihr schäumten die aufgewühlten Wasser des englischen Kanals weiß und tödlich. Der Wind peitschte ihr die Kleider gegen den Körper und zerrte an ihr wie die Verzweiflung, die seit Monaten in ihr tobte und endlich herauswollte.

Sie beugte sich nach vorn in den Nachtwind. Sie schloss die Augen und atmete tief den salzigen Hauch ein, nur halbherzig hoffend, dass er seine wütende Kraft behalten möge. Die Gischt nässte ihr Gesicht. Sie atmete noch einmal ein und noch einmal. Seit Wochen hatte sie sich nicht mehr so lebendig gefühlt.

Der Wind wurde lauter. Er dröhnte ihr heulend und wild in den Ohren. Wie launisch die Natur doch sein konnte, wie grausam; sie konnte Schiffsunglücke verursachen, aber auch das Leben erhalten. Wie seltsam, dass etwas an einem Tag so sehr bewundert und am nächsten gefürchtet oder gar verachtet werden konnte. Sie lachte auf. Es war ein kurzes, abgehacktes Lachen. So war es ihr selbst ergangen. Sie war nun verachtet.

Ein Kaleidoskop von Bildern schoss ihr durch den Kopf: ein attraktiver Mann, eine schöne Dame, ein Ballsaal, vibrierend von den

Erwartungen der feinen Gesellschaft. Ein gebrochenes Versprechen. Seelenzerfressende Scham.

Wieder kochte die Wut in ihr hoch. Wie konnte er nur? Sie rang nach Luft. Wie hatte er sie nur abweisen können?

Sie öffnete die Augen. Spähte durch die Düsternis nach unten, wo Schaumkronen auf den donnernden Wellen tanzten. Noch immer wehte der Wind gnadenlos und riss ihr die Kapuze des Überwurfs vom Haar. Würde er sie festhalten, wenn sie einen Schritt nach vorn trat? Wollte sie das überhaupt? Sie neigte sich noch etwas weiter vor. Das Tosen der Wellen wurde lauter, lauter. Sollte sie es wagen?

»Miss!«

Sie schrak zusammen und sprang vor Schreck hoch. Die Steinchen unter ihren Füßen rutschten weg. Sie verlor das Gleichgewicht und rutschte dichter an die heimtückische Kante heran.

In diesem Moment wusste sie, dass sie nicht sterben wollte.

Sie schrie auf.

Eine feste Hand packte ihre.

Sie klammerte sich verzweifelt fest. Ihre schwarzen Locken schlugen ihr ins Gesicht. Ein wildes Feuer kroch ihren rechten Arm hinauf, bis es sich anfühlte, als würde er brechen. Verzweifelt tastete sie zwischen den Felsen und dünnen Büscheln Gras nach Halt.

Ganz langsam wurde sie über die Felskuppe gehievt. Ein letzter Ruck riss sie nach vorn, dann brach sie auf dem grasbewachsenen Klippenrand zusammen. Ihr Herz raste schneller, als ihre Finger je auf dem Klavier gespielt hatten. Sie rang nach Atem und rieb sich den rechten Arm, der beinahe ausgekugelt worden wäre. Sie würde nie mehr Klavier spielen.

Beinahe hätte sie überhaupt nie mehr irgendetwas getan.

Schuldgefühle durchzuckten sie so heftig, dass es schmerzte. Wie hatte sie etwas so Törichtes tun können? Was hatte ihren Retter bewogen, sein Leben für sie aufs Spiel zu setzen?

Sie drehte den Kopf. Er lag neben ihr, keuchend, eine Hand über das Gesicht geschlagen. Ein Engel, von Gott gesandt? Wohl kaum. Es sei denn, Gott beschäftigte Engel, die aussahen wie abgetakelte

Seefahrer, wie dieser in einen Robbenfellmantel gekleidete Mann mit einem ramponierten Dreispitz auf dem Kopf. Sie rückte ein Stückchen von ihm ab, stützte sich auf ihre abgeschürften Hände und Knie und rappelte sich leise stöhnend hoch. Dann strich sie sich das Haar zurück und zog die Kapuze bis fast zu den Augen herunter. Vielleicht hatte er sie ja noch gar nicht richtig gesehen und würde sie nicht wiedererkennen und ihrer bereits beeindruckenden Sammlung nicht noch einen Schandfleck mehr hinzufügen.

»Miss?«

Engel knurrten auch nicht, oder? Sie spähte zu ihm hinüber. Und ganz bestimmt besaßen sie keine leuchtend blauen Augen, die einen Menschen mit zornigen Blicken durchbohrten.

»Was um Himmels willen haben Sie sich dabei gedacht?«, schimpfte er überhaupt nicht engelhaft und stand ebenfalls auf.

Sie schrak zurück, kläglich wie ein Kaninchen, fort von dem trüben Schimmer der Laterne. »D…danke.« Ihre Stimme war zu leise, sie drang nicht durch das Tosen des Winds. Sie versuchte es noch einmal, etwas lauter: »Danke.«

Der Mann stand jetzt aufrecht und tat einen Schritt auf sie zu. Er hatte rotblondes Haar und war sehr viel größer, als sie anfangs hatte erkennen können. »Danke? Mehr haben Sie nicht zu sagen?« Was konnte sie denn noch sagen?

»Was um alles in der Welt haben Sie da getan?«

Sie trat zurück und hob das Kinn. »Danke, dass Sie mich gerettet haben«, jetzt war ihre Stimme eindeutig zu hoch und zu quiekend, »aber ich glaube nicht, dass ich Ihnen etwas so Persönliches sagen muss.«

»Etwas so Persönliches? Miss, wollen Sie bitte zur Kenntnis nehmen, dass ich Ihnen gerade das Leben gerettet habe? Sie hätten sterben können. Ich hätte sterben können. Was war das für ein törichtes Spiel, das Sie da gespielt haben?«

Clara zog den Mantel enger um sich. Schauder krochen ihr den Rücken hinunter. Wie konnte sie ihm den Augenblick des Wahnsinns erklären? Es war kein Spiel gewesen; es war um Leben und Tod gegangen. Tränen traten ihr in die Augen. Gott sei Dank verbarg die Kapuze ihr Gesicht. Höchstwahrscheinlich würde er sie nicht wiedererkennen.

Er betrachtete sie einen Moment. Sein helles Haar leuchtete im launischen Mondlicht, die harten Konturen seines Gesichts wurden weicher. »Schauen Sie, Miss, es tut mir leid, dass ich Sie erschreckt habe. Aber Sie standen so dicht am Abgrund.« Er schüttelte den Kopf. Sein Stirnrunzeln kehrte zurück. »Was tun Sie überhaupt hier um diese nachtschlafende Zeit?«

Sie schüttelte ebenfalls den Kopf und trat einen Schritt zurück auf den Weg, weg vom Rand der Klippe.

Er schnaubte. »Einen Liebhaber treffen oder was?«

Wieder lachte sie hart und kurz auf. Es klang wie das Krächzen eines sterbenden Vogels. Wenn er wüsste! Er gehörte ganz offensichtlich nicht zur feinen Gesellschaft, sonst hätte er sie mit Sicherheit erkannt und mit ebensolcher Sicherheit gewusst, wie unwahrscheinlich das war. Sie schüttelte wieder den Kopf.

»Nein?« Er zog die Brauen hoch und sah sie neugierig an.

Clara trat abermals einen Schritt zurück. Sie hatte den Eindruck, wenn sie floh, würde er ihr nachsetzen, doch wenn sie noch etwas sagte, würde sie nicht unerkannt bleiben können. Wenn sie es schaffte, nach Hause zurückzugelangen, ohne dass eine dieser beiden Möglichkeiten eintrat, hatte sie eine Chance, ins Bett zu schlüpfen und so zu tun, als sei das Ganze ein Albtraum gewesen, den sie niemals wieder träumen würde.

»Haben Sie immer noch nichts zu sagen?« Er lachte. Es klang überraschend freundlich. »Hören Sie, sagen Sie mir wenigstens Ihren Namen. Oder wo Sie leben. Es muss doch irgendwo irgendjemanden geben, der sich um Sie sorgt.«

Jemand, der sich um sie sorgte? Kummer stieg in ihr auf, so sicher und nie endend wie die Wellen da unten, die gegen die Felsen schlugen.

»Schauen Sie, Miss, ich verstehe ja, dass es Ihnen peinlich ist, aber ich verspreche Ihnen, Ihren Eltern nichts zu sagen.« Er machte eine kurze Pause. »Sie haben doch Eltern, oder nicht?«

Sie trat noch einen Schritt zurück. Er folgte ihr. Was für ein bizarrer Klippentanz im Mondlicht, den die Engel heute Nacht zu sehen bekamen. Die Engel, die ganz eindeutig nicht herabgestiegen waren, um ihr zu helfen, sondern sich das Schauspiel lieber von oben ansahen, wie die ärmeren Besucher im höchsten Rang des Theaters in Covent Garden. Warum sollte Gott auch Engel schicken, ihr zu helfen? Er sorgte sich mit Sicherheit nicht um sie.

Sie machte noch einen Schritt und noch einen. Als sie weit genug von ihm entfernt zu sein meinte, flüsterte sie ein letztes Dankeswort, drehte sich um und floh in die Dunkelheit.

Hinter sich hörte sie ihn rufen: »Hey!« Doch sie blieb nicht stehen. Sie konnte nicht stehen bleiben. Gott sei Dank konnte ihre Mutter sie nicht sehen. Gott sei Dank konnte Lady Osterley sie nicht sehen. Jegliche Hoffnung, ihren guten Ruf wiederzugewinnen, wäre für immer dahin. Sie raffte ihre Röcke und rannte schneller und schneller, doch plötzlich ließ ein Geräusch sie ruckartig innehalten: ein kurzer Schrei, dann ein dumpfer Aufschlag. Ihr Herz klopfte heftig. Er konnte doch nicht von den Klippen gestürzt sein? Sie drehte sich um und sah eine Gestalt am Boden liegen. Doch wenn sie zurücklief und nachschaute, ob er verletzt war, würde das ihre Flucht gefährden und ihre Chance, unerkannt zu bleiben. Sie lief schneller, keuchend, mit brennenden Lungen. Wenn jemand sie sah, musste er sie für eine Verrückte halten. Sie schluchzte auf. Wer sie kannte, würde dasselbe denken.

Endlich – ihre Lungen drohten zu platzen, sie schmeckte Blut im Mund, ihr Puls dröhnte ihr in den Ohren – sah sie, dass der Weg, den sie die letzten vierzehn Tage täglich gegangen war, in die Straße mündete, die von Brighton nach Rottingdean führte. Jetzt rannte sie nicht mehr, sondern verfiel ins Gehen, während sie sich dem sanften Halbrund fast neuer Häuser näherte, welche die äußersten Ausläufer Brightons bildeten. Natürlich war keins der bescheidenen Reihenhäuser groß genug, um den Ansprüchen ihrer Eltern zu genügen, doch das spielte keine Rolle. Lord und Lady Winpoole empfingen in diesen Tagen ohnehin kaum Besucher. Außerdem war es in der Welt ihrer Familie inzwischen unwichtig geworden, wieweit gewisse Ansprüche befriedigt wurden. Wichtiger war, was sie sich leisten konnten.

Sie hastete an dem zentral gelegenen kleinen Park mit seiner jämmerlichen Statue des Regenten vorbei. Der Künstler hatte sich zweifellos großen Ruhm davon versprochen, doch das Kunstwerk hatte ihm lediglich Verachtung eingetragen. Die Proportionen der Figur waren restlos missraten und inzwischen fehlte ihr sogar der rechte Arm. Die Flüchtende vermied es sorgfältig, die kiesbestreuten Wege zu betreten, und eilte zum Haus Nummer zehn. Zum Glück fiel aus dem Haus ihrer Nachbarn, älterer Leute, kaum Licht. Dann musste sie erst einmal ihren stoßweise gehenden Atem beruhigen, um so geräuschlos wie möglich ins Haus schlüpfen zu können. Sie stieg die Stufe zur Vordertür hinauf, die Gott sei Dank unverschlossen war. Mit einem Drehen des Griffs war sie drin. Einen Augenblick später hatte sie ihre Schuhe in der Hand und schlich die Treppe hinauf, indem sie die achte und neunte Stufe mied, die hässlich knarrten, wenn man darauftrat. Eine Minute später lag sie mit klopfendem Herzen im Bett; ihr pelzbesetzter, modischer Mantel hing zerknittert über einer Stuhllehne, der Überwurf lag als Häufchen auf dem Boden: Die Kleidungsstücke würde sie am Morgen in Ordnung bringen müssen.

Clara schlang einen Arm um ihr Kissen und schmiegte sich in die Wärme. Unten schlug die Uhr Mitternacht.

Sie schloss die Augen. Noch immer hämmerte ihr Herz in ihrer Brust, nicht zuletzt aus Angst vor möglicherweise drohenden Träumen.

»Benjamin Richard Kemsley!« Die Augen seiner Schwester wurden groß.

Ben stolperte mit ausgestreckten Händen zum Kamin. Wenn sie doch nur schneller warm werden würden! Er hatte Tausenden eisiger Nächte auf dem offenen Meer getrotzt, doch noch nie hatte er so gefroren wie heute Nacht. Verstohlen sah er zu seiner Schwester hinüber. Sie starrte ihn mit offenem Mund an.

Matilda klappte ihren Mund mit einem hörbaren Schnappen zu. »Was ist dir nur eingefallen, einfach so in die Kälte hinauszulaufen? Sieh dich doch an! Du siehst aus, als seist du ganz allein Napoleon entgegengetreten!«

Er unterdrückte ein leichtes Bedauern bei dem Gedanken, einen solchen Kampf verpasst zu haben, und nickte Matildas Mann zu. Hochwürden David McPhersons Sanftheit und Milde bildeten das perfekte Gegengewicht zu Matildas übersprudelnder Lebhaftigkeit, einem Charakterzug, den Bens ganze Familie zu besitzen schien.

Ein Geräusch ließ ihn zur Wohnzimmertür blicken, in der ein weiteres Mitglied des Haushalts erschienen war, die junge Tessa. Ihr rotes Haar war verstrubbelt, als sei sie gerade aufgewacht. »Benjie!«

»Warum bist du nicht im Bett, kleine Schwester?«

»Ich habe Geräusche gehört.« Sie runzelte die Stirn. »Und warum bist du nicht im Bett?«

»Weil ich nicht siebzehn bin.« Er wuschelte ihr durchs Haar und lächelte, als sie gegen diesen Beweis seiner Zuneigung protestierte.

»Was ist …« Sie betrachtete ihn genauer, ihre blauen Augen wurden groß. »Um Himmels willen!«

Sein Lächeln erlosch, als ihm die Ereignisse von vorhin wieder einfielen. Ja, er hatte heute Nacht die Stimme des Himmels gehört, die ihn hinausgerufen hatte. »Genau das.«

»Was ist passiert?« Matilda bedeutete ihm, sich zu setzen, und reichte ihm eine Tasse dampfenden Tee. »Wir haben uns Sorgen um dich gemacht.«

»Ich …« Er konnte es nicht erklären. Wie sollte er ihnen beschreiben, dass er plötzlich den Drang empfunden hatte, zur Felskuppe zu gehen, obwohl draußen beinahe Sturm herrschte? Unmöglich. »Ich musste ein Stückchen gehen.«

»Heute Nacht?«

Er nickte seiner Schwester zu und wechselte dabei einen raschen Blick mit dem Pfarrer. Vielleicht konnte er mit seinem Schwager über seinen Verdacht reden, aber das war nicht möglich, solange Tessa im Zimmer war.

Matilda machte ein ernstes Gesicht. Dann sagte sie leise etwas zu Tessa. Was es auch gewesen sein mochte, Tessa umarmte ihn und flüsterte: »Ich bin froh, dass du in Sicherheit bist.« Dann verließ sie das Zimmer.

Blieb noch seine andere, nicht so leicht zufriedenzustellende Schwester. Sie zog die Brauen hoch. »Nun?«

Er zuckte die Achseln. »Ich hatte mir Tessas Fernrohr geholt und habe ein Licht gesehen.«

»Ein Licht?« Sie seufzte. »Soll das heißen, du warst mal wieder unterwegs, um die Welt zu retten?«

»Schon gut. Das will ich gar nicht.«

Sie schnaubte, aber es klang mehr wie ein Lachen. »Warum glaubst du nur immer, alles und jeden retten zu müssen. Ich werde das nie verstehen!«

»Mattie«, sagte ihr Mann leise.

Ben sah sie ruhig an. Hundert erbarmungslose Erinnerungsbilder stiegen in seiner Seele auf: der Himmel über Afrika, verzweifelte Kinder, haiverseuchte Gewässer, ein nicht gerettetes Leben.

Sie war rot geworden. »Stimmt doch!« Sie schüttelte den Kopf. »Mein Bruder, der Retter.«

»Nicht immer«, murmelte er. Seine Stimme klang belegt von Gefühlen. Er räusperte sich. »Ich habe ein Licht auf den Klippen gesehen.«

»Was? Bei dem Wetter war jemand da draußen?«

»Jawohl.«

»Wer war es? Jemand, den wir kennen?«

Er warf einen Seitenblick zu David hinüber, dann sah er in die blauen Augen seiner Schwester. »Ich kenne ja meinen neuen Schwager kaum, ganz zu schweigen von den vielen Leuten, mit denen du bekannt bist, liebe Schwester.«

Die Röte, die ihr Gesicht angenommen hatte, vertiefte sich, doch ihr Blick ließ ihn nicht los. »Was meinst du, warum war derjenige dort?«

»Ich weiß es nicht.«

Er dachte an das Mädchen. Er hatte einen Verdacht. Eine solche Handlung wäre jedoch so drastisch, dass er den Gedanken kaum zu denken, geschweige denn ihn laut auszusprechen wagte. Was brachte einen Menschen dazu, alle Hoffnung fahren zu lassen, Gottes Gesetze zu missachten und die Ewigkeit aufs Spiel zu setzen?

Der Schmerz, der schon die ganze Zeit an seinem Herzen nagte, wurde stärker. Er hatte gesehen, wie Männer aufgaben, Männer im Krieg, Männer, die ins Meer geschleudert worden waren, Männer, die keine Kraft mehr hatten, wenn Schmerzen oder schwere Wunden ihnen das Leben aussaugten. Aber er hatte nie jemanden aufgeben sehen, der gesund war. Nach der Schnelligkeit zu urteilen, mit der sie davongestürzt war, und nach der Kraft, die er gespürt hatte, als er sie vom Rand der Klippe zog, war dieses Mädchen ganz bestimmt gesund.

»Ben?«

Er blickte in Matties besorgtes Gesicht. Diese Besorgtheit nahm er schon all die Wochen seit seiner Rückkehr aus den Gewässern vor Cape St. Francis bei ihr wahr. Er versuchte, seinem Gesicht einen heiteren Ausdruck zu verleihen, und zwang sich zu lächeln. »Was muss man hier tun, um noch eine Tasse Tee zu bekommen?«

Mattie sah ihn still an. Dann stand sie auf und verließ das Zimmer.

Das Feuer knackte und spendete köstliche Wärme. Draußen heulte der Wind. Er presste die Lippen zusammen. Sein Knie klopfte noch immer vor Schmerz. Die Abwesenheit seiner Schwester mochte ein wenig Stille im Raum bringen, doch die Fragen in seinem

Herzen schwiegen auch jetzt nicht. Warum hatte Gott ihn am Leben gelassen? Wegen Nächten wie dieser, in denen er vielleicht etwas Sinnvolles getan hatte?

Matilda kehrte mit einer frischen Kanne Tee und einer Tasse zurück. Sie schenkte ihm ein, er bedankte sich leise. Dann setzte sie sich wieder hin. »Hast du dich verletzt?« Sie nickte zu seinem schmutzverschmierten Bein hinunter. »Der Arzt hat dir doch gesagt, du sollst vorsichtig sein und nicht alles wieder schlimmer machen.«

Zu spät. Er versuchte, ihre Sorgen mit einem möglichst echt klingenden Lachen zu zerstreuen. »Du machst dir zu viele Gedanken, Mattie.« Er wandte sich an seinen Schwager: »Du wirst bald feststellen, dass meine Schwester dazu neigt, die Gabe des Mitgefühls, die sie besitzt, etwas überzustrapazieren.«

»Einer der Gründe, warum ich sie so liebe.«

Ben lächelte und hörte voll Freude das leise Aufseufzen seiner Schwester. Das Rot auf ihren Wangen hatte sich wieder vertieft. »Du machst dich nicht schlecht in deiner Rolle als Ehemann«, sagte er zu seinem Schwager und erhielt ein Grinsen und ein mildes »Das hoffe ich« zur Antwort.

Mattie setzte klirrend ihre Tasse ab. »Du weißt also nicht, wer es war?«

Er schüttelte den Kopf. »Ich weiß nur, dass sie die Laterne stehen gelassen hat.« Er deutete auf die kleine Zinnlaterne auf dem Tisch neben der Tür.

»Sie?« Seine Schwester wechselte einen Blick mit ihrem Mann. »Benjie hat noch nie widerstehen können, wenn es darum ging, einem hübschen Mädchen in Not zu helfen.«

Sein Lächeln erstarb, als sie den lang vertrauten, oft belächelten Kosenamen gebrauchte. »Sie war nicht hübsch.« Das mochte gelogen sein, doch er hatte ihre Züge kaum erkennen können; sie hatten im Schatten der dunklen Kapuze gelegen. Er wusste nur, dass sie rabenschwarzes Haar hatte und eine hohe Stimme, die vermuten ließ, dass sie jünger war, als ihre Erscheinung und ihr Auftreten ahnen ließen.

Matilda lachte leise. »Vielleicht entpuppt sie sich ja als wunderschöne Prinzessin.«

»Das bezweifle ich.«

»Wie schade«, sagte Mattie. »Nun, jedenfalls brauchst du eine Frau. Vielleicht sollten wir diese geheimnisvolle Dame finden und ihr Geheimnis lüften.«

Er schob seinen Stuhl zurück und zwang sich aufzustehen, ohne zu stöhnen. Das arme Geschöpf, das er heute Nacht kaum richtig hatte wahrnehmen können, sollte sein Geheimnis preisgeben? »Viel Glück dabei.«

»Wir brauchen kein Glück dazu«, antwortete Mattie mit einem entschlossenen Glimmen in den Augen. »Wir brauchen nur Gottes Hilfe.«

Er nickte, sagte Gute Nacht und verließ das Zimmer, um die Treppe in seine Schlafkammer hinaufzusteigen. Sein Herz war schwer. Die Erfahrung sagte ihm, dass Matilda nicht ruhen würde, bis die geheimnisvolle Dame gefunden war.

Kapitel 2

Das Klopfen drang in ihre Träume. Es waren wilde, erschreckende Träume. Träume vom Fallen und Stürzen, tief hinunter auf sich gierig emporreckende Felsen. Clara erwachte mit einem Keuchen, nach Luft ringend, und versuchte im selben Moment, sich zu beruhigen, da nach einem kurzen zweiten Klopfen sogleich das Mädchen eintrat.

»Verzeihung, Miss, aber die gnädige Frau wünscht Sie unten zu sehen.«

Sie blickte zum Fenster. Durch die Vorhänge drang helles Sonnenlicht. »Wie spät ist es?«

»Fast Mittag, Miss.«

Sie setzte sich hastig auf. »Ich hatte keine Ahnung, dass es schon so spät ist.«

»Sie haben heute den Gottesdienst verpasst.«

Sie verpassten den Gottesdienst an den meisten Sonntagen. Warum sollte es heute anders sein?

Meg stand noch immer in der Tür, offensichtlich unsicher, was von ihr erwartet wurde. Clara unterdrückte einen Anflug von Ärger. Wenn sie doch nur wieder eine richtige Zofe hätte, eine, die wartete, bis sie zum Eintreten aufgefordert wurde, eine, die frisieren und den Mund halten konnte.

Meg ging halbherzig einen Schritt auf den Stuhl zu, über dem der Mantel hing.

»Lass ihn bitte liegen. Ich kümmere mich später darum.«

»Ganz sicher, Miss?«

»Natürlich bin ich sicher.«

Der beschämte Gesichtsausdruck des jungen Mädchens ließ sie

ihre Schroffheit sogleich bereuen, doch Meg wandte sich um und verließ das Zimmer, bevor Clara sich entschuldigen konnte. Seufzend schlug sie die Bettdecke zurück, trat ans Fenster und zog die Vorhänge auf. Dabei starrten sie die Zeugen ihres nächtlichen Ausflugs vorwurfsvoll an: der feuchte Überwurf, die schlammverkrusteten Stiefelchen. Sie hob den Überwurf auf und schüttelte ihn aus, um die schlimmsten Falten zu entfernen. Meg würde es Mutter sagen, wenn sie ihr Kleidungsstücke zum Reinigen gab, ohne ihr einen Grund zu nennen. Und Clara hatte seit Tagen keinen Grund gehabt, diesen Überwurf zu tragen. Jedenfalls keinen, den sie ihrer Mutter nennen konnte.

Sie zog ein schlichtes Morgenkleid an, dann ging sie zur Frisierkommode und versuchte, ihr Haar in Ordnung zu bringen. Doch so heftig sie auch bürstete, die dunklen Locken wollten sich nicht fügen. Wieder wünschte sie sich sehnlichst eine richtige Zofe, unterdrückte den Wunsch jedoch sogleich wieder. Solange sie nicht sicher sein konnten, sich mit dem Lohn auch das Schweigen der Dienerschaft zu erkaufen, hatte Vater beschlossen, keine zusätzlichen Leute einzustellen. Die wenigen, die sie im Moment hatten, dienten der Familie schon seit Jahren und hielten, wenn nicht aus Treue, so doch aus Gewohnheit, den Mund.

Das holzgerahmte Oval zeigte ihr Spiegelbild: strähniges Haar, zu blasse Haut, hellgrüne Augen mit tiefen Schatten darunter. Ihre Nase und ihre Wimpern waren ansehnlich, aber ihr Kinn wirkte in letzter Zeit zu spitz. Und was war das für ein Fleck? Sie sah genauer hin, verdrehte den Hals, um ihr Kinn besser sehen zu können, und stöhnte auf. Tatsächlich, da war ein Pickel. Aber warum sollte sie das stören, wenn es doch niemand anderen scherte?

Tränen traten ihr in die Augen. Ihr Schultern sackten nach vorn. Wie hatte das alles nur geschehen können? Wie kam es, dass sie, die Königin der Londoner Ballsäle, im winzigen Schlafzimmer eines hässlichen Hauses in einem Möchtegernbadeort saß und sich wegen eines Pickels aufregte?

Es war unwichtig. Alles war unwichtig. Auch sie selbst. Ihr Wert für ihre Eltern bemaß sich einzig und allein danach, ob sie eine gute Partie machte. Und da es ihr nicht gelungen war, den Grafen von Hawkesbury an Land zu ziehen, wie sie es sich so sehr gewünscht hatten – und wie sie selbst es sich erträumt hatte –, hatten sich ihre Heiratschancen trotz aller zunehmend verzweifelter Bemühungen ihrer Eltern, sie unter die Haube zu bringen, immer mehr verschlechtert. Sowohl die Quantität als auch die Qualität der infrage kommenden Kandidaten hatte stark abgenommen. Gott wusste – alle Welt wusste –, dass sie mit fünfundzwanzig unweigerlich eine alte Jungfer war. Irgendwann mussten das doch auch ihre Eltern akzeptieren!

Sie schüttelte den Kopf über ihre dummen Gedanken und blinzelte die Tränen fort. Aufgeben kam im Wortschatz ihrer Eltern nicht vor. Mutter schien wahrhaftig immer noch zu glauben, der Graf käme wieder »zur Vernunft«, wie sie zu sagen pflegte, und würde sich von seiner Frau scheiden lassen und Clara heiraten. Dabei konnte doch jeder Narr sehen, wie sehr er Lavinia, die Gräfin von Hawkesbury, verehrte. Das war schon an der tiefen Zuneigung ersichtlich, mit der er sie ansah, was er bei Clara nie getan hatte. Doch Mutter ließ sich nicht beirren. So waren die Winpooles eben. Auch was Richard betraf, hatten weder ihre Mutter noch ihr Vater je die Hoffnung aufgegeben.

»Miss?«

Meg unterbrach erneut ihre Tagträume. Sie schob ihre Erinnerungen beiseite, vermied es, einen weiteren Blick in den Spiegel zu werfen, und ging nach unten in das Zimmer, das als Wohn- und Frühstückszimmer diente.

»Stimmt etwas nicht, Clara?«, fragte Mutter sie mit gerunzelter Stirn. »Du warst doch noch nie eine Langschläferin.«

»Nein, ich bin nur ein wenig müde.«

»Müde?«, sagte Vater und faltete stirnrunzelnd seine Zeitung zusammen. »Du hast doch seit Tagen kaum das Haus verlassen.«

Außer nachts.

18

»Warum solltest du also müde sein?«

»Ach, lass sie doch, Philip«, meinte Mutter. »Alle jungen Damen sind manchmal ein bisschen unpässlich.«

»Ja, aber so geht das nun schon seit Monaten.« Seine dunklen Augen fixierten sie. Clara meinte sogar, eine Spur Mitleid darin zu entdecken. »Ich überlege nur, ob irgendetwas dafürspricht, dich für eine weitere Saison nach London gehen zu lassen.«

Eine Saison?

»Die letzten – ich weiß gar nicht mehr, wie viele es insgesamt waren – waren jedenfalls eine Enttäuschung. Gibt es denn heutzutage gar keine jungen Männer mehr, die ihre Pflicht kennen?«

»Wenn doch nur Hawkesbury …«

»Es reicht, Frederica! Ich will nichts mehr davon hören! Geschehen ist geschehen und kann nicht ungeschehen gemacht werden, deshalb wünsche ich, dass du mit diesem absurden Unsinn aufhörst und den armen Mann in Ruhe lässt.«

»Den armen Mann? Nach allem, was er unserem kleinen Mädchen angetan hat?«

Wieder zitterte sie vor Scham, während ihre Eltern den vertrauten Disput fortsetzten. Wie hatte sie nur so naiv sein können zu glauben, dass der Graf etwas für sie empfand? Sie hatte sich von einer Welle des Gefühls forttragen lassen, geschickt unterstützt von ihrer und seiner Mutter, der Gräfinwitwe. Diese konnte Lavinias zum Teil gesellschaftlich einflussreichen Verwandten nicht vergeben, dass sie vor langer Zeit Verleumdungen über die Hawkesburys in die Welt gesetzt hatten. Die Tatsache, dass ihr Sohn eine Frau heiratete, welche die Gräfinwitwe seit jeher verabscheute, hatte die Ehe stark belastet, wovon Clara sich mit eigenen Augen hatte überzeugen können. Ebendas war auch der Grund, warum ihre Mutter noch immer Hoffnungen hegte. Doch Clara konnte ihren Optimismus inzwischen nicht mehr teilen und wollte es auch gar nicht. Der Empfang, den die Frau des Grafen ihnen letztes Jahr hatte zuteilwerden lassen, hatte etwas ungemein Rührendes gehabt; ihre Anmut und Güte in einer für sie selbst so schweren Zeit waren ebenso unleugbar wie beunruhigend gewesen. Clara war noch nicht so weit, ihm Glück zu wünschen, doch sie wünschte den beiden auch nichts Böses mehr.

»Und – was sagst du dazu?«

Sie sah zwischen ihren Eltern hin und her. Was hatten sie gerade gesagt? »Bitte?«

Vater hustete. »Es hat wohl wenig Sinn, dich noch einmal hinzuschicken, wenn du nicht einmal zuhörst, wenn jemand spricht. Du musst dir wirklich mehr Mühe geben, interessiert zu wirken, meine Liebe, wenn du dir einen Mann angeln willst.«

»Ja, Vater.« Sie sahen sie noch immer erwartungsvoll an. »Oh, ich möchte wirklich gern wieder nach London.« Hoffnung stieg in ihr auf. Vielleicht wäre eine ihrer alten Freundinnen jetzt wieder gewillt, sie zu empfangen. Alles war besser als die tödliche Langeweile von Brighton. Für Leute, die genügend Mittel und Freunde hatten, mochte es eine wunderbare Spielwiese sein, doch wer keines von beidem besaß, befand sich hier auf einem einsamen Außenposten.

»Wir werden nur ein paar Wochen bleiben können. Und ich fürchte, wir werden auch nicht jede wichtige gesellschaftliche Veranstaltung besuchen können«, sagte Mutter mit einem Seufzen und einem Seitenblick auf Vater. »Die Kosten, du weißt ja.«

Und der Mangel an Einladungen. Ihre Finger verkrampften sich. Wie lange musste sie noch für die Sünden ihres Bruders bezahlen?

»Egal«, fuhr Vater fort. »An den wirklich wichtigen wird sie teilnehmen können. Aber ich will, dass du diese düstere Stimmung ablegst und dein Strahlen wiederfindest. Männer mögen kein mürrisches Gesicht, mein Mädchen.«

Männer mochten sie sowieso nicht, auch wenn sie nicht so verbittert wäre. Doch sie zwang folgsam ein Lächeln auf ihre Lippen. »Natürlich nicht.«

»Da! Das will ich sehen! Jetzt sei nur noch glücklich und alles wird gut. Du wirst schon sehen.«

Sie wahrte ihre Maske und lächelte. Nun gut, wenn Vater wollte, dass sie sich einen Mann angelte und die Reihen der alten Jungfern verließ, an ihr sollte es nicht liegen. Sie würde die beste Schauspielerin sein, die er je gesehen hatte.

Die Orgelmusik begleitete sie auf dem Weg aus der Kirche hinaus in den Sonnenschein. David, der noch seinen Talar trug, grüßte jedes Gemeindemitglied mit derselben Wärme und Offenheit. Tessa ließ Bens Arm los und ging zu ein paar jungen Frauen hinüber, um mit ihnen zu reden. Das heitere Plaudern, das bald darauf zu vernehmen war, ließ auf alte Freundschaften schließen. Ben beobachtete unterdessen die Leute. Er war froh, endlich Gelegenheit zu haben, sich die Anwesenden genauer anzusehen. Doch die Dame, die letzte Nacht seine Träume heimgesucht hatte, entdeckte er nirgends.

Dabei gab es keinen Mangel an jungen Damen, was zweifellos an Matildas gewinnender Art und ihrer einwandfreien Herkunft lag. Aber es war keine junge Dame mit rabenschwarzem Haar und blitzenden Augen darunter. Allerdings war eine Predigt über das dritte Buch Mose eher dazu geeignet, den Blick zu trüben, als ihn funkeln zu lassen, ungeachtet des Alters oder Geschlechts der Schäfchen. Ben schätzte seinen Schwager wirklich, doch die staubtrockene Predigt, die er heute gehalten hatte, hatte ihm nicht zugesagt.

»Hast du sie entdeckt?«

Er blickte auf Matilda herunter, die sich lebhaft umsah. »Wen entdeckt?«

»Deine geheimnisvolle Lady natürlich. Tu nicht so, als ob du nicht Ausschau nach ihr halten würdest.«

»Nein, habe ich nicht.«

»Hm. Vielleicht geht sie in der Chapel Royal zum Gottesdienst. Nächstes Mal kannst du es ja dort probieren.«

»Natürlich gehe ich da nicht hin, Mattie. Ich besuche den Gottesdienst, den mein Schwager hält.« Auch wenn die Predigten nicht nach seinem Geschmack waren. Er blickte zu ihr herunter und sah die Belustigung in ihren Augen.

»Ich rede mal mit ihm über die Predigten. Er glaubt, er müsse die Themen wählen, die der Bischof vorschreibt, aber wenn er das beibehält, werden die Kirchenbänke sich schneller leeren als eine Flasche Rum.«

Er lachte auf. »Ich weiß nicht, ob David solche freimütigen Ansichten zu schätzen weiß.«

»Nun, ich weiß jedenfalls, dass der Bischof es nicht schätzen wird, wenn seine Einnahmen sinken.« Sie sah ihn an; ihr Blick wanderte zu seinem linken Bein. »Wie geht es heute? Du schienst mir auf dem Weg hierher ein bisschen zu hinken.«

Er unterdrückte ein Seufzen. Sie merkte aber auch alles! »Es geht.«

»Aber nicht, wie es sollte. Solltest du nicht besser nachschauen lassen?«

»Mattie, ich sage doch, mein Knie ist in Ordnung. Es geht mir gut.«

»Nein, tut es nicht«, sagte sie unverblümt. »Wenn du doch nur einen Funken Verstand hättest und zu deinem Londoner Arzt gehen würdest! Du willst doch kein Krüppel werden, noch bevor du dreißig bist.«

Er war ein Krüppel, obwohl er noch keine dreißig war. Mattie wollte es nur nicht wahrhaben. »Geh mal zu der alten Dame da drüben. Sie sieht aus, als wüsste sie deine Ratschläge zu schätzen.«

Sie schnaubte und ging. Er blieb, wo er war, nickte den Leuten zu, die seinen Blick auffingen, und sprach mit denen, die sich trauten, mit ihm zu reden. Eigentlich hatte er gedacht, letzten Sonntag genug über seine Zeit in Afrika erzählt zu haben, doch offenbar nicht genug für manche Männer, die unbedingt noch mehr wissen wollten. Irgendwann gelang es ihm endlich, die Rede auf Napoleons jüngste Taten zu bringen.

Tessa kam zurück. Die Gemeinde löste sich allmählich auf und sie gingen zusammen über den Friedhofsrasen, der übersät war mit Glockenblumen und den ersten Butterblumen. Welch ein Kontrast zu den wilden, unbewohnten Küsten Afrikas, wo sein verzweifelter Marsch nur durch die sparsam wachsenden, robusten, kleinen weißen Blumen etwas erträglicher wurde, die ihn an winzige Gänseblümchen erinnerten. Er schüttelte die Erinnerungen ab und antwortete, wie es von ihm erwartet wurde, auf Tessas Bemerkungen über das Wetter, das sich doch sehr gebessert hatte.

Sie kamen am weitläufigen Wohnsitz des Gemeindepfarrers vorüber, der zurzeit leer stand, weil der Pfarrer sich für längere Zeit in Irland aufhielt. David hatte seine Stellvertretung inne. Das kleine, sehr viel bescheidenere Haus für den Vikar lag ein Stück weiter an derselben Straße. Auf dem Weg den Hügel hinauf fing sein Knie wieder an zu schmerzen. Er biss die Zähne zusammen. Wenn Davids und Matties Cottage nicht einen so wunderbaren Blick aufs Meer und die Klippen bis nach Rottingdean hätte, hätte er sich wohl eine Unterkunft gesucht, die für ihn leichter zu erreichen war. Nicht dass er es sich hätte leisten können oder – er grinste innerlich – dass Mattie es ihm erlaubt hätte. An der Türschwelle stolperte er und war froh, dass seine Schwestern so sehr in ihr Gespräch vertieft waren, dass es ihnen nicht auffiel. Nur David warf ihm einen Blick zu. Ben schüttelte angesichts der unausgesprochenen Frage seines Schwagers nur den Kopf und ließ sich aufs Sofa fallen, von dem aus er auf das schimmernde Meer hinaussehen konnte.

Das spiegelglatte Wasser schimmerte im Sonnenlicht. Welch ein Gegensatz zu den tosenden Wellen in der letzten Nacht! Er dachte daran, was Matilda vorhin gesagt hatte, und versuchte, das Pochen in seinem Knie zu verdrängen. Vielleicht sollte er doch noch einmal Dr. Townsend aufsuchen. Bei der Gelegenheit konnte er auch gleich Burford und Lancaster besuchen. Er konnte sie ja mal anschreiben und fragen, was sie von einem Besuch hielten. Ja, vielleicht war eine kleine Reise nach London doch gar keine so schlechte Idee.

Kapitel 3

Zwei Tage später

Clara ging den knappen Kilometer die Marine Parade entlang zu Fuß. Sie war froh, Mutters ewiger Besorgnis entkommen zu sein, mit der jeder Raum wie mit einer schweren, dunklen Tapete ausgekleidet schien, wodurch ihr Haus sich noch winziger und beengter anfühlte, als es sowieso schon war. Sie wanderte nicht mehr auf die Klippen hinaus. Es machte ihr keine Freude mehr. Was, wenn der Mann zurückkam und sie wiedererkannte? Sie schauderte. Und dann? Und wenn sie ihn erkannte? Ihr Herzschlag beschleunigte sich. Sie zwang sich, ruhig zu atmen, damit ihre Begleiterin nichts merkte.

Megs schlaffes, teigiges Gesicht wirkte so gleichgültig wie immer. Sie war mitgekommen, um ein paar Besorgungen zu machen, und fungierte gleichzeitig als Anstandsdame. Nicht dass Clara eine Anstandsdame benötigt hätte. Mit fünfundzwanzig brauchte sie sich über Fragen der Schicklichkeit keine Gedanken mehr zu machen. Doch Mutter tat es nach wie vor und Clara stritt nicht mit ihr.

Clara blieb an dem eisernen Geländer stehen, nicht zu dicht an den Badehäuschen, und wechselte die schwere Büchertasche in die andere Hand. Der leichte Wind, der zu Brighton dazuzugehören schien, hatte offenbar einen Anfall von schlechter Laune; er kam plötzlich in kleinen, wütenden Stößen, als wollte er die Fußgänger daran erinnern, wozu er fähig war. Sie atmete tief die salzige Luft ein. Sie war kühl und belebend. Man konnte verstehen, warum Dr. Russell seinen Patienten so lebhaft die Vorteile eines Aufenthalts an der Küste empfohlen hatte. Sie fühlte sich schon besser – irgendwie reiner –, wenn sie nur die frische Seeluft einatmete. Es fühlte sich an, als würden die Spinnweben aus ihrer Seele fortgeblasen werden.

Aber natürlich war das lächerlich. So hübsch Brighton auch sein mochte, außerhalb der Saison war es einfach nur ein gewöhnliches Fischerdorf. Hier mochte zwar der berühmte Marine Pavillon des Regenten stehen, doch der würde erst in einigen Monaten wieder zu Besuch kommen. Und bis dahin würde sich auch die feine Gesellschaft nicht hier zeigen, die sich in allem nach dem Thronerben richtete, wie Bienen, die um eine Rose summten. Brighton wurde also trist und öde bleiben, bis der Regent Londons müde war. Ihr selbst war das im Moment gar nicht so unrecht. Brighton ohne die feine Gesellschaft hatte den Vorteil, dass keiner sie kannte. Es gab kein Gerede, niemanden, der über sie urteilte. Doch Brighton ohne die feine Gesellschaft hatte auch einen Nachteil. Zwar kannte sie keiner, doch umgekehrt kannte auch sie noch keinen Menschen, obwohl sie jetzt schon mehrere Monate hier waren.

Eine Möwe kreiste laut krächzend am Himmel, hoch über einem kleinen Fischerboot, als sähe sie etwas, das für immer unerreichbar für sie war. Plötzlich empfand sie einen Stich, so schmerzhaft, dass sie den Atem anhielt und ihr Tränen in die Augen schossen.

»Miss?«

Sie tauchte aus ihren Tagträumen auf und sah das Mädchen an, dessen Gesichtsausdruck unerträgliche Langeweile verriet. »Ja, Meg?«

»Ich könnte vorausgehen zum Markt, wenn Sie nichts dagegen haben.«

»Nein, natürlich nicht. Ich bringe inzwischen die Bücher zurück zu Donaldson. Es dauert nicht lange.« Sie sah das Mädchen bedeutsam an. »Deine Besorgungen werden wesentlich länger dauern.«

Meg blinzelte. »Ich … äh … natürlich, Miss.«

»Dann wünsche ich dir einen schönen Vormittag. Wir sehen uns zu Hause.«

»Jawohl, Miss.«

Clara eilte davon, bevor dem Mädchen Bedenken kommen konnten. Allein unterwegs zu sein, und sei es auch nur für eine kleine Besorgung, schenkte ihr ein köstliches Gefühl von Freiheit. Sie überquerte die Parade, lief an dem Karren eines Tuchhändlers vorbei, bog in die Manchester Street ein und ging die Steyne entlang bis zur Leihbücherei.

Zu dieser Tageszeit herrschte Ruhe in dem eleganten Gebäude, sodass die Rückgabe sehr viel schneller vonstattenging als zu einer beliebteren Zeit. Sie eilte an der Sitzecke vorbei, wo die Zeitungen auslagen, und hoffte, dass der allzu freundliche Mr Whitlam sie nicht sah. Er war ein korpulenter, gichtgeplagter älterer Herr, der anscheinend auf dem Sofa am Fenster Wurzeln geschlagen und es sich zur Aufgabe gemacht hatte, jedes Mal wenn sie in die Bücherei kam, mit ihr zu plaudern. Als er aufblickte, duckte sie sich hinter ein großes Bücherregal. Sie mochte einsam sein und vielleicht sehnte sie sich ganz, ganz tief in ihrem Innern sogar nach einem Ehemann, aber so verzweifelt war sie denn doch noch nicht! Dann bog sie um die Ecke und stand vor den Romanen, ihrem – und ihrer Mutter – liebsten Lesestoff. Zwei junge Damen gingen durch die Reihen, die eine blond, die andere ein Rotschopf.

»Ich weiß nicht«, meinte die blonde Dame und betrachtete das Buch, das die Jüngere in der Hand hielt, »ich bin nicht sicher, ob es schicklich ist.« Sie sah auf, fing Claras Blick ein und lächelte. »Guten Morgen.«

Clara neigte den Kopf. »Guten Morgen.« Wie seltsam von dieser Dame, eine Fremde anzusprechen. Sie wandte den Blick ab und konzentrierte sich auf die Regale. Miss Burneys Romane sagten ihr immer zu, aber sie hatte sie schon mehrmals gelesen. Vielleicht konnte Donaldson auch den neuesten noch beschaffen?

»Entschuldigung.«

Clara drehte sich um. Die beiden Damen schauten sie an. Nach den gleichen strahlend blauen Augen und der Ähnlichkeit der Gesichtszüge zu urteilen, schienen sie Schwestern zu sein. Die Rothaarige lächelte etwas zögernder als die andere.

»Ich habe gerade überlegt, ob Sie *Waverley* kennen? Mein Bruder meinte, es enthielte ein paar sehr anschauliche Schlachtszenen.«

»Nein, ich kenne es nicht, aber ein paar von Walter Scotts Gedichten haben mir sehr gefallen.«

»Oh, ich liebe *Marmion*«, rief die Blonde. »Es ist mir ganz egal, was die Kritiker sagen. Ich mag beschädigte Helden. Das macht sie so viel glaubwürdiger, finden Sie nicht?«

»Äh …« Wer mochte diese seltsame Dame sein? Und was ihre Ansicht über beschädigte Helden betraf … »Ich … ja, ich nehme es an.«

»Wir wissen nur zu gut, dass Helden beschädigt sein können, nicht wahr, Tessa?«, wandte sie sich an den Rotschopf, in deren leuchtendem Haar Glanzlichter funkelten, als sie nickte. »Manche verstecken ihr gutes Herz hinter dicken Schichten von Humor und Neckereien.«

Clara dachte an den Mann, der sie vor drei Nächten gerettet hatte. »Oder Zorn.«

»Ganz genau! Oh, entschuldigen Sie bitte.« Die Blonde streckte die Hand aus. »Ich bin Mrs McPherson und das ist meine Schwester, Miss Kemsley.«

Clara gab ihnen die Hand. »Miss DeLancey.«

»Nun, Miss DeLancey, ich freue mich sehr, Ihre Bekanntschaft zu machen. Kann es sein, dass wir uns schon einmal begegnet sind?«

»Ich, das heißt, meine Familie lebt erst seit einem knappen Jahr in Brighton.«

»Aber das ist ja wunderbar! Meine auch! Na ja, eigentlich erst seit sechs Monaten. Ich bin hierhergezogen, als ich geheiratet habe.« Mrs McPherson lächelte gewinnend. »Davor habe ich bei meinem Bruder in Kent gelebt, wissen Sie.«

Clara nickte leicht benommen, als wüsste sie es wirklich. War sie schon je einem solchen sprühenden Temperamentsbündel von Dame begegnet? Mutter würde einen Anfall bekommen! Und Vater würde Mrs McPherson zweifellos als vulgäres Gewächs bezeichnen. Doch irgendetwas ließ sie stehen bleiben und dieses keineswegs von ihr gewünschte Gespräch fortsetzen. »Ist das der Bruder, der *Waverley* gelesen hat?«

»George? Nein, ich glaube, er liest leider schon seit Jahren nur noch die Rennberichte. Nein, Benjie ist derjenige, der immer gern gelesen hat, was sich gut trifft, wenn man so viel Zeit auf See verbringt, nicht wahr?«

Benjie? Was für ein seltsamer Name; ein Name für einen Welpen. Er musste noch ziemlich jung sein. Andererseits war es recht altklug, in so jugendlichem Alter schon seine Ansichten über Scotts Romane zum Besten zu geben. Plötzlich wurde sie sich bewusst, dass die beiden Damen sie neugierig ansahen und offensichtlich auf eine Antwort warteten, und sagte: »Ich glaube schon.«

Die Blonde lachte ein warmes Lachen, das eine noch nicht lange zurückliegende Erinnerung wachrief, doch bevor Clara sich klar werden konnte, woran es sie erinnerte, sagte Mrs McPherson: »Also, Miss DeLancey, sollen wir es wagen?«

Sie hatte sich bei ihrer Schwester eingehängt und ging langsam los, sodass Clara ihr folgen musste.

»Was genau wagen?«, fragte Clara.

Mrs McPherson hielt das Buch hoch. »Sollen wir uns die Mühe machen zu prüfen, ob der Roman es wert ist, gelesen zu werden?«

»Nun, wenn er Ihnen nicht gefällt, können Sie ihn ja Ihrem Bruder zum nochmaligen Lesen geben. Vorausgesetzt, er ist nicht in der Schule.«

»Schule?« Die beiden Damen wechselten einen überraschten Blick.

Also war er vielleicht doch schon ein wenig älter? Ach ja, richtig, er war ja auf See. Sie lächelte ironisch. Mrs McPhersons Bruder war nicht der Einzige, der auf See war. Vielleicht hatte Vater recht und sie musste wirklich mehr darauf achten, was andere Leute erzählten. »Das Schöne an einer Leihbücherei ist ja, dass man ein Buch auch ungelesen zurückgeben kann. Also leihen Sie es ruhig aus.«

»Was meinst du, Tessa?«

Die kleine Rothaarige murmelte etwas Zustimmendes.

»Dann wäre das also erledigt.« Mrs McPherson lächelte strahlend, drehte sich um und trat an den Ausleihschalter. Clara blinzelte. Wie waren sie jetzt plötzlich zum Ausleihschalter gelangt? Verzauberte diese außergewöhnliche Frau die Menschen um sich herum?

Als sie fertig war, drehte sie sich wieder zu Clara um. »Miss De-Lancey, ich hoffe sehr, dass Sie nun das andere Wagnis eingehen.«

»Welches andere Wagnis?«

»Dass wir Freundinnen werden.«

Vielleicht war es der offene Blick oder das freundliche Lächeln der Schwestern. Vielleicht lag es daran, dass sie das Gefühl hatte, sich diesem eisernen Willen beugen zu müssen. Vielleicht war es der Schmerz der Sehnsucht, den sie vorhin empfunden hatte, oder das leise Ziehen, das sie jetzt empfand. Was auch immer, es gab nur eine Antwort:

»Ja.«

Ben humpelte zum Pfarrhaus zurück. Die Antwort auf den Brief, den er gestern an Dr. Townsend abgeschickt hatte, konnte gar nicht früh genug kommen. Das Pochen in seinem Knie war heute Morgen stärker gewesen und die dumme Idee, eine Strandwanderung zu machen, hatte die Schmerzen noch einmal sehr verschlimmert. Warum machte Gott ihn nicht gesund? Wie für alle Angehörigen seiner Familie, bis auf seinen älteren Bruder, waren die Verheißungen der Bibel für Ben in seinem Leben so wahr wie seit Jahrhunderten. Er wappnete sich gegen die besorgten Fragen, die mit Sicherheit kommen würden, zwang sich, ganz normal zu gehen und zu lächeln, und ließ sich auf den nächsten Stuhl fallen.

»Benjie!«

»Hallo, Matilda. Na, was hast du heute Vormittag gemacht?«

»Ich habe es gerade David erzählt. Tessa und ich waren in der Leihbücherei. Sieh mal, was ich mir mitgebracht habe.« Sie schob ihm *Waverley* hin.

»Eine gute Wahl, wenn ich mich recht erinnere.«

»Und wir haben jemanden kennengelernt.«

Ben sah seinen Schwager mit hochgezogenen Brauen an. »Müssen wir uns Sorgen machen?«

Mattie lachte und strich ihrem Mann zärtlich über die Hand. »Ich glaube, mit David hat das nichts zu tun, außer vielleicht, was die Rettung ihrer Seele angeht.« Sie wandte sich wieder an Ben: »Aber mit dir …«

Er betrachtete sie stirnrunzelnd. Die Einmischung seiner Schwester in sein nicht existierendes Privatleben war wirklich das Letzte, was er brauchte.

»Sie war so seltsam. Sie hat mich angestarrt wie ein ausgestopftes Tier in Bullocks Museum.«

»Das klingt durchaus nachvollziehbar. Ich nehme an, du hattest dich nicht vorgestellt?«

Sie schnaubte. »Wir sind hier nicht in London. Hier schert man sich nicht um solche Dinge.«

»Du könntest überrascht sein. Nicht jeder schätzt diese Ungezwungenheit.«

»Wie George zum Beispiel.«

George, ihr Bruder, der zum großen Amüsement seiner Geschwister nach seinem kürzlichen Aufstieg in die Baronetswürde, die er von einem entfernten Cousin geerbt hatte, urplötzlich höchsten Wert darauf legte, korrekt angeredet zu werden.

»Sie war sehr nett«, sagte Tessa leise.

»Wer? Ach, die Dame, die ihr kennengelernt habt. Hat sie auch einen Namen?«

»Miss DeLancey.«

Er runzelte die Stirn. Warum meinte er sich an diesen Namen zu erinnern?

»Ben? Was machst du für ein Gesicht? Kennst du sie?«

»Der Name sagt mir etwas«, meinte er. Möglich, dass er ihr irgendwann mal begegnet war, vor langer Zeit, als er noch ein anderer Mann in einer anderen Welt war.

»Vielleicht hast du ja bald die Möglichkeit, es nachzuprüfen. Ich habe sie für Freitag eingeladen.«

»Diesen Freitag?«

»Ja.« Sie hob eine Braue. »Sag jetzt nicht, dass du nicht da bist.«

Er lehnte sich zurück, sein Lächeln wurde echt. »Ganz richtig, ich werde nicht da sein.«

»Aber Benjie! Sie macht so einen netten Eindruck und hat so ein liebes Lächeln.«

»Wie auch immer, ich möchte sie nicht kennenlernen.«

Mattie zog einen Schmollmund. »Wie kannst du nur so ungehobelt sein?«

»Du hast ihr doch hoffentlich nicht gesagt, ich wäre da.«

»Natürlich nicht.«

»Dann sehe ich überhaupt kein Problem. Und überhaupt solltest du dich mit deinen Kuppeleiversuchen lieber auf George konzentrieren. Er braucht weiß Gott jemand, der bereit ist, über seine Arroganz hinwegzusehen.«

Sie lachte, allerdings nur zögernd. »Du musst irgendwann heiraten, Benjie.«

»Eines Tages, Mattie. Vergiss nicht, ich lasse mich nicht zwingen.«

Sie griff nach seinem Arm und drückte ihn sanft. »Ich will doch nur, dass du glücklich bist.«

»Ich bin glücklich.«

Sie zog die Brauen hoch.

Er sah hinüber zu Tessa, die ein ebenso zweifelndes Gesicht wie Mattie machte. Sein Gewissen regte sich. Er war seit seiner Rückkehr nie mehr so glücklich gewesen wie vor jener schicksalhaften letzten Fahrt. Aber er war zufrieden, meistens jedenfalls. Und war Zufriedenheit nicht fast gleichbedeutend mit Glücklichsein?

Matilda seufzte. »Du kannst protestieren, so viel du willst. Mich überzeugst du nicht.«

»Das liegt ganz bei dir.«

»Aber einer Sache bin ich mir sicher.« Sie warf den blonden Kopf zurück. »Ich bin sicher, dass du Miss DeLancey bald begegnen wirst.«

Damit stand sie auf und ging hinaus. Er blieb zurück und wunderte sich über ihre Entschlossenheit. Und da er wusste, dass sie meistens recht hatte, wurde ihm ein bisschen unbehaglich zumute.

Kapitel 4

Am nächsten Tag kam eine an Clara adressierte Nachricht mit einer Einladung zum Tee im Pfarrhaus am kommenden Freitag. Im Pfarrhaus? War Mrs McPherson etwa die Frau eines Geistlichen? Darauf wäre sie im Leben nicht gekommen. Waren denn Geistliche und ihre Frauen nicht durchweg unglaublich bieder und altmodisch? Wer hätte gedacht, dass eine Pfarrersfrau so vorlaut und freundlich sein konnte – und so frivol, dass sie sich sogar für Romane interessierte?

Mutter runzelte die Stirn. »Du wirst hingehen müssen, wenn die Frau des Pfarrers dich eingeladen hat. Aber ich kann es trotzdem nicht gutheißen. Wo hast du sie denn kennengelernt?«

»Bei Donaldson, Mutter.«

»Hm. Vielleicht solltest du nicht mehr an solche Orte gehen, wenn du dort von Gott und der Welt belästigt wirst. Wo war denn Meg?«

»Besorgungen machen, glaube ich.«

»Nun ja«, Mutter tippte auf die Einladung, »ich kann nicht mitkommen. Ich habe für den Tag bereits Lady Osterleys Einladung zum Essen angenommen. Willst du mich wirklich nicht begleiten? Reginald müsste auch dort sein.«

Noch ein Grund, nicht mitzugehen. Der einzige Mensch, der noch mehr Begabung für todlangweilige Gespräche hatte als Lady Osterley, war ihr Sohn. »Vielen Dank, Mutter, aber ich finde, ich muss Mrs McPhersons Einladung annehmen.«

Mutter seufzte. »Ja, du solltest wohl hingehen. Aber nur dieses eine Mal. Ein Besuch müsste genügen, um dich von jeder weiteren Verpflichtung zu entbinden.«

»Danke, Mutter.«

»Trotzdem muss ich mich wundern. Aus welcher Familie stammt sie überhaupt?« Ihre Mutter runzelte schon wieder die Stirn. »McPherson? Ich kenne keine McPhersons, du?«

Clara jetzt schon. Doch sie behielt es für sich und murmelte nur: »Ich glaube, ihr Mädchenname ist Kemsley.«

Vater blickte nachdenklich von seiner Zeitung auf. »Kemsley? Woher kenne ich diesen Namen?«

Noch eine Frage, die sie nicht beantworten konnte.

Sein Stirnrunzeln vertiefte sich. »Ich möchte nicht, dass du dich mit indiskutablen Leuten einlässt. Sie gehören doch zu unserer Schicht, oder? Du bist schließlich die Tochter eines Viscounts. Wir machen uns nicht mit jedem gemein, der uns kennenlernen möchte.«

Wie konnte sie ihm das unerklärliche Ziehen in ihrem Herzen erklären? »Sie sind ganz bestimmt sehr achtbar.« Das war vielleicht ein wenig übertrieben. »Mrs McPherson war überaus freundlich und Miss Kemsley scheint ein liebes, schüchternes Mädchen zu sein.«

»Aber wer hat euch bekannt gemacht?«, fragte Mutter mit hochgezogenen Brauen. »Ich verstehe das überhaupt nicht.«

»Wie du schon sagtest, Mutter, wenn sie die Frau eines Geistlichen ist, wäre es unhöflich abzusagen.« Sie stand entschlossen auf, zwang sich zu lächeln. »Ich werde ihr schreiben und für Freitag zusagen.«

Und bevor noch jemand etwas sagen konnte, floh sie.

Freitag

»Miss DeLancey, ich kann Ihnen gar nicht sagen, wie ich mich freue, dass Sie gekommen sind!«

Clara lächelte und murmelte eine höfliche Antwort. Der Tag hatte sich jetzt schon als Überraschung erwiesen. Das alte Pfarrhaus, obschon von bescheidener Größe und Ausstattung, bot eine großartige Aussicht aufs Meer und die Kreidefelsen. Sie konnte von hier aus beinahe ihr Haus in der Royal Crescent auf der anderen Seite von

Brighton sehen. Als Erstes hatte sie Mr McPherson kennengelernt, den Vikar der Sankt-Nicholas-Kirche, der mit seiner verhaltenen Sanftheit einen starken Gegensatz zu seiner lebhaften Frau bot. Er hatte sich jedoch schon bald entschuldigt und etwas von einem Krankenbesuch gemurmelt. Miss Kemsley war zwar schüchtern, hatte aber sehr freundlich geantwortet, als Clara sie nach ihrer Meinung über den ausgeliehenen Roman gefragt hatte. Sie hatte gemeint, er sei doch nicht so erschreckend gewesen, wie ihr Bruder ihn anfangs hingestellt habe.

Clara hatte genickt. »Man kann dem Urteil eines anderen Menschen in diesen Dingen nicht immer trauen, nicht wahr? Wenn jemand ein Werk über alle Maßen lobt, ist man oft enttäuscht, und eine negative Ansicht ist oft ein beinahe sicherer Hinweis, dass der Roman sehr interessant ist. Man muss einander schon sehr ähnlich sein, um sich auf ein Urteil verlassen zu können.«

»Oh, aber ich vertraue Benjie«, sagte Miss Kemsley, »auch wenn er so viel mutiger ist als ich.«

Ihre schwesterliche Liebe zu dem jüngeren Bruder war sehr rührend. Claras Lächeln erlosch. Schade, dass sie ihren eigenen Bruder nicht mehr so hoch schätzen konnte.

Das Gespräch floss überraschend leicht dahin, obwohl Clara damit gerechnet hatte, dass es sich sehr schnell dem Thema des Kirchenbesuchs zuwenden würde. Doch geistliche Themen waren überhaupt nicht berührt worden. Sie sprachen über Romane, Mode und die Attraktionen Londons verglichen mit denen von Brighton; harmlose Gespräche, die überall hätten stattfinden können.

»Sie haben eine herrliche Aussicht«, sagte sie und blickte durch die großen Fenster hinaus.

»Benjie hat mir kürzlich ein Fernrohr geschenkt«, sagte Miss Kemsley. »Möchten Sie es sehen?«

»Ach? Ich dachte, Ihr Bruder sei auf See?«

»Nicht mehr, der Arme.« Der Rotschopf murmelte etwas und lief hinaus, um das Geschenk zu holen.

»Ihr Bruder lebt bei Ihnen?«, fragte Clara.

Mrs McPherson nickte. »Im Moment, ja. Bis er wieder richtig zu Hause angekommen ist. Das Zusammenleben mit unserem ältesten Bruder ist nicht immer ganz einfach.«

Clara musste fragend ausgesehen haben, denn die Pfarrersfrau fuhr fort.

»Unser Vater ist vor einem Weilchen gestorben und George hat einen Titel geerbt. Ich glaube, er hat das Gefühl, er sei jetzt das Oberhaupt der Familie und müsse dieser Aufgabe gerecht werden; deshalb ist er längst keine so gute Gesellschaft mehr wie früher. Außerdem lebt Benjie lieber am Meer, als mit George in Chatham Hall eingesperrt zu sein.«

Clara lächelte ironisch. Solche nicht sehr angenehme Gesellschaft kannte sie nur zu gut.

»Sagen Sie, Miss DeLancey, mögen Sie das Meer? Ich habe bis jetzt noch gar nicht versucht, im Meer zu schwimmen. Mein Mann ist sehr skeptisch, was diese Dinge betrifft, aber es muss sehr belebend sein.«

»Ich fürchte, meine Eltern sind da genauso skeptisch wie Mr McPherson.«

»Wie schade!«

Miss Kemsley kam zurück, einen zylindrischen Gegenstand in der Hand. »Wenn Sie durch das schmale Ende schauen, sehen Sie ganz fantastisch in die Ferne.«

Sie zeigte Clara, wie sie das Rohr halten und die Ringe drehen musste, um die Sicht schärfer zu stellen.

»Wie herrlich!«, rief Clara aus. Sie konnte die Schwimmer sehen, die kleinen Häuschen am Ufer, die Badekarren im Wasser mit den Badenden darin. Und … »Oh!« Ganz rot geworden, ließ sie das Fernglas sinken. »Ich wusste nicht, dass man so gut damit sehen kann.«

»Benjie warnt uns immer, zu genau hinzuschauen. Manches möchte man gar nicht sehen«, meinte Mrs McPherson mit Schalk in den Augen. »Ich hoffe, Sie sind nicht zu schockiert.«

»Ich hätte nicht gedacht, dass ein so beleibter Mensch sich über

Wasser halten kann, ganz zu schweigen davon, dass er es für notwendig halten könnte, sich am ganzen Körper dem Wasser auszusetzen.« Clara schauderte; das Bild des dicken nackten Mannes wollte nicht verschwinden.

»Meerwasser trägt sehr gut, hat Benjie uns erzählt. Er sagt, im Meer zu schwimmen, sei ein wunderbares Erlebnis.«

»Ich würde zu gerne einmal im Meer baden«, sagte Miss Kemsley sehnsüchtig. »Würden Sie es nicht auch gern versuchen, Miss De-Lancey?«

»Ich …«

»Aber meine Liebste, wir dürfen Miss DeLancey nicht langweilen! Warum erzählst du unserem Gast nicht von deinem Fernrohr?«

»Oh. Ja. Das Fernrohr kann sehr nützlich sein.« Miss Kemsley beugte sich vor. »Vor Kurzem wurde es sogar benutzt, um jemanden zu retten, der in Not war.«

»Wirklich?«

Die kleine Rothaarige nickte. »In der Nacht, in der es so schrecklich gestürmt hat. Ich möchte in so einer Nacht nicht draußen sein. Sie doch auch nicht, oder?«

Clara erstarrte. Nein, das konnte nicht sein. Es musste um die Rettung eines Bootes gehen.

Mrs McPherson lächelte. »Sie brauchen nicht so erschrocken zu sein, liebe Miss DeLancey. Es ist alles gut ausgegangen. Anscheinend wollte die alte Dame sich gar nichts antun.«

»Alte Dame?« Sie atmete erleichtert auf. Sie sprachen also doch von einem anderen Zwischenfall. Obwohl – wie viele Leute, die gerettet werden mussten, waren wohl in einer der stürmischsten Nächte des Frühjahrs unterwegs?

»Ja, auf den Klippen. Armes Ding. Es scheint sehr knapp gewesen zu sein.«

Du lieber Gott! Sie sprachen von ihrem Unfall. Aber wen meinte sie? In welcher Verbindung stand ihr Retter zu den McPhersons? Sie sah sich um. Entdeckte die kleine Laterne, die sie damals vergessen hatte. Ihr wurde übel. Sie musste hier weg, bevor ihr Retter zurückkam. Er hatte vielleicht geglaubt, eine alte Dame gerettet zu haben – sie spürte, wie Empörung in ihr aufstieg: So alt konnte sie doch auch wieder nicht wirken! Aber was, wenn er sie wiedererkannte?

»Miss DeLancey? Geht es Ihnen gut? Es tut mir leid, wenn dieses Gespräch Sie beunruhigt. Heutzutage fechten so viele Menschen schwere innere Kämpfe aus, vor allem jetzt, wo so viele Männer im Krieg fallen. Es wundert einen nicht, wenn manchmal jemand keine andere Möglichkeit sieht, als sich etwas anzutun. Deshalb haben wir hier in Brighton das Seemann-und-Soldaten-Heim gegründet.« Mrs McPherson sah ihre Schwester an. »Tessa, bring das Fernrohr fort. Ich glaube, wir brauchen noch eine Kanne Tee.«

»Oh, aber ich …« Was konnte sie sagen? Dass sie gehen musste, bevor ihr geheimnisvoller Retter kam und sie womöglich wiedererkannte? Sich wohl bewusst, dass die beiden sie aufmerksam beobachteten, schluckte Clara, dann sagte sie: »Ich muss nach Hause und ich möchte Sie auch nicht zu lange von Ihrer Familie fernhalten.«

»Soll das heißen, Sie wollen den Helden nicht kennenlernen?« Mrs McPhersons Lächeln vertiefte sich. »Die meisten jungen Damen wünschen sich nichts sehnlicher.«

»Ich bin nicht wie die meisten jungen Damen«, platzte Clara heraus.

Mrs McPherson lachte. »Ich wusste, dass ich Sie mag. Keine Sorge, Miss DeLancey. Er ist den ganzen Tag fort.«

Wieder atmete sie erleichtert auf. Das anschließende Gespräch beim Tee ließ sie ihr Unbehagen beinahe gänzlich vergessen. Dann war es wirklich Zeit zu gehen. Clara stand auf, seltsam zögernd. Sie konnte gut verstehen, dass der Bruder der beiden Damen bei ihnen leben wollte. Sie hatte seit Jahren keine so warmherzige, freundliche Atmosphäre mehr erlebt.

»Ich danke Ihnen, Mrs McPherson. Es war sehr schön bei Ihnen.«

»Das freut mich. Ich habe Ihre Gesellschaft ebenfalls genossen. Und bitte, nennen Sie mich doch Matilda, schließlich sind wir ja jetzt Freundinnen.«

»Und ich bin Tessa«, sagte ihre Schwester.

»Sehr erfreut, Matilda. Tessa.« Clara lächelte und streckte die Hand aus. »Ich bin Clara. Ich hoffe, wir sehen uns bald wieder.«

Jetzt würde die Einladung zum Gottesdienstbesuch kommen. Doch nein, ein schlichtes Auf Wiedersehen und sie war draußen, schritt durch das Tor und wanderte die Straße zurück zu Donaldson, wo Meg auf sie wartete.

Sie musste unwillkürlich lächeln. Es war so schön gewesen. Die Frau des Pfarrers und ihre Schwester wirkten so ungekünstelt. Wenn Mutter über ihre offene Art hinwegsehen könnte – die Wangen wurden ihr wieder heiß, als ihr der Unfall mit dem Fernrohr einfiel –, würde sie diese Bekanntschaft wahrscheinlich gutheißen.

Chatham Hall. Sie würde Vater fragen, ob er den Ort kannte. So, wie Matilda geredet hatte, klang es, als hätte ihre Familie durchaus gesellschaftlichen Einfluss. Wenn das stimmte, würden ihre Eltern die einzigen Freunde, die sie seit ihrer Ankunft in Brighton vor vielen Monaten gefunden hatte, nicht mehr ablehnen.

Wieder spürte sie das Ziehen in ihrem Herzen. Es war eine drängende Sehnsucht nach Freundschaft. Brighton mochte hübsch sein, doch es war einsam; hier lebten fast nur Alte und Kranke. Dennoch verspürte sie seltsamerweise keine Sehnsucht nach ihren Londoner Freunden, die sie nach der Sache mit Richard plötzlich nicht mehr zu kennen schienen.

Doch diese beiden Frauen, auch wenn es ihnen vielleicht an Kultiviertheit mangelte, besaßen eine Warmherzigkeit, nach der sie sich ganz tief innerlich sehnte. Vielleicht würde es sich lohnen, Vater zu einem Besuch des Gottesdienstes am Sonntag zu überreden.

Ganz in Gedanken versunken, bog sie um eine Ecke und wäre beinahe mit einem stattlichen Herrn zusammengeprallt. »Oh … Verzeihung!«

»Mein Fehler.« Der Mann, dessen gebräuntes Gesicht und breite Schultern an einen Sportler denken ließen, verbeugte sich.

Ihr stockte der Atem. Sie tat einen Schritt zurück.

Das rotblonde Haar verstärkte den Eindruck, dass sie diese Stimme kannte.

Er richtete sich auf und sah sie aufmerksam an, mit Augen so blau wie der Himmel.

Der Mann. Ihr Retter. Der Mensch, der vermutlich ihr Geheimnis kannte und den sie auf gar keinen Fall wiedersehen wollte.

»Entschuldigen Sie mich.«

Sie drehte sich um und lief los, um die Ecke in den rettenden Hafen der Bibliothek, betend, dass er nicht den Mut hatte, ihr zu folgen.

Ben humpelte mühselig den Rest des Wegs nach Hause. Sein Besuch bei Kapitän Braithwaite war vergessen; er grübelte über die unerwartete Begegnung nach. Zwar hatte er sich nie als Frauenschwarm gesehen, doch er hatte es auch noch nicht erlebt, dass eine junge Dame buchstäblich vor ihm geflohen war. Und obwohl er nicht einmal entfernt ans Heiraten dachte – wie könnte ein mittelloser Krüppel sich das auch erlauben? –, gab es ihm doch ein wenig zu denken, dass nun schon zwei junge Damen im Laufe einer einzigen Woche vor ihm weggelaufen waren.

Er öffnete das quietschende Tor, ging den mit Muschelschalen gesäumten Weg hinauf und betrat das Cottage, das er seit Kurzem sein Zuhause nannte. Seine Schwestern saßen im Wohnzimmer.

»Benjie? Du bist schon zurück? Wie schade! Du hast sie ganz knapp verpasst!«

»Wen verpasst?«

»Miss DeLancey, weißt du denn nicht mehr? Sie ist zum Tee gekommen und … Benjie? Was ist denn? Du siehst aus, als hättest du einen Geist gesehen.«

»Keinen Geist.« Nur eine hübsche dunkelhaarige Dame mit den eindrucksvollsten grünen Augen, die man sich vorstellen konnte. Eindrucksvolle grüne Augen, die sie fast angstvoll aufgerissen hatte, als sie in ihn hineingelaufen war. Als hätte sie ihrerseits einen Geist gesehen. Er runzelte die Stirn. Warum kam ihm bei diesem Gedanken eine Erinnerung?

Er schüttelte den Kopf und versuchte, seine Verwirrung abzuschütteln. Seine Schwestern sahen ihn neugierig an. Er räusperte sich. »Hattet ihr es schön zusammen?«

»Oh ja!« Matties Gesicht leuchtete auf. »Zu Anfang war sie ein wenig zurückhaltend, aber dann wurde sie umgänglicher. Bis ...« Sie sah Tessa an.

Seine jüngere Schwester wurde so rot wie ihr Haar. »Ich habe ihr das Fernrohr gezeigt, das du mir geschenkt hast.«

»Lass mich raten«, lachte er. »Sie hat mehr gesehen, als sie erwartet hat. Habe ich dir nicht gesagt, du sollst vorsichtig sein, solange die Badekarren draußen sind?«

»Ich habe es vergessen.«

Er wuschelte ihr durchs Haar. »Ist schon gut. Aber davon abgesehen war es nett?«

»Ja.«

»Sehr angenehm«, meinte Mattie. »Ich hatte beinahe den Eindruck, dass sie in letzter Zeit nicht viel in Gesellschaft war, was einen wundert, schließlich ist sie sehr hübsch und kommt aus London.«

»Und sie ist so gut angezogen«, fügte Tessa hinzu.

Mattie legte den Kopf schief. »Ich frage mich, warum sie nicht verheiratet ist. Sie muss in meinem Alter sein.«

Seine Gedanken kehrten zurück zu der jungen Dame, mit der er vorhin zusammengestoßen war. War sie verheiratet? Sie hatte kein Mädchen dabeigehabt, also war sie es wahrscheinlich. Er spürte einen leisen Stich des Bedauerns.

Mattie zog die Brauen hoch. »Was ist? Kein Kommentar über alte Jungfern? Kein Spott über letzte Chancen?« Sie drehte sich zu Tessa um. »Ich glaube, unserem Bruder geht es nicht gut.«

Tessas Stirn umwölkte sich. »Wie geht es Kapitän Braithwaite? Besser?«

Er dachte an seinen heutigen Besuch. »Ein bisschen«, meinte er.

»Der arme Mann.« Sie seufzte. »Er weiß doch, dass du ihm keine Vorwürfe machst?«

»Das weiß er.« Doch man konnte etwas wissen und trotzdem

nicht glauben. Ganz gleich, wie oft er es ihm versichert hatte, Braithwaite konnte sich selbst nicht verzeihen, dass er Ben keinen Marinechronometer mitgegeben hatte. Ben krümmte sich innerlich bei der Erinnerung an die Standpauke, mit der sie nach ihrer Rückkehr empfangen worden waren. Er hätte sich lieber auspeitschen lassen, als sich die Worte anhören zu müssen, die sich in seine Seele bohrten wie Pfeile. Dazu kam die Schmährede, die Braithwaite hatte erdulden müssen. Ben wusste, dass die Reaktion des Admirals nur aus dem Gefühl des Kummers und des Verlusts heraus so heftig ausgefallen war, doch die Wahrheit ließ sich nicht leugnen. Ben hatte versagt. Immerhin fand er Trost in dem Wissen, dass Gott ihm vergeben hatte, auch wenn der Admiral das nicht konnte. Braithwaite blieb dieser Trost versagt.

»Wir müssen weiter für ihn beten.«

Ben betrachtete seine jüngere Schwester. Ihr Interesse an seinem Kameraden war in den vergangenen Monaten nicht erloschen. Sie war vor Kurzem siebzehn geworden und damit in einem Alter, in dem sie anfällig für Herzensdinge war. Doch es war nicht gut, wenn sie sich in Braithwaite verliebte. Er wechselte einen Blick mit Mattie.

Sie nickte leicht. »Es ist immer gut, für die Kinder Gottes zu beten. Ben, ich dachte kürzlich, dass es vielleicht Zeit ist, dass Tessa einmal unseren lieben Bruder besucht. Mach bitte kein solches Gesicht, meine Liebe! So steif und bieder ist George nun auch wieder nicht. Und jetzt, wo er den Titel hat, sollte er allmählich anfangen, auch an andere zu denken und nicht immer nur an sich selbst.«

»Du glaubst eben an Wunder«, sagte er.

»Natürlich«, antwortete Mattie.

Als er ihren ruhigen Blick sah, schlug er reumütig die Augen nieder. Er wusste genau, wie lange seine Schwestern für ihn gebetet hatten, als er vermisst war. Und er wusste auch, dass ihr Glaube ihn am Leben gehalten hatte. In den Augenblicken äußerster Verzweiflung hatte er den Trost einer Gegenwart gespürt, die er kannte, einer Gegenwart, an die der arme Braithwaite kaum zu glauben gewagt hatte. Als alle die Hoffnung verloren hatten, hatte Gott sich als treu erwiesen. Seine Rückkehr nach England war ihm immer wie eine Belohnung Gottes an seine Schwestern vorgekommen, deren Glaube unerschütterlich geblieben war, und wie ein Beweis dafür, dass Gottes Gnade auch den Elenden und Unwürdigen zuteilwurde.

»Ich möchte aber nicht zu George«, murmelte Tessa.

»Natürlich nicht, aber sein Geld und sein Titel würden dir eine Saison in London ermöglichen.«

»Ich möchte aber keine Saison in London. Du hattest auch keine, Mattie.«

»Damals hatte Vater auch noch nicht die Baronetswürde. Wärst du denn nicht gern in London? Würdest du dir nicht gern all die wunderbaren Dinge ansehen, von denen Clara erzählt hat?«

»Wer?«, fragte Ben.

»Miss DeLancey.«

Er lehnte sich zurück. »Wenn es dieser Miss DeLancey in den vielen Saisons nicht gelungen ist, einen Mann zu finden, sollte man Tessa vielleicht nicht zu etwas drängen, das sie gar nicht will.«

Mattie runzelte die Stirn. »Das klingt aber sehr unfreundlich der armen Miss DeLancey gegenüber, wenn du mich fragst.«

»So arm kann sie nicht sein, wenn sie sich mehrere Saisons in London leisten konnte. Eigentlich fragt man sich unwillkürlich, was wohl mit ihr nicht stimmt.«

»Benjamin!«

Tessa schüttelte den schimmernden Kopf. »Ich glaube nicht, dass ich nach London will.«

»Hör nicht auf Ben. Es ist bestimmt schöner, als du jetzt denkst, mein Liebling.«

»Ich mag aber keine Menschenansammlungen und keinen Lärm.«

»Nur weil du noch so wenig erlebt hast«, sagte Mattie. »Sogar in Brighton wird es lebhaft, wenn der Prinzregent zurückkehrt.«

Tessa biss sich auf die Lippen, murmelte eine Entschuldigung und verließ das Zimmer.

»Du sollst sie nicht ärgern, Ben.«

»Und du sollst sie nicht drängen.«

»Sie muss unbedingt selbstsicherer werden.«

Ein Bild der furchtsamen jungen Dame, mit der er zusammengeprallt war, erstand vor seinem geistigen Auge. Er schüttelte den Kopf. Gott bewahre, dass Tessa so unsicher wurde! »Das wird sie wohl kaum lernen, wenn sie sich immer hinter dir versteckt.«

Die Augen seiner Schwester blitzten auf. »Oder hinter dir!«

»Stimmt.«

»Und deshalb glaube ich, dass George mit seiner Gleichgültigkeit vielleicht genau der Richtige ist, ihr beizubringen, sich zu behaupten.«

»Wenn seine Gleichgültigkeit sie nicht umbringt«, sagte er. »Er kreist so sehr nur um sich selbst, dass er jemand, der ihm selbst nichts nützt, überhaupt nicht wahrnimmt.«

»Dann könnte es für beide von Vorteil sein.« Mattie nickte langsam.

»Und für dich auch. David ist ein sehr zuvorkommender Gastgeber, aber ich glaube nicht, dass er mit so vielen Kemsleys gerechnet hat, als er dir einen Antrag machte.«

»Du weißt doch, dass er Tessa liebt wie seine eigene Schwester.«

»Und wie die meisten frisch verheirateten Ehemänner wünscht er sich bestimmt, wir wären nicht hier.« Ben unterdrückte ein Seufzen. Sein Idyll in Brighton sollte wohl doch früher zu Ende gehen, als er geplant hatte.

»Aber Benjie, ich will dich nicht wieder verlieren. Du bist doch gerade erst zurückgekehrt.«

»Du würdest mich nicht verlieren. Ich wäre nur in London.«

»Ich vergesse manchmal, wie gut du London kennst.« Mattie strich sich eine Haarsträhne hinters Ohr. »Bist du Miss DeLancey früher nie begegnet, als du noch in London warst?«

War er Miss DeLancey vielleicht tatsächlich begegnet? Bei einem seiner kurzen Ausflüge in die Londoner Gesellschaft? Wenn ja, hatte sie keinen großen Eindruck bei ihm hinterlassen.

»Das war vor fünf Jahren, Mattie. Seither ist viel geschehen.«

»Natürlich. Ich dachte ja nur.«

Vielleicht war Miss DeLancey nicht die Einzige, die wenig anziehend wirkte, dachte Ben ironisch, als ihm erneut die beiden Damen einfielen, die ihm selbst eindrucksvoll demonstriert hatten, dass er abschreckend war. Jetzt saß er da mit dem seltsamen Gefühl, an Land festzusitzen und gleichzeitig – mehr denn je – auf dem Meer des Lebens zu treiben.

Kapitel 5

»Clara, mein Liebling«, die dicht bewimperten haselnussbraunen Augen des Grafen lächelten sie liebevoll an, »willst du mir die Ehre erweisen, meine Frau zu werden?«

Eine wunderbare Wärme erfüllte sie. Sie beugte sich vor und lächelte ihn glückselig an: »Ja.«

Sie würde eine Gräfin werden! Die Frau des bestaussehenden Mannes, den man sich vorstellen konnte. Verheiratet mit einem Kriegshelden. Einem Mann – oh, und was für einem Mann! –, der so viele ihrer Leidenschaften teilte. Tausend Bilder sangen in ihrer Seele. Der Graf, wie er sie zärtlich anlächelte. Der Graf, wie er mit ihr tanzte. Der Graf, wie er ihr Komplimente über ihre musikalische Begabung machte. Der Graf, wie er mit ihrer Familie speiste.

Durch die Decke drang die Kälte auf sie ein. Sie kniff die Augen zusammen, klammerte sich verzweifelt an die letzten Fragmente ihres Traums. Doch er war verschwunden, verdunstet wie Morgennebel in der Wärme der aufgehenden Sonne.

Und gleich darauf meldete sich wieder der vertraute Schmerz in ihrem Herzen. Wie hatte er sie nur abweisen können? Wie hatte er eine Landpomeranze, ein gesellschaftliches Nichts, der Tochter eines Viscounts vorziehen können? Ihr, die zu Londons gefeierten Schönheiten gezählt hatte? Ihr, die sich mit erlesenem Geschmack zu kleiden wusste, die *Debrett's* Adelskalender auswendig konnte, die alles wusste, was eine wahre Lady wissen musste? Sie hätte ihm Kinder schenken können. Sie wäre die perfekte Frau für ihn gewesen. Es war ihrer beider Mütter sehnlichster Wunsch gewesen.

Eine Träne lief ihr über die Wange. Was stimmte bloß nicht mit ihr?

Die Zurückweisung lastete schwer auf ihrer Seele, ein Wirbel geisterhafter Erinnerungen und Bilder peinigte und verfolgte sie:

Der Graf, wie er mit seiner Frau zusammen lachte. Der Graf, wie er seine Frau in die Arme schloss. Der Graf, wie er das Haus, das Bett – alles! – mit der Frau teilte, die Clara hätte sein sollen.

Wie hatte er sich in ihr Herz hineinlächeln und sie dann ausrangieren können, als sei sie ein Nichts?

War sie plötzlich hässlich geworden? Kein Mann hatte sich seither in ihre Nähe gewagt. War sie einfach nicht liebenswert? Ihr Herz zog sich zusammen vor Schmerz. Würde es ihr überhaupt jemand sagen, falls es so war?

Sie schluchzte auf. Dann rollte sie sich auf die Seite, wischte die Tränen fort und starrte auf das fahle Licht der Morgendämmerung, das durch die halb geöffneten Vorhänge fiel. Warum hatte er Lavinia Ellison ihr vorgezogen?

Lavinia. Die Gräfin von Hawkesbury. Die Frau, die sie so lange gehasst hatte, bis sie das Gefühl hatte, ihr Herz sei ein schwarzes Loch, und sie hätte vergessen, wie man lebte.

Lavinia. Deren unverhoffte Güte letztes Jahr Claras Selbsthass noch vergrößert hatte. Monatelang hatte die Scham an ihrer Seele genagt und noch die letzten Reste von Selbstvertrauen untergraben. Sie hatte nichts; sie war nichts. Sie konnte sich kaum erinnern, wie es war, mit anderen Menschen zusammen zu sein. Matilda und Tessa hatten es ihr zwar leicht gemacht, so zu tun, als sei sie nett, doch das lag nur daran, dass sie ihre Geschichte nicht kannten. Sobald sie sie kannten, würden sie sie ebenfalls schneiden, wie so viele andere. Außerdem erlaubte Mutter ihr nicht, ihre Bekanntschaft mit diesen Damen zu vertiefen, so nett sie auch sein mochten.

Das schwere Gewicht, das ihr das Herz abdrückte, wollte nicht weichen. Sie sah ihre Zukunft vor sich, eine Zukunft wie die letzten beiden Jahre, Jahre der Einsamkeit und Langeweile, Jahre der Hoffnungslosigkeit und Trostlosigkeit. Würde sie je wieder leben und lachen können?

Das trübe Licht nahm langsam einen goldenen Schimmer an. Sie kniff die Augen zusammen. Heute musste Sonntag sein. Sie rechnete nach. Ja, heute war Sonntag. Ein Tag der Ruhe.

Sie setzte sich auf und rieb sich das verweinte Gesicht.

Ein Tag, an dem sie den seltsamen Wunsch verspürte, Matildas unausgesprochene Einladung anzunehmen und darauf zu bestehen, dass ihre Eltern sie in die Kirche begleiteten.

»Nun, Clara, ich kann nicht sagen, dass es mir gefällt, dass du uns hierhergeschleift hast, aber es scheint doch immerhin ein paar Leute zu geben, die es sich lohnt kennenzulernen.«

Bei Mamas Kommentar, so leise sie auch flüsterte, zuckte sie zusammen und blickte sich verlegen um. Die anderen Gottesdienstbesucher wechselten zwar ebenfalls hin und wieder ein Wort mit ihren Nachbarn, aber Clara hätte sich doch gewünscht, dass Matildas Mann nicht gleichzeitig versuchen würde, eine Predigt zu halten.

Sie richtete ihre Aufmerksamkeit nach vorn und zwang sich, ihm zuzuhören. Es dauerte ein Weilchen, bis es ihr gelang, ihre Gedanken am Abschweifen zu hindern. Gott wusste, dass sie ihn nicht behelligen wollte, aber vielleicht sagte der Pfarrer ja doch etwas, das es wert war, beachtet zu werden.

»… und deshalb hat unser Herr gesagt: ›Wer von euch ohne Sünde ist, der soll den ersten Stein auf sie werfen.‹« Mr McPherson sah seine Gemeinde an. »Gibt es hier irgendeinen Menschen, der von sich behaupten kann, er sei ohne Sünde?«

»Also wirklich! Der Mann hat Nerven, so etwas zu fragen.«

»Mutter«, flüsterte Clara, »die Leute können dich hören.«

»Dann lass sie doch! Es gibt nichts, wofür ich mich schämen müsste.«

Außer vielleicht für die unkluge Reise letztes Jahr nach Hawkesbury House in Lincolnshire. Es war so schrecklich demütigend gewesen! Die Tapferkeit, welche die junge Gräfin in dieser für sie so schweren Zeit gezeigt hatte, hatte in schreiendem Kontrast zu der eisigen Kälte des Grafen gestanden, dessen eigene Mutter den Plan ausgeheckt hatte, der das eheliche Glück ihres Sohnes zerstören sollte.

Wieder schlug die Scham über ihr zusammen. Damals war ihr Hass auf Lavinia in sich zusammengefallen, die siedende Glut von Gefühlen in ihrer Brust war unter der Last von Mitleid und Demütigung erloschen. Ihr Eindringen in einer Zeit tiefsten Kummers war wahrhaft unverzeihlich gewesen. Völlig unbegreiflich war ihr jedoch, wie die junge Gräfin ihre Anwesenheit mit einer solchen Würde ertragen konnte. Woher hatte sie die Kraft dafür genommen?

Den Rest des Gottesdienstes nahm sie kaum noch wahr; die Fragen der Vergangenheit forderten ihre Aufmerksamkeit. Und dann befanden sie sich auch schon inmitten der Gottesdienstbesucher, welche die Kirche verließen, schüttelten dem Pfarrer die Hand und standen gleich darauf draußen unter den übrigen, eifrig plaudernden Gemeindemitgliedern und sprachen mit ein paar Bekannten unter einer alten Ulme.

»Miss DeLancey!« Beim Klang der Stimme drehte Clara sich um. Matilda lief auf sie zu. »Sie sind gekommen.«

»Wie Sie sehen.« Clara lächelte und stellte ihre Eltern vor. »Mrs McPherson ist die Dame, die ich am Freitag besucht habe. Ihr Mann hat heute die Predigt gehalten.«

Mutter beantwortete Matildas Knicksen mit einem kaum wahrnehmbaren Nicken. »Clara hat erzählt, Sie hätten einen Bruder, der in Chatham Hall wohnt. Ist er ein Baronet?«

»Ja.«

Der Argwohn auf Mutters Gesicht schien sich eine winzige Spur abzuschwächen. »Nun, das ist doch schon mal etwas, würde ich sagen.«

»Es ist etwas, würde ich sagen, wenn man Wert auf dergleichen legt.«

»Natürlich.« Mutter nickte. Sie schien den Schalk, der in Matildas Augen lauerte, gar nicht zu bemerken.

Bevor ihre freimütige neue Freundin etwas sagen konnte, das ihre neue Freundschaft gefährdete, warf Clara rasch ein: »Mutter, ich wollte Mrs McPherson und ihre Schwester eigentlich demnächst einmal zum Tee einladen.«

»Oh! Nun, ich weiß nicht …«

»Vielen Dank, Miss DeLancey, aber Tessa wird schon bald nach Kent zurückkehren.«

»Da siehst du.« Mutter war ganz offensichtlich erleichtert. »Wie schade!«

»Aber vielleicht könnte Mrs McPherson kommen, wenn sie nicht zu beschäftigt ist.«

Matilda lächelte. »Vielen Dank. Es ist mir ein Vergnügen.«

Ihr Lächeln wärmte eine kalte Ecke in Claras Herzen. Vielleicht musste man freundlich sein, um Freunde zu gewinnen. Und sie musste bei Gott etwas tun, um sich nicht immer stärker zu isolieren, so wie sie es in den letzten Monaten getan hatte. Sie setzten einen Tag und eine Stunde fest, dann wurde Matilda an anderer Stelle gebraucht.

»Also wirklich, hier herrscht ein Andrang, man könnte meinen, man sei in einem Londoner Ballsaal«, beschwerte sich Mutter. »Ich begreife gar nicht, wie so viele Menschen das Bedürfnis verspüren können, am Sonntag in die Kirche zu gehen.«

»Welchen Tag würdest du denn vorziehen, Mutter?«

»Sei nicht frech. Oh! Liebste Lady Osterley!«

Clara trat ein paar Schritte zur Seite. Ihre Mutter hatte keinen Blick mehr für sie, sie widmete sich ganz und gar einer der unverbesserlichsten Klatschbasen Brightons. Clara setzte ein höfliches Lächeln auf – es war nicht ratsam, es sich mit dieser Dame zu verscherzen – und wandte ihre Aufmerksamkeit dann den anderen Leuten zu. Anscheinend besuchte so ziemlich jeder, der in Brighton etwas galt, die Sankt-Nicholas-Kirche.

Nicholas.

Ihr Herz wurde schwer, ihre Gedanken kehrten zu dem Grafen zurück. Nicholas Stamford, der siebte Graf von Hawkesbury, die Liebe ihres Lebens.

Mit brennenden Augen versuchte sie, die Erinnerungen zu verscheuchen.

Und begegnete dem starr auf sie gerichteten Blick des Mannes, mit dem sie vor zwei Tagen zusammengeprallt war.

»Sie!«

Die hübsche Dame blinzelte, wandte den Blick ab und trat einen Schritt zurück, als suche sie Schutz bei den Grabsteinen, die auf dem Friedhof standen. Es wirkte, als wollte sie am liebsten erneut fliehen. Aber Ben konnte ihr keinen Vorwurf daraus machen. Er war zwar nach den gesellschaftlichen Konventionen erzogen worden, doch im Moment war das seinem Verhalten nicht anzumerken.

Er drängte sich brüsk durch eine Gruppe schwatzender alter Hühner und trat zu der dunkelhaarigen jungen Frau mit den grünen Augen in der Farbe tropischer Meere, die sich bei seinem Anblick weiteten. »Sie wieder!«

Sie schlug die Augen nieder. »Ich weiß gar nicht ...«

»Verzeihen Sie, aber sind wir uns nicht vor zwei Tagen in der Steyne begegnet?«

»Clara?« Eine der Damen, an denen er sich eben vorbeigedrängt hatte, musterte ihn stirnrunzelnd. »Kennst du den jungen Mann?«

»Nein, Mutter.«

»Junger Mann, ich weiß nicht, wer Sie sind, und meine Tochter scheint es ebenso wenig zu wissen.«

Ihre Tochter namens Clara. Ein hübscher Name für ein hübsches Mädchen. Ben schluckte. Beinahe hätte er sich als Kapitän vorgestellt, doch dann fiel ihm ein, dass er diesen Titel für immer verwirkt hatte. Mr Kemsley klang dagegen allzu schlicht. Er wollte gerade etwas sagen, als die Dame mit den harten Gesichtszügen die andere am Ärmel zupfte und gerade so laut sagte, dass er es hören konnte: »Manche jungen Herren benehmen sich heutzutage einfach nicht so, wie es wünschenswert wäre.«

Er spürte, wie er rot wurde. Die Worte waren ein trauriges Echo der Worte, die Janes Vater zu ihm gesagt hatte, der Ben vor vielen Jahren verboten hatte, seiner Tochter den Hof zu machen. Aber vielleicht hatte Lord Ponsonby sogar recht gehabt. Er hätte eine so ahnenstolze Familie nicht ertragen und – um der Wahrheit die Ehre zu geben – auch sie hätten ihn nicht ertragen. Zumindest nun, da er beschädigt von der See zurückgekehrt war. Er konnte Gott nur dankbar sein, dass diese jugendliche Vernarrtheit so rasch vorübergegangen war und sich als nichts weiter als der überspannte Traum eines frischgebackenen Leutnants erwiesen hatte. Jane selbst hatte sehr schnell die Tiefe ihrer Gefühle bewiesen, indem sie, zwei Monate nachdem Ben wieder auf Fahrt gegangen war, einen anderen geheiratet hatte.

Er sah die junge Dame an, deren Erröten bewies, dass sie alles mit angehört hatte und immerhin einen Funken Mitleid für ihn empfand, nickte kurz und stakste davon. So viel zu einem Empfehlungsbrief des Prinzregenten. Er kräuselte verächtlich die Lippen. Was für eine Dummheit, sich auf Derartiges auch nur das Geringste einzubilden!

»Kemsley!«

Ben drehte sich um. »Braithwaite! Vergeben Sie mir. Ich hatte nicht erwartet, Sie hier zu sehen.«

»Na, aber Sie haben mich doch eingeladen!«

Er grinste und reichte dem anderen die Hand. »Ich freue mich, dass Sie gekommen sind.«

Braithwaite nickte. »Eine sehr schöne Predigt. Ihr Schwager hat ja kein Blatt vor den Mund genommen.«

»David ist ein guter Prediger.« Er hielt kurz inne, dann fuhr er fort: »Er predigt die Wahrheit.«

Sein Freund sah plötzlich traurig aus. »Ich würde ja gern glauben, aber ...«

»Aber Sie können Ihre Zweifel nicht überwinden.«

»Wie kann ein gütiger Gott zulassen, dass ich noch lebe? Beantworten Sie mir das.«

»Braithwaite, haben Sie denn nicht zugehört? Keiner von uns ist ohne Schuld. Nicht ein Einziger. Der einzige vollkommene Mensch, der je gelebt hat, ist unser Herr selbst. Und sogar Jesus hat sich geweigert, einen Stein aufzuheben.«

Als hätte er gar nicht zugehört, schüttelte Braithwaite nur den Kopf und murmelte: »Aber ich hätte darauf bestehen sollen, dass ein Chronometer benutzt wird. Und jetzt ist Miss York tot und ich bin schuld.«

Ben unterdrückte einen Seufzer. Was war nötig, damit ein Mensch sich selbst vergab? Selbstanklage fraß einen auf, bis jegliches Selbstwertgefühl verschwunden war. Der Einzige, der einen heilen konnte, war Jesus. Dazu musste man ihm aber Glauben schenken.

Er legte dem anderen die Hand auf den Arm. »Vergessen Sie nicht, dass Gott Sie liebt.«

Braithwaite lachte höhnisch. »Deshalb muss ich weiterleben und mich quälen.« Er sah ihn verzweifelt an. »Können wir uns diese Woche noch einmal treffen?«

»Leider nicht. Ich muss meine Schwester zu meinem Bruder nach Kent bringen.«

»Tessa?«

Ben nickte. Das Leuchten in Braithwaites Augen erlosch. Er müsste es sich eigentlich verbitten, dass der Mann einfach so Tessas Vornamen benutzte. Matilda hatte recht, es war für alle das Beste, Tessa aus Brighton – und damit von Braithwaite – fortzubringen. »Danach bin ich dann in London. Ich schreibe Ihnen, dann können wir uns dort mal sehen, wenn es Ihnen recht ist.« Er zögerte, dann sprach er weiter: »Ich will auch Burford und Lancaster besuchen.«

Braithwaite stöhnte. »Das wäre die reinste Qual.«

»Es muss ja nicht sein.«

»Doch, es muss sein.«

Ben sah, das Tessa auf sie zukam. »Ich muss leider gehen.« Er nahm Braithwaites Hand »Ich bete für Sie.«

»Das habe ich nötig«, war die gemurmelte Antwort.

Ben zwang sich zu einem Lächeln, ging auf seine Schwester zu und zog sie sanft, aber bestimmt zur Seite.

Sie spähte über seine Schulter. »Das war doch Kapitän Braithwaite.«

»Er hat es ein wenig eilig.« Sofort bereute er heftig, was er gesagt hatte.

»Aber ich wollte mich doch noch verabschieden.« Sie seufzte. »Ich möchte nicht nach Kent. Ich möchte nicht zu George.«

»Es wird schon nicht so schlimm werden. Wo ist Mattie?«

»Ach, sie hat doch immer jemanden, mit dem sie dringend reden muss.« Ihr Gesicht hellte sich auf. »Aber ich habe gesehen, dass sie mit Miss DeLancey gesprochen hat. Wie schön, dass sie gekommen ist. Sie war bis jetzt noch nie bei einem Gottesdienst.«

Er kannte Miss DeLancey nicht und sie interessierte ihn auch nicht, aber er hätte gern mehr über eine hübsche Dunkelhaarige namens Clara erfahren.

Er sah über die Schulter zurück.

Und blickte in grüne Augen.

Sein Herzschlag beschleunigte sich. Clara sah sich nach ihm um, während die ältere Dame sie fortzerrte.

Kapitel 6

Im Wohnzimmer hörte man Klavierspiel. Clara spielte gerade den letzten Satz; jetzt ließ sie die Hände sinken. Ein wenig Mozart hatte schon immer geholfen, ihren inneren Aufruhr zu besänftigen.

»Sehr schön, meine Liebe.« Ihre Mutter stand in der Tür. »Schön, dich wieder spielen zu hören.«

Clara lächelte. Ihr Arm tat immer noch weh; das Spielen war nicht ganz einfach gewesen, doch sie hatte es gebraucht, und wenn auch nur, um die beunruhigenden Gedanken zu vertreiben, die sie seit der Begegnung am Sonntag nicht mehr losließen.

Er hatte sehr viel attraktiver und kultivierter gewirkt, als sie nach den früheren Begegnungen mit ihm und seinen beunruhigenden Blicken für möglich gehalten hätte. Sie hatte nicht anders gekonnt, als seine gepflegte Erscheinung zu bewundern. Er trug einen gutgeschnittenen dunkelblauen Mantel, der sich um seine breiten Schultern schmiegte – Schulterpolster waren hier wahrlich überflüssig! –, und Hosen, die seine muskulösen Beine betonten. Seine Krawatte war so exakt gebunden, dass nicht einmal Richard etwas daran auszusetzen gehabt hätte. Mutter hatte natürlich die vorlauten Manieren des Unbekannten kritisiert und eine unfreundliche Bemerkung über seinen gebräunten Teint gemacht, der darauf schließen ließ, dass er zu viel Zeit in der Sonne verbrachte. Clara hatte ihre Gedanken für sich behalten: dass die Bräune seine blauen Augen betonte und dass seine Manieren sie an die offene und ungezwungene Matilda erinnerten. Sie hoffte – ja, sie hatte darum gebetet –, dass, falls sie sich wieder begegneten oder vielmehr, wenn sie sich wieder begegneten, was bei den wenigen Leuten, die das ganze Jahr über in Brighton blieben, sehr wahrscheinlich war, er sich nicht an ihre erste Begegnung auf den Klippen in der stürmischen Nacht erinnerte.

»Wann kommt die Frau des Vikars?«

»Mutter, das klingt, als hieltest du seinen Beruf für etwas Schädliches.«

»Das tue ich ja auch. Schädlich für unsere Art zu leben.«

Vielleicht für unsere Selbstsucht, ja. Clara presste die Lippen zusammen. Nach Mr McPhersons Predigt spürte sie eine innere Ruhelosigkeit, ein Ziehen, das nur die Musik zeitweise beschwichtigen konnte. Doch sie bezweifelte, dass irgendetwas ihre Seele wirklich heilen konnte.

Es läutete an der Tür.

Clara erhob sich vom Klavierschemel und ging zu ihrer Mutter ins Wohnzimmer. Aus der Diele hörte sie ein Murmeln, dann ging die Tür auf und Mrs McPherson wurde angekündigt.

Wie schon früher, reagierte Clara auch diesmal auf Matildas strahlendes Lächeln ebenfalls mit einem Lächeln. Dann plauderten die beiden ein Weilchen mit Claras Mutter, doch das Gespräch beschränkte sich auf konventionelle Höflichkeiten: das Wetter, gemeinsame Bekannte, Neuigkeiten aus London. Offenbar bestand Matilda Mutters geheimen Test, denn sie bestellte Tee.

Als Meg mit dem Tee und einem Teller Johannisbeertörtchen zurückkam, war Mutter bereits höchst konziliant und fragte sogar schon nach Matildas Familie.

»Wie ich es verstanden habe, lebt ihre Familie in Kent?«

»Ja, meine Dame. Wir sind nicht weit von Chatham Hall aufgewachsen, wo Vaters Cousin die Baronetswürde besaß. Vater ist gestorben, bevor er den Titel geerbt hat, der dann vor zwei Jahren auf meinen Bruder George übergegangen ist.«

»Und Ihre Mutter?«

»Sie starb, als wir noch ganz klein waren.«

»Das tut mir leid«, murmelte Clara.

»Ja, ja, natürlich«, sagte Mutter und bot ihrem Gast noch Tee an. »Und ist Ihr Bruder verheiratet?«

»Meine beiden Brüder sind unverheiratet.«

Clara unterdrückte ein Lächeln. Natürlich, weil einer von ihnen noch ein Junge war.

Mutter seufzte. »Wir hatten eigentlich erwartet, dass Clara längst verheiratet wäre, aber das Leben hält manchmal grausame Überraschungen für uns bereit.«

Das innere Lächeln erlosch.

»Ganz richtig, Lady Winpoole.« Matildas ernster Ton, der rasche – mitleidige? – Blick, den sie Clara zuwarf, ließ diese erstarren. Wusste sie etwas über ihre jämmerliche Vergangenheit?

Glücklicherweise schien Mutter zufrieden mit dem Schaden, den sie bis jetzt angerichtet hatte, und zog sich bald darauf zurück. Als sie fort war, herrschte erst einmal ein verlegenes Schweigen zwischen den beiden jungen Frauen. Sollte Clara jetzt Erklärungen liefern? Oder lieber doch nicht? Aber was spielte das schon für eine Rolle? Ihre Geschichte war nichts Besonderes; sie spielte sich so in Hunderten von Salons und Wohnzimmern ab.

»Bitte verzeihen Sie die Bemerkungen meiner Mutter. Sie ist sehr verbittert. Ich hatte eigentlich einen Grafen heiraten sollen, wissen Sie?«

»Oh!« Matildas Augen wurden ganz rund. »Nein, das wusste ich nicht.«

Wo war sie die letzten zwei Jahre gewesen? Die Geschichte der Hochwohlgeborenen Clara DeLancey, deren Verlobung mit dem Grafen Hawkesbury sich zerschlagen hatte, war doch wahrhaftig in aller Munde gewesen. Oder war sie vielleicht noch unbedeutender, als sie gedacht hatte?

Matilda beobachtete sie, dabei biss sie sich auf die Lippen, als sei sie unsicher.

Damit waren sie schon zwei. Sollte sie weitererzählen? Oder hatte sie vielleicht schon zu viel gesagt? Doch unerklärlicherweise empfand sie das Bedürfnis weiterzusprechen. Matilda McPherson war der erste Mensch seit langer Zeit, der Clara seine Freundschaft angeboten hatte. Und wenn sie wirklich nichts wusste, dann konnte Clara ihr wenigstens ihre eigene Sicht der Dinge erzählen und ihre Freundin gewann nicht einen ganz falschen, von bösartigem Klatsch bestimmten ersten Eindruck.

»Es war der Graf von Hawkesbury«, wiederholte sie.

»Oh! Ich habe schon von ihm gehört. Soll ein guter Sportler sein. Und ein Kriegsheld, nicht wahr?«

Sie nickte. Er war in allem gut. Er war sogar gut darin, einem Mädchen den Laufpass zu geben. Wieder schlug die Verbitterung über ihr zusammen.

»Ich erinnere mich«, sagte Matilda jetzt. »Hat er nicht vor einem Jahr geheiratet?«

Sie nickte ruckartig.

»Das muss sehr schwer für Sie gewesen.« Das Mitleid in Matildas Augen trieb ihr die Tränen in die Augen. »Hatte er Ihnen einen Antrag gemacht?«

»Ja. Nein.« Sie schluckte. »Es wurde stillschweigend vorausgesetzt … alle gingen davon aus.«

»Aber er offenbar nicht, wenn er eine andere geheiratet hat.«

»Es war der größte Wunsch unserer Mütter.«

»Aber nicht seiner.«

Ihr wurde heiß, sie brachte mit großer Mühe ein raues Nein heraus.

»Verzeihen Sie mir, Clara. Ich wollte Sie nicht kränken.«

»Ich bin nicht gekränkt«, log sie. Es war ein Fehler gewesen. Sie sah zu der großen Standuhr hinüber. Wie konnte sie ihre Besucherin jetzt so schnell wie möglich loswerden?

»Ich habe Sie verstimmt.« Matilda seufzte. »Es tut mir leid. Mütter wünschen sich natürlich, dass ihre Kinder eine gute Partie machen, aber manchmal sind sie auch blind und halten etwas für gut, obwohl es in Wirklichkeit das Gegenteil ist.«

Wie konnte die Heirat mit einem Grafen etwas anderes als gut sein? Wie konnte das Verlachtwerden etwas anderes als schlecht sein? Und konnte es gut sein, in Dutzenden von Ballsälen Gegenstand des Klatsches zu sein?

»Sie glauben mir nicht.«

Clara zwang sich zu einem Lächeln. »Ich muss zugeben, in den beiden letzten Jahren habe ich mich nicht besonders gut gefühlt.« Und wie von einer höheren Macht gezwungen, murmelte sie etwas von ihren fehlgeschlagenen Versuchen, ihn zurückzugewinnen, und von ihrer Verzweiflung.

»Du meine Güte.« Jetzt glänzten auch in Matildas Augen Tränen.

Angesichts ihres Mitleids schlug Clara die Augen nieder; ihre letzten Verteidigungswälle stürzten ein. »Ich habe ihn – und sie – gehasst, jedenfalls anfangs. Ich habe sie abgründtief gehasst!« Sie blickte auf. »Sie halten mich sicher für einen schlechten Menschen, weil ich solche Dinge zugebe.«

»Ich halte Sie für ehrlich, nicht für schlecht.«

Clara wischte sich über die Augen. Warum gestand sie solche schlechten Gefühle ein? Konnte sie Matilda überhaupt vertrauen? Doch es war, als sei ein See über die Ufer getreten; die Gefühle waren nicht mehr aufzuhalten. »Und jetzt hasse ich mich selbst, weil ich so lange einen Menschen geliebt habe, dem nicht das Geringste an mir lag.« Sie schluchzte auf; die Demütigung war zu groß. So konnte man bestimmt keine Freunde gewinnen, geschweige denn welche halten!

Doch bevor die Scham sie ersticken konnte, spürte sie, wie Matilda sie in die Arme schloss. Sie wurde ganz steif. Matildas Umarmung wurde nur noch fester. Nach einem kurzen Moment entspannte Clara sich, zu schwach, um sich noch zu wehren. Ihr übergroßer Stolz schwand unter dem Gewicht aufrichtigen Kummers und der Last der Einsamkeit, die sie so lange in ihrem Würgegriff gehalten hatte.

Sie schloss die Augen. Spürte, wie Matilda ihr übers Haar strich, wie sie es sich damals von ihrer Mutter gewünscht hätte. Wie lange war es her, dass jemand ihr mit Zuneigung begegnet war? Wie lange war sie nicht mehr so getröstet worden? Ihre Eltern waren zornig gewesen, aber sie hatte nie Tränen in ihren Augen gesehen, so wie jetzt in Matildas. War es der Schlag gegen ihre Ehre gewesen, der sie so wütend gemacht hatte? Manchmal war es schwer zu sagen; irgendwie schienen sie auch ihr zu zürnen. In ihrer Familie hatte es nie viel Wärme und Zuneigung gegeben. Vielleicht schlummerte die Liebe ihrer Eltern, wie eine Zwiebel, unter Schichten von Pflicht und Stolz. Trotzdem zog sie das ehrliche Gefühl vor, das sie jetzt bei Matilda wahrnahm, auch wenn sie wusste, dass Mutter vor Scham sterben würde, wenn sie zurückkäme und Zeuge dieses unschicklichen Verhaltens werden würde.

Clara holte tief Luft und löste sich aus der Umarmung; dabei nahm sie einen leisen Hauch von Lavendelduft wahr. Sie strich sich glättend über das Haar und trocknete ihre Tränen, ganz rot vor Verlegenheit. »Es tut mir leid!«

»Sie brauchen sich nicht zu entschuldigen. Mir würde es in Ihrer Situation genauso gehen.«

Ihre Freundlichkeit legte sich um Clara wie eine weiche Decke und ließ sie sagen: »Ich ... ich fühle mich so verloren, als wüsste ich gar nicht mehr, wer ich bin.«

Beide schwiegen. »Wer ist Clara?«

»Verzeihung?«

»Wer sind Sie? Wirklich?«

Clara lehnte sich zurück und dachte nach. Wer war sie? Die Tochter eines Viscounts? Ein Mensch, dessen Hauptinteresse der Erwerb neuer Kleider war? Vergnügungen? War sie in einem Traum verloren, der nie Wirklichkeit werden würde? Der Graf war weitergegangen. War es nicht Zeit, dass sie dasselbe tat?

»Wollen Sie wirklich zulassen, dass der Korb, den Sie von einem Mann bekommen haben, Ihr ganzes weiteres Leben bestimmt?«

Clara lachte rau. »Ich glaube, es ist eher die Summe aller Männer, die mir einen Korb gegeben haben.«

»Gott gibt Ihnen keinen Korb, Clara.«

Die Worte legten sich um ihr Herz, das zarte Ziehen, das sie in den letzten Tagen gespürt hatte, wurde stärker. »Ich weiß nicht ...«

»Aber ich. Ich weiß, dass Gott Sie liebt und dass seine Pläne für Sie gut sind.«

Matildas mit so großer Sicherheit gegebene Antwort machte ihr ein ganz klein wenig Hoffnung. Nahm Gott sie wirklich wahr? War es möglich, dass dem Schöpfer des Universums etwas an ihr lag?

»Vielleicht wird es Zeit, dass Sie Gott erlauben, Sie zu heilen und Ihnen zu zeigen, wer Sie in seinen Augen sind.«

Clara schluckte. »Vielleicht.«

»Habe ich nicht Klavierspiel gehört, als ich gekommen bin?«

Sie blinzelte, der Themenwechsel überraschte sie. »Ich ... äh, ja. Ich habe gespielt.«

Matilda lächelte. »Dann bin ich sicher, dass Gottes Pläne für Sie Ihr musikalisches Talent miteinbeziehen. Sie spielen wirklich gut.«

»Danke.« Sie verbiss sich einen stolzen Kommentar, nämlich dass sie früher in den vornehmsten Salons Londons gespielt und gesungen habe. Diese Zeiten waren lange vorbei.

Matilda zog die Brauen hoch, dann lächelte sie. »Könnten Sie uns nicht helfen und bei der Mission spielen? Benjie, mein Bruder, möchte den Seeleuten und Soldaten helfen, die im Krieg versehrt wurden.« In ihren Augen stand schon wieder der Schalk. »Wenn Sie spielen, werden alle ganz wild darauf sein zu kommen.«

»Oh. Ich ...« Wie konnte sie nur einigermaßen höflich ablehnen? Aber, so kam es kritisch aus einer Ecke ihres Herzens, sie wollte doch gar nicht ablehnen. Sie musste weiß Gott ihr Leben ändern. Außerdem hatte sie so die Möglichkeit, endlich Matildas und Tessas angebeteten Bruder kennenzulernen. »Ich komme gern.«

»Ausgezeichnet!« Matilda erhob sich. Sie streckte die Hand aus. »Vielen Dank für alles. Und Sie wissen hoffentlich, dass ich keinem Menschen gegenüber auch nur ein Wort über Ihren Kummer verlauten lasse.«

»Das weiß ich«, sagte sie, überrascht über diese Zusicherung. Sie hatte gewusst, dass sie ihrer neuen Freundin vertrauen konnte, doch heute hatte ihre Freundschaft an Tiefe gewonnen. »Danke, dass Sie mich nicht verurteilen.«

»Ach, wissen Sie, wir alle haben Dinge, für die wir uns schämen. Und falls es Ihnen hilft, ich bin Mr McPherson erst begegnet, als die Leute bereits sicher waren, dass ich mein Leben als alte Jungfer beschließen würde. Das zeigt nur, dass gute Dinge es wert sind, auf sie zu warten.«

Claras Lächeln fiel ein wenig ironisch aus. Anscheinend wartete sie auf jemand ganz Besonderen.

Chatham Hall, Kent

»Aber George, verstehst du denn nicht? Das geht nicht! Wenn Tessa Braithwaite heiratet, ist sie für immer eine Gefangene seines Weltschmerzes.«

Sein Bruder betrachtete sich im Spiegel und zupfte an seiner soeben erst zurechtgezogenen Jacke. »Wie kann der Mann sich selbst die Schuld geben, wenn du es offensichtlich nicht tust? Das ist mir völlig unverständlich.«

Ben verbiss sich die Antwort, die er ihm im ersten Moment beinahe gegeben hätte. Und er verbiss sich auch die zweite Antwort. Es gab vieles, was seinem stutzerhaften Bruder unverständlich war, insbesondere alles, was mit Selbstaufopferung zu tun hatte. Er trat an das Fenster, das auf den Garten hinausging, der so grün war wie die Bäume Ceylons in seiner Erinnerung. Was den Schiffbruch, an dem er sich die Schuld gab, betraf, so war er damit bereits vor Monaten ins Reine gekommen. Der Schiffbruch der *Ansdruther* war eine unvorhersehbare Tragödie gewesen, die zwar möglicherweise durch den Einsatz von Braithwaites kostbarem Chronometer hätte vermieden werden können, aber der Wind und die Wellen waren so stark gewesen, dass sie höchstwahrscheinlich auch dann den Verlust von Menschenleben zu beklagen gehabt hätten, wenn sie nicht gegen das Riff getrieben wären.

»Verzeihung, Sir?«

Bei der Frage des Dieners und Georges gemurmelter Antwort verschwand der beruhigende Anblick ordentlicher Baum- und Gebüschreihen vor seinen Augen. An seine Stelle traten die Erinnerungen an jene schicksalhafte Fahrt. Er hatte Soldaten und ihre Angehörigen zurück nach England bringen sollen und war an der Südspitze Afrikas von einem plötzlichen Wetterumschwung überrascht worden. Völlig unvermittelt hatte sich der Himmel mit dichten, düsteren Wolken überzogen. Der Wind schwoll zum Sturm an, so gewaltig, dass kräftige Männer von den Füßen geweht wurden. Ein Mast brach mit einem entsetzlichen Krachen. Dann das grauenhafte Geräusch, das kein Seemann je hören wollte, als das Schiff an dem Riff entlangschrammte. An jenem Tag war seine Karriere, seine ganze Welt mit einem ohrenbetäubenden Getöse eingestürzt.

Am Himmel erschienen silberne Streifen, die ihre Finger nach ihm auszustrecken schienen. Um ihn herum erklangen die Schreie der Menschen, nur um sogleich vom gefräßigen Sturm verschlungen zu werden. Das Meer – so lange sein Freund – war zum tödlichen Feind geworden.

Die Tochter des Admirals, Miss Marianne York, kam an Deck; ihre gewöhnliche eigensinnige Unbekümmertheit verstummte angesichts der Sorge, die hier oben herrschte.

»Miss York, ich muss Sie leider bitten, wieder nach unten zu gehen.«

»Ich habe schon viele Stürme erlebt, Kapitän Kemsley. Mein Vater ...«

»Nicht auf meinem Schiff.« Leichtsinniges, dummes Ding. »Bitte gehen Sie unter Deck.«

»Aber ...«

»Runter! Sofort!«

Sie zog einen Flunsch, machte auf dem Absatz kehrt und verschwand, sodass er sich wieder auf die stürmische See konzentrieren konnte.

Gott, hilf uns! Die Angst zerrte an ihm. Er stemmte sich gegen den Wind, versuchte mit aller Kraft, das Steuer zu bewegen. Wenn er es nur eine Winzigkeit drehen konnte, hatten sie eine Chance, eine kleine Chance, aber immerhin eine Chance. Doch die Wellen trieben sie ans Ufer.

»Kapitän!«

Ben strengte sich an, die Worte seines Leutnants zu verstehen, die vom Sturm verschluckt wurden. »Was?«

»Der Laderaum!«, brüllte Burford. »Er läuft voll! Wir müssen von Bord!«

Gott, was soll ich nur tun?

Er blickte sich auf Deck um. Seine Männer arbeiteten fieberhaft, doch in ihren starren Gesichtern war bereits die schreckliche Wahrheit zu lesen. Er hätte sein letztes Geld darauf verwettet, dass keiner von ihnen – er eingeschlossen – je eine so furchtbare Nacht erlebt hatte. Lancaster mochte noch so viel von schwersten Stürmen in der Karibik erzählt haben: Auch in seinem Gesicht stand nur noch die nackte Angst.

Ben presste die Lippen zusammen, kämpfte gegen seine eigene Todesangst, um die Stimme dessen zu hören, der ihn schon so oft gerettet hatte. Und ihre Antwort kam und mit ihr ein Stück Frieden. »Gehen Sie.«

Burford nickte, dann ging er, um die Männer zu warnen. Die fieberhafte Aktivität an Deck nahm ein neues Tempo an, als die Soldaten heraufkamen und seinen Männern halfen. Ben verzog das Gesicht. Zu viele von ihnen wirkten untergewichtig, ausgezehrt von einer fremden Sonne, von fremden Krankheiten. Als Nächste kamen die Frauen und Kinder. Beinahe hätte er aufgestöhnt, doch er richtete sich hoch auf und straffte die Schultern. Sprach zu den angstvollen Menschen, die sich um ihn geschart hatten: »Wir müssen an Land, aber ein Riff droht unser Schiff auseinanderbrechen zu lassen. Wer von Ihnen kann schwimmen?«

Ein halbes Dutzend Soldaten hob die Hände. Seine Männer konnten alle schwimmen, das wusste er.

»Sie werden schwimmen müssen. Die Frauen und Kinder müssen ins Rettungsboot«, Gott sei Dank passten sie alle in eines, »und die Übrigen müssen sich greifen, was immer sie zu fassen bekommen, und versuchen, irgendwie ans Ufer zu gelangen. Es gibt hier messerscharfe Korallen, aber Sie müssen da durch. Lassen Sie sich von nichts aufhalten.«

Denn die Korallen waren nicht die Einzigen, denen nach einem menschlichen Körper gelüstete, vor dieser südlichen Küste schwammen tödliche Raubtiere im Wasser.

Das Rettungsboot war gerade zu Wasser gelassen worden, als der Mast mit einem letzten, nervenzerfetzenden Krachen herunterkam und alle, die noch an Deck waren, mit sich ins Meer riss.

Er erinnerte sich an den Schock, als er auf das Wasser aufprallte. Ein Fass traf ihn am Kopf. Er konnte kaum noch etwas sehen. Er kämpfte in heller Panik darum, inmitten haushoher Wellen über Wasser zu bleiben und nicht ein weiteres Mal von herumfliegenden Wrackteilen getroffen zu werden. Todesangst packte ihn, als sein Fuß sich in einem Seil verfing und sein Knie sich verdrehte, bis es nutzlos war.

Um sich herum hörte er die panischen Schreie und darüber das Platschen der Ruder. Bis eine riesige Welle ihn nach unten zog. Als er, fast erstickt, wieder nach oben kam, würgte und spuckte er und blickte um sich. Der Sturm war in einen steten Regen übergegangen, wie es an diesem Küstenstreifen Afrikas so oft geschah. So schnell ein Sturm aufkam, so schnell legte er sich auch wieder. Er schwamm los. Um ihn herum klammerten Menschen sich an Wrackteile, die wie Korken auf dem mitternächtlich dunklen Meer schwammen.

Ein furchterregendes Ächzen und Knarren ließ ihn zurückblicken. Das Wrack der *Ansdruther* legte sich auf die Seite. Die Kanonen unter Deck mussten ins Rutschen gekommen sein. »Achtung!«

Sein Schrei alarmierte Burford, der die Männer neben sich warnte. Sie schwammen wie die Verrückten; dann stürzte der gigantische Mast ins Meer, nur Zentimeter von der Stelle entfernt, an der sie sich soeben noch befunden hatten.

Als der Mast aufs Wasser traf, entstand eine neue Welle, die das Rettungsboot wild schaukeln ließ. Neben dem Boot schwammen vier Seeleute; sie versuchten, es zum Ufer zu schleppen, doch es legte sich schräg und Miss York ging über Bord.

Ben hievte den korpulenten alten Major Dumfrey auf eine hölzerne Planke, befahl ihm, sich festzuhalten, und tauchte unter den Wellen nach Miss York.

Wo war sie? Panik presste ihm die Brust zusammen. Er konnte die Tochter des Admirals nicht ertrinken lassen. Er würde die Tochter des Admirals nicht ertrinken lassen! *Herr, hilf!*

Da!

Ihr weißes Kleid schwebte wie Engelsflügel um sie herum. Er streckte die Hand aus, griff nach ihrem Kleid und zog sie mit aller Kraft an die Wasseroberfläche.

»Ich habe Sie«, stieß er, erneut Wasser spuckend, aus, legte einen Arm um ihre Brust und begann verzweifelt, ans Ufer zu schwimmen. Die Wellen zogen ihn immer wieder hinaus. Seine Muskeln brannten. Er presste die Zähne zusammen und kämpfte weiter. Er würde es schaffen! Er musste!

Die Korallen ritzten und schnitten. Weiter vorn sah er Männer auf dem Sand zusammenbrechen. Über dem erbarmungslosen Rauschen des Regens und der Wellen hörte er das Schleifen von Holz, sah, wie die Frauen und Kinder aus dem kleinen Boot geholt und an Land getragen wurden.

Er sah die Frau an, die er im Arm hielt. Ihre Augen waren offen. Sie sprach nicht, wahrscheinlich verschloss ihr die Angst den Mund. An ihrer Stirn sickerte ein kleines Rinnsal Blut herunter. Wenigstens kämpfte sie nicht gegen ihn, nicht wie andere Menschen in Panik, wie er es auch schon gesehen hatte.

Endlich fanden seine Füße festen Boden, seine Knie schrien nach Ruhe.

»Kapitän!«

Hände streckten sich aus, befreiten ihn von seiner Last.

Er stolperte auf den Sand, brach keuchend zusammen. Er war nicht mehr der Jüngling von einst, doch mit neunundzwanzig war er noch immer einer der jüngsten Kapitäne der Königlichen Marine.

Er stemmte sich hoch, schwankte kurz, weil sein Knie ihn nicht trug, und ließ den Blick über den Uferstreifen voller durchnässter, verschmutzter Menschen schweifen. »Fehlt jemand?«

Lancaster zählte die Köpfe. »Alle vollzählig anwesend.«

»Gott sei Dank!« Er erteilte noch ein paar Befehle. Plötzlich sah er, dass sein Zweiter Leutnant auf eine Stelle hinter ihm blickte. Er drehte sich um und sah sich einer weiteren Katastrophe gegenüber. Der Wundarzt des Schiffs blickte von Miss Yorks leblosem Körper auf und schüttelte den Kopf. »Es tut mir leid, Sir.«

Erst in diesem Augenblick war ihm die Bitterkeit des Rettungswunders bewusst geworden.

»Es tut mir leid, Sir.« Die Stimme des Dieners holte ihn ins Hier und Jetzt zurück. Die schrecklichen Szenen verblassten; der Garten tauchte wieder auf. Ben schluckte. Schüttelte den Kopf. Wenn er die Erinnerungen doch auch so abschütteln könnte!

Er zwang seine Gedanken zurück in die Gegenwart und drehte sich zu seinem Bruder um, jenem Bruder, der ihn nie verstanden hatte und leider wohl auch nie verstehen würde. »Um noch einmal auf Tessa zu kommen. Hast du irgendwelche Pläne für die Zukunft deiner Schwester?«

»Ich muss zugeben, dass ich darüber noch gar nicht nachgedacht habe.«

Das überraschte Ben nicht. »Dann sollten wir allmählich damit anfangen. Ich muss bald nach London, danach gehe ich zurück nach Brighton, aber ich glaube nicht, dass es Mattie gefällt, wenn wir uns noch länger bei ihr herumdrücken.«

»McPherson ist wohl zu knauserig, was?«

Ben ballte die Fäuste und atmete tief ein, um seine Stimme wieder in die Gewalt zu bekommen. »Er ist überhaupt nicht knauserig. Ganz im Gegensatz zu anderen.« Er sah seinen Bruder ruhig an.

George wurde rot. »Ich weiß gar nicht, wie du dir das vorstellst. Was soll ich denn mit dem Mädchen anfangen?«

»Sie ist deine Schwester. Lade doch Tante Adeline ein. Jedenfalls trägst du die Verantwortung für Tessa, jetzt, wo du das Familienoberhaupt bist.«

»Aber warum kannst du nicht ...«

»Weil ich nicht glaube, unsere Schwester gut verheiraten zu können, wenn sie unter den Umständen, die ich mir leisten kann, im kargen Haushalt eines Junggesellen wohnt.«

George stand vor Verblüffung der Mund offen. »Wie meinst du das? Hast du denn nicht eine Riesensumme für deine Heldentaten erhalten?«

»Der Prinzregent hat es mir zugesagt, ja, aber ich habe noch keinen Penny gesehen.« Er kämpfte gegen die wachsende Frustration an. Er wollte nicht von einem königlichen Versprechen abhängig sein, aber das Geld käme ihm im Moment sehr gelegen. Den größten Teils seines eigenen Geldes hatte er den Witwen von Smith und Anderson gegeben. Die beiden Seeleute hatten zwar den Schiffbruch überlebt, waren aber drei Wochen später an Malaria gestorben. Es schien ihm nicht richtig, Geld zu besitzen, wenn zwei Leute aus seiner Mannschaft Familien hatten, die Not litten.

Er zwang seine Gedanken zurück zum gegenwärtigen Thema. »Außerdem, was ich auch verdient habe, ist nichts im Gegensatz zu deinem Einkommen als Baronet.«

Sein älterer Bruder kniff die Augen zusammen.

Ben unterdrückte ein Seufzen. Vielleicht war es Zeit für eine emotionalere Ermahnung. »Liebst du deine Schwester denn gar nicht, George?«

»Natürlich tue ich das!«

»Dann wäre es vielleicht an der Zeit, es zu beweisen.«

»Aber, aber ...«

»Um Himmels willen! Gut. Gib mir die Mittel, dann richte ich ihr ein Haus ein.«

«Du hast *gar* nichts?« George quollen beinahe die Augen aus dem Kopf. »Ich dachte ...«

»Ich weiß, was du dachtest! Und ich sehe auch, was du im Moment denkst.«

»George will mich nicht?«

Die leise Stimme ließ ihn zur Tür blicken. »Tessa!«

George wurde dunkelrot. »Tessa, meine Liebe, natürlich freue ich mich, wenn du bei mir bleibst!«

»Ich glaube dir nicht.« Sie presste die Lippen zusammen und sah Ben flehend an. »Bitte nimm mich wieder mit!«

Er holte tief Luft. »Ich wünschte, ich könnte es. Vielleicht wenn ich mich eingerichtet habe …«

»Wann wird das sein?«, fragte George. Es klang beinahe höhnisch. »Ich könnte mir denken, dass es mehr als genug Damen gibt, die gern einen Helden kennenlernen würden.«

Wenn ja, dann war er noch keiner begegnet.

»Warum redest du immer so mit ihm, George?«, fragte Tessa und sah zwischen ihnen beiden hin und her. »Es klingt, als seist du neidisch.«

Ben warf seiner Schwester einen dankbaren Blick zu und setzte rasch wieder eine nichtssagende Miene auf, bevor George zu ihm herübersah.

»Einen dermaßen schlecht gekleideten Mann würde ich nicht beneiden, und wenn mein Leben davon abhinge.«

Ben unterdrückte ein ironisches Lachen. »Hoffen wir, dass es nicht so weit kommt.«

Sein Bruder runzelte die Stirn und Ben nutzte seine momentane Verwirrung, um Tessa aus dem Zimmer zu ziehen. Nach ein paar Minuten eiliger Erklärungen war sie bereit, ein oder zwei Wochen zu bleiben. Trotz seines Zögerns besaß George doch einen Sinn für familiäre Pflichten, hoffte Ben jedenfalls.

»Und ich verspreche, dich bald nach London zu holen.«

»Aber nicht zurück nach Brighton?«

Er drückte sie liebevoll. »Wir wollen doch Mattie und David mal ein bisschen Ruhe gönnen, oder? Sie haben gerade erst geheiratet.«

Sie nickte langsam. »Ich hoffe, ich war keine Last für sie.«

»Eine Last? Du? Niemals!«

Tessa lachte und die Anspannung löste sich. Beide empfanden eine seltsame Mischung aus Zuversicht und Unbehagen. Denn sosehr Ben sich wünschte, dass seine Schwester bei ihm leben könnte, war das nicht ohne eine weibliche Begleitung als Anstandsdame möglich. Und er würde wohl kaum eine Dame finden, die über sein Hinken, sein mangelndes Vermögen und seinen fehlenden Titel hinwegsah und dazu auch noch über die Unannehmlichkeiten, die eine jüngere Schwester im Haus mit sich brachte, so liebenswert sie auch sein mochte.

Eine solche Frau war schlicht und einfach nicht zu finden.

Er lächelte ironisch. Es sei denn, seine Schwestern baten Gott um ein weiteres Wunder für ihren schwer geplagten Bruder.

Kapitel 7

Brighton
Eine Woche später

Clara eilte die Marine Parade entlang. Die Morgenbrise zerrte an ihrem Haar, so wie der Streit kurz zuvor noch immer an ihrer Stimmung. Sie hatte geglaubt, etwas Gutes zu tun, wenn sie Matildas Bitte erfüllte, doch sie hatte nicht damit gerechnet, dass die Reaktion ihrer Mutter auf ihre Zusage so heftig ausfallen würde.

Vor einer Stunde hatte der Diener auf einem Silbertablett die Post gebracht. Sowohl der Diener als auch die formelle Präsentation der Post waren zwei Traditionen, an denen ihre Eltern trotz ihrer neuerdings sehr beschränkten Lebensumstände festgehalten hatten. Mutter hatte die Briefe überflogen und ihr Gesicht hatte aufgeleuchtet. »Richard hat endlich geschrieben!«

Clara hatte einen leisen Ärger unterdrückt, während ihre Mutter den Brief las.

»Er will zu Besuch kommen.«

»Wie schön«, sagte Clara ausdruckslos, als sie merkte, dass ihre Mutter eine Antwort erwartete.

»Und ob es schön sein wird, deinen Bruder wiederzusehen! Nicht dieser Ton, meine Liebe.«

Oh doch, dieser Ton war völlig berechtigt. Als reichte Claras eigene Demütigung nicht aus, hatte Richard der Familie den letzten Schlag versetzt. Sein törichter Versuch zu helfen, hatte sie in so tiefe Schande gestürzt, dass nicht einmal der selbstgerechte Zorn ihrer Eltern sie wegerklären konnte.

Es gelang ihr, ein höfliches Gesicht zu wahren, während Mutter noch etwas über den armen Richard murmelte, wobei sie offenbar ganz vergaß, dass Richard der Grund dafür war, dass ihre Situation sich in den letzten achtzehn Monaten so drastisch verschlechtert hatte.

Als sie sich endlich über Richards traurige Verfassung beruhigt hatte, griff ihre Mutter nach dem nächsten Brief. Clara murmelte etwas, dass sie noch einmal in die Stadt gehen müsse.

Doch da hatte Mutter von dem Brief, den sie gerade las, aufgeblickt. »Meine Liebe, du hast doch ganz sicher nicht vor, diese Frau und ihre schrecklichen Leute noch einmal aufzusuchen!«

»Mutter, Mrs McPherson und ihr Mann versuchen einfach, denen zu helfen, die nicht so vom Glück begünstigt sind. Diese Männer, denen sie helfen, sind nicht schrecklich, sondern arm.«

»Ja, aber es sind Männer, meine Liebe. Unglücklich, zugegeben, aber es sind Männer! Es ist nicht gut für deinen Ruf, wenn sich herumspricht, dass du mit solchen Menschen verkehrst.«

Ihr wurde heiß vor Zorn. »Ich verkehre nicht mit ihnen, Mutter«, sagte sie steif.

»Du missverstehst mich, meine Liebe.«

Clara zog die Brauen hoch. »Wirklich?«

Ihre Mutter schnaubte. »Ich mache mir einfach Sorgen um dich. Was, wenn einer von denen plötzlich Interesse an dir zeigt? Ich lasse nicht zu, dass dein Ruf beschmutzt wird.«

»Mutter, mein Ruf kann gar nicht noch stärker beschmutzt werden. Und ehrlich gesagt, habe ich es genossen, dass meine Fertigkeiten einmal zu etwas nütze waren.«

»Selbstverständlich sind sie zu etwas nütze. Wie auch nicht? Du bist eine außerordentlich talentierte Pianistin.« Mutter tippte auf den Brief. »Aber du darfst nicht nur an diese Menschen denken. Die liebe Lady Asquith hat für die nächsten Monate um das Vergnügen deiner Gesellschaft gebeten.«

»Ich muss schon so bald nach London?«

»Ja. Deine Patin gibt einen ihrer musikalischen Abende und

wünscht ausdrücklich, dass du teilnimmst. Deine Freundin hat doch bestimmt nichts dagegen, wenn du ein paar Wochen ausfällst?«

»Wohl nicht«, murmelte Clara.

»Sehr schön. Ich werde Penelope schreiben, dass wir versuchen, in den nächsten vierzehn Tagen zu kommen. Du brauchst wahrscheinlich neue Kleider und alles.« Mutter hatte geseufzt. »Wir werden natürlich etwas beisteuern.«

Jetzt eilte Clara den Weg entlang, zur Steyne, und dachte über Mutters Worte nach. Eine Reise nach London würde noch mehr Kosten verursachen, nutzlose Kosten, würden manche sagen. Aber das war vielleicht ihre letzte Chance, einen Mann zu finden, der ihr einen Heiratsantrag machte. War sie lange genug von London fort gewesen, dass der Tratsch verstummt war? Bestimmt sprachen die Leute inzwischen mehr über Napoleons letzte Eskapaden. Sie musste über sich selbst lächeln. Wie egozentrisch war sie doch zu denken, dass die Leute über sie nachdachten!

Sie bog um die Ecke und ging zu dem kleinen Gemeindesaal, wo die McPhersons begonnen hatten, wöchentliche Treffen für die heimgekehrten Soldaten zu veranstalten, um die Lebensgeister der Männer ein wenig zu ermuntern, die für ihr Land gekämpft hatten und jetzt behindert waren und eine Rente erhielten, die Clara nicht einmal in ihren schlimmsten Träumen für so niedrig gehalten hätte. Wie sollte ein Mann – ganz zu schweigen ein Ehemann und ein Vater – seine Familie mit weniger als zehn Pfund im Jahr durchbringen? Matildas nüchterne Information hatte Claras Probleme wirklich sehr, sehr unbedeutend wirken lassen.

Sie hatte Matilda gefragt, warum sie sich für diese Menschen einsetzte, und ihre Freundin hatte sie überrascht angesehen und geantwortet: »Wahrscheinlich wegen meines Bruders.«

Dem Reichen? Sie musste ihr ihre Verwirrung angesehen haben, denn Matilda hatte gelächelt. »Ich vergesse immer, dass nicht alle Menschen über die Verdienste meines Bruders im Krieg Bescheid wissen. Aber eigentlich kam uns die Idee, als er zurück war und sah, unter welchen furchtbaren Bedingungen die von allen vergessenen Heimkehrer lebten. Er selbst besaß Gott sei Dank genügend, aber nicht alle hatten dieses Glück, deshalb hat er fast sein ganzes Vermögen für die weniger Glücklichen gespendet. Aber ist es denn nicht unsere Pflicht, unsere Verantwortung als Mitglieder der Kirche, denen zu helfen, die arm sind und zu kämpfen haben?« Sie nickte und sagte entschieden: »Wir müssen etwas tun.«

Was konnte Clara dagegen einwenden?

Zudem hatte sie festgestellt, dass es ihr half, sich um andere Menschen zu kümmern und nicht mehr nur über ihre eigenen Nöte nachzugrübeln. Die Traurigkeit wog nicht mehr so schwer. Die Träume plagten sie nicht mehr so sehr.

Sie stieß die Tür auf und wurde vom Geruch nach Kohlsuppe und ungewaschenen Leibern begrüßt. Gott sei Dank war Mutter nicht hier und wurde von derart unfeinen Eindrücken belästigt.

»Oh, gut! Da sind Sie ja.« Matilda kam zu ihr gelaufen. »Es scheinen doch wesentlich mehr Leute zu kommen, seit Sie letzte Woche für uns gespielt haben.«

Sie lächelte. Zum Glück konnte Mutter das Zwinkern in den Augen der Pfarrersfrau nicht sehen.

Clara nickte den Damen zu, die in der behelfsmäßigen kleinen Küche aushalfen, und ging an ihren Platz vor dem ramponierten Klavier. Matilda hatte ihren Mann überredet, es vom Pfarrhaus hierher in den Gemeindesaal schaffen zu lassen. Sie legte ihre Noten zurecht, sah die Männer an, unterdrückte ein Schaudern und fing an zu spielen.

Ganz langsam schwand der niederdrückende Geruch von Kummer und Schmutz, während die komplizierten Tonfolgen ihre ganze Aufmerksamkeit verlangten. Die Musik war schon immer ein Heilmittel für sie gewesen, eine Möglichkeit, sich in der Disziplin und Kreativität, die eine anspruchsvolle Darbietung dem Spielenden abverlangte, zu verlieren. In ihrer Welt mochte vieles nicht stimmen, doch die Musik war ein winziger Bereich, in dem alles so war, wie es sein sollte. Und während sie ihren Zuhörern ein wenig Erleichterung und Ablenkung verschaffte, besänftigten die Melodien, die sie spielte, auch ihre eigene Seele.

Sie blickte auf und sah voller Freude, wie diese Männer mit ihren Verbänden, die einen Arm oder ein Bein verloren hatten, die Augen schlossen und lächelten. Immer wenn sie spielte, schienen die Männer für einen Augenblick ihre Sorgen zu vergessen. Ihre Mutter hatte recht, manche lächelten sie an, doch sie achtete nicht darauf. Sie erwiderte ihr Lächeln, auch wenn Matilda meinte, sie solle sie nicht ermutigen, nach den Sternen zu greifen. »Denn es ist auf den ersten Blick zu sehen, dass Sie eine feine Dame sind.«

Also brauchte Mutter sich vielleicht nicht ganz so große Sorgen zu machen.

Als die Suppe ausgegeben war, kam Matilda zu ihr und Clara konnte ihr erzählen, dass sie bald nach London reisen würde.

Matildas Augen leuchteten auf. »Oh, Sie müssen mir sagen, wann Sie fahren, dann schreibe ich Tessa, wenn Sie nichts dagegen haben. Benjie hat mir versprochen, sie auf einen Besuch mit nach London zu nehmen, und sie würde sich bestimmt sehr freuen, Sie wiederzusehen. Ich glaube, sie ist manchmal ein bisschen einsam.« Sie sah Clara forschend an. »Sie haben doch nichts dagegen, Tessa zu treffen? Sonst sage ich ihr nichts von Ihren Plänen.«

»Natürlich habe ich nichts dagegen. Vielleicht möchte sie zu dem musikalischen Abend kommen, den Lady Asquith veranstaltet.«

Matildas Augen wurden ganz rund. »Wirklich? Oh, das würde sie bestimmt liebend gern! Man stelle sich vor, eine echte Lady!«

Sie unterdrückte ein Lächeln. Anscheinend hatte Matilda keine Ahnung von der gesellschaftlichen Stellung ihrer Familie. »Wenn Sie mir ihre Anschrift geben, schreibe ich ihr und teile ihr mit, wo ich in London wohne.«

»Danke«, sagte Matilda. »Es wird ihr guttun, einmal in diesen Kreisen zu verkehren. Aus ihren Briefen schließe ich, dass sie froh sein wird, der Gesellschaft meines Bruders, und sei es auch nur vorübergehend, zu entkommen. George kann auch in seinen besten Zeiten recht langweilig sein.«

»Wird er denn nicht mit ihr nach London reisen?«

Matilda zuckte mit den Schultern. »Ich weiß es nicht. Aber nach dem, was Tessa schreibt, hat sie offenbar Benjie das Versprechen abgenommen, sie dorthin zu begleiten.« Sie strahlte. »Dann werden Sie ihn endlich kennenlernen.«

»Ja.« Clara ignorierte ihr Lächeln und ordnete ihre Noten. Wirklich, Matildas eifriges Bestreben, dass Clara ihren geheimnisvollen angebeteten Bruder kennenlernte, war nachgerade absurd.

Aber warum verspürte sie ein Aufflackern von Neugier beim Gedanken an die bevorstehende Begegnung? Er war doch viel zu jung für ein ernsthaftes Interesse, oder?

London

Ben verlagerte unmerklich sein Gewicht in dem Versuch, sich an Dr. Townsends Anweisungen von vor drei Tagen zu erinnern: mäßige Bewegung, aber wenn möglich Ruhe mit hochgelagertem Bein. Außerdem sollte er einen Stützverband anlegen. Leider hatte er in den letzten Tagen wenig Ruhe gefunden.

Er sah seiner Schwester zu, die mit dem geübten Blick einer Londoner Matrone, die dreimal so alt war wie sie, durch die Regalreihen von Hookhams Leihbücherei wanderte. Jeder hätte sie für eine erfahrene Debütantin gehalten und nicht für ein junges Mädchen kurz vor der Einführung in die Gesellschaft. Aber das mochte der Einfluss ihrer Tante Adeline sein. Seit ihrer Ankunft war Ben praktisch in sämtliche Buchhandlungen Londons geschleppt worden und sogar zu einer Näherin, von der ihre Tante gesagt hatte, dass sie weder die Welt verlangen noch länger als unbedingt nötig brauchen würde. Die Mittel, die George zur Verfügung gestellt hatte, reichten für ihren Lebensunterhalt und für die Kleider und den Flitterkram aus, den die Schwester ihrer Mutter für unerlässlich hielt. Er und Tessa hatten schnell gemerkt, welch ein Segen es war, dass ihre Tante sich erbeten hatte, als Tessas Anstandsdame zu fungieren, und sie in ihrem Stadthaus in der Curzon Street aufgenommen hatte.

Tante Adelines verstorbener Ehemann hatte seine Frau gut versorgt hinterlassen und sie erwies sich jetzt als die ideale Begleitung für Tessa, denn sie besaß sowohl den erlesenen Geschmack als auch die Herzlichkeit und gute Laune, die das Wesen ihrer früh verstorbenen Mutter ausgezeichnet hatten. Sie hatte inzwischen die Witwentracht abgelegt und freute sich darauf, die Orte wiederzusehen, die sie während ihrer eigenen Saison vor so vielen Jahren geliebt hatte; von dem heutigen Ausflug hatte sie sich allerdings wegen einer leichten Erkältung entschuldigt.

Tessa suchte über einem Stapel Bücher Bens Blick. »Hast du etwas dagegen, wenn ich zwei nehme?«

»Natürlich nicht.« Er hätte auch nichts dagegen gehabt, wenn sie ein Dutzend mitgenommen hätte. Das war es ihm wert, wenn er sah, dass seine schüchterne Schwester dafür aus ihrem Schneckenhaus herauskam.

»Ich würde gern nachsehen, ob sie auch eine Ausgabe von *Mansfield Park* haben.«

»Soll das heißen, dass du dieses Buch *Waverley* vorziehst?«, neckte er sie.

Sie grinste.

Kurz darauf standen sie am Ausleihschalter. Tessa trug ihre Bitte vor, woraufhin der ältere Angestellte sofort einen sorgenvollen Blick aufsetzte. »Es tut mir leid, Miss, aber diese besondere Ausgabe ist gerade nicht vorrätig. Wir erwarten aber in der nächsten Woche eine neue Sendung. Soll ich es für Sie reservieren?«

Sie sah Ben an. Er wandte den Blick ab, weil er wollte, dass sie dem Mann selbst antwortete. »D...das wäre sehr nett, d...danke schön.«

»Sehr gern.«

Sie hinterließ ihren Namen und ihre Anschrift, dann traten sie hinaus auf die Bond Street. Das Klappern der Pferdehufe auf den

Pflastersteinen und das Rattern der prächtigen Kutschen der gehobenen Gesellschaft, die an ihnen vorbeifuhren, bildeten einen eklatanten Kontrast zu der ruhigen Atmosphäre in der Bücherei. Tessa klammerte sich an Bens Arm, doch ihre Augen leuchteten vor Vergnügen. »Ich liebe London.«

»Es ist aufregend.« Er sah hinunter in ihr strahlendes Gesicht. Ihre Begeisterung unterschied sich sehr von ihrer üblichen Zurückhaltung. Sie bot ein völlig anderes Bild als die übrigen jungen Damen, deren blasierter Gesichtsausdruck den Eindruck erweckte, als fänden sie London langweilig oder seien viel zu gut erzogen, um wahre Gefühle zu zeigen. Beides machte wenig Eindruck auf ihn. Die junge Dame, die sein Herz ansprechen wollte, musste ehrlich und aufrichtig sein und durfte ihre Gefühle weder unter den sprichwörtlichen Scheffel stellen noch so ruhig und bescheiden sein, dass man sich fragte, ob sie imstande war, überhaupt etwas zu empfinden. Er wünschte sich eine zärtliche, aber dennoch geistvolle Gefährtin, vielleicht nicht ganz so freimütig wie Matilda, aber auch nicht so still wie Tessa. Das Bild eines wilden und verzweifelten Geschöpfs auf den Klippen kam ihm in den Sinn. Er verdrängte es. Er wollte sicherlich keine fade Frau, aber er wünschte sich auch keine verzweifelte.

Sie kamen an einer Gruppe junger Herren vorüber. Dabei hörte er mehr als eine Bemerkung über die Attraktivität seiner Schwester. Ben drehte sich um, sah, dass die jungen Männer ihnen nachschauten, und warf ihnen einen Blick zu, mit dem er sich auf mehr als einem Schiff den nötigen Respekt verschafft hatte.

Im Weitergehen kam ihnen ein weiterer junger Geck entgegen, dessen Kleidung die Ansprüche noch des eingefleischtesten Nörglers erfüllt hätten. Der junge Mann – er konnte nicht älter als vierundzwanzig sein – fing seinen Blick auf. Seine Augen wurden groß, er hob sein Monokel, dann ließ er es wieder fallen. »Kemsley?«

Ben blieb stehen und zog die Brauen hoch.

»Verzeihen Sie, aber sind Sie nicht Kapitän Benjamin Kemsley von der *Ansdruther*?«

»Ja.«

Der junge Herr streckte die Hand aus. »Ich dachte doch, dass ich Sie von Ihrem Bild in der *Times* erkenne. Es ist mir eine Ehre, einem Helden zu begegnen.«

Ben bekam rote Ohren. »Guten Tag, Mr …«

»Mein Name ist Featherington. Aber ich bin ein Lord, kein Mister, Kapitän Kemsley.«

»Und ich bin ein schlichter Mister, kein Kapitän mehr.«

»Natürlich«, murmelte der junge Mann. Dann warf er Tessa einen verstohlenen Blick zu. Gleich darauf lächelte er breit. »Und Sie sind Mrs Kemsley? Unser Kapitän kann sich glücklich schätzen.«

Tessas Wangen färbten sich rot. »Ich bin Miss Kemsley«, sagte sie fast unhörbar.

Lord Featheringtons Gesicht strahlte auf. »Dann kann ich mich glücklich schätzen.« Er blickte auf ihre Romane, die mit einer Schnur zusammengebunden waren. »Wie ich sehe, lesen Sie *The Wanderer*. Meine Schwester liebt Miss Burneys Romane.«

Ben beobachtete ihn, während der junge Mann begann, mit seiner Schwester über Bücher zu reden. Ihre Augen waren ganz rund geworden, als betrachte sie ein wunderschönes Ausstellungsstück aus dem Ägyptischen Museum. Der junge Mann war aber auch außergewöhnlich gut gekleidet, dachte Ben, wenn auch eine Spur zu stutzerhaft für seinen Geschmack. Er war sozusagen der Inbegriff eines Dandys. Und dazu ein Lord? Was für ein Lord? In dieser Situation hätten sie ganz eindeutig von Tante Adelines überragenden Kenntnissen des englischen Adels profitiert.

Sein Blick wanderte zu seiner Schwester. Sie wirkte so lebhaft, wie er sie selten gesehen hatte. Ganz offensichtlich fand sie den jungen Mann sehr anziehend, was jedoch ganz sicher nicht daran lag, dass er einen Titel besaß. Und umgekehrt schien auch Tessa den jungen Mann nicht gleichgültig zu lassen, wobei Ben hoffte, dass das nicht nur an dem Versuch lag, vor ihm gut dazustehen. In den vergangenen Monaten hatte er viele Menschen kennengelernt, die nur allzu schnell bereit waren, ihrem Egoismus alles zu opfern, auch die Ehrlichkeit. Und Tessas Selbstvertrauen war noch viel zu fragil, ihr sanftes Herz und ihr Wunsch zu gefallen bedurften vorläufig der zartesten Rücksichtnahme. Allerdings sah sie heute besonders bezaubernd aus, wie sogar Tante Adeline aufgefallen war. Wahrscheinlich musste Ben sich auf Reaktionen wie die dieses jungen Mannes einstellen, wenn er seine liebliche Schwester der Männerwelt Londons präsentierte.

»… der Krieg.« Der Lord Featherington lächelte. »Oder wie denken Sie darüber?«

Ben suchte krampfhaft nach einer Antwort und begnügte sich schließlich mit dem nichtssagenden Satz: »Wir alle hoffen, dass der Krieg bald vorüber sein wird.«

»Ja. Ja, natürlich.« Lord Featherington runzelte die Stirn. »Aber bedauern Sie es, nicht mehr aktiv zu sein?«

Ben sah seine Schwester an. Sie biss sich auf die Lippen, besorgt, dass ein Gespräch über die Irrungen und Wirrungen der Zeit, in der er für sein Land gekämpft hatte, ihm überhaupt nicht gefallen würde.

Featherington schien es zu bemerken; er verneigte sich. »Verzeihen Sie mir. Ich möchte nichts ansprechen, was Sie beunruhigt, Miss Kemsley.« Ihre engelhaften Züge schienen weicher zu werden. »Ich möchte Sie überhaupt niemals beunruhigen, Miss Kemsley.«

Tessas Wangen glühten.

Lord Featherington lächelte. Er wandte sich an Ben. »Ich weiß, wie unschicklich es wirken muss, aber darf ich Sie vielleicht fragen, ob Sie mich gelegentlich in meinem Klub besuchen möchten? Ich würde sehr gern einmal über Ihre Zeit in Afrika mit Ihnen plaudern. Das Thema interessiert mich ganz ungemein, seit mein Cousin mir von Ihren Heldentaten erzählt hat.«

Aus der Art und Weise, wie er dabei immer wieder zu Tessa hinübersah, schloss Ben, dass das Gespräch über seine Missgeschicke in Afrika nicht das Einzige war, was Featherington ganz ungemein interessant fand.

Sie verabredeten sich auf übermorgen bei *White's*. An dem Abend wollte George mit Tessa und Tante Adeline in die Oper gehen, eine Veranstaltung, auf die er mit Freuden verzichtete. Kreischende Männer und kieksende Frauen waren ganz und gar nicht nach seinem Geschmack.

Nach ihrer Rückkehr stellte Tessa einige vorsichtige Erkundigungen bei ihrer Tante an. Die musterte sie erstaunt. »Oh, meine Liebe! Welch eine Ehre! Du musst diese Bekanntschaft unbedingt pflegen. Weißt du denn nicht, wer er ist?«

Tessa und Ben sahen sie mit großen Augen an.

»Der junge Featherington ist ein Viscount. Seine Schwester hat letztes Jahr den Herzog von Hartwell geheiratet.«

Er blinzelte und warf seiner Schwester einen verblüfften Blick zu.

»Lord Featherington ist der Erbe des Marquis von Exeter!«

Kapitel 8

Brighton
Zwei Wochen später

»Besuch für Sie, Miss Clara. Mrs McPherson.«

Clara legte die Stickerei beiseite, an der sie gearbeitet hatte. Ihre Laune besserte sich schlagartig. »Danke, Meg. Führe sie bitte herein.«

Das Mädchen verschwand und kehrte gleich darauf mit Matilda zurück. Clara hieß sie freudig willkommen. Ihr war erst jetzt so richtig bewusst geworden, wie einsam sie war, seit sie nicht mehr im Heim helfen durfte und Matilda nur noch sonntags in der Kirche sah.

»Sag bitte der Köchin, dass wir gern Tee hätten.«

Meg knickste. »Ja, Miss.«

Matilda setzte sich lächelnd auf das blau gestreifte Sofa. »Es gefällt mir, wie Sie das machen, ganz die vornehme Dame, obwohl doch nur ich es bin.«

Wie sollte sie ihr erklären, dass sie es gewohnt war, als Dame angesehen zu werden, wenn auch nicht unbedingt als vornehme? Am besten versuchte sie es erst gar nicht. »Reden Sie doch nicht so von sich, Matilda. Sie wissen ja gar nicht, wie sehr ich mich nach Ihrer Gesellschaft gesehnt habe.«

»Ihre Mutter wird nicht nachgeben?«

Clara antwortete vorsichtig: »Sie scheint leider zu denken, dass der Verkehr mit den Menschen im Heim unter meiner Würde sei.«

Matildas Augen blitzten auf, sie presste die Lippen zusammen, ganz offensichtlich bemüht, ihre Gastgeberin nicht mit ihren wahren Gedanken über das Verbot, im Heim zu helfen, zu kränken.

Gut, dass sie ihr nicht erzählt hatte, was Mutter wirklich gesagt hatte. Wenn Matilda gehört hätte, wie ihre guten Werke als Verhätschelung der Faulen und Arbeitsscheuen verunglimpft wurden, wäre sie wahrscheinlich empört aus dem Haus gestürmt. Dieser Kommentar aus dem Mund einer Frau, die noch nie einen Finger krumm gemacht hatte, um irgendjemandem zu helfen, geschweige denn denen, die für ihr Land gekämpft hatten, erschien Clara als Gipfel der Ironie.

»Wie geht es im Heim? Ich habe es vermisst.«

»Und Sie wurden ebenfalls vermisst! Leutnant Sanders fragt jeden Tag nach Ihnen.«

Clara unterdrückte ein Lächeln. Ebendeshalb war Mutter ja so fassungslos gewesen und hatte Clara verboten, dort hinzugehen. Sie hatte noch die entsetzte Stimme ihrer Mutter nach der unglücklichen Episode nach dem Gottesdienst vor zehn Tagen im Ohr: »Wenn Leute wie dieser Leutnant Sanders sich erdreisten, die Augen zu meiner Tochter zu erheben – mein Gott! Das reicht! Das geht einfach nicht!«

»Richten Sie ihnen allen meine besten Wünsche aus«, sagte Clara.

Meg kam mit dem Tee. Clara schenkte ihrem Gast ein, dann fragte sie: »Und was macht Tessa?«

Matildas Gesicht leuchtete auf. »Heute Morgen kam ein Brief von ihr. Es geht ihr blendend! Tante Adeline erweist sich offenbar als eine weit bessere Begleitung, als ich gehofft hatte. Anscheinend hat sie Tessa nicht nur die Kunst gelehrt, günstig an schöne Stoffe zu kommen, sondern hat sie auch modisch auf den neuesten Stand gebracht! Ich wusste immer, dass Tessa eine begnadete Näherin ist, aber das scheint genauso auf unsere Tante zuzutreffen.«

»Welch ein glücklicher Zufall«, murmelte Clara über ihre Teetasse hinweg.

»Ja, nicht?« Matilda nahm einen Bissen von ihrem Kuchen, seufzte zufrieden auf und fuhr fort: »Tessa schreibt, Benjie sei der Stolz der Stadt.«

»Wirklich?« Wie konnte man das von einem Jungen sagen?

»Ja! Anscheinend haben sie kürzlich einen netten jungen Mann kennengelernt, der Ben in seinem Klub eingeführt hat. Er scheint ein Viscount oder so was zu sein. Oh – vielleicht kennen Sie ihn?«

Vielleicht kannte er sie. Oder hatte doch von ihr gehört. Sie unterdrückte ein unsicheres Zittern und fragte: »Hat sie seinen Namen erwähnt?«

Matilda zog die Brauen zusammen. »Moment.« Sie kramte in ihrer Tasche und zog einen leicht verknitterten Brief heraus. »Da!« Sie reichte ihn ihr. »Sie hätte bestimmt nichts dagegen, dass Sie ihn lesen.«

Clara betrachtete die kindliche Handschrift. Tessas Aufregung sprang einem förmlich aus den Seiten entgegen. Sie hatte wunderschöne neue Kleider, hatte Bullocks Museum besucht, Benjie hatte versprochen, sie ins Theater mitzunehmen … da!

Ihr stockte der Atem. Nein. Das konnte nicht sein.

»Clara? Liebste? Sie wirken, als hätten Sie einen Geist gesehen.«

Sie hob den Kopf und blickte in das besorgte Gesicht ihrer Freundin. Von allen Viscounts der Vornehmen und Reichen …

»Kennen Sie ihn? Featherington, nicht wahr? Gerade ist es mir wieder eingefallen.«

Clara nickte. Oh ja, sie kannte ihn. Ihr Magen zog sich schmerzhaft zusammen. Der kleine Sahnekuchen war keine gute Idee gewesen.

»Wie ist er? Wäre er ein Heiratskandidat? Ist er nett? Tessa scheint jedenfalls davon überzeugt zu sein.«

Clara nickte wieder und gab ihr den Brief zurück, ohne weiterzulesen. »Er gilt als eine sehr gute Partie.«

»Wirklich?«

»Sein Vater ist ein Marquis.«

»Nein!« Matildas Augen wurden groß vor Staunen. »Ehrlich?«

»Ja.« Sie schluckte. Brachte ein Lächeln zustande.

Matilda schüttelte den Kopf. »Natürlich wird nichts daraus werden; Tessa ist eine hoffnungslose Romantikerin – aber man denke doch nur! Meine kleine Schwester, eine Marquise!« Sie lachte. »Sie werden mir hoffentlich genauer sagen können, was da in London wirklich vorgeht. Tessa hat bei all ihrer Schüchternheit die Neigung, alles durch eine rosarote Brille zu sehen, wohingegen Benjie sogar das Allerwichtigste übersieht und im Leben nicht auf die Idee käme, mir davon zu schreiben. Aber er ist schließlich ein Mann.« Sie stellte ihre Tasse auf den Tisch. »Ich sollte jetzt wohl gehen. Sie haben sicher alle Hände voll mit Packen zu tun. Sie schreiben mir doch, ja?«

»Natürlich.«

»Das ist Tessas Anschrift. Ich weiß, dass sie sich sehr freuen würde, wenn Sie sie besuchen, und sei es nur für ein Stündchen.«

Diesmal war Claras Lächeln echt. »Ich habe mehr als ein Stündchen Zeit für sie.«

»Vielen Dank. Ich bin froh, dass Tante Adeline, was die Gesellschaft betrifft, auf der Höhe ist, wie Benjie sagen würde, aber Sie können Tessa bestimmt helfen, gesellschaftliche Klippen zu umschiffen, in denen Tante Addy sich weniger gut auskennt.«

Fehler wie der, sich einem Mann an den Hals zu werfen, der einen nicht wollte? Sich unter keinen Umständen anmerken zu lassen, dass ein Mann einem das Herz gebrochen hatte? Zur Unterweisung in derartigen Dingen mochte Clara weniger geeignet sein, aber wie gut wusste sie inzwischen um ihre Wichtigkeit.

»Beinahe hätte ich es vergessen.« Matilda zog ein kleines Buch aus ihrer Tasche und legte es auf den Teetisch. »Das finden Sie vielleicht ganz nützlich, wenn Sie mal ein wenig Zeit übrig haben.«

»Danke.«

Ihr Gast erhob sich, kam zu ihr und umarmte sie. »Ich wünsche Ihnen eine wundervolle Zeit in London.«

Die liebevolle Geste trieb ihr die Tränen in die Augen. Sie erwiderte die Umarmung. »Danke. Ich schreibe ganz bestimmt.«

Clara winkte ihr nach, dann ließ sie sich auf ihren Stuhl fallen. Widerstreitende Gefühle überfielen sie. Die Freude, nach London gehen zu dürfen, wurde getrübt durch das Wissen, dass Tessas Vernarrtheit in Lord Featherington und seine in sie bedeutete, dass sie in näheren Kontakt mit einer Familie kommen würde, die ihr Verachtung entgegenbrachte. Sie presste die Lippen zusammen. Wie um alles in der Welt konnte sie das vermeiden?

»Wen haben wir denn da?«

Sie hob abrupt den Kopf und sah eine Gestalt in der Tür stehen. Es verschlug ihr den Atem. »Was machst du denn hier?«

»Aber Clara, begrüßt man so seinen Lieblingsbruder?«

Ihren einzigen Bruder. Sosehr sie sich auch anstrengte, sie empfand nicht die leiseste Freude über seine Rückkehr. »Schön, dich zu sehen«, sagte sie in einem Ton, in dem grauer Himmel mitschwang.

Seine Augen sprühten Blitze. »Ich kann nur hoffen, dass meine liebste *Mater* und mein *Pater* mich ein wenig liebevoller empfangen.« Richard setzte sich und streckte seine langen Beine aus, als gehöre ihm das Haus. »Wo sind sie überhaupt?«

»Ausgegangen.«

»Das sehe ich. Aber wohin?«

»Sie besuchen Lady Osterley und ihren Sohn, wenn du es unbedingt wissen willst.«

Er gähnte wie eine verwöhnte Katze. »Weißt du, deine Feindseligkeit mir gegenüber wird allmählich langweilig. Schließlich ist es ja nicht meine Schuld, dass du diesem blöden Grafen nachgelaufen bist.«

Sie presste die Lippen fest zusammen, unterdrückte die Worte über den wahren Sachverhalt, die herauswollten.

Er lachte und sah sie neugierig an. »Die Eltern sind also außer Haus und du bist hier.« Er blickte auf das Teegeschirr, das noch nicht abgeräumt war. »Wer war denn diese schäbige Person, an der ich gerade vorbeigekommen bin?«

Er meinte doch wohl nicht Mattie? Sie starrte ihn kühl an. »Ich weiß nicht, wen du meinst.«

»Oh doch, das weißt du.« Seine Augen flackerten. »Ich glaube, du weißt sogar sehr gut, wen ich meine.«

Sie ballte die Hände zu Fäusten. Wenn ihr Bruder doch nur nicht schon immer in ihr hätte lesen können wie in einem offenen Buch!

»Wenn du meine Besucherin meinst, ihr Name ist Mrs McPherson. Sie ist die Frau des Vikars und eine gute Freundin von mir.«

»Ui! Was für ein Abstieg!«

»Sagt der Mann, der sich seit einem Jahr nicht mehr in der Gesellschaft zu zeigen wagt.«

Er besaß den Anstand zu erröten.

Was sie zutiefst befriedigte. »Willst du bleiben?«

»Ein Weilchen.« Er zuckte nonchalant mit der Schulter. »Wer weiß?«

Wenn sie Glück hatte, blieb er, solange sie fort war, und war wieder abgereist, bevor sie zurückkam. Sie breitete ihren Rock aus. »Ich fahre morgen nach London.«

»Wirklich?« Seine Stimme, seine Augen verrieten Langeweile. Hatten die letzten achtzehn Monate ihn so verändert? »Vielleicht komme ich mit.«

»Ich wohne eine Zeit lang bei Lady Asquith. Sie wird kaum erfreut sein, wenn du unangekündigt dort auftauchst.«

»Davon war auch nicht die Rede. Nein, wenn, dann wohne ich in meinem Klub.«

»Ich wusste nicht, dass sie dich noch reinlassen.«

Seine Lippen verzogen sich zu einem höhnischen Lächeln, das seine Zähne entblößte. »Vorsicht, Clara. Du zeigst deine Krallen. Was dir das Recht dazu gibt, ist mir allerdings völlig schleierhaft.«

Wieder versuchte sie, sich zu beherrschen, wieder gelang es ihr nicht. »Vielleicht wäre der Skandal gar nicht so groß gewesen, wenn du dich danach nicht so ungehörig benommen hättest.«

»Wir beide wissen ganz genau, dass es dir geholfen hat.«

»Es hat mir überhaupt nicht geholfen!«

»Dein öffentliches Schmachten nach diesem verdammten Hawkesbury aber auch nicht! Ich bin nicht bereit, die ganze Schuld allein zu tragen.«

Weil er nie für irgendetwas die Verantwortung übernahm. Sie stand auf. Mit ihrem Bruder zu streiten, war schon immer sinnlos gewesen. »Entschuldige mich. Ich habe noch viel zu tun.«

»Aber natürlich.«

Seine Verachtung trieb ihr die Tränen in die Augen. Sie eilte aus dem Zimmer. Wie hatte ihr einst so enges Verhältnis, dessentwegen er ihr vor vielen Monaten hatte helfen wollen, sich nur in ein so angespanntes, scheußliches verwandeln können?

Eine weitere schwere Schicht legte sich auf ihre Schultern. Sie ging die Treppe hinauf. Ihre beide heutigen Besucher hatten ihr eines ganz klargemacht: Ihr Aufenthalt in London würde eine sehr viel größere Herausforderung sein, als sogar sie bis jetzt gedacht hatte.

London

Ben blickte sich in dem luxuriös eingerichteten Saal bei *White's* um. Da standen bequeme, weiche Ledersessel. An der hohen Decke hing ein eleganter Kronleuchter mit Kristalltropfen. Das Kaffeehaus, in dem er sich gestern mit Burford und Lancaster getroffen hatte, war ihm wie eine Insel der Vernunft in einem stürmischen Meer vorgekommen. In seinen kühnsten Träumen hätte er sich nicht vorstellen können, welches Interesse seine Geschichte weckte. Nach seinem ersten Treffen mit dem Viscount hatte sich die Neuigkeit in den Klubs verbreitet und einen wahren Sturm der Aufmerksamkeit erregt. Er hatte bei *White's* gespeist, war Gast bei *Boodle's* gewesen, hatte eine Einladung zum Mittagessen bei *Watier's* bekommen und war Herzögen und sogar Mr Brummell vorgestellt worden. Und jedes Mal hatte er von seinen Abenteuern auf See bei jener letzten, unglücklichen Reise um das Südkap Afrikas erzählen müssen.

»Kapitän Kemsley, stimmt es, dass Haie im Wasser waren, als Sie Schiffbruch erlitten?«

Er nickte und ließ den Blick über den Tisch schweifen, über die Männer, die ihn mit Fragen förmlich löcherten. Keiner schien ihm zu glauben, dass das Wasser in jenem Teil der Welt im Januar warm war und dass es dort Haie gab. Fliegende Fische wirkten für seine

Zuhörer ebenso fantastisch wie der tagelange Marsch, den er unternommen hatte, um Hilfe zu holen.

Ben trank einen Schluck Wasser. Die Erinnerungen stiegen in ihm auf wie die Flut, die ans Ufer drängt: die Erkenntnis am Morgen nach dem Sturm, dass sie von unpassierbaren Klippen eingeschlossen waren, seinen Entschluss zwei Tage später, keine Menschenleben mehr aufs Spiel zu setzen, sondern allein zurückzuschwimmen, hinaus aufs Meer, und nach einem Zugang auf eine flache Landzunge zu suchen. Er rieb sich das Knie, das durch den langen Marsch über endlose Sanddünen geglitten hatte, bevor er endlich, endlich in einem abgelegenen Dorf Hilfe gefunden hatte.

»Es macht Ihnen doch nichts aus, uns davon zu erzählen?«

Ben sah Lord Featherington an, der die Frage gestellt hatte. »Überhaupt nichts.«

Er hatte nichts dagegen. Nur die Erinnerungen, die dabei hochkamen, gefielen ihm nicht und ebenso wenig gefiel es ihm, seine Zuhörer laufend darauf hinweisen zu müssen, dass er kein Held war, sondern dass er das, was er erreicht hatte, ganz allein Gott verdankte.

Er hatte gebetet und Gott hatte auf wunderbare Weise die Seile gelöst.

Er hatte gebetet und Gott hatte ihm die Kraft gegeben, Miss York an Land zu bringen, auch wenn die Wellen ihr das Leben geraubt hatten.

Er hatte gebetet und Gott hatte ihn auf dem Marsch bewahrt, drei Tage unter brennender Sonne, ohne Nahrung, zum Trinken nur die winzigen Mengen Feuchtigkeit, die er jeden Morgen vom taunassen Gras leckte. So oft hatte er aufgeben wollen, doch das Wissen, dass so viele verzweifelte Menschen, für die er verantwortlich war, hilflos an einem verlassenen Strand lagen, hatte ihn durchhalten lassen. Das – und das Wissen um Gottes Gegenwart.

Auf diesem Marsch war er dem Spender allen Lebens neu begegnet. Sein Glaube war dadurch gestärkt worden, sonst wäre er zusammengebrochen und die Krähen hätten sein Fleisch aufgepickt. Seine

Knochen würden in der Sonne bleichen und er würde von einigen wenigen beklagt und nicht von so vielen gefeiert werden. Er hatte das Unmögliche gewagt und hatte überlebt, weil Gott ihm die Kraft dazu gegeben hatte.

»Und Sie haben wirklich drei Tage nichts gegessen?«

»Außer ein paar Muscheln vom Strand, nein.«

Jemand rief: »Bringt dem Mann noch einen Teller Fleisch!«, doch er lehnte lächelnd ab. »Danke, aber im Moment habe ich keinen Hunger.«

Wie sollte er das Gespräch auf seinen Glauben bringen? Gerade jetzt wollte er nicht in der Vergangenheit leben. »Wissen Sie, ohne Gott, der mir Kraft gab, hätte ich es nicht geschafft.«

Sie prallten zurück, mit verblüfften Gesichtern, als hätte er etwas Anstößiges gesagt, etwas in der Art, dass Napoleon den jüngsten Krieg, mit dem er ganz Europa überzog, gewinnen konnte.

Alle prallten zurück, bis auf den Grafen von Hawkesbury, der als Einziger in diesen erlauchten Kreisen Interesse für die heimgekehrten Soldaten aufbrachte. Lord Hawkesbury beugte sich vor. »Manchmal erkennen wir erst, wenn wir ganz unten sind, wie sehr wir jemand Höheren, als wir es sind, brauchen.«

Ben nickte und musterte den Mann interessiert. Er war ein ehemaliger Soldat, das sah man an seiner aufrechten Gestalt und daran, wie seine Umgebung Haltung annahm, wenn er einen Raum betrat. Seine Tante hatte ihm bereitwillig von Lord Featheringtons Freunden und Verwandten erzählt, deshalb wusste er, dass Lord Hawkesbury durch Heirat mit ihm verwandt war. Was hatte seine Tante noch gesagt? Der Graf und seine Frau hatten letztes Jahr ein Kind verloren? Kein Wunder, dass er ihn zu verstehen schien. Ein solches Unglück konnte einen Mann in seinen tiefsten Tiefen erschüttern. Aber war er ein Glaubender?

Das Gespräch wandte sich dem Herzog von Wellington und der Lage in Belgien zu. Meinungen wurden erfragt, vorgetragen, verworfen, verlacht. Man wandte sich an den Grafen als Veteran des napoleonischen Feldzugs auf der Iberischen Halbinsel. Seine Antworten, in denen ungeschminkt von grauenvollen Erfahrungen die Rede war, schienen die jüngeren Mitglieder dieser Versammlung rasch zu ernüchtern. Noch ein Grund, dem Schwager des Viscounts mit Achtung zu begegnen.

Später, als alle außer Lord Featherington und dem Grafen aufgebrochen waren, merkte Ben rasch, dass seine erste Einschätzung richtig gewesen war. Der Graf teilte seinen Glauben: den Glauben, der wusste, dass kein noch so verdienstvolles Werk dem Werk gleichkam, das Jesus am Kreuz vollbracht hatte; den Glauben, der sich in praktischen Werken wie dem manifestierte, das der Graf für ehemalige Soldaten zu tun versuchte, die in seiner Kompanie gewesen und verstümmelt oder verkrüppelt oder zerrütteten Geistes zurückgekommen waren.

Der Graf erwiderte Bens neugierigen Blick mit einem kleinen Lächeln. »Ich kann mich nicht rühmen, die Notwendigkeit einer solchen Hilfe von mir aus erkannt zu haben. Mir wurde erst, als ich meine Frau kennengelernt hatte, klar, wie wichtig meine Initiative ist.«

»Lavinia hat sich noch nie gescheut, ihre Meinung zu sagen«, murmelte der Viscount.

»Oder ihre Hilfe anzubieten«, meinte Hawkesbury milde.

Featherington wurde rot. »Sie ist eine gute Frau, das stimmt.«

Das Lächeln des Grafen vertiefte sich. »Sagen Sie, Kemsley, wie steht es mit Ihnen, haben Sie etwas gegen Damen, die gute Werke tun?«

»Natürlich nicht. Meine Schwester ist mit einem Geistlichen verheiratet.«

»Wirklich? Meine Frau ist die Tochter eines Pfarrers. Das kann kein Zufall sein.«

Ben fing den spöttischen Blick des Grafen auf und wandte sich an Tessas angehenden Verehrer. »Ich weiß zufällig, dass Menschen, die derartige Dinge geringschätzen, für meine beiden Schwestern höchst zweifelhaft sind.«

»Tatsächlich?« Der Viscount runzelte die Stirn. »Es wäre schrecklich, wenn sie dächte … ich meine, wenn man von mir dächte, dass ich mich nicht um die weniger vom Glück Begünstigten kümmere.«

Ben verbiss sich ein Lächeln, der Graf nickte ernst. »Als egoistisch zu gelten, als ein Mann, dem sein Krawattenknoten wichtiger ist als sein Nächster, wäre wirklich schrecklich, nicht wahr?«

Der Viscount wandte sich an Ben. »Bitte sagen Sie mir doch, wie ich Ihnen helfen kann, diesen Männern zu helfen.«

»Natürlich.« Ben sah auf seine Taschenuhr. »Aber das wird ein anderes Mal sein müssen. Ich habe Tessa versprochen, sie bei Hookhams Leihbücherei zu treffen.«

Featheringtons Augen wurden ganz rund vor Hoffnung. Er glich so sehr einem verzweifelten Welpen, dass Ben nicht das Herz hatte, ihn zu enttäuschen. Er unterdrückte ein Seufzen. »Vielleicht können wir unterwegs darüber sprechen?«

Kurz darauf gingen sie die Piccadilly entlang. Das Getümmel des Verkehrs hinderte den jungen Mann nicht daran, Ben die ganze Zeit Fragen zu stellen. Der wunderte sich wieder einmal über das Interesse Lord Featheringtons an seiner Schwester. Von ihm wurde doch sicherlich erwartet, dass er eine gute Partie machte. Sein Interesse für eine Frau, die weder Verbindungen noch Vermögen besaß, wirkte bestenfalls töricht und schlimmstenfalls würde es Tessa großen Schmerz bereiten.

Sie fanden Tessa und Tante Addy in tiefer Konzentration vor den Bücherregalen. Jeglicher Zweifel an Tessas Neigung wurde sofort zerstreut durch das Aufleuchten ihres Gesichts beim Anblick von Bens Begleiter. Er wechselte einen Blick mit seiner Tante und wartete geduldig, bis die beiden jüngeren Mitglieder ihrer kleinen Gesellschaft ihr Gespräch beendet und sich gegenseitig versichert hatten, dass man sich morgen bei dem musikalischen Abend bei Lady Asquith wiedersehen würde.

»Ich kann es kaum erwarten«, gestand Tessa. »Ich freue mich so, meine Freundin spielen zu hören.«

»Und ich freue mich darauf, Sie zu sehen«, sagte der Viscount lächelnd.

Damit verbeugte er sich und ging. Tessa holte noch das Buch ab, das für sie reserviert worden war, dann gingen sie ebenfalls nach Hause.

Ben runzelte die Stirn. Wie genau war es eigentlich zu der Einladung morgen Abend gekommen? Ach ja, so war es gewesen: Tessa war überraschenderweise von ihrer Freundin Miss DeLancey eingeladen worden.

Er dachte über diese geheimnisvolle Frau nach. Wie sie wohl aussehen mochte? Tante Adeline hatte nicht viel gesagt. Nach ihrem zurückhaltenden Blick zu urteilen, wollte sie Tessas hohe Meinung von ihr nicht schlechtmachen. Doch auch, als es ihm schließlich gelang, sie doch noch zu fragen, was sie über die geheimnisvolle Dame wusste – sie war immerhin eine Koryphäe in gesellschaftlichen Belangen –, hatte sie nur die Achseln gezuckt.

»Ich glaube, da war irgendetwas mit einer aufgelösten Verlobung.«

Was normalerweise Mitleid, aber nicht gesellschaftliche Ächtung hervorrief, oder?

Sie hatte die Stirn gerunzelt. »Und dann gab es noch Ärger mit ihrem Bruder, glaube ich. Es muss ziemlich schlimm gewesen sein. Aber ich weiß nicht genau, was da vorgefallen ist. Wie du weißt, hatte ich damals anderes zu tun.«

Sie hatte sich um seinen schwerkranken Onkel gekümmert.

Er schüttelte den Kopf über sich. Warum wollte er unbedingt den Tratsch über Miss DeLancey hören? Matilda schien sie sehr zu schätzen und sie hatte ein sehr sicheres Urteil, was andere Menschen betraf. Und Tessa war zwar jung und naiv, doch sie hatte nie etwas gesagt, das ihn misstrauisch gemacht hätte. Wirklich, er sollte sich schämen, Spekulationen über diese junge Dame anzustellen. Er war nicht besser als die jungen Gecken bei *White's* vorhin, die am Tisch saßen und tratschten, als wüssten sie alles. Dennoch konnte er sich nicht enthalten, ein wenig über die Frau zu grübeln, über die Matilda eine so unerschütterlich positive Meinung hatte. Aber ob sie ihn so fesseln würde wie das geheimnisvolle Mädchen auf den Klippen? Oder so gut aussah wie die Dunkelhaarige, mit der er zusammengeprallt war?

Sie bogen um eine Ecke, da stieß er wieder mit jemandem zusammen, mit der Person, an die er gerade gedacht hatte: dunkles Haar, hellgrüne Augen, helle Haut.

»Sie!«

Sie blinzelte überrascht, trat einen Schritt zurück.

»Clara!«

Tessa kannte das Mädchen?

Anscheinend, denn sie lächelten sich an und umarmten sich. Er war beinahe neidisch, aber er verdrängte dieses Gefühl sofort. Wer war dieses Mädchen, das ihn schon bis in seine Träume verfolgt hatte?

Tessa drehte sich zu ihm um, sie strahlte. »Jetzt trefft ihr euch doch noch.«

Ben runzelte die Stirn und als seine Schwester keine Anstalten machte, sie einander vorzustellen, stellte er sich selbst vor. »Guten Tag. Ich glaube, ich habe Sie schon in der Kirche in Brighton gesehen. Ich heiße Benjamin Kemsley.«

Er hörte, wie sie scharf die Luft einsog, was eine andere Erinnerung in ihm wachrief. Als …

»Benjie?«, flüsterte sie.

Er presste die Lippen zusammen. Sie sah Tessa an, als suchte sie nach Bestätigung. Niemand nannte ihn Benjie, wenn er es verhindern konnte; allerdings schienen seine Schwestern diesen Entschluss nie ernstgenommen zu haben.

»Und Sie sind?« Er zog die Brauen hoch.

Sie leckte sich über die Unterlippe und lenkte seine Aufmerksamkeit damit auf ihre rosafarbene Fülle. Sie zu küssen …

Halt! Er rief sich zur Ordnung. Dann fiel ihm auf, wie nervös sie war und dass sie noch immer nicht geantwortet hatte. Sein Stirnrunzeln vertiefte sich. Warum war jemand nervös, wenn er seinen Namen sagen sollte?

Tessa lachte. »Oh Ben, mach doch nicht so ein finsteres Gesicht. Ein kleines Kind würde schreiend davonlaufen.«

Oder auch eine junge Frau.

Tessa schob die junge Dame – Clara, nicht wahr? – nach vorn. »Clara, darf ich Ihnen meinen Lieblingsbruder vorstellen? Benjie, das ist die Freundin, von der ich dir erzählt habe. Das ist Miss Clara DeLancey.«

Kapitel 9

Er, der Mann auf den Klippen, der Mann in der Steyne, der Mann, den sie schon so lange zu meiden versuchte, war Matildas und Tessas Bruder und der Mann, der ihr das Leben gerettet hatte.

War da ein Flackern der Erinnerung in seinen Augen? Erkannte er sie? Wusste er, dass sie die Frau war, die sich in jener stürmischen Nacht vor ein paar Wochen so töricht verhalten hatte? Ihr wurde übel. Was sollte sie jetzt tun? Was konnte sie tun? Jetzt konnte sie ihn nicht mehr meiden.

Clara schauderte, als er ihre Hand nahm. Es war wie in der Nacht vor so vielen Wochen. Sie bekam keine Luft mehr, schwankte.

»Miss DeLancey!«

Sie spürte warme Hände unter ihrem Ellbogen, an ihren Schultern. Sie sah Tessas blaue Augen, voller Sorge. Sie hörte leises, aufgeregtes Murmeln von der gut gekleideten älteren Dame hinter ihnen.

Clara richtete sich entschlossen auf, zwang sich zu lächeln. »Verzeihen Sie. Die Hitze, Sie wissen schon.« Sie fächelte sich Luft zu, als sei es schrecklich heiß, und versuchte zu übersehen, wie alle argwöhnisch die Brauen hochzogen.

Die ältere Dame lachte. »Bestimmt gefällt meinem Neffen der Gedanke, dass junge Damen bei seinem Anblick schwach werden.«

Claras Wangen nahmen eine Röte an, die wahrscheinlich dem Farbton entsprach, der sich auf Mr Kemsleys Gesicht ausbreitete. Jetzt musste sie sich wirklich Luft zufächeln.

»Miss DeLancey? Clara?« Tessa hielt noch immer ihren Ellbogen, die winzigen Sommersprossen auf ihrer Nase schimmerten golden im Sonnenlicht. Auf ihrer Stirn war immer noch eine Sorgenfalte.

zu sehen. »Bitte, lassen Sie sich von Benjie eine Kutsche besorgen. Sie wirken, als sei Ihnen gar nicht gut.«

Clara zwang sich zu einem hellen Lachen. »Es tut mir sehr leid, dass ich Ihnen Sorgen gemacht habe, Tessa. Mir fehlt nichts, was ein kleiner Spaziergang nicht beheben könnte.« Ein kleiner Spaziergang, der sie vorzugsweise weit weg von Benjie Kemsley bringen würde. Sie warf ihm einen Seitenblick zu. Inzwischen musste er doch ahnen, wer sie war.

Er hatte schon wieder die Stirn gerunzelt, wie vor ein paar Minuten, und die Lippen fest zusammengepresst. Erinnerte er sich jetzt? Oh, hoffentlich nicht! Hatte er die Person auf den Klippen denn nicht für eine arme, unglückliche, ältere Frau gehalten? Ihr Herz schlug unwillig. Unglücklich mochte sie ja sein und ganz bestimmt ärmer als früher, als Richard das Winpoole-Vermögen noch nicht verspielt hatte, aber älter? Wirklich?

Tessa und die Frau, die ihre Tante sein musste, sprachen noch immer von einer Kutsche, doch Clara konnte ihren Blick nicht abwenden.

Jetzt, da sie ihn eingehender betrachtete, sah sie, wie verlässlich er wirkte. Der Mantel lag eng um seine breiten Schultern. Kein Wunder, dass er sie vom Felsrand hatte hochziehen können. Er wirkte, als sei er stark genug, um einen Elefanten vom Meeresgrund zu heben. Doch trotz seiner Stärke, trotz seines kantigen Gesichts hatten seine aufmerksamen Augen einen sanften Ausdruck. Sie waren eingebettet in Dutzende feiner Fältchen, als lächelte er viel oder als hätte er vor nicht allzu langer Zeit etwas Schlimmes erlebt.

»Clara?«

Sie schrak zusammen, drehte sich zu Tessa um und lächelte gezwungen. »Es tut mir leid. Das ist Ihre Tante, nicht wahr?«

»Oh! Natürlich!« Die Falte auf Tessas Stirn glättete sich; sie stellte die beiden Damen einander vor.

Clara knickste. »Mrs Harrow.«

»Miss DeLancey.« Die ältere Dame knickste ebenfalls. »Ihnen hat meine Nichte also die Einladung für morgen Abend zu verdanken?«

Sie nickte. »Lady Asquith wäre bestimmt erfreut, wenn Sie sie begleiten würden, wenn Sie möchten.«

»Danke. Es gibt wenig, was ich so liebe wie ein gut vorgetragenes Musikstück.«

Die Anspannung in ihren Schultern ließ nach. Wie schön, zur Abwechslung mal gelobt zu werden. »Ich glaube, Sie überschätzen meine Fähigkeiten«, murmelte sie.

»Das werden wir ja morgen Abend sehen.«

Die tiefe Stimme ließ sie wieder zu Mr Kemsley hinübersehen. »Wollten Sie auch kommen, Sir?«

Er zuckte die Achseln. »Ich muss gestehen, dass ich mit musikalischen Soireen wenig anfangen kann.«

»Aber Benjie, du musst mitkommen!«, rief Tessa. »Du musst uns begleiten, sonst können wir nicht hingehen!«

Die Entschlossenheit in seinem Gesicht schien ins Wanken zu geraten. »Ich dachte, du ziehst den jungen Featherington als Begleiter vor?«

Lord Featherington? Clara fühlte sich allmählich wie betäubt. Nein, nicht er. *Lieber Gott, beschütze mich vor ihm! Beschütze mich vor dem vernichtenden Urteil seiner Familie!*

»Clara?«

Sie drückte Tessas Hand. »Entschuldigen Sie. Ich muss nach Hause. Schön, dass wir uns getroffen haben.« Sie nickte Mrs Harrow zu, sah kurz zu Mr Kemsley hinüber und wollte davoneilen.

»Warten Sie, Benjie wird Sie begleiten.«

Clara schloss einen Moment die Augen. Dann drehte sie sich zu der übereifrigen Tessa um. »Danke, aber das ist nicht nötig.«

»Natürlich ist es nötig«, sagte Mrs Harrow. »Junge Damen sollten nicht ohne Begleitung durch London gehen.«

Clara ließ den Kopf sinken, versagte sich jedoch einen Kommentar.

Die ältere Dame sah sie unnachgiebig an und ziemlich durchdringend; es wirkte, als kenne sie ein paar von Claras Geheimnissen, hätte jedoch aus Gründen des Anstands beschlossen, sie zu ignorieren. »Mein Neffe wird Sie begleiten. Nicht wahr, Benjamin?«

»Aber selbstverständlich«, murmelte er.

Claras Lächeln bekam etwas Mühsames. Sie nickte, knickste erneut und verabschiedete sich mit der Versicherung, die beiden Damen am nächsten Abend wiederzusehen.

Mr Kemsley fragte, wo sie wohne. Sie nannte ihm die Adresse. Dann gab sie ihm auf seine Bitte hin ihre Päckchen, legte ihre Hand auf seinen Unterarm und ging neben ihm her in Richtung Wigmore Place.

Dabei war sie so verlegen, dass sie kein Wort herausbrachte. Er schwieg ebenfalls, doch sein Schweigen war ebenso abwertend wie eine Verurteilung. War er so schockiert, weil sie keinen Begleiter hatte? Sie verzog ironisch den Mund. Vielleicht machte er sich Sorgen, dass sein Ruf leiden konnte, wenn man ihn in ihrer Gesellschaft sah?

Eine Kutsche fuhr an ihnen vorüber. Eine Blumenfrau pries ihre Ware an. »Blumen für die Missus?«

Clara krümmte sich innerlich, doch Mr Kemsley schüttelte nur den Kopf.

Was konnte sie nur sagen? Sie wollte nicht reden und sich womöglich selbst verraten. Sie wollte nicht einmal in seiner Begleitung sein, auch wenn ein leises Gefühl ihr sagte, dass er auf irgendeine Art anziehend auf sie wirkte. Vermutlich sollte sie dem Mann, der ihr Leben gerettet hatte, dankbarer sein, aber was, wenn er sie verriet? Sie war schon jetzt die Zielscheibe des Spotts in so vielen gesellschaftlichen Zirkeln. Lady Asquiths Soiree wäre normalerweise eine Zuflucht für sie gewesen, ein Ort, an dem sie beginnen konnte, wieder Fuß in der Gesellschaft zu fassen. Musste Tessa von allen Menschen ausgerechnet Featherington einladen? Sie schauderte.

»Miss DeLancey?«

Sie stolperte und blieb stehen. Sah zu ihm auf. Seine sandfarbenen Brauen waren zusammengezogen.

»Sie wirken, als sei Ihnen unwohl. Soll ich eine Kutsche anhalten?«

Ärger über seine Bemerkung zu ihrem Aussehen mischte sich mit zögernder Bewunderung für seine Rücksichtnahme. Eine Kutsche würde bedeuten, dass sie schneller zu Hause war und ihn früher von seiner Verantwortung entbinden konnte. »Danke«, murmelte sie.

Er sah sie scharf an, betrachtete sie einen Moment, dann hob er die Hand und winkte einer vorbeifahrenden Kutsche anzuhalten. Zwei Minuten später stand sie vor der Vordertür des unauffälligen Hauses, das ihr Vater gemietet hatte.

»Danke, Mr Kemsley.« Er nickte und reichte ihr ihre Päckchen. »Ich … es tut mir leid, dass Sie meinetwegen einen solchen Umweg machen mussten.«

»Es war keine Mühe.«

Das bezweifelte sie. Sie hatte gesehen, wie er den Kutscher bezahlt hatte und die abgenutzte Geldbörse wieder einsteckte, in der er seine Münzen hatte. Hoffentlich fühlte er sich nicht ausgenutzt. »Hoffentlich werden Tessa und Ihre Tante den morgigen Abend genießen.«

»Und ich nicht?«

Ihr Mund wurde trocken. Sie schluckte. »Ich dachte, Sie mögen solche Veranstaltungen nicht.«

»Ich soll also nicht mitkommen?«

Seine blauen Augen hatten etwas Hypnotisches. Sie konnte den Blick nicht abwenden. »Ich … ich möchte nicht … dass Sie nicht kommen, Mr Kemsley.«

Seine Brauen zogen sich zusammen, dann glätteten sie sich wieder und etwas wie ein Lächeln erschien in seinen Mundwinkeln. »Sie sind wirklich ein Rätsel, Miss DeLancey.«

Zum Glück ging in diesem Moment die Tür auf, sodass sie nicht zu antworten brauchte. Sie knickste rasch und lief hinein, die Treppe hinauf, in ihr Schlafzimmer, das auf die Straße hinausging.

Tatsächlich, da stand er noch immer und blickte am Haus hoch, das Stirnrunzeln, das sie bereits mit ihm assoziierte, wieder im Gesicht. Er blieb noch kurz stehen, dann drehte er sich um, setzte schwungvoll seinen Hut auf und verschwand aus ihrer Sicht.

Ihr Herz klopfte noch immer. Hatte er sie wiedererkannt? Hatte er sich an jene schreckliche Nacht erinnert? Jedenfalls war es nur eine Frage der Zeit, bis es ihm wieder einfallen würde. Und was sollte sie dann tun?

Asquith House, Park Lane

Ein Abend unter feinen Leuten und Angebern war nicht gerade das, was er unter Spaß verstand, aber Tessa und Tante Adeline hatten nicht mit sich reden lassen. Er war überrascht gewesen über ihre Begeisterung und richtiggehend bestürzt über die erwartungsvolle Erregung, die er selbst verspürte. Der Junge, der sich einst gewünscht hatte, über das mondbeschienene Meer in ferne Länder zu fahren, besuchte Lady Asquiths Soiree? Der Junge, der alles Steife und Formelle gehasst hatte, war plötzlich erpicht darauf, so zu tun, als hätte er genügend musikalisches Verständnis, um mit Leuten mithalten zu können, die eine Oboe von einer Klarinette unterscheiden konnten? Ben schüttelte den Kopf über sich selbst. Er wollte diese Soiree wegen der faszinierenden Miss DeLancey besuchen. Sich etwas anderes einzureden, wäre glatt gelogen.

Er spähte an einer recht korpulenten Dame vorbei, deren pompöser Kopfputz ein Dutzend Straußenfedern aufwies. Das wusste er ganz genau, weil er sie während des unerträglichen Gewimmers der ersten Interpretin gezählt hatte, einer Dame von hohem Rang, so hatte Tante Addy ihm zugeflüstert, aber etwas unsicher in der Tonfindung. Durch einen Unfall am Piccadilly aufgehalten, waren sie leider etwas zu spät gekommen und saßen deshalb in der letzten Reihe. Tessa und Tante Addy waren enttäuscht, dass sie Miss DeLancey nicht gesehen hatten, doch er war froh, dass er Zeit hatte, sich zu sammeln und sich an seinen lange zurückliegenden Vorstoß in die Oberschicht zu erinnern, als er noch wusste, wie ein feiner Herr sich bei solchen gesellschaftlichen Ereignissen zu benehmen hat. Schließlich saß er hier inmitten der Londoner Oberschicht und wollte seine Verwandtschaft auf keinen Fall durch mangelnde Kenntnis der Etikette in Verlegenheit bringen.

Der Zeremonienmeister kündigte den nächsten Künstler an. Ben klatschte automatisch, nicht zu laut, aber auch nicht so leise, wie die Muttersöhnchen um ihn herum es für richtig zu halten schienen. Seine Hände waren es nicht gewohnt, in zartestes Lammleder gekleidet zu sein; seine Finger trugen noch immer die Schwielen schwerer Arbeit und schwerer Verantwortung.

Aus dem Augenwinkel nahm er den Viscount Featherington wahr. Der gelangweilte Gesichtsausdruck, mit dem er sich umschaute, hellte sich sofort auf, als er Ben erblickte. Er zog die Brauen hoch mit der unausgesprochenen Frage, ob er Tessa mitgebracht habe, was Ben mit einem minimalen Nicken bejahte. Featherington grinste, dann sah er wieder nach vorn, offenbar genauso ungeduldig wie Ben, dass endlich eine Pause angekündigt würde.

Zuerst kam noch ein auf Italienisch gesungenes Lied, das Ben nicht hoffen konnte, je zu verstehen. Sein Halstuch fühlte sich enger an, sein Überrock schwerer. Die dunkelblaue Jacke aus feiner Wolle, die er auf Tante Addys Geheiß hatte anziehen müssen, kam ihm allmählich wie ein Stahlpanzer vor. Er rollte verstohlen mit den Schultern, um sie ein wenig zu lockern. Vergebens. Der Schweiß lief ihm über den Rücken. Auf wie viel Grad hatte Lady Asquith diesen Raum heizen lassen?

Endlich wurde zur allgemeinen Erleichterung vor allem der hinteren Reihen eine Pause angesagt. Der Viscount Featherington tauchte auf und wandte sich, nach dem vorgeschriebenen Austausch von Verneigungen und Knicksen, lächelnd an Tessa.

»Wie schön, dass Sie gekommen sind! Ich muss gestehen, ich glaubte auf der Stelle ohnmächtig zu werden, wenn ich nur noch einen einzigen dieser ohrenbetäubenden Schreie der letzten Interpretin hätte erdulden müssen. Ein musikalisches Genie? Ich bitte Sie!« Er schnaubte. »Leider habe ich Sie anfangs gar nicht gesehen. Ich hatte Ihnen einen Platz reserviert, aber dann haben Lord und Lady Pennicooke darauf bestanden, sich da hinzusetzen, zusammen mit ihrer Tochter.« Er rümpfte die Nase. »Ich muss immer an Kohl denken, wenn ich Anne sehe.«

Tessa blinzelte verwirrt. »Kohl?«

»Ich weiß«, fuhr Featherington fort und sah sie zärtlich an. »Aber wenn ich eine andere junge Dame sehe, denke ich an Sterne und Feuer und türkisfarbene Schönheit und Perlen, aber nicht einmal die werden einem so schönen Gesicht gerecht.«

Tessas Wangen erglühten rosig. Ben runzelte die Stirn, als er es sah. Tante Addy tat, als hätte sie nichts mitbekommen. Wollten junge Mädchen wirklich so etwas hören? Moment, hatte Featherington es überhaupt ernst gemeint? Ein Viscount – und Erbe eines Marquis! – richtete seinen Blick, wenn er ehrenhafte Absichten hatte, doch bestimmt auf jemand Höhergestellten als Tessa.

Als spürte er seine Gedanken, sah Featherington ihn an. »Stimmt etwas nicht, Kemsley?«

»Das hängt davon ab«, antwortete dieser leise und beugte sich dabei vor, sodass Tessa ihn weder hören noch sein Gesicht sehen konnte, »ob hinter Ihren Schmeicheleien ernste Absichten stehen. Ich lasse nicht zu, dass Tessa verletzt wird, weil sie mehr in Ihre Worte hineinlegt, als Sie damit meinen.«

»Ich … ich hoffe, sie versteht meine Worte genau so, wie sie gemeint sind.«

»Und wie sind sie gemeint?« Ben zog die Brauen hoch.

»Ich finde sie unendlich bezaubernd.«

Ben blickte zwischen den beiden hin und her. »Wirklich?«

»Ja, wirklich.« Der Viscount betrachtete sie, ein zärtliches Leuchten in den Augen. Dann sah er Ben grinsend an. »Sie brauchen sich wegen meiner Aufmerksamkeiten Ihrer Schwester gegenüber keine Sorgen zu machen. Vielleicht sollten wir nach jemandem Ausschau halten, dem Sie selbst Ihre Aufmerksamkeit schenken können. Warten Sie mal – nein. Anne Pennicoke wäre nichts für Sie; das wäre selbst für jemanden, der mich unlauterer Absichten verdächtigt, eine zu harte Strafe.« Er blickte sich weiter um, bis sein Blick an einer Frau hängen blieb. Seine Miene verhärtete sich. »Ich hätte wissen müssen, dass sie heute Abend hier ist.« Er schnaubte verächtlich. »Sie ist ein verzweifeltes Geschöpf. Sie ist auf Einladung ihrer Patin hier. Auf mehr kann sie kaum noch hoffen. Es heißt, sie würde alles tun, um noch einen Mann abzubekommen.«

Ben runzelte nachdenklich die Stirn. Featheringtons Beschreibung dieser jungen Dame, wer sie auch sein mochte, gefiel ihm überhaupt nicht; dasselbe hätte man noch vor Kurzem über Mattie sagen können.

Der Viscount beugte sich vor. »Still! Sie kommt.« Er verbeugte sich steif und sagte laut: »Miss DeLancey.«

Ben stockte der Atem. Featherington hatte sie gemeint? Er sah in ihre smaragdgrünen Augen und verbeugte sich rasch. Wie konnte jemand dieses herrliche Geschöpf so verunglimpfen?

Er straffte sich. Sie war errötet, während sie zwischen ihm und dem Viscount hin und her blickte. Hatte sie seine bösartigen Bemerkungen gehört? Warum hatte sich Featherington überhaupt so unfreundlich über sie geäußert? Vielleicht sollte Ben ihr zeigen, dass er die Meinung des Viscounts nicht teilte …

»Oh, Clara!« Tessa trat zu ihr. »Es tut mir so leid, dass wir Sie nicht gleich gefunden haben. Erzählen Sie mir nicht, wir hätten Ihren Auftritt verpasst!«

»Nein, ich komme noch dran.«

Featherington sah zwischen ihnen hin und her. »Sie kennen sich?«

Tessa lächelte ihn arglos an. »Natürlich! Ich verdanke es Miss DeLanceys Freundlichkeit, dass ich heute Abend hier bin. Wir sind Freundinnen, wissen Sie?«

»Freundinnen?« Es klang beinahe höhnisch.

»In Brighton«, sagte Miss DeLancey leise. Ihr Blick streifte Ben, dann schlug sie die Augen nieder.

Featherington bot Tessa den Arm. »Sie haben doch nichts dagegen, Kemsley? Ich brauche eine kleine Erfrischung und Ihre Schwester ebenfalls, glaube ich.«

Tessa wartete kaum Bens Nicken ab, dann schlenderte sie mit ihrem Verehrer davon. Mit ihrem Verehrer? Featherington mochte eine bessere Alternative als der arme Braithwaite sein, aber der Vater des Viscounts hatte doch bestimmt ein Wörtchen mitzureden, wenn es um eine passende Schwiegertochter ging. Bens höfliches Lächeln erlosch. Und wenn der Marquis herausfand, wie wenig Tessa in die Ehe mitbrachte, was Titel oder Vermögen betraf, würde er dieser Romanze sehr schnell ein Ende bereiten.

Er schaute auf und begegnete Miss DeLanceys unsicherem Blick. Tante Adeline plauderte mit einer Witwe, die bei ihr stand. Jetzt war es an ihm, die Wogen zu glätten. »Miss DeLancey?«

Ihre Augen waren dunkel vor Traurigkeit, an ihren fleckigen Wangen sah er, wie verlegen sie war.

Das Mitleid, das er empfand, schmerzte beinahe. »Meine Schwester freut sich schon sehr auf Ihre Darbietung.«

Sie nickte, biss sich auf die Lippen und wandte den Blick ab.

Er trat näher. »Miss DeLancey?«

Sie blickte auf. In ihren Augen standen Tränen.

Er trat vor sie, um sie vor neugierigen Blicken zu schützen. Ein Gefühl der Verzagtheit befiel ihn. Was sollte er jetzt sagen? Der Viscount hegte eindeutig einen Groll gegen sie. Aber was hatte sie zum Weinen gebracht?

»Clara?« Eine schrille, mürrische Stimme. Er drehte sich um und sah eine dürre, lächerlich ausstaffierte Frau.

Natürlich! Das war ihre Mutter, der er zu seinem Unglück nach dem Gottesdienst begegnet war.

Lady Winpooles raffiniert frisierter Kopf wandte sich ihm zu, sie verzog verächtlich den Mund. »Wer ist dieser Mensch, Clara?«

Ihm wurde ganz heiß vor Abneigung, doch er bezwang sich und überwand sich zu einer angedeuteten Verbeugung. »Benjamin Kemsley. Zu Ihren Diensten.«

»Hm«, schnaubte sie. »Ich glaube nicht, dass Sie sich je dienlich für mich erweisen können.«

Er hatte schon eine zornige Erwiderung auf den Lippen, hielt sie jedoch zurück, als er den ängstlichen Ausdruck ihrer Tochter sah, die sich erneut auf die Lippen biss.

»Bitte entschuldigen Sie mich.« Er verneigte sich vor beiden und trat zu der Schlange vor dem Büfett mit den flüssigen Erfrischungen. Jetzt verstand er, warum manche Männer etwas Derartiges brauchten.

»Kemsley!«

Ein Herr, den er von *White's* kannte, winkte ihm zu und trat zu ihm. Sie begannen ein Gespräch über Napoleons Taktik und unterhielten sich, bis die Glocke die Fortsetzung des Programms ankündigte. Er ging zurück auf seinen Platz und war leicht besorgt, als er entdeckte, dass Tessa jetzt vorn neben dem Viscount saß. Doch Tante Addy meinte auf seine Frage hin, sie habe es erlaubt, also konnte er nichts sagen. Aber war es klug, eine so aussichtslose Verbindung zu unterstützen? Würde das nicht nur zu Herzeleid führen?

Eingenommen von dem drohenden Unglück seiner Schwester, bekam Ben von der ersten Darbietung kaum etwas mit. Erst als er den Applaus hörte, blickte er wieder nach vorn.

Der Zeremonienmeister erhob sich. »Ich erlaube mir, Ihnen die nächste Künstlerin, Miss DeLancey, anzukündigen.«

Der Applaus war kaum wahrnehmbar; stattdessen wurden ein allgemeines Gemurmel und Gezischel laut. Er sah, wie Miss DeLancey erst blass und dann rot wurde; dann hob sie das Kinn, als nähme sie all ihren Mut zusammen. Sie wusste, dass man über sie tuschelte, und zwar alles andere als wohlwollend. Er runzelte die Stirn. Was sagten die Leute da eigentlich?

Sie setzte sich ans Klavier, blickte kurz auf, fast furchtsam, dann fing sie an zu spielen.

Ben beugte sich auf seinem Platz nach vorn, vorgeblich, um es sich bequemer zu machen, in Wirklichkeit, um zu hören, was das geschwätzige Paar vor ihm sprach.

»Schamlos! … armes Ding … ein Graf, wie man hört … Richard … Spielschulden … davongelaufen…«

Die Worte brausten förmlich durch sein Herz, während die Musik lauter wurde. Wie konnten sie eine unschuldige Lady so verleumden? Doch gleich darauf legte sich seine Entrüstung angesichts der musikalischen Spitzenleistung, die er jetzt zu hören bekam. Verglichen mit manchen anderen, wirkte ihr Spiel fehlerlos, und das Stück war technisch ganz eindeutig sehr viel anspruchsvoller als alles, was er bis jetzt gehört hatte. Er lehnte sich zurück und genoss die Darbietung. Neben Clara DeLanceys Manieren wirkte Tessas Betragen geradezu kühn, doch sie war sehr viel begabter, als er erwartet hatte. Gefühl und Leidenschaft schienen durch ihre Fingerspitzen zu fließen, fordernd, bittend, bis das Gemurmel im Publikum in ehrfürchtigem Schweigen erstarb. Er lächelte, froh, dass sie Gelegenheit hatte, ihren Kritikern zu zeigen, dass sie sich nicht zum Schweigen bringen ließ.

Als sie das Stück beendet hatte, setzte er sich ein wenig aufrechter hin und freute sich, als sie aufsah und seinen Blick auffing.

Er lächelte ihr zu. Sie schlug die Augen nieder.

Nach diesem Abend würde er noch mehr über Miss Clara DeLancey nachgrübeln, die schon seit einiger Zeit sein Interesse weckte.

Kapitel 10

Der Duft des halben Dutzends Sträuße, die in Anerkennung ihrer gestrigen Leistung geschickt worden waren, erfüllte die Eingangshalle. Er erinnerte Clara an früher, als sie sich noch für eine der begehrtesten jungen Damen auf dem Heiratsmarkt gehalten hatte. Sie hob einen der Sträuße auf, atmete den süßen Duft ein und las die beigefügte Karte. Enttäuscht erkannte sie die Handschrift ihrer Patin. Sie sah rasch die anderen Sträuße durch. Sie stammten vornehmlich von Leuten, die sich an sie erinnerten, nur wenige davon unter fünfzig und kein einziger von einem jungen Mann, den ihre Eltern für einen geeigneten Verehrer gehalten hätten.

Sie versuchte, sich trotzdem zu freuen und sich auf das Positive zu konzentrieren, auf die Aufmerksamkeit so vieler Besucher der gestrigen Soiree. Doch das mangelnde Interesse sämtlicher geeigneter junger Herren zeigte ihr, wie oberflächlich und wankelmütig die Aufmerksamkeit mancher Männer war. Hatte der Graf von Hawkesbury sie denn nicht gelehrt, den Männern zu misstrauen? Sie dachte daran, wie er sie gebeten hatte, Lady Asquith zu fragen, ob Lavinia Ellison bei einer ihrer musikalischen Abendveranstaltungen spielen dürfe. Bis dahin war sie sich seiner ganz sicher gewesen. Danach hatte sie gewusst, dass sie eine romantische Närrin gewesen war. Diese Erkenntnis hatte sich bestätigt, als ihr Vater gezwungen war, einen Großteil ihrer Mitgift für Richards Spielschulden auszugeben. Denn sobald das bekannt geworden war, waren plötzlich all ihre Verehrer von der Bildfläche verschwunden. Einem Mann glauben, wenn er sagte, er liebe sie? Derartige Schwächen hatte sie hoffentlich endgültig überwunden.

»Ah, meine Liebe.« Clara drehte sich um; ihre Mutter kam die Treppe herunter. »Schön, dass man dir ein wenig Anerkennung gezollt hat, nicht wahr?«

»Ja.«

Mutter nahm die Karten, las sie und legte sie auf ein Silbertablett. »Ich finde, es war ein sehr gelungener Abend. Hoffentlich war das der Auftakt für unsere Rückkehr in die Gesellschaft. Wir müssen unbedingt dafür sorgen, dass wir zum Ball der Seftons eingeladen werden.«

Claras Lächeln fiel ein wenig steif aus.

»Die Asquiths waren so freundlich, darauf zu sehen, dass viele der besseren Familien anwesend waren, aber ich glaube, dass doch etliche der Eingeladenen fortgeblieben sind.« Eine Falte erschien zwischen ihren Brauen. »Es schienen nicht ganz so viele junge Männer da zu sein, wie ich gehofft hatte, und warum diese entsetzliche Mrs Harrow gekommen ist, weiß ich wirklich nicht, wo doch so viele vornehmere Leute fehlten.«

»Sie ist die Tante meiner Freundin Tessa.«

Mutter machte eine wegwerfende Handbewegung und ging voraus ins Wohnzimmer. »Ich weiß, es ist bedauerlich und nicht zu ändern, aber ich verstehe nicht, warum diese Leute nicht wenigstens ein Dankkärtchen schicken können, wenn sie schon das Privileg hatten, die gestrige Soiree besuchen zu dürfen.« Sie schnaubte. »Ich wünschte, du hättest ein wenig mehr Umgang mit den jungen Damen, die du früher gekannt hast. Die wissen wenigstens, was von ihnen erwartet wird.«

Wie wer zum Beispiel, hätte sie am liebsten gefragt, doch sie schwieg. Das einzige Mädchen, das sie je als ihre Freundin betrachtet hatte, Harriet Winchester, hatte vor zwei Saisons geheiratet und war in die Wildnis Schottlands gezogen. Andere Freundinnen hatte sie nicht. Vielleicht war sie ja doch einfach nicht liebenswert.

Ihre Selbsterforschung wurde unterbrochen; Vater kam ins Zimmer. Er grüßte sie, erkundigte sich kurz, wie sie geschlafen hatten, dann schlug er eine frisch gebügelte Zeitung auf und fing an zu lesen. Draußen waren Wolken aufgezogen. Im Zimmer wurde es dämmerig.

Mutter runzelte die Stirn. Ihr Gesicht wirkte düsterer als die Stimmung draußen vor dem Wohnzimmerfenster. »Clara, ich finde, du solltest diese Bekanntschaft nicht fortsetzen. Ich wüsste nicht, welchen Vorteil wir von diesen Leuten hätten.«

»Dürfen wir nur mit Leuten verkehren, die uns Vorteile bringen?«

»Es ist sehr freundlich von dir, die ehrgeizigen Pläne dieses Mädchens zu unterstützen, aber es ist nicht gut für deinen Ruf, zumal wir gerade alles tun, um ihn wieder ein bisschen aufzupolieren.«

Clara schluckte eine Erwiderung hinunter.

»Frederica, also wirklich.« Vater ließ die Zeitung sinken und blickte zwischen Clara und ihrer Mutter hin und her. »Das ist ein wenig harsch, finde ich. Die Familie ist schließlich kein Niemand, oder?«

Letzteres kam mit einem Seitenblick zu Clara, die pflichtschuldigst murmelte: »Tessa ist die Schwester eines Baronets.«

Vater nickte und sah Mutter mit hochgezogenen Brauen an, als wollte er sagen: Siehst du?

»Über eine Baronetswürde rümpft man nicht die Nase.«

Sollte sie darauf hinweisen, dass sie den Baronet noch nicht kennengelernt hatte und dass Tessa selbst als Gegenstand des Interesses des Erben eines Marquis ein sehr viel höheres gesellschaftliches Prestige genoss? Andererseits war es vielleicht ratsam, die Verbindung zu Exeter – und damit zu Hawkesbury – nicht zu erwähnen.

Mutter seufzte. »Ich hatte mir so viel für unser Mädchen versprochen.«

»Du kannst dir versprechen, was du willst, es ändert nichts an der Tatsache, dass es dafür eines gewissen Interesses von der Gegenseite bedarf. Nein, Frederica, ich weiß, dass du das nicht gern hörst, aber unser Mädchen ist keine Närrin. Wenn Hawkesbury kein falsches Spiel mit ihr gespielt und Anlass zu Spekulationen gegeben hätte, hätte sie sich vielleicht einen Grafen geschnappt. Aber leider hat er ihr keinen Antrag gemacht und deshalb müssen wir jetzt einen anderen geeigneten Kandidaten auftreiben.«

Mutter hatte ihre Hände abwechselnd zu Fäusten geballt und wieder geöffnet. »Wenn du dich in dieser Sache ein wenig mehr engagieren würdest, wären unsere Aussichten vielleicht besser.«

»Natürlich.« Er faltete die Zeitung zusammen. »Ich mag inzwischen etwas aus dem Alter heraus sein, aber glaube mir: Kein normaler junger Mann wird sich eine Frau auf einer Asquith-Soiree suchen.« Er deutete ein Schaudern an. »Clara sollte lieber eine ihrer andern Stärken ausspielen, das Reiten zum Beispiel.« Er blickte aus dem Fenster. »Schade, dass es gerade nach Regen aussieht.«

»Reiten gehört kaum zu den Fähigkeiten, die ein junger Mann bei seiner künftigen Gemahlin voraussetzt.«

»Unsinn! Es beweist, dass sie Mut hat, gesund ist und keine von diesen langweiligen jungen Damen, die Angst haben, das Haus zu verlassen.«

»Also wirklich, Philip! Du redest, als sei sie ein Pferd!«

Ihr Streit wurde unterbrochen durch ein Klopfen. Ein Diener trat ein. Er sah Mutter entschuldigend an, dann sagte er: »Eine Mrs Harrow, eine Miss Kemsley und ein Mr Kemsley möchten Sie sehen, mein Herr.«

Vater sah von einer zur anderen. »Ich vermute, dieser Besuch gilt dir, Clara. Sind wir zu Hause?«

»Ja, bitte«, murmelte sie und unterdrückte einen leichten Schauer der Aufregung. Der Diener ging wieder hinaus.

Mutter runzelte die Stirn. »Diese Leute haben offenbar keine Ahnung von den Regeln gesellschaftlicher Besuche.«

»Aber hast du dich nicht gerade beschwert, weil sie nichts geschickt haben?«, murmelte Clara. »Ein persönlicher Besuch ist doch gewiss ein größerer Ausdruck der Anerkennung als ein von einem Dienstboten überbrachter Blumenstrauß.«

»Das hängt von den Blumen ab ... oh, liebste Mrs Harrow, wie freue ich mich, Sie wiederzusehen, und dazu nach so kurzer Zeit!«

Die ältere der beiden Besucherinnen errötete. »Ich hoffe, wir kommen nicht ungelegen.«

»Aber nein«, flötete Mutter. »Wir haben sowieso gerade nichts zu tun, nicht wahr, Clara?«

»Nein.« Clara wandte sich an Tessa und lächelte so liebenswürdig sie konnte. »Hoffentlich hat Ihnen der gestrige Abend gefallen?«

»Aber ja! Lady Asquith war eine ungemein großzügige Gastgeberin; ich war so stolz, in solcher Gesellschaft zu sein!«

Clara warf einen Blick zu ihrer Mutter hinüber und sah erfreut, dass sie von dieser geschickten Antwort doch ein wenig besänftigt war. Sie bedachte Tessa sogar mit einem gnädigen Nicken. »Penelope und ich sind schon seit unserer Kindheit Freundinnen. Sie wird sich freuen zu hören, dass es Ihnen gefallen hat.«

Mrs Harrow nickte. »Wir haben ihr heute Morgen eine Karte und einen Strauß geschickt.«

Claras Lächeln wurde breiter. Sie widerstand dem Drang zu überprüfen, wie ihre Eltern diesen Beweis gesellschaftlicher Gewandtheit aufnahmen. »Möchten Sie nicht zum Tee bleiben?«

»Oh, das wäre aufdringlich«, sagte Mrs Harrow.

Tessa nickte. »Nur fünfzehn Minuten, hat mein Bruder gesagt, mehr wäre eine Überbeanspruchung Ihrer Gastfreundschaft.«

»Wirklich?«, fragte Mutter und schaute ihn neugierig an, als sähe sie ihn zum ersten Mal. Dann gab sie Anweisung, Tee zu bringen.

Jetzt gestattete sich auch Clara, ihren männlichen Gast anzusehen, den einzigen Herrn, dessen Worte gestern Abend einen Funken von Interesse verraten hatten. Er schien sich in ihrem goldfarbenen Wohnzimmer, dessen Größe die zierlichen Möbel ein wenig zu klein und zerbrechlich wirken ließen, unwohl zu fühlen. Sie überlegte besorgt, wie lange der Stuhl, auf dem er Platz genommen hatte, sein Gewicht wohl tragen würde. Sein Gesichtsausdruck war höflich, aber verschlossen, als sei er geübt darin, sich seine Langeweile bei gesellschaftlichen Anlässen, die nicht nach seinem Geschmack waren, nicht anmerken zu lassen. Doch sein aufmerksamer Blick, die

Art, wie seine Lippen während des langweiligen Gesprächs zuckten, deuteten auf eine rasche Auffassungsgabe und die Fähigkeit zu entschlossenem Handeln. Hatte er einen Entschluss, sie betreffend, gefasst? Erinnerte er sich überhaupt an sie? Was hielt er von ihr? Ihre Wangen wurden heiß. Was hielt er von ihrer Familie ganz allgemein?

Seine blauen Augen sahen sie prüfend an. Sie wandte den Blick ab und murmelte etwas Zusammenhangloses über das Wetter.

Eine Gnadenfrist kam in Gestalt des Dieners, der mit einem üppig beladenen Tablett eintrat, als hätte die Köchin schon alles vorbereitet gehabt, ja, als hätte sie sich gefreut, mit ihrem kulinarischen Können glänzen zu können.

»Kemsley!«, sagte Vater, nachdem jeder Tee eingeschenkt bekommen hatte. »Jetzt fällt es mir wieder ein! Ich grüble schon seit Wochen, woher ich Ihren Namen kenne. Haben Sie irgendetwas mit dem Kapitän zu tun, der für den Vorfall vor Afrika vor ein paar Monaten verantwortlich ist?«

Mr Kemsley räusperte sich. »Wenn Sie die *Ansdruther* meinen, ja. Das bin ich.«

»Ah.« Vater nickte, ein zufriedenes Lächeln auf den Lippen. »Es ist mir eine Ehre, Sie zu Gast zu haben!«

Clara sah, wie das sonnenverbrannte Gesicht sich rötete. Der Funke der Anziehung, den seine Freundlichkeit gestern Abend geweckt hatte, flammte als echtes Interesse auf. Was war so bemerkenswert an ihm, dass ihr Vater diesen raubeinigen Mann schätzte?

Ben hatte den Sinn von Teegesellschaften bisher nicht begriffen. Für ihn waren sie eine dürftige Entschuldigung für Damen, in höflichem Ton allen möglichen Tratsch auszutauschen oder über Mode zu streiten, Dinge, für die er nicht das mindeste Interesse aufbrachte. Dabei tranken sie lauwarmen, geschmacklosen Tee und nahmen winzige Häppchen zu sich, die seinen Hunger erst richtig anfachen würden.

So hatte er gedacht – bis heute.

Dieser Tee musste aus Ceylon kommen; er schmeckte alle intensiven Aromen, an die er sich aus seiner Zeit auf der Insel erinnerte. Wenn er die Augen schloss, konnte er sich beinahe dorthin versetzt fühlen, wenn nicht das alberne Geschwätz seiner Gastgeberin zu hören wäre. Ihr eisiges Gehabe bei ihrer Ankunft war aber allmählich geschmolzen, als sie merkte, dass ihre Besucher doch nicht ganz die Wilden waren, für die sie sie gehalten hatte. Über die Gesinnung des Viscounts war er sich noch nicht im Klaren und ebenso wenig konnte er das Verhalten seiner Tochter deuten. Kurz hatte er gedacht, bei seinem Eintreten einen Schimmer von Interesse in ihren Augen aufleuchten zu sehen, doch sie gab wenig preis und sah ihn die meiste Zeit nicht an.

Er nahm einen Bissen von dem großen Stück Kuchen, der köstlich schmeckte. Als man ihm ein zweites Stück anbot, musste er seine ursprüngliche Ansicht über seine Gastgeberin revidieren. Bei all ihrer Etikette schien sie dennoch zu wissen, dass der Appetit eines gesunden jungen Mannes ein anderer war als der einer vornehmen jungen Dame.

»Hoffentlich werden wir Sie wieder einmal spielen hören, wenn wir nach Brighton zurückkehren, Miss DeLancey«, sagte Tessa.

Miss DeLancey murmelte etwas Unverbindliches, doch er fing den Blick auf, den sie ihrer Mutter zuwarf, als bäte sie um ihre Zustimmung. Lady Winpooles änderte ihre steife Haltung kein bisschen.

»Erzählen Sie uns etwas von Ihrer letzten Fahrt?«, fragte Lord Winpoole.

Ben unterdrückte ein Seufzen. Würde sein Leben für immer von den Ereignissen auf der anderen Seite der Welt bestimmt werden? Er sah auf die anderen Anwesenden und bemerkte so etwas wie Interesse in Miss DeLanceys grünen Augen.

»Ich weiß nicht, ob die Damen ...«

»Oh, seien Sie doch nicht so bescheiden! Sie werden fasziniert sein von Ihren Abenteuern.«

Wieder sah er die Tochter seines Gastgebers an. Sie war definitiv interessiert, nach dem schief gelegten Kopf und dem aufmerksamen Blick zu urteilen. Er nickte und begann: »Wir waren auf dem Weg von Ceylon nach England. Ich war der Kapitän der *Ansdruther*, eines Ostindienfahrers, und hatte den Auftrag, Soldaten und ein paar Familien zurück nach Portsmouth zu bringen. Bei einem schweren Sturm liefen wir auf ein Riff auf, dicht vor Cape St. Francis, und erlitten Schiffbruch.«

Wieder schlugen die Erinnerungen über ihm zusammen. Die turmhohe Wand aus Wasser, eine riesige schwarze Masse, die auf sie zurollte. Die Verzweiflung. Die Schreie. Er schluckte und zwang sich weiterzureden. »Ich danke Gott, dass wir trotz der Dunkelheit und der Gewalt der Wellen das Ufer erreichten, unter Verlust nur eines einzigen Lebens.«

Er hörte, wie die Tochter des Hauses ihm gegenüber aufseufzte, und sah auf. Ihr Blick war fest auf ihn gerichtet, mit einem Ausdruck, der wie Mitgefühl wirkte.

»Die beiden folgenden Tage und Nächte sahen wir zu, wie das Schiff langsam auseinanderbrach, und versuchten zu retten, was wir konnten. Andere suchten nach einer Möglichkeit, die Klippen zu überwinden und Hilfe zu holen.« Er lächelte kläglich. »Es gab keinen Weg. Wir mussten zurück aufs Meer. Zum Glück hatte sich der Sturm schnell gelegt, die See war nicht mehr so rau wie zuvor. Aber die Haie waren noch da, auch wenn wir sie nicht sahen.«

Miss DeLanceys Augen wurden groß; sie und ihre Mutter stöhnten fast gleichzeitig vor Spannung.

»Sie sind zurück aufs Meer gegangen?«, fragte sein Gastgeber.

Ben zuckte die Achseln. »Ich hatte gute Leutnants und wusste, dass sie für Ruhe und Ordnung sorgen würden. Und ich wusste auch, dass ich der beste Schwimmer war und somit die größte Chance hatte, Hilfe zu holen. Was mir auch gelang.«

»Nachdem Sie einen Tag geschwommen und dann noch fünf Tage zu Fuß unterwegs waren, heißt es in den Zeitungen.«

»Es waren nur drei Tage«, sagte Ben und blickte auf seine Stiefel hinunter »Das Südkap ist abgelegen, aber nicht ganz ohne menschliche Ansiedlung.«

»Was für eine Tortur«, murmelte Miss DeLancey.

»Es war eine Erfahrung, die ich nicht noch einmal machen möchte, auch wenn ich sehr dankbar dafür bin, dass Gott mich die ganze Zeit beschützt hat.«

»Sie hatten Glück«, sagte die Viscountess mit großen Augen. »Ein Liebling der Götter!«

»Kein Glück und mein Schutz kam nicht von den sogenannten Göttern. Die ganze Zeit über wurden viele Gebete gesprochen und sie alle waren nur an einen einzigen Gott gerichtet.«

Sie wirkte leicht verlegen, was sie zu überspielen versuchte, indem sie ihm noch ein Stück Kuchen anbot, als könnte sie ihm, wenn sie ihm zu essen gab, helfen, die Qualen des Hungers zu vergessen.

Wie auf einen stummen Befehl schenkte Clara ihm noch eine Tasse Tee ein. Als sie ihm die Tasse reichte, berührte sie unbeabsichtigt seine Hand.

Feuer schoss seinen Arm hinauf. Plötzlich war er hellwach und gespannt. Er versuchte, seine Empfindungen zu verbergen, indem er einen großen Bissen von dem Kuchen nahm und ihn mit Tee herunterspülte.

Wohl wissend, dass ihre Augen auf ihm ruhten, versuchte er, das Thema zu wechseln, doch seine Gastgeber wollten mehr hören.

Der Viscount runzelte die Stirn. »Und die Leute blieben zurück?«

Er seufzte tief auf. »Ich bereue nur, dass ich nicht so schnell zurückkam, wie ich gehofft hatte. Ich war müde.«

»Du warst völlig erschöpft!«, unterbrach ihn Tessa.

Er sah sie dankbar an und fuhr fort: »Ich brauchte ein bisschen Zeit, um mich zu erholen, und es dauerte auch ein Weilchen, bis die Leute im Dorf verstanden, was ich wollte. Als ich endlich zurückkam, war einer der verletzten Soldaten gestorben.«

»Wie schrecklich!«

Als er das Mitleid in Miss DeLanceys Augen gewahrte, bildete sich ein Kloß in seinem Hals. Er schluckte und wünschte nur, er hätte gar nicht erst angefangen, die Geschichte zu erzählen, die ihn um seine Fassung zu bringen drohte. Er musste das Thema wechseln, und zwar schnell.

Er deutete auf den Kuchen. »Bitte richten Sie Ihrer Köchin meine Komplimente aus. Das ist einer der köstlichsten Kuchen, die ich je das Vergnügen hatte zu essen.« Er warf Tessa einen Seitenblick zu. »Sag Mattie nicht, dass ich das gesagt habe.«

Tessa kicherte, seine Gastgeberin nickte und murmelte etwas Passendes. Sie schien ihn also nicht mehr für einen ungehobelten Tölpel zu halten. Ermutigt wandte er sich erneut an sie.

»Ich muss gestehen, Lady Winpoole, die meisten Gelegenheiten dieser Art scheinen mir passender für einen Mann mit dem Appetit einer Wespe als für einen mit gesundem Hunger.«

»Oh!«

Ihr überraschter Blick sagte ihm, dass er, was ihre Gunst betraf, mit dem letzten Satz nicht etwa an Boden gewonnen, sondern eher verloren hatte. Er lächelte leicht gequält und redete in seiner Verzweiflung weiter: »Ihre Großzügigkeit rührt wahrscheinlich daher, dass Sie einen Sohn haben.« Er blickte zu ihrer Tochter hinüber. »Ich erinnere mich, dass einmal die Rede von einem Bruder war.«

»Richard«, sagte der Viscount und runzelte die Stirn.

»Richard, ja. Ich erinnere mich.« Kaum, aber wenn es ihm half, ihr Wohlwollen zurückzugewinnen. »Wo hält er sich denn zurzeit auf?«

Er sah die versteinerten Gesichter. Die Temperatur im Raum schien plötzlich gefallen zu sein. Ihm wurde klar, dass er den Besuch umgehend beenden musste; die Hoffnung, das Wohlwollen seiner Gastgeberin zu gewinnen, war so tief gesunken wie das Wrack, von dem er gerade erzählt hatte.

Kapitel 11

Diese Zeit in London rief Clara mehrere Dinge ins Gedächtnis. Wie sehr sie es liebte, im Mittelpunkt zu stehen. Wie sehr sie es genoss, schöne Kleider zu tragen. Und wie leidenschaftlich gern sie im Hyde Park ausritt.

»Los, Blackie«, trieb sie ihr Pferd an. Es war noch früh am Morgen. Die Londoner Gesellschaft schlief noch. So brauchte sie keine Rücksicht auf die guten Sitten zu nehmen und konnte ihr Pferd das Tempo vorgeben lassen. Sie konnte sich an den Bäumen und Blumen freuen, zitternden, duftenden Farbklecksen in der Frühsommerbrise. Sie dankte Gott, dass ihr Bruder noch nicht aufgetaucht war, wie er angedroht hatte. Der liebe Richard. Hoffentlich war es nur eine der Bemerkungen gewesen, die er ständig machte, um sie zu ärgern.

Sie bog in die Rotten Row ein und trieb ihr Pferd erneut an. Ganz kurz schien es möglich, einfach zu fliehen, die Vergangenheit hinter sich zu lassen, wenn sie nur immer weiterritt. Wenn sie nur …

»Miss!«

Clara blickte sich nach Button, dem Pferdeknecht, um, der seinem Pferd verzweifelt die Sporen gab, um mit ihr mitzuhalten. Sie nahm das Tempo ein wenig zurück. Wenn die Erwartungen der Gesellschaft einen doch nur nicht so einschränken würden. Seufzend strich sie Blackie über die glänzende Mähne. Er konnte ja nichts dafür, dass sie den Dämonen in ihrem Kopf nicht entkommen konnte.

Sie bogen um eine Ecke. Clara blickte auf und sah einen großen schwarzen Hengst – und seinen Besitzer.

Die Begegnung versetzte ihr einen Stich ins Herz. Zu spät, jetzt noch umzukehren; das würde nur zu Spekulationen Anlass geben. Ob er wohl dachte, dass sie ihm nachspionierte? Dass sie frühere

Zeiten wiederaufleben lassen wollte? Bittere Galle stieg ihr den Hals hoch; sie schluckte sie hinunter. Es gab kein Entkommen. Vielleicht, wenn sie ein wenig langsamer wurde? Aber nein. Er war schon fast da. Und bemerkte sie ebenfalls.

»Miss DeLancey.« Die Überraschung in Lord Hawkesburys Gesicht wich rasch einem Ausdruck, der an Ekel erinnerte.

Es tat so weh. »Mein Herr.«

Das Wort schmeckte bitter in ihrem Mund. Er würde nie der Ihre sein. Das hatte er letztes Jahr, als Mutters Machenschaften sie in der Zeit einer großen persönlichen Tragödie des Grafen und seiner Frau zu einem Besuch in Hawkesbury House geführt hatten, nur allzu deutlich gemacht. Was genau die Gräfinwitwe mit dieser Einladung zu erreichen gehofft hatte, wollte sie gar nicht wissen. Was genau ihre Mutter sich davon versprochen hatte, konnte Clara sich vorstellen. Mutter hatte bestimmt nicht bösartig sein wollen. Doch die unübersehbare Wut des Grafen – das Bewusstsein, dass ihre Anwesenheit in den Augen von Lavinias Cousine eine unvorstellbare Kränkung darstellte – hatte sie damals wünschen lassen, nie einen Fuß in die Kutsche gesetzt zu haben, die sie nach Norden, nach Lincolnshire, gebracht hatte.

Mann und Pferd brausten an ihr vorüber, verschwammen in einem Wirbel von Schwarz und Schnelligkeit und hinterließen nichts als das Gefühl des Verlusts. Er würde nie der Ihre sein. Er verachtete sie. Tränen traten ihr in die Augen. Wahrscheinlich glaubte er, dass sie der Gräfinwitwe damals den Vorschlag zu diesem Besuch gemacht hatte. Es war vorbei. Er war fort. Jene Zeit war unwiederbringlich vorüber.

Sie blinzelte die Tränen fort und konzentrierte sich auf die Eichen, die ihr sagten, dass sie am Hyde Park Corner angelangt war. Dann hob sie das Kinn. Sie würde ihm zeigen, dass es ihr gleichgültig war. Sie würde allen – vor allem ihrer Mutter – zeigen, dass sie dem Grafen von Hawkesbury keine Träne nachweinte, auch wenn es sich anfühlte wie ein Haken in ihrem Herzen, der nie wieder herausgezogen werden konnte.

Die Hufe ihres Pferds donnerten über Gras und Sand. Der Geruch nach Pferd mischte sich mit dem Duft der Sommerblumen. In ihrem Herzen stieg ein Gebet auf: *Herr, hilf mir, ihn zu vergessen.*

Ein Spruch aus dem Andachtsbuch, das Matilda ihr gegeben hatte, fiel ihr ein. Etwas über Vergebung, die verlangt, dass man Segen für seine Feinde erbittet. Nun sah sie den Grafen zwar nicht wirklich als ihren Feind an – auch wenn er umgekehrt sie offenbar für seine Feindin hielt –, doch die Empfehlung erschien ihr als etwas sehr Machtvolles. Um einem Menschen, der einen so tief verletzt hatte, Gutes zu wünschen, war ganz sicher Gottes Hilfe nötig, denn das widersprach jeder natürlichen Reaktion. Wenn jemand einen benutzt, ja, zu seinem persönlichen Vorteil manipuliert hatte, dann bedurfte es mit Sicherheit göttlicher Unterstützung, um dieser Person nicht nur zu vergeben, sondern darüber hinaus auch noch für sie zu beten.

Aber hatte Lavinia nicht genau das getan?

Sie wendete ihr Pferd und ritt außen am Park weiter, dann bog sie auf einen Weg ein, der zum Serpentine führte. Das Wasser funkelte in der Sonne, ein paar Enten paddelten herum, andere gründelten nahe am Ufer. Sie hatte bis zu jenem Augenblick im letzten Jahr, als Lavinia ein paar Tage, nachdem sie ihr Kind verloren hatte, die Treppe in Hawkesbury House heruntergekommen war und sie mit bleichem Gesicht willkommen geheißen hatte, nie wirklich darüber nachgedacht, wie die Frau des Grafen ihr gegenüber empfinden mochte. Clara hatte sich noch selten so sehr geschämt. Doch in Lavinias Worten war keine Falschheit gewesen. Im Gegenteil, die Liebenswürdigkeit der Frau des Grafen war ganz natürlich, als sie in einer Situation schlimmsten eigenen Kummers freundlich zu einem Menschen war, der sich seinerseits mehr als unfreundlich benommen hatte. Wieder tat ihr das Herz weh. Kein Wunder, dass der Graf Lavinia ihr vorzog. Clara wäre niemals fähig gewesen, jemandem, der sie gekränkt hatte, Freundlichkeit zu erweisen.

»Miss Clara?«

Sie blickte sich um. Sie war so in Gedanken versunken gewesen, dass sie ihren Pferdeknecht völlig vergessen hatte. Sie zügelte ihr Pferd. »Was ist, Button?«

Er atmete schwer; sein Gesicht war krebsrot geworden. »Sie waren ein bisschen zu schnell für meinen bescheidenen Geschmack«, sagte er keuchend. »Ihre Mutter wäre gar nicht erfreut, wenn sie das wüsste.«

»Da haben Sie völlig recht.«

Er sah sie argwöhnisch an. »Dürfte ich dann vorschlagen, dass wir ein schicklicheres Tempo anschlagen?«

»Aber gewiss.«

Sie parierte ihr Pferd zum Schritt, wie es einer Lady geziemte. Dann dachte sie weiter nach und dabei schien der Aufruhr der Gefühle in ihrer Seele sich allmählich zu beruhigen. Sollte sie darum beten, dass Gott den Grafen und Lavinia segnete? Das wollte sie nicht. Sie fand es noch immer nicht richtig, dass er sie so schlecht behandelt und in dem Glauben gelassen hatte, dass er eine feste Verbindung anstrebe. Das würde nie richtig sein, nie! Doch wie lange sollte sie diesen Schmerz noch in sich tragen? Konnte die Bitte, die beiden zu segnen, sie wirklich von diesem lastenden Gefühl der Unversöhnlichkeit befreien?

Clara sah sich um. Buttons Pferd trottete ein paar Meter hinter ihrem her, wie er und ihre Eltern es wünschten. Sonst war niemand zu sehen; niemand, der Zeuge ihres höchst seltsamen Verhaltens werden konnte. Sie sog tief den Duft nach warmem Gras ein. »Gott?«

Sie schluckte und fuhr dann fort: »Ich vergebe ihm. Ich vergebe ihr. Hilf …« Sie schluckte wieder, zwang sich, durch die in ihren Hals aufsteigende Galle weiterzusprechen. »Hilf ihnen in ihrer Ehe. Bitte segne sie.« Ihr Herz zog sich zusammen. »Bitte segne beide mit einem Kind. Amen.«

Das Gebet fiel von ihren Lippen, als hätte sie Gift ausgespuckt. Doch in ihr drin schien es, als hätte etwas Hartes einen Riss bekommen. Inmitten der tiefen Kränkung und der widersprüchlichen Gefühle empfand sie etwas Süßes, Weiches, wie das langsame Entfalten der Vergebung in ihrer Seele.

Sie sah zum hellen, blauen Himmel hinauf. Konnte Gott sie hier draußen besser hören? Jedenfalls fühlte es sich so an. »Danke.«

Von den Ästen einer großen Ulme erklang Vogelgezwitscher. Sie sah, wie die Vögel sich mit anmutigen, majestätischen Bewegungen in den Himmel schwangen, als führten sie ein Schauspiel für sie ganz persönlich auf.

»Miss Clara?« Button holte sie ein.

Sie blickte noch immer nach oben. »Sie sind schön, nicht wahr?«

»Sehr schön, Miss. Aber ist alles in Ordnung? Ich hörte Sie etwas sagen.«

»Gut möglich«, stimmte sie milde zu.

Er runzelte die Stirn und rieb sich das Kinn, unsicher, wie er diese Antwort verstehen sollte. Plötzlich brach eine leichte Belustigung durch den Bodensatz ihrer Schwermut. Vielleicht war sie ja nicht mehr die unnachgiebige, egoistische junge Miss, die er kannte. Wenn sie dem Grafen gegenüber ein wenig freundlicher gewesen wäre, wäre vielleicht …

Still! Sie schluckte. Knirschte mit den Zähnen. *Herr, segne ihn.* Und als ihr das stumme Gebet nicht stark genug schien, murmelte sie vor sich hin: »Segne ihn!«

»Verzeihung, Miss? Haben Sie etwas gesagt?«

Sie drehte sich zu ihrem Pferdeknecht um. »Es ist alles in Ordnung.«

Als er sie weiterhin ängstlich forschend ansah, sagte sie mit einem echten Lächeln: »Gott segne Sie, Button, dass Sie all die Jahre so freundlich waren.«

Um seine aufgerissenen Augen erschienen tausend Fältchen, als er lachte. »Es zahlt sich aus, freundlich zu sein, Miss.«

Sie lachte ebenfalls. Der Klang ihres Lachens schien noch mehr von den Spinnweben in ihrer Seele wegzuwischen. Und so lenkte sie ihr Pferd zurück zum Wigmore Place nach Hause.

Ben sah sich im Hauptraum von Somerset House um. Die gelben
Wände waren förmlich mit Gemälden tapeziert. Die Anordnung
der Bilder schien sich allerdings weniger an geschmacklichen Erwä-
gungen oder thematischen Zusammenhängen zu orientieren, als darauf abzuzielen, eine größtmögliche Zahl von Werken unterzubrin-
gen. Allerdings war er kein Kunstexperte. Der Raum summte von
den Bemerkungen der Kenner und der Neulinge. Die einen kehrten
lautstark ihre künstlerische Expertise hervor, die anderen waren damit zufrieden, zu schauen und höchstens hin und wieder eine Ansicht über die Farben zu verkünden oder darüber, ob ein Bild lebensecht wirkte oder nicht. Er selbst gehörte eindeutig in die zweite
Kategorie.

»Ah, Kapitän Kemsley.«

Ben drehte sich um und stand vor der aufgedunsenen Gestalt des
wichtigtuerischen Lord Babcock, dem neuesten und ältesten Be-
wunderer Tessas. Bemüht, trotz seiner Abneigung ein schickliches
Betragen an den Tag zu legen, verbeugte er sich: »Guten Tag, mein
Herr.«

»Sagen Sie, ist zufällig auch Ihre hübsche junge Schwester anwesend?«

»Zufällig?« Bens Lächeln wurde schmal. »Ich ging eigentlich davon aus, dass Sie fest mit ihrer Anwesenheit rechnen, schließlich waren Sie doch dabei, als der Besuch hier am Sonntag nach dem Gottesdienst ausgemacht wurde.«

»Ich ... äh ...« Der ältere Herr war leicht verlegen. »Ach ja, jetzt
fällt mir ein, dass Miss Kemsley etwas dergleichen zu ihrer Freundin
sagte.«

»Dachte ich es mir doch, dass Sie sich daran erinnern würden.«
Ben blickte sich um und sah Tessa im Gespräch mit Miss DeLancey.
Tessas Freundin wirkte heute ein wenig heiterer, ihr Gesicht war leb-
hafter und ihr Kleid genau so elegant, wie es dem Anlass entsprach.

Er wandte sich wieder zu Lord Babcock, der seinem Blick gefolgt war und jetzt die Stirn runzelte. Dann räusperte er sich laut. »Sie sieht sehr gut aus.«

»Ja.« Beide junge Damen sahen sehr gut aus.

Der Ältere räusperte sich erneut. »Wenn ich Ihnen einen Rat geben darf, mein Junge: Junge Damen wie Ihre Schwester sollten nicht zu viel Zeit mit Personen verbringen, die im Ruch von Skandalen stehen. Sie sollten sie aus derartigem Klatsch heraushalten.«

Ben zog die Brauen hoch; er gab sich keine Mühe mehr, seine Abneigung zu verbergen. »Vielen Dank für Ihre Sorge, aber meine Schwester …«

»Es geht nicht um Ihre Schwester.« Lord Babcock tippte sich an die Seite seiner Knollennase.

Kälte breitete sich in Bens Brust aus. »Entschuldigen Sie mich, mein Herr.«

»Natürlich, Kapitän.«

Ein paar Verbeugungen später stolzierte Ben durch den Raum und kämpfte dabei gegen das Bedürfnis an, dem Alten das selbstzufriedene Lächeln mit einer Ohrfeige aus dem Gesicht zu wischen. Wie konnte er es wagen anzudeuten, es könnte Zweifel an Miss DeLanceys Ehre geben?

Als er zu den beiden junge Damen trat, hatte sich ihnen bereits ein weiterer Verehrer zugesellt, ein Mr Dubois, wenn er sich recht erinnerte. Sie begrüßten einander. Dann sagte der dunkelhaarige junge Mann, die Augen fest auf Tessa gerichtet: »Gefallen Ihnen die Bilder, meine Damen?«

Tessa antwortete nicht. Miss DeLancey murmelte: »Sehr gut.«

Ben ballte die Fäuste.

»Und Ihnen, Kapitän Kemsley?«

»Mr Kemsley«, knurrte er.

»Ah ja. Was halten Sie von diesem schönen Bild?« Er deutete auf die Darstellung eines Schiffes in Flammen.

»Ich denke, man sieht auf den ersten Blick, dass der Mann nie einen Fuß an Deck eines Ostindienfahrers gesetzt hat.«

»Wirklich?«

»Wenn er je einmal auf einem solchen Schiff gewesen wäre, würde hier nicht ein Mast fehlen und unwissende Leute würden es nicht schön finden, obwohl es doch ganz offensichtlich ein Fantasiegespinst ist.«

»Benjie!«, flüsterte Tessa. Ihrem entsetzten Gesichtsausdruck entnahm er, dass er einen veritablen *faux pas* begangen hatte. Miss DeLancey und Mr Dubois waren rot geworden.

»Wenn Sie mich entschuldigen wollen«, sagte Letzterer und stakste davon.

Ben schluckte und wandte sich an Miss DeLancey, um sich seinerseits zu entschuldigen, doch sie drehte sich um und betrachtete ein Bild mit einer kleinen ländlichen Szene.

»Das war wirklich nicht schön von dir!«, murmelte Tessa.

»Ach was, es ist dir doch bestimmt egal, was dieser Fant denkt. Du hast ihn doch kaum angeschaut, geschweige denn mit ihm gesprochen.«

»Deswegen brauchst du noch lange nicht so unhöflich zu ihm zu sein.«

»Möchtest du dir denn deine ganzen unerwünschten Verehrer selbst vom Hals schaffen?«

Sie lächelte zögernd. »Ich glaube, ich ziehe deine Hilfe vor.«

Ben verschränkte die Arme. Also war seine Unverblümtheit doch nicht nur eine Dummheit gewesen.

Das Navigieren durch den Sittenkodex der Londoner Gesellschaft war nicht immer einfach. Nach dem Debakel im Haus der Winpooles war Ben von seiner Tante und seiner Schwester ernstlich zur Rede gestellt worden; ihre Strafpredigt hatte ihn an die Standpauke erinnert, die sein erster Kapitän ihm gehalten hatte. Deshalb war er auch maßlos erleichtert gewesen, dass Tessa nach einem kurzen Gespräch nach dem Gottesdienst am letzten Sonntag heute wieder die Gesellschaft ihrer Freundin genießen konnte. Er war dankbar, dass die Freundschaft der beiden offenbar nicht gelitten hatte, überlegte aber gleichzeitig, wie viele Herren, die um Tessas Gunst buhlten, er wohl noch vertreiben musste.

»Ah, da sind Sie ja!«

Das plötzliche Strahlen auf dem Gesicht seiner Schwester beim Klang der Stimme, konnte nur eins bedeuten.

Ben drehte sich um und verneigte sich. »Lord Featherington.«

»Verzeihen Sie, aber ich habe es keine Sekunde mehr ausgehalten.« Er wandte sich an Tessa und fing an, von einem Ausflug zu reden, der in ein paar Tagen stattfinden sollte.

Ben fiel auf, dass Miss DeLancey zu erstarren schien und dann zurückwich, als wollte sie auf keinen Fall die Aufmerksamkeit des Viscounts erregen. Er runzelte die Stirn.

»Benjie?« Tessa legte ihm die Hand auf den Arm und sah ihn verwundert an. »Was ist denn? Gefällt dir Lord Featheringtons Plan nicht?«

Ben schüttelte den Kopf und wandte sich an den Viscount. »Verzeihen Sie mir. Ich war einen Moment mit den Gedanken woanders.«

»Kein Wunder an einem solchen Ort. Wenn es nicht wirkte, als hätte sich halb London hier versammelt, würden schon allein die vielen Bilder genügen, einen abzulenken.«

Ben schluckte ein Lächeln hinunter. »Ich nehme an, das ist die Absicht der Künstler.«

»Mag sein.« Featherington zuckte gut gelaunt die Achseln. »Ich kann nicht behaupten, dass ich mir viel aus diesem Zeug mache. Mein Schwager liebt seine Bilder; in seinem Frühstückszimmer hängen zwei ganz nette Ansichten von Venedig, meine ich mich zu erinnern. Aber ich für meinen Teil bin lieber draußen in der freien Natur. Haben Sie übrigens schon das eindrucksvolle Gemälde mit dem brennenden Schiff gesehen?«

Ben wollte antworten, doch Tessa unterbrach ihn. »Ja, er hat es gesehen und es gefällt ihm nicht. Er sagt, es sei nicht lebensecht.«

»Na ja, als Kapitän muss er es ja am besten wissen. Sagen wir also, Freitag um elf?«

»Ich ... ich muss erst noch mit Tante Addy sprechen.«

»Natürlich. Gut, ich muss jetzt leider gehen; ich habe noch eine

Verabredung bei *Manton's*. Ich würde mich eigentlich als recht guten Schützen bezeichnen, aber Hartington, Charlottes Mann, wissen Sie, der bescheidenste Mann, den man sich vorstellen kann, ist ein unvergleichlicher Schütze. Ich muss mich noch sehr verbessern, wenn ich im Oktober in Northamptonshire an der Jagd teilnehmen will. Bis dahin muss ich wenigstens ein paar Scheiben treffen können.«

Ben nickte höflich, obwohl er keine Ahnung hatte, wovon der junge Mann sprach. Er wusste, dass Hartington der Herzog war, der Lord Featherıngtons Schwester geheiratet hatte, abeı Scheibcn? In der Regel hatte er wenig Gesprächsstoff mit reichen Müßiggängern. Sein Leben auf See war ein Leben der Mühe und Arbeit gewesen und er zog die ehrliche Unterhaltung mit Männern wie Burford und Lancaster dem blasierten Gerede der feinen Herren vor. In den letzten Wochen war er immer wieder von vornehmen Herren zu Vergnügungstouren eingeladen worden, doch er hatte sie anstrengend gefunden. Er konnte über die Adligen, die er nicht kannte, nicht mitreden und nicht an Aktivitäten teilnehmen, die sein Knie zu stark beanspruchten, und für Tratsch hatte er sowieso nichts übrig. Wenn die Rede auf seine Heldentaten kam, versuchte er stets, das Thema zu wechseln, und erzählte von den Einrichtungen und der Hilfe für Kriegsheimkehrer. So hatte er wenigstens das Gefühl, seine Zeit nicht ganz vergeudet zu haben.

Der Viscount redete weiter; seine Verabschiedung von Tessa zog sich beträchtlich in die Länge. Vielleicht war es ja doch nicht völlig vergeblich, dass er in London gestrandet war. Immerhin hatte er so Gelegenheit, seine Schwester vor den entschlosseneren Verehrern zu beschützen, deren Einladungen ins Theater, zu einer Fahrt durch den Hyde Park oder zu einer dieser schrecklichen musikalischen Veranstaltungen sie manchmal etwas zu bereitwillig annahm.

Mit einer Verbeugung und einem schwungvollen Winken verschwand der Viscount endlich. Vielleicht schätzte er Tessas Fähigkeit zuzuhören genauso sehr wie ihr schönes Gesicht.

»Clara?«

Sie war ganz in die Kunstwerke vertieft gewesen und drehte sich nun um. Er ignorierte den seltsamen Schmerz, als ihr Blick an ihm vorbei zu Tessa ging. »Ja?«

»Sind Sie je im Tower gewesen?«

»Ich glaube nicht, nein.«

»Wundervoll! Glauben Sie, Ihre Eltern erlauben, dass Sie mitkommen? Lord Featherington hat uns zu einem Ausflug am Freitag eingeladen. Er hat offenbar gehört, dass ich letzte Woche gesagt habe, ich würde ihn zu gern einmal sehen. Er ist so rücksichtvoll, finden Sie nicht?«

»In der Tat.« Miss DeLanceys Stimme klang angespannt.

»Dann begleiten Sie uns also? Benjie hat kürzlich gesagt, er würde ihn gern einmal sehen, und mir geht es genauso, auch wenn die Geschichte des Towers zeitweise recht blutig klingt.«

»Ich … ich habe an diesem Tag leider etwas anderes vor. Es tut mir leid.«

»Oh! Aber ohne Sie ist es nicht dasselbe.«

»Der Viscount hat mich nicht eingeladen, Tessa, deshalb spielt es sicher keine Rolle, ob ich mitkomme oder nicht.«

»Sie sind viel zu bescheiden! Ich jedenfalls werde Ihre Gesellschaft fürchterlich vermissen.«

»Sie sind sehr freundlich, aber ich glaube nicht, dass es dem Viscount ebenso geht.«

»Wenn er etwas gegen Sie hat, habe ich etwas gegen ihn.«

»Ich glaube wirklich …«

»Und Benjie hätte auch gern, dass Sie mitkommen.« Tessa drehte sich zu ihm. »Nicht wahr?«

Er schluckte, als er den skeptischen Ausdruck in Miss DeLanceys Augen sah, der seine Antwort plötzlich ungemein wichtig erscheinen ließ. Was sollte er jetzt sagen? Es gab keine andere höfliche Antwort als: »Natürlich.«

Miss DeLancey sah ihn prüfend an, dann biss sie sich auf die Lippen.

Er bereute seine vorherigen rücksichtslosen Worte. »Miss DeLancey, wir wüssten Ihre Gesellschaft wirklich zu schätzen.«

Sie blinzelte und senkte den Kopf. »Ich möchte mich nicht in Ihre Pläne drängen.«

»Unsere Pläne sind zurzeit recht flexibel. Tessa braucht nur etwas anzudeuten, schon steht einer ihrer vernarrten Anbeter bei Fuß, um ihr ihren Wunsch zu erfüllen. Einmal hat einer geglaubt, sie würde gern den Seiltänzer in Vauxhall Gardens sehen, und machte dann ein großes Aufhebens, weil er ein aufwendiges Picknick für einen Abend organisiert hatte, an dem wir bereits eine Verabredung hatten, die sich nicht mehr absagen ließ. Tessa tat er so leid, dass wir daraufhin beinahe alle mit dem Kerl in Astleys Amphitheater gegangen wären und uns das Pferdeballett angesehen hätten.«

Sie musste lächeln. »Anscheinend fühlen Sie sich ausgenutzt.«

»Ich werde ausgenutzt«, sagte er. »Vielen Dank für Ihr Verständnis.«

»Gern geschehen«, antwortete sie und schenkte ihm, als Tessa protestierte, einen verschwörerischen Blick.

Einen Augenblick versank er in der schimmernden Tiefe dieses Blicks. Ihre Augen erinnerten ihn an das Wasser vor den Seychellen, einem wunderschönen Archipel vor der Küste Afrikas. Einmal hatte sein Schiff wegen Reparaturarbeiten dort anlegen müssen und er und seine Mannschaft hatten eine magische Woche auf einer der Inseln verbracht; sie hatten tropische Früchte und Fische gegessen und waren im warmen blaugrünen Meer geschwommen, das so ganz anders war als die kalten Wasser Britanniens. Eines Tages hatte er sich fortgestohlen und auf Erkundung begeben. Er war durch den Regenwald gestreift, ständig auf der Hut vor Schlangen und Skorpionen, und hatte einen Fluss entdeckt, der sich zwischen den Bäumen hindurchwand. Unter einem Baldachin aus Palmen und Farnen war er in das klarste Wasser gesprungen, das er je gesehen hatte, Wasser, durch das er hindurchsehen konnte bis auf die sandige Tiefe, Wasser, das so rein und frisch schmeckte, als sei es direkt vom Himmel gefallen. Und ebendaran erinnerten ihn ihre Augen: an diese reine, frische Helligkeit, deren Tiefe er sich sehnte zu …

»Benjie?«

Seine Schwester betrachtete ihn mit einem seltsamen Lächeln.

»Ja?«

Ihr Lächeln vertiefte sich. »Ich habe mich nur gewundert, weil du Miss DeLancey so lang angestarrt hast.«

Er versuchte, die Hitze, die ihm den Nacken hochstieg, zu unterdrücken, eine Hitze, die der Farbe von Claras Wangen entsprach. »Verzeihung«, murmelte er, drehte sich um und trat vor ein Gemälde in lebhaften Farben, das ein sinkendes portugiesisches Kriegsschiff darstellte. Er runzelte die Stirn. Die Takelage stimmte nicht. Der Künstler hatte ganz eindeutig nie …

»Benjie?« Eine kleine Hand schob sich durch seinen Arm. Tessa sah ihn reuevoll an. »Es tut mir leid.«

»Es ist nicht nett, deine Freundin so zu necken«, sagte er leise.

»Nein.« Sie blickte zu Clara hinüber, die ein Stillleben mit Früchten betrachtete, wahrscheinlich wie er, um sich von dem peinlichen Moment zu erholen. Seine Schwester fuhr fort: »Ich dachte nicht, dass du es so schlimm findest, geneckt zu werden. Warum eigentlich, frage ich mich?«

Er schüttelte den Kopf und sagte leise, damit sie niemand hörte: »Du darfst nicht denken, nur weil du in London so erfolgreich bist, gilt dasselbe für mich. Ich komme in den Augen der Eltern kultivierter junger Damen nicht als Heiratskandidat infrage. Ich habe weder Vermögen noch Aussichten und muss mich glücklich schätzen, wenn eine Dame aus noch niedrigeren gesellschaftlichen Schichten als unserer meinen Antrag auch nur in Erwägung zieht. Und ganz bestimmt brauche ich mir keine Hoffnungen auf die Tochter eines Viscounts zu machen.«

Ihre Stirn legte sich in Falten. »Glaubst du, Lord Featherington wird mir einen Antrag machen?«

»Ich weiß es nicht. Ich hoffe es natürlich, um deinetwillen, und wenn nicht, hat er sich in den letzten Wochen zum Affen gemacht.

Aber ich vermute, ein Marquis des englischen Königsreiches wird bei einer solchen Verbindung ein Wörtchen mitzureden haben, deshalb bitte ich dich, nicht zu viele Hoffnungen in ihn zu setzen.«

Sie biss sich auf die Lippen. Ihr niedergeschlagener Gesichtsausdruck ließ ihn wünschen, er könnte seine Worte zurücknehmen. Aber letztlich war es besser, wenn sie der Wahrheit ins Gesicht sah. Sie musste lernen, dass Träume nicht immer wahr wurden, ganz gleich, welch schöne Worte oder wie viele Gebete gesprochen wurden. Nur weil jemand betete, hieß das noch lange nicht, dass Gott das Gebet auf die gewünschte Weise erhörte. Gottes Wille gab den Ausschlag.

Er drückte sanft ihre Hand und führte sie zurück zu Tante Adeline, die gerade mit Lord Beevers plauderte, dem jungen Gecken, der sich bei seiner Einladung in diese Ausstellung als sehr viel größerer Kunstkenner erwiesen hatte, als irgendeiner seiner Gäste je vorgeben konnte zu sein.

Lord Beevers schien sie zu bemerken, denn seine Augen leuchteten auf und er unterbrach sein Gespräch mit ihrer Tante. »Miss Kemsley! Sie haben den Besuch hier doch hoffentlich genossen?«

Sie versicherte ihm, dass das zutraf, und gab ihrer Hoffnung Ausdruck, dass man die Exkursion in nicht allzu ferner Zukunft wiederholen könne. Gleich darauf wurde Lord Beevers von einem Mann angesprochen, der seine Meinung über eine große Landschaftsdarstellung wissen wollte, und sie waren entlassen.

Tante Addy seufzte. »Gott sei Dank. Ich weiß wirklich nicht, warum du plötzlich deine Liebe zur Kunst entdeckt hast, Theresa, aber ich hoffe, der nächste junge Mann ist vernünftig genug, etwas anderes vorzuschlagen. Ich weiß jetzt mehr über die Vorbereitung einer Leinwand zum Malen, als ich mir je zu wissen gewünscht habe.«

Tessa kicherte leise. »Danke, Tante Addy. Ich wusste, dass ich mich auf dich verlassen kann.«

»Meine Schwester, die Intrigantin«, sagte Ben und sah zu Clara hinüber.

Sie lächelte und wieder spürte er eine geheime Komplizenschaft, eine Zuneigung, die rasch durch das bittere Wissen verdrängt wurde, dass seine Worte Tessa gegenüber nur allzu wahr gewesen waren. Sein Lächeln erlosch, er wandte den Blick ab. Er konnte es sich nicht leisten, bei ihr oder bei sich selbst Wünsche zu wecken, die nicht die geringste Aussicht auf Erfüllung hatten.

Denn wie konnte ein einfacher Seemann je hoffen, die Tochter eines Viscounts für sich zu gewinnen?

Kapitel 12

»Sehr gut!«

Vaters Ausruf ließ Clara vom Frühstückstisch aufblicken. »Was denn, Vater?«

Er ließ die Zeitung sinken. »Anscheinend wurde Napoleon an der Ostflanke geschlagen und konzentriert seine Ressourcen jetzt auf den Westen. Wellington sollte sich bereithalten.«

»Wo steht er, Vater?«

»Das kann inzwischen überall sein«, sagte er und tippte auf die Zeitung. »Diese Berichte sind Tage alt.«

»Glaubst du, Wellington wird Erfolg haben?«

»Er hat gar keine andere Wahl, meine Liebe.« Ein seltenes Lächeln trat auf sein Gesicht. »Ich muss sagen, es gefällt mir, dass du Interesse an anderen Dingen als an Mode oder dem neuesten Gerücht zeigst. Zu viele junge Damen sind heute einzig und allein an dem interessiert, was sie direkt angeht. Aber das wollen wir deine Mutter lieber nicht hören lassen.«

»Natürlich nicht, Vater.«

Sie lächelten sich verständnisinnig zu.

Sie schlug den Blick nieder, trank einen Schluck Tee und dachte an den Besuch in Somerset House vor zwei Tagen. Trotz der Befürchtungen Tessas und ihrer Tante, der Besuch der Ausstellung würde langweilig sein, hatte Clara das riesige Aufgebot an Gemälden genossen. Sie hatte nicht den Anspruch, eine Kunstkennerin zu sein, doch das Ganze hatte sie an früher erinnert. Sie hatte viele alte Bekannte wiedergesehen, Leute, die sie angelächelt und nicht gekichert und sich abgewandt hatten. Und der Moment, als sie Mr Kemsleys

Blick begegnet war, so voller Wärme, hatte ein Gefühl so tiefer Verbundenheit in ihr geweckt, dass ihr Herz noch jetzt in der Erinnerung schneller schlug. Tessas Bruder bewunderte sie doch wohl nicht?

Sie lächelte über ihre albernen Gedankenspiele. Diese Dinge waren für sie vorbei.

»Clara?«

Sie blickte auf, direkt in die amüsierten Augen ihres Vaters. »Ja, Vater?«

»Du wirkst in letzter Zeit etwas glücklicher.«

»Ich bin tatsächlich glücklicher«, gestand sie. Mit ihrer täglichen Übung, Gedanken des Verlusts in Gebete um Segen zu verwandeln, fühlte sie sich allmählich besser, so viel besser, dass sie glaubte, den Grafen und seine Frau jetzt ohne das frühere nagende Gefühl der Missgunst begrüßen zu können, wenn sie ihnen begegnete. Ihr Lächeln geriet ein wenig schief. Nun ja, vielleicht noch nicht ganz.

»Das freut mich. Was auch immer es ist, das dich glücklich macht, hör nicht auf damit.«

»Das mache ich.«

»Gut.«

»Gut?«, hörten sie Mutters mürrische Stimme, noch bevor sie das Zimmer betrat. »Was soll gut sein?«

Clara musterte sie erstaunt. Ihre Mutter, deren Ansprüche an die äußere Erscheinung jederzeit und unter allen Umständen so hoch waren, wie sie es bei einer Dame der Gesellschaft, die sich als Vorbild in diesen Dingen verstand, nur sein konnten, schien sich in aller Eile etwas übergezogen zu haben. Ihr Morgenrock wirkte, als sei er hastig übergeworfen worden, ihre Haube saß schief. Sie hielt einen Brief in der Hand und streckte ihn Clara stirnrunzelnd hin. »Kannst du mir sagen, was das zu bedeuten hat, Miss?«

Die Belustigung über die absurde Frage ihrer Mutter schwand angesichts des Zorns in ihren Augen. »Ganz bestimmt nicht.«

»Das kann keiner, Frederica«, sagte Vater, »ehe du uns nicht mitteilst, was drinsteht.«

»Gern! Lies! Das jüngste Gerücht über unsere Tochter.«

Das Frühstück, das sie gerade zu sich genommen hatte, meldete sich auf unangenehme Weise. »Mutter, ich versichere dir ...«

Ihre Worte erstarben, als ihre Mutter eine Hand hob. Vater las den Brief zu Ende und runzelte die Stirn. »Da hat Lady Pennicooke sicherlich etwas missverstanden.« Er reichte den Brief Clara und lächelte ironisch. »Es wäre nicht das erste Mal, dass die gute Lady etwas nicht richtig auslegt.«

»Wenn du damit andeuten willst, Amelia sei nicht ehrlich, kann ich dir keinesfalls zustimmen.«

Während ihre Eltern sich weiter zankten, überflog Clara das Blatt mit der spinnwebenartigen Handschrift. Ihr Herz zog sich schmerzhaft zusammen. Wie konnte jemand eine völlig unschuldige Unternehmung so falsch deuten? Sie blickte auf. »Sie hat unrecht. Ich habe die Kunstausstellung mit Miss Kemsley und ihrer Tante besucht. Dass ihr Bruder auch da sein würde, habe ich gar nicht gewusst, geschweige denn habe ich mich ihm an den Hals geworfen.«

Ihr Herz klopfte schuldbewusst. Sie hatte nicht mit Sicherheit gewusst, dass Tessa in Begleitung des attraktiven Kapitäns kommen würde, das war richtig, aber sie hatte durchaus vermutet, dass er seine Schwester wie so oft begleiten würde.

Mutter entriss ihr den Brief und las ihn stöhnend ein zweites Mal. »Amelia sagt, sie wüsste aus zuverlässiger Quelle ...«

»Die bequemerweise nicht genannt wird«, murmelte Clara.

»Die ihr aber nichtsdestoweniger versichert hat, dass Miss DeLancey sich gegenüber einem jungen Herrn, der in Marinekreisen wohlbekannt ist, höchst ungehörig verhalten hat.« Sie warf den Brief auf den Tisch. »Kannst du das leugnen?«

»Mutter, ich schwöre dir, ich habe keine Ahnung, wem ich womit Anlass für eine derartige Bösartigkeit gegeben haben könnte. Absolut nicht.« Außer dass sie ein wenig zu lange Blicke mit besagtem Herrn aus Marinekreisen gewechselt hatte. Sie wurde rot.

»Das klingt nach völligem Unsinn, wenn ihr mich fragt«, sagte Vater und aß in aller Ruhe seine Würstchen mit Ei auf. »Ich fand schon immer, dass diese Pennicooke die Dümmste deiner Bekannten ist.«

»Philip! So kannst du doch nicht reden!«

»Habe ich aber gerade«, entgegnete er mit sicherer Stimme und wechselte einen verschmitzten Blick mit Clara.

Glücklicherweise war Mutter so aufgebracht, dass sie die Bemerkung ihres Mannes nicht gehört hatte. »Was für eine Unverschämtheit!«

»Du meinst, solch widerlichen Unsinn aufzuschreiben und auch noch abzuschicken, obwohl sie sich deine Freundin schimpft?«, fragte Vater.

»Nein!« Mutters Wangen wurden fleckig. »Diesen Mr Kemsley einen Herrn zu nennen!«

Clara wusste genau, dass es nicht ratsam war, jetzt etwas zu sagen, doch sie konnte nicht anders: »Er ist der Bruder eines Baronets.«

»Und ein berühmter Kapitän, der vom Prinzregenten ausgezeichnet wurde«, sagte Vater.

»Er mag ein berühmter Kapitän gewesen und über den grünen Klee gelobt worden sein, aber wer, frage ich dich, ist seine Familie? Was hat er für Aussichten? Ich halte ihn schlicht und einfach für einen armen Schlucker. Nein«, sie schüttelte entschlossen den Kopf, »ich werde meine Tochter nicht an einen Mann wegwerfen, der sich kaum einen Herrn nennen kann und noch viel weniger in der Lage sein wird, meiner einzigen Tochter das Leben zu bieten, das sie gewöhnt ist.«

Clara legte mit einem lauten Klappern ihre Gabel auf den Teller. »Mutter, ich glaube, das ist eine grobe Überschätzung der Lage. Ich kann dir versichern, dass ich nicht die leiseste Zuneigung zu ihm verspüre.«

Die Verbissenheit in den Augen ihrer Mutter milderte sich zu einem Ausdruck von Sorge. »Du schwärmst immer noch für den Grafen, nicht wahr?«

»Nein!« Und mit aller Kraft um Beherrschung bemüht, presste sie heraus: »Nein, das tue ich nicht.«

»Nun, ich sehe an deiner Reaktion, dass du immer noch aufgewühlt bist«, sagte Mutter mit einem Schnauben.

Clara presste die Lippen zusammen. Sie würde ihre Mutter nicht überzeugen, wie sehr sie sich auch anstrengte.

»Du fühlst dich ganz sicher nicht mehr zu diesem Mann hingezogen?«

»Ach, lass sie doch, Frederica. Wenn sie die Wünsche eines heldenhaften Kapitäns ermutigen möchte, warum sollten wir sie daran hindern?«

Mutter keuchte auf. »Du würdest tatsächlich zulassen, dass ein Mann aus dieser Schicht deiner Tochter den Hof macht?«

»Sie sagte es doch: Ihr liegt nichts an ihm.«

»Aber Amelia hat gesagt …«

»Amelia ist ein Hühnerhirn und je eher du aufhörst, auf ihren Tratsch zu hören, desto besser. Clara, deiner Kleidung entnehme ich, dass du heute ausgehen willst.«

»Ja.« Sie hatte es ihren Eltern bereits gesagt, doch sie hatten es wie üblich vergessen. »Ich möchte den Tower besuchen.«

»Hoffentlich nicht mit diesem Kapitän. Ich möchte nicht, dass weitere Gerüchte in unserem Freundeskreis die Runde machen.«

»Wobei man sich natürlich fragt, was das für Freunde sind, wenn sie Gerüchte über uns in die Welt setzen.«

»Oh Philip! Du bist unmöglich!«

Nein, er war nur logisch, dachte Clara und unterdrückte mit Mühe ein Lächeln.

»Nun«, fragte ihre Mutter, an Clara gewandt, »kommt er mit?«

Tessa hatte gesagt, er würde sie begleiten. Wenn sie das zugab, würde Mutter ihr den Besuch verbieten. Aber sie konnte nicht lügen. Sie schluckte. »Ich glaube schon.«

»In diesem Fall kannst du nicht gehen.«

»Aber ich habe es versprochen.«

»Du wirst nichts mehr mit diesem Kapitän zu tun haben, hast du mich verstanden?«

Vater schlug mit der Faust auf den Tisch, dass Geschirr und Besteck laut klirrten. »Frederica, du machst dich lächerlich. Glaubst du wirklich, unsere Tochter würde ihre Stellung vergessen und sich mit so einem Mann einlassen?«

»Sie wurde schon einmal von jemandem aus dieser Familie zu indiskretem Benehmen verleitet«, murmelte ihre Mutter.

»Es reicht!« Vater wandte sich mit entnervtem Gesichtsausdruck an Clara. »Du hast dein Wort gegeben, also musst du auch hingehen. Aber ich verlasse mich darauf, dass du auf dich und auf den Ruf deiner Familie Rücksicht nimmst. Wir können uns keine weiteren wilden Spekulationen leisten.«

»Natürlich, Vater.«

»Und für die Zukunft halte ich es für besser, wenn du keine weiteren Einladungen von Miss Kemsley annimmst. Deine Mutter muss sonst zum Riechsalz greifen und das gefällt mir gar nicht, verstanden?«

Sie nickte leicht. Nach Richards Fehltritt war ihre Mutter fast einen ganzen Monat in ihrem Schlafzimmer geblieben. Erst das Versprechen, dass sie in einer abgelegenen Residenz im ländlichen Sussex Zuflucht suchen würden, hatte sie wieder hervorlocken können. Zwölf Wochen später hatten ihre Unzufriedenheitsbekundungen über die Zugigkeit und Feuchtigkeit des gemieteten Anwesens in Sussex zusammen mit Klagen über mangelnde Gesellschaft zu ihrem Umzug nach Brighton geführt, wo sie nun in einem Haus wohnten, dass sehr viel angemessener für eine Familie mit ihren beschränkten Verhältnissen war. Es war auf jeden Fall besser, nicht noch einmal eine derartige Krise heraufzubeschwören. Wer wusste, wo sie das nächste Mal landen würden?

Mutter erhob sich und ging hinaus, ohne Clara noch einmal anzusehen. Clara seufzte innerlich auf vor Erleichterung; Mutters Rückzug erlöste sie von der Sorge, dass sie sie zwingen würde, doch nicht mit in den Tower zu gehen und so auf einen letzten Ausflug mit den Kemsleys zu verzichten.

Sie stand ebenfalls auf, küsste ihren Vater auf die Wange und ging in die Vorhalle, wo sie darum bat, Meg zu sagen, dass sie ihr ihren blauen Mantel sowie Haube und Tasche herunterbringen solle, während sie im Wohnzimmer auf Tessa wartete. Mutter zu meiden, war wahrscheinlich das Klügste, was sie im Moment tun konnte. Sie setzte sich auf ein gold gestreiftes Sofa und dachte darüber nach, was Vater gesagt hatte.

Vielleicht hatte er ja recht. Sie sollte sich und ihr Herz, ihre Gefühle und ihren Ruf in Acht nehmen. Schließlich wollte sie nicht, dass man sie statt die Hochwohlgeborene, bald die zweifelhafte Miss DeLancey nannte.

Irgendetwas war anders.

Ben sah Miss DeLancey an. Sie hatte bisher kaum gesprochen. Sie war zwar höflich, doch der Humor, den sie bei der Ausstellung gezeigt hatte, war verschwunden, und ihre Gesprächsbeiträge waren ausschließlich an Tessa und seine Tante gerichtet. In der Schatzkammer, im königlichen Zoo und im Bloody Tower, aus dem die Gefangenen früher auf geheimnisvolle Weise verschwunden waren, hatte Miss DeLancey ihn kaum angesehen. Was war geschehen?

Er wechselte einen Blick mit Tessa, die mit einem leichten Schulterzucken zu erkennen gab, dass sie sich das Schweigen ihres Gastes ebenfalls nicht erklären konnte. Zum Glück hatte Lord Featheringtons Anwesenheit das Gespräch in Gang gehalten, doch er schien seinerseits Miss DeLancey praktisch zu ignorieren.

Ben zog Tessas Hand unter seinen Arm und schlenderte mit ihr über die Zinnen. »Geht es Miss DeLancey nicht gut?«

»Ich weiß nicht. Sie wirkt ein bisschen traurig.«

»Hat Tante Addy etwas gehört?«

»Sie sagt Nein.« Tessa seufzte.

»Soll ich Featherington ablenken und du versuchst herauszubekommen, was nicht stimmt?«

»Ich weiß nicht, ob das etwas nützt, aber wir können es versuchen, wenn du willst.«

Die nächste Viertelstunde diskutierte Ben mit dem Viscount über die jüngsten Nachrichten aus Belgien und über die Maßnahmen des Herzogs von Wellington. Anscheinend war der Ball der Herzogin von Richmond durch die Nachricht von Napoleons raschem Vorrücken unterbrochen worden. Die Offiziere, die gerade noch getanzt hatten, waren im nächsten Augenblick schon unterwegs an die Front, manche noch in ihrer Abendgarderobe. Es stand jetzt wohl wirklich alles auf dem Spiel.

Während Featherington weiterredete, rumorte es in Ben. Wie gern wäre er dabei gewesen und wie sehr wünschte er sich, Gewissheit über die Absichten des Viscounts seiner Schwester gegenüber zu haben. Er blickte zu ihr hinüber. Tessa und seine Tante unterhielten sich neben Miss DeLancey, neben, denn diese schien kaum zu antworten. Er ballte die Hände zu Fäusten. Hatte es irgendwelches Gerede gegeben? Doch was kümmerte es ihn überhaupt? Es sollte ihn nicht kümmern. Sie durfte ihm nichts bedeuten.

Er runzelte die Stirn. Sie hatte ihn heute so offenkundig gemieden, hatte ihn nicht angeschaut, war zur Seite getreten, wenn er kam, hatte kaum mit ihm gesprochen. Um seine Theorie zu testen, stapfte er die roh behauenen Treppenstufen hinunter und trat zu ihr. »Miss DeLancey, stimmt etwas nicht?«

Sie schüttelte den Kopf und wandte sich ab, doch er hatte die Tränen in ihren Augen gesehen.

Er folgte ihrem Blick, sah hinaus auf das trübe Wasser der Themse, das unter ihnen brodelte. Die Spannung zwischen ihnen war förmlich mit Händen zu greifen. Was konnte er sagen, um sie zu lösen?

Tante Addy kam zu ihnen, ihre geschürzten Lippen und der Blick, mit dem sie die dunkelhaarige Dame neben ihm bedachte, sprachen Bände; sie hatte also auch nichts aus ihr herausbekommen.

Als hätte seine Tante ihn gefragt, fing er an, einzelne Schiffe zu beschreiben, und erzählte dazu ein paar Geschichten aus seiner Zeit mit verschiedenen Mannschaften. Allmählich spürte er, wie die junge Dame neben ihm sich entspannte. Er wagte es, zu ihr hinüberzusehen. Das weiche Nachmittagslicht fiel auf ihr Gesicht. Sie wirkte beinahe schwermütig. Er konnte sich gerade noch beherrschen, ihre Hand zu nehmen, ihr in Erinnerung zu rufen, dass sie am Leben waren und dieser Tag das Leben wert war.

Doch das durfte er nicht tun. Er durfte sich nicht von diesen Augen und diesem Lächeln gefangen nehmen lassen. Er durfte nicht, wagte nicht zuzulassen, dass diese Gefühle in seinem Herzen weiterwuchsen.

Als spürte sie die Sehnsucht der beiden Menschen nach ein wenig Schönheit, verschwand die Sonne zuerst hinter einer Wolke, tauchte dann aber plötzlich wieder auf und ließ goldenes Licht durch die Bogenfenster des White Tower fallen. Der Stein leuchtete goldfarben auf. Die Tragödien, die sich hier abgespielt hatten, und die blutige Geschichte schienen vergessen; es war, als erwachte ein Märchenschloss zum Leben.

»Es ist wunderschön, nicht wahr, Miss DeLancey? Wie etwas aus einem Traum.«

»Ein Traum«, murmelte sie. »Ja. Es war ein Traum.«

Und der Ausdruck auf ihrem Gesicht und in ihren Augen, als sie ihn schließlich ansah, machte ihn traurig und ließ ihn fast verzweifeln. Dabei stieg eine Gewissheit in ihm auf: Ihre Zeit goldener Abenteuer war zu Ende.

Kapitel 13

Der Ballsaal der Seftons erstrahlte in höchstem Glanz, hatte sich doch heute die Creme der Londoner Gesellschaft hier eingefunden. Sämtliche Geladenen trugen ihre prachtvollsten Gewänder und strahlendsten Mienen zur Schau, die nichts über ihr Innenleben verrieten. Clara betrat den Saal hinter Lord und Lady Asquith. Auch sie trug ihr bestes Kleid, eine großzügige Spende ihrer Patin; ihr Gesicht zeigte eine Maske halb lächelnder Langeweile. Auf ihrem ersten richtigen Ball seit fast einem Jahr, wieder unter Menschen aus der Schicht, der sie selbst angehörte, würde sie ganz bestimmt nicht zu erkennen geben, wie nervös sie war. Dieser Abend war der Höhepunkt ihres Aufenthalts in London. Der Ball aus Anlass des endgültigen Sieges Wellingtons über die Bedrohung durch die Franzosen hatte allerdings wie jede Gelegenheit, bei der junge Damen mit jungen Herren tanzen konnten, noch einen tieferen Zweck: Er diente dazu, heiratsfähige junge Leute zusammenzubringen.

Hinter sich hörte sie, wie ihre Eltern lange nicht gesehene Bekannte begrüßten. Mutter hatte lange gezögert, den Ball zu besuchen, aus Sorge darüber, wie Clara, und aus noch größerer Sorge darüber, wie sie selbst aufgenommen werden würde. Erst auf Vaters beharrliches Drängen hatte sie ihr bestes Seidenkleid angezogen, ihre Rubinhalskette umgelegt und sich in die Arlington Street gewagt. Clara selbst wäre am liebsten zu Hause geblieben. Ihre Eltern hatten während der Kutschfahrt abgesprochen, auf dem Ball unter allen Umständen die Behandlung einzufordern, die ihnen aufgrund ihrer Stellung zustand. Also nahm auch Clara sich vor, selbstsicher und leicht herablassend aufzutreten und auf keinen Fall den Eindruck aufkommen zu lassen, als hätte sie jemals auch nur das geringste Interesse an einem gewissen Grafen gehabt.

Clara nickte Miss Pennicooke zu, deren Mutter sich als falsche Freundin erwiesen hatte. Annes Augen huschten über Claras Kleid; sie wusste offensichtlich nicht so recht, was sie denken sollte. Clara war sich bewusst, dass ihr Kleid ein wenig unpassend für eine unverheiratete Dame war, doch die weißen und cremefarbenen Kleider, die den Debütantinnen gebührten, hatten ihr ohnehin noch nie sonderlich gestanden. Das scharlachrote dagegen, das Lady Asquith ihr geschenkt hatte, wirkte auf den ersten Blick fast schockierend. Die Farbe wurde jedoch durch ein Überkleid aus Spitze etwas abgemildert, dessen Taille hoch unter der Brust saß und dessen Ärmel so hinreißend geschnitten waren, dass sie es nicht übers Herz gebracht hatte, es abzulehnen. Sogar Vater hatte eine Bemerkung darüber gemacht, wie gut es ihr stand, und sie selbst fand, dass sie nie besser ausgesehen hatte. Mit unverändert lächelnder Miene begegnete sie Annes großen Augen, nickte ihr kühl zu und ging zu den Anstandsdamen hinüber.

Dann schaute sie sich im Saal um. Sie sah die verstohlenen Blicke, die man ihr zuwarf, und schlug die Augen nieder, doch nun begannen auch schon die Bemerkungen hinter vorgehaltenen Fächern. Sie hob das Kinn, ihr Lächeln wurde leicht angestrengt, blieb aber nach wie vor unerschütterlich. Um nichts in der Welt würde sie sich anmerken lassen, wie qualvoll das Ganze für sie war.

Lady Asquith musterte sie mit zufriedenem Lächeln. »Mein liebes Mädchen, diese Farbe steht dir wirklich blendend. Wollen wir mal sehen, ob wir einen Partner für dich finden können?«

Clara nickte, doch sie krümmte sich innerlich, als ihre Patin ihren Mann losschickte, um einen Tanzpartner für sie aufzutreiben. Früher hatte sie niemanden gebraucht, der ihr einen Partner suchte, die jungen Männer hatten sich förmlich um sie gerissen. Doch jetzt war sie fünfundzwanzig, praktisch ohne Mitgift und von einem Skandal gezeichnet. Ihr war allein ihr gutes Aussehen geblieben, um sich noch einen Mann zu angeln, wie ihr Vater es so unelegant formuliert hatte.

Abermals ließ sie den Blick durch den Raum schweifen. Vielleicht entdeckte sie ja irgendwelche alten Bekannten? Lady Asquith und Mutter waren fest davon ausgegangen, dass ein paar ihrer alten Freundinnen anwesend sein würden; so hatten die diskreten Nachforschungen ihrer Patin ergeben, dass Harriet Guthrie, geborene Winchester, erwartet wurde.

Schließlich kam Lord Asquith zurück, einen Herrn von bescheidenem Auftreten im Schlepptau, den sie nicht kannte. Lord Asquith machte sie bekannt. Sie legte die Hand auf Mr Molyneux' Arm und trat mit ihm zu einer kleinen Gruppe, die sich zum Tanz formierte. Mr Molyneux war kein großer Mann. Sowohl sein Auftreten als auch seine äußerst sparsame Konversation zeigten ihr, dass man ihn praktisch gezwungen hatte, mit ihr zu tanzen. Ihr Versuch, ihn in ein Gespräch zu verwickeln, hatte lediglich einsilbige Antworten zur Folge.

»Tanzen Sie gern?«

»Nein.«

Ihre Bedenken wichen der Belustigung. »Dann fragt man sich natürlich, warum Sie einen Ball besuchen.«

»Wirklich?«

Seine hochgezogenen Brauen machten sie verlegen. Trotzdem versuchte sie, die Kränkung zu übergehen, und lächelte. »Finden Sie die Musiker nicht auch sehr gut?«

Er sah sie an, dann blickte er zur Musikergalerie hinauf. »Recht gut, ja. Aber so gut auch wieder nicht, dass sie allzu viel Lob verdienen.«

Plötzlich wallte Ärger über sein rüpelhaftes Betragen in ihr auf. Bei der nächsten Gelegenheit, bei der sie etwas sagen konnte, setzte sie ihr süßestes Lächeln auf. »Haben Sie Kopfschmerzen, mein Herr?«

»Was?«

»Ich bin es nicht gewohnt, dass meine Partner so patzig sind. Es überrascht mich, dass die Seftons Sie eingeladen haben.«

Er lächelte niederträchtig. »William Sefton ist mein Cousin.«

Sie erstarrte innerlich. Die Musik verstummte, doch ihr Mund sprach weiter, Worte, die sie sich einfach nicht versagen konnte.

»Dann tut es mir leid.«

»Das sollte es auch, Miss …«

»Für ihn.«

Sie ignorierte sein Aufstöhnen, nickte knapp und verließ den Tanzboden.

Lady Asquith runzelte die Stirn, als sie zu ihr trat. »Was ist denn, meine Liebe?«

Clara erzählte es ihr leise. Ihre Patin seufzte. »Ich fürchte, er hielt sich schon immer für etwas Besseres. Aber er kann austeilen, wenn er es darauf anlegt. Das Beste ist wohl, wenn wir Lady Sefton suchen und uns bemühen, ihre Gunst zu gewinnen.«

Sie erhob sich und schwebte durch die Menschenmenge, Clara – mit erhobenem Kopf – im Schlepptau. Sie fanden Lady Sefton in der Nähe der Tür, wo sie saß und sich Luft zufächelte, erschöpft von der Begrüßung ihrer zahlreichen Gäste.

Die beiden Damen tauschten angedeutete Wangenküsse aus und sprachen kurz miteinander, dann wandte Lady Sefton sich an Clara. »Miss DeLancey.« Ihr Blick wanderte über Claras Kleid, nicht unkritisch, doch dann lächelte sie Clara an. »Ich muss schon sagen, nicht jede Frau kann diese Farbe tragen, aber Ihnen steht sie vorzüglich.«

Zum ersten Mal an diesem Abend war Claras Lächeln echt. »Danke, Lady Sefton.« Sie deutete auf einen Diener, der in der Nähe stand. »Darf ich Ihnen etwas zu trinken holen?«

»Oh, das ist sehr rücksichtsvoll von Ihnen, meine Liebe! Es ist ziemlich warm hier drin, bei den vielen Menschen.« Das kam mit einem selbstgefälligen Lächeln, als wollte sie betonen, dass die vielen Gäste genau das waren, was sie erhofft hatte.

Clara trat zu dem Diener und kehrte mit einem Glas Champagner für ihre Gastgeberin zurück. Sie nahm es mit dankbarem Lächeln entgegen.

»Haben Sie schon getanzt?«

»Ja, meine Dame. Ich habe mit dem Cousin Ihres Mannes getanzt, aber ich glaube, ich habe einen Fehler begangen.«

»Nicht doch! Ich kann mir nicht vorstellen, dass der arme Bertie dergleichen provoziert hat.« Sie lachte ein trällerndes Lachen. »Kein Grund, so betreten dreinzuschauen, mein liebes Mädchen. Bertie kann mich und den armen William nicht ausstehen; Sie dürfen also sicher sein, dass wir seine kleinen Gemeinheiten nicht ernst nehmen.«

Der Seufzer der Erleichterung, der bei den ersten Worten ihrer Gastgeberin in ihr aufgestiegen war, blieb ihr im Hals stecken. »Kleinen Gemeinheiten?«

»Beachten Sie ihn gar nicht. Ich tue es auch nicht. Manchmal müssen wir einfach den Kopf ein wenig höher tragen, wenn die Klatschbasen sich an unserem Pech weiden. Wozu sind wir schließlich da, wenn nicht zur Belustigung unserer Freunde?«

Clara war tief erschüttert. Sie kehrte auf ihren Platz zurück und beobachtete weiter die Tanzenden, nach wie vor lächelnd, doch sie nahm ihre Umgebung kaum noch wahr. So ging es also in der feinen Gesellschaft zu? Gab es denn keine echten Freundschaften wie die, die sie mit Matilda und Tessa verband? Die neckten sie durchaus manchmal, doch dahinter war immer eine tiefe Zuneigung spürbar. Erstickte das Starren allein auf Reichtum und Rang vielleicht den Wunsch nach tieferen Gefühlen?

Tessa war heute Abend natürlich nicht anwesend; von einem Ereignis wie diesem war sie durch ihren niedrigeren Stand ausgeschlossen. Und wenn sie hier gewesen wäre, hätte sie nach jenem scheußlichen Ausflug letzte Woche zum Tower, dessen schreckensvolle Geschichte Clara den Tag noch zusätzlich verdorben hatte, bestimmt nicht mit ihr reden wollen. Ihr Herz zog sich schmerzhaft zusammen. Sie hatte gewusst, dass dies ihr letzter Ausflug mit Tessa und ihren Angehörigen gewesen war. Sie hatte gewusst, dass sie nichts tun durfte, was Mr Kemsley – oder die leise aufkeimende Zuneigung zu ihm, die sie selbst empfand – ermutigt hätte. Deshalb hatte sie sich so kühl und hochmütig benommen, dass sie gut verstehen konnte, wenn die beiden keinen Wert mehr auf ihre Bekanntschaft legten. Sie würde ihnen einen Erklärungsbrief schreiben – sobald sie wusste, was sie sagen sollte.

Sie fing Harriets Blick auf, die auf der anderen Seite des Saals stand, und lächelte. Doch gleich darauf schoben sich wieder die Tanzenden zwischen sie und ihre Freundin aus ihrer ersten Saison. Schicksalsergeben beschloss sie, einen weiteren Tanz auszusitzen, und bewegte langsam ihren Straußenfederfächer in der Hoffnung, sich so ein wenig Erleichterung von der Hitze im Raum zu verschaffen. Dabei beobachtete sie die Tänzer in ihrer Nähe: den Herzog von Hartington mit seiner jungen Frau, die skandalöse Lady Harkness, die mit dem verwegenen und wesentlich jüngeren Lord Carmichael tanzte, Mr Molyneux, der gerade zu ihr herübersah, woraufhin sie noch angestrengter lächelte, während sie innerlich schauderte.

»Miss DeLancey?«

Clara blickte auf. »Harriet! Wie schön, dich zu sehen!«

»Ich freue mich auch.« Sie betrachtete Claras Kleid. »Du siehst umwerfend aus, wirklich!«

»Danke. Du auch.« Sie bewunderte Harriets Seidenkleid, dann sagte sie: »Es ist eine Ewigkeit her, seit wir uns gesehen haben.«

Auf Harriets Wangen erschienen zwei rote Flecken. »Ich … das heißt, Mama wollte nicht … Du weißt schon, nach all dem Ärger.«

Claras Lächeln wurde ein wenig spröde. »Natürlich nicht. Das verstehe ich völlig.« Ihre Mutter hätte ihr auch verboten, eine Freundschaft mit einer jungen Dame zu pflegen, die in einen Skandal verwickelt war. Sie verdrängte die Kränkung und klopfte auf den Platz neben sich. »Komm, wir bringen uns auf den neuesten Stand.«

Harriet setzte sich, aber nur auf die Stuhlkante. »Ich habe leider nicht viel Zeit. Mr Molyneux hat sich den nächsten Tanz mit mir reserviert. Er hat irgendwie eine faszinierende Ausstrahlung, findest du nicht?«

»Ja, irgendwie.«

»Und natürlich ist er Lord Seftons Cousin, man sollte ihn also nicht warten lassen.«

»Nein, wirklich nicht.«

Sie tauschten noch ein paar Erinnerungen aus, dann erlahmte das Gespräch. Es kostete Clara Mühe, ihr Lächeln beizubehalten und nicht mit den Gedanken abzuschweifen. Hatte die mangelnde Gesellschaft ihr Konversationstalent so zum Versiegen gebracht?

»Oh, sieh nur«, sagte Harriet sichtlich erleichtert, »da ist ja die liebe Maria! Du erinnerst dich sicher, wir haben doch zusammen debütiert. Sie hat letztes Jahr Lord Ashbolt geheiratet und ist furchtbar korpulent geworden, aber sie weiß immer noch bestens über die neuesten Skandale Bescheid.«

»Wie schön«, antwortete Clara nur.

Harriet winkte Maria Ashbolt herbei. Nach einem Austausch von Höflichkeiten und peinlichen Erinnerungen vertieften sich ihre beiden Freundinnen in ein Gespräch über die Heiratsaussichten einer Reihe heute anwesender junger Damen. Sie ließen sich über ihre Kleider aus und ergingen sich in Kommentaren über sie, die von dumm bis grausam reichten. Clara lauschte ihren Gemeinheiten, Tratsch, an dem sie sich früher – bevor sie selbst zum Gegenstand des Gespötts wurde – beteiligt hätte, wie sie sehr wohl wusste. Ihr wurde überdeutlich bewusst, wie wenig sie inzwischen noch mit diesen Damen gemein hatte.

Die Musik schwieg. Das befreite sie von dem albernen Geplapper und dem geheuchelten Wohlwollen, denn die beiden jungen Damen, die sie früher für ihre Freundinnen gehalten hatte, kehrten auf ihre Plätze zurück, von wo ihre nächsten Tanzpartner sie abholen würden. Clara tat das Herz weh. Nicht ein einziges Mal hatten sie sich erkundigt, wie sie die letzten Monate überstanden hatte, obwohl sie sie umgekehrt nach ihrem Leben gefragt hatte. War sie früher auch dermaßen mit sich selbst beschäftigt gewesen, dass sie nicht nach ihnen gefragt hatte?

»Clara?«

Lord Asquiths Stimme riss sie aus ihren Tagträumen. Sie zwang erneut das Lächeln auf ihre Lippen. »Ja, Sir?«

Er streckte die Hand aus. »Ich glaube, der nächste Tanz gehört mir.«

»Ich glaube auch. Vielen Dank.«

Tränen traten ihr in die Augen; sie folgte ihm blind ins Gewühl. Um sie herum tanzten die Herren mit den Damen, die sie erwählt hatten, nicht mit solchen, die ihnen aufgezwungen worden waren oder mit denen sie Mitleid hatten. War sie wirklich so bedauernswert, dass die Männer sich nur auf den Druck ihrer Patin hin bereitfanden, mit ihr zu tanzen?

Wie ein Automat absolvierte sie die Schritte, klatschte in die Hände, drehte Pirouetten, wandte sich nach links und nach rechts. Ihr Lächeln fühlte sich an, als könnte es jederzeit zerteilen werden, wahrscheinlich unter Lord Asquiths Füßen, der wahrlich kein begnadeter Tänzer war. Sie blinzelte die Röte, die ihr ins Gesicht gestiegen war, fort, schluckte ihren Stolz hinunter. Lord Asquith brauchte nicht zu wissen, dass seine Freundlichkeit so beschämend für sie war, als müsste sie in Sack und Asche gehen. Sie lächelte ihn an, er strahlte zurück; dann wandte sie den Kopf ab und erstarrte.

Im nächsten Moment wurde sie blutrot. Irgendjemand rempelte sie an, sodass sie aufblicken und sich beeilen musste, den Anschluss an die anderen Tänzer wiederzufinden. War ihr Ausrutscher anderen aufgefallen? Beinahe hätte sie aufgestöhnt, wäre mitten auf dem Tanzboden als ein Häufchen Elend zusammengesunken wie Mutter, nachdem sie von Richards peinlichem Fehlverhalten erfahren hatte, doch das durfte sie nicht. Zu viele Augen beobachteten sie, zu viele Lippen würden anfangen, Gehässiges zu murmeln.

Der Graf von Hawkesbury ging an ihr vorüber, mit versteinertem Gesicht, den Arm um seine Frau gelegt, als wollte er sie vor der Kontamination durch Clara schützen. Wieder stieß ein Tänzer mit ihr zusammen, ein Zeichen, dass sie sich zusammennehmen musste. Sie zwang sich, sich auf die restlichen Manöver des Tanzes zu konzentrieren. Dann verstummte die Musik, Lord Asquith führte sie an ihren Platz zurück, sie dankte ihm und setzte sich.

Clara rang nach Atem. Sie fächelte sich Luft zu. Zum Glück bot die Anstrengung des Tanzes eine willkommene Erklärung für ihre roten Wangen. Sie hatte geglaubt, sich in der Hand zu haben, doch als sie ihn sah, als sie seine Frau sah, gelang es ihr nicht, ihre Reaktion völlig zu verbergen. Wieder holte sie zitternd Luft. Wann hörte dieser Schmerz endlich auf? Sie hatte das Gefühl, durch eine schwere Kette mit ihm verbunden zu sein, die an ihr zerrte, während er völlig ungerührt blieb. Er hatte sie ja nicht einmal angesehen. Sie nahm ein Glas Limonade von einem vorübergehenden Diener an, dann dachte sie nach. Das Beten für ihn schien zu helfen, denn der Stachel, den sie empfand, war weniger schmerzlich als sonst. Vielleicht hatte ja niemand ihren Ausrutscher bemerkt.

Lady Asquith beugte sich vor und flüsterte ihr hinter dem Fächer zu: »Ich habe gesehen, was passiert ist.«

Diese Hoffnung war also vergeblich gewesen.

»Du darfst ihn nicht merken lassen, dass du noch immer etwas für ihn empfindest. Nimm dein Kinn hoch, flirte mit einem anderen, am besten mit jemandem von höherem Rang.«

Also biss sie die Zähne zusammen, als der einzige anwesende Mann, der einen gesellschaftlich höheren Rang als der Graf hatte, sie zum Tanz bat, und nahm an. Der arthritische Lord Broughton – dessen verzweifelte Suche nach einer Frau, die jünger war als seine Kinder, schon lange Gegenstand des Tratsches war und sogar fast den Skandal in ihrer eigenen Familie in den Schatten stellte – war ein Lustgreis, wie er im Buche stand. Mit geübten Augen spähte er ihr ins Dekolleté, hielt ihre Hand wie im Schraubstock und fasste sie wesentlich länger – und sehr viel höher – um die Taille, als die Schicklichkeit es gestattete. Doch sie trug weiter den Kopf hoch, lächelte, als machte es ihr nichts aus, und absolvierte die vorgeschriebenen Bewegungen wie schon ein Dutzend Mal zuvor.

Es waren weit mehr Damen anwesend als Herren, sodass Clara keinen Partner für den Tanz vor dem Essen hatte. Sie ging mit ihren Eltern und den Asquiths in den Speisesaal und schaffte es tatsächlich, eine Kleinigkeit hinunterzuwürgen und dabei ihre lächelnde Fassade zu wahren. Doch sie war heilfroh, als sie sich endlich mit einer Entschuldigung in den Ankleideraum für Damen zurückziehen konnte.

Erleichtert schloss sie die Tür hinter sich. Endlich brauchte sie nicht mehr zu lächeln, nicht mehr so zu tun, als ob ...

»Miss DeLancey.«

Sie blinzelte. Setzte das Lächeln wieder auf und knickste. »Lady Hawkesbury.«

»Ein ziemliches Gedränge da draußen, nicht?«

»J...ja.« Sie betrachtete die elegante Gräfin, die vor ihr stand, ihr Kleid, die sorgfältig aufgesteckten rotblonden Locken. Alles entsprach der neuesten Mode. Wie hatte sie sich je über Lavinia lustig machen können?

»Miss DeLancey?«

Die grauen Augen musterten sie eindringlich. Entdeckte sie da etwa Mitleid? Ihr Herz zog sich schmerzhaft zusammen. »Ja?«

Die Gräfin lächelte sie freundlich an. »Auch auf die Gefahr hin, dass sie mich für eine Landpomeranze halten, muss ich gestehen, dass ich froh bin, dass wir solche Veranstaltungen nicht allzu oft besuchen. Ich finde sie immer etwas zu überwältigend.«

»Überwältigend künstlich.«

»Genau.« Die Augen der Gräfin strahlten, als sie nickte.

Angesichts dieses Einverständnisses wurde Clara warm ums Herz, doch dann dachte sie daran, wie sie sie früher behandelt hatte, und heiße Scham stieg in ihr auf. Sie schluckte, als sie daran dachte, wie schrecklich ihre letzte Begegnung gewesen war. »Es geht Ihnen hoffentlich wieder besser?«

Lavinia schwieg, jetzt schimmerte in ihren Augen etwas, das eher wie Kummer aussah. Dann sagte sie: »Danke.« Und nach einer weiteren kurzen Pause fuhr sie fort: »Ich versuche, die Vergangenheit vergangen sein zu lassen und daran zu denken, dass Gottes Pläne gut sind.«

Jetzt schwieg auch Clara, überwältigt von ihren Gefühlen. Wie konnte eine so leidvolle Erfahrung sich in etwas Gutes verwandeln? Sie schluckte. »Es ist nicht immer leicht, die Vergangenheit hinter sich zu lassen.«

»Nein.« Lavinia schaute sie an, dann streckte sie spontan die Hand aus. »Ich habe für Sie gebetet.«

Claras Augen füllten sich mit Tränen. Sie nahm die Hand der anderen, schluckte erneut und sagte leise: »Ich habe auch für Sie gebetet.«

Die grauen Augen weiteten sich leicht, dann trat ein frohes Lächeln auf Lavinias Lippen. »Danke.«

Clara hatte einen Kloß im Hals. Sie spürte, dass jetzt der Moment war, es zu sagen. »Ich … ich entschuldige mich dafür«, sie hielt inne, »wie ich Sie behandelt habe.« Und den Grafen, fügte sie im Stillen hinzu.

»Die Vergangenheit ist vorbei, meinen Sie nicht?«

»Sie … Sie vergeben mir?«

»Wie könnte ich, unvollkommen wie ich bin, Ihnen nicht vergeben, wo uns doch allen von dem vergeben wurde, der vollkommen ist?« Wieder lächelte sie freundlich. »Meine Mutter hat immer gesagt: Vergeben macht uns frei.«

Clara nickte. Ihre Gefühle stritten mit der Verlegenheit darüber, dass andere Damen ihr Gespräch beobachteten und sich zweifellos das Maul über die seltsame Begegnung zerreißen würden. Sie ließ Lavinias Hand abrupt los, wünschte ihr alles Gute, stammelte eine Entschuldigung – sie müsse mit Lady Asquith sprechen – und lief hinaus. Da ihre Patin ihrerseits in ein Gespräch vertieft war, trat sie hinter eine Säule, hinter der Lavinia sie nicht sehen konnte. Was für eine bizarre Begegnung! Niemals hatte sie eine solche Freundlichkeit von jemandem erwartet, den sie so lange so tief verabscheut hatte. Vielleicht mochten sie nie Freundinnen werden, doch immerhin hatte Clara nicht mehr das Gefühl, dass sie Feindinnen waren.

»… der höchst zweifelhafte Richard DeLancey.«

Was war das? Clara sah sich um. Eine der Witwen sprach mit einer anderen Anstandsdame über ihren Bruder. Ein großer Farn verbarg sie, sodass die beiden sie nicht sehen konnten. Sie sank gegen die Wand, während die beiden weitersprachen.

»Ich verstehe wirklich nicht, wie sie hier auftauchen und so tun können, als sei alles in Ordnung. Was ist mit dem Geld? Und der armen Schwester? Ohne ihre Mitgift hat sie ja nichts anzubieten. Haben Sie sie gesehen? Armes Ding, ihr gutes Aussehen schwindet zusehends. Und dass sie Scharlachrot trägt!«

»Die scharlachrot gekleidete Frau aus der Offenbarung, wenn Sie mich fragen«, sagte die andere.

Clara krümmte sich innerlich. Wirklich? So dachten die Leute also von ihr?

»Da wundert es einen nicht, dass sie sich mit Leuten wie diesem Kemsley abgibt. Wie? Sie haben noch nicht von ihm gehört? Er hat irgendeine Heldentat in Afrika vollbracht und sollte dafür ein hohes Preisgeld vom Prinzregenten erhalten, doch daraus wurde nichts. Sie wissen ja, wie Prinny ist. Wenn er etwas nicht gleich tut, dann behauptet er meistens, er hätte es nie tun wollen. Er ist wegen der absurdesten Anlässe beleidigt. Haben Sie übrigens schon von der Tochter des Theaterdirektors gehört? Anscheinend hat sie ein Kind von ihm, das Prinny nicht anerkennen will.«

Ihre Stimmen verebbten. Das Hämmern in ihrer Brust ließ etwas nach. Als sie sich wieder gefasst hatte, kehrte sie in den Ballsaal zurück. Mit einem strahlenden Lächeln auf den Lippen versuchte sie, den Blick irgendeines Mannes aufzufangen, der mit ihr tanzen würde, um diesen Giftspritzen zu zeigen, dass sie sich irrten.

Und dann geschah es. Bei dem Versuch, den scharfen Augen, die sie beobachteten, zu entfliehen, hob sie den Blick und begegnete den haselnussbraunen Augen Lord Hawkesburys. Er kräuselte verächtlich die Lippen. Sie erstarrte, ihr war plötzlich eiskalt. All ihre guten Absichten waren verschwunden.

Zum Glück wurde sie von einem Herrn erlöst und nahm seine Aufforderung zum Tanz an, ehe sie merkte, dass es wieder der alte Lord Broughton war. Mit tränenblinden Augen stolperte sie durch den Tanz, bis er sie versehentlich zu früh losließ und sie ein anderes Paar anrempelte. Mit vor Demütigung brennenden Wangen lief sie fort, Lady Asquith suchen, die sie nur ansah, sich umdrehte und ihren Mann und Claras Eltern bat, sie nach Hause zu bringen.

Am nächsten Tag trafen keine Blumensträuße ein.

Stattdessen gab es Tränen und gegenseitige Beschuldigungen, denn der Ball, mit dem sie alle so große Hoffnungen verknüpft hatten, hatte sich als ein Riesenreinfall erwiesen.

Kapitel 14

»Ich fasse es nicht!«

Ben blickte von der Zeitung auf. Wellingtons knapper Sieg über Napoleon beherrschte seit Tagen die Schlagzeilen. »Was kannst du nicht fassen?«

Tessa hatte die Unterlippe vorgeschoben, so wie als kleines Mädchen, wenn sie über irgendetwas aufgebracht war. Sie hielt ihm einen Brief hin. »Clara. Sie schreibt, sie sei nach Brighton zurückgekehrt.«

Er nahm den Brief und las die in gestochener Handschrift verfassten, zahllosen Ausdrücke des Bedauerns. Es tat Clara furchtbar leid … familiäre Rücksichten hätten sie nach Hause gerufen … sie hoffte, dass Tessa ihre Zeit genoss.

»Das verstehe ich nicht. Im einen Moment ist sie noch so freundlich und leutselig, im nächsten wirkt es, als wollte sie mich am liebsten gar nicht kennen.«

»Du darfst das nicht persönlich nehmen«, sagte Ben und tätschelte ihr die Hand. »Vergiss nicht, dass sich nicht alles auf der Welt immer nur um dich dreht.«

Sie lachte und entzog ihm ihre Hand, obwohl er sie gespielt ernst ansah. »Du bist manchmal wirklich abscheulich.«

»Ich weiß«, sagte er sanftmütig. Sie lachte erneut auf, wie er gehofft hatte.

»Wenigstens hat uns Lord Featherington nicht verlassen.«

»Nein.« Seine Laune sank. Die Aufmerksamkeiten des Viscounts hielten noch an, was Tessas Hoffnungen und seine eigenen Bedenken nur steigerte. Es konnte ganz einfach nicht gut ausgehen. Er glaubte zwar an Wunder, aber sie kam nun einmal nicht infrage als Frau eines künftigen Marquis. Doch wie sollte er das seiner Schwester begreiflich machen, ohne sie erneut in Aufruhr zu versetzen? Einmal hatte er seiner Tante Addy gegenüber seinen Befürchtungen Ausdruck gegeben, doch sie hatte ihn mit der Aussage beschwichtigen wollen, dass in diesem Fall auf beiden Seiten keine tiefere Neigung im Spiel sei.

Ben war da nicht so sicher. Es gab Momente, in denen er ein ganz besonderes Licht in Tessas Augen sah, wie er es noch nie gesehen hatte. Und was den Viscount betraf, so lag auf seinem Gesicht, wenn er Tessa ansah, häufig ein Staunen, als hielte er sie für ein Himmelsgeschöpf. Ben gefiel das gar nicht; er traute der Sache einfach nicht. Tessa, die zwölf Jahre jünger war als er selbst, und heiraten? Er lehnte sich auf seinem Stuhl zurück und betrachtete angeekelt sein Frühstück.

Die Tür des Esszimmers ging auf und Tante Adeline trat ein; in einem Zustand, den man nur erregt nennen konnte. Er erhob sich, doch sie bedeutete ihm, sich wieder zu setzen. Sie hatte einen Brief in der Hand und sagte zerstreut: »Oh, meine Lieben. Habt ihr auch einen bekommen?«

»Einen Brief von Clara?«, fragte Tessa. »Tante, das ist wirklich nicht nett von ihr.«

»Clara? Was ist mit Clara?«

»Sie ist nach Brighton zurückgekehrt.« Tessa hielt ihr den Brief hin. »Sie schreibt einen ganzen Haufen erfundener Entschuldigungen, aber ich glaube, sie will uns einfach nicht mehr sehen.«

»Nein, nein. Das darfst du nicht denken, Theresa. Sie ist ein liebes Mädchen, da bin ich ganz sicher, aber leider ganz und gar unter der Fuchtel ihrer arroganten Eltern.«

Dabei warf sie Ben einen raschen Blick zu, der ihn nachdenklich machte. Was konnten Lord und Lady Winpoole gegen ihn und seine Familie haben? Lag es an ihm? Er fasste seine Kaffeetasse fester.

Tante Adeline fuhr fort. »Ich habe auch einen Brief erhalten. Und zwar von deinem Bruder!«

»George?«

»Hast du noch einen Bruder, Benjamin? Er schreibt, er wolle für ein paar Tage nach London kommen.«

»Warum?«

»Das ist ein Geheimnis, das sein Brief nicht verrät. Er schreibt nur, er wolle uns am Siebenundzwanzigsten besuchen. Und heute ist der Sechsundzwanzigste!«

»Typisch George«, meinte Ben. »Denkt immer nur an sich.«

»Immerhin hat er es mir angekündigt.«

»Angekündigt, ja. Nicht um deine Erlaubnis gebeten.«

»Hm. Nun ja, vielleicht denkt er, er als Baronet braucht meine Erlaubnis nicht.«

»Mir gefällt das alles nicht«, sagte Tessa. »Erst geht Clara, dann kommt George. Er wird uns alles verderben.«

Ben griff nach seiner Kaffeetasse und beäugte die beiden Damen, die ihm gegenübersaßen. »Er muss einen Grund haben. Er kommt fast nie in die Stadt, also muss es sich um etwas Wichtiges handeln.«

»Ich frage mich, was das sein soll. Vielleicht ist er krank, was meinst du?« Tessas Augen wurden groß.

»Keine Spur«, lachte er. »George war in bester Verfassung, als ich ihn vor zwei Wochen verlassen habe. Wahrscheinlich kommt er wegen irgendeines modischen Londoner Herrenschneiders, der ihn mit einer teuren, eines Baronets würdigen Garderobe ausstatten soll.«

Tante Addy nickte. »Möglich. Ein Baronet muss angemessen gekleidet sein.«

»Und er hat immer allergrößten Wert auf eine angemessene Erscheinung gelegt.«

»Aber, aber. Du solltest nicht so spotten, Benjamin, nicht einmal, wenn es wahr ist.«

Ben und Tessa grinsten sich an.

»Nein«, fuhr Tante Addy völlig beruhigt fort, »es besteht absolut kein Grund zur Aufregung, da könnt ihr ganz sicher sein.«

Am nächsten Tag erfuhren sie, dass Tante Adelines Selbstzufriedenheit jeder Grundlage entbehrte.

George war kaum eingetreten, da scheuchte er auch schon die Diener aus dem Zimmer und platzte mit dem Grund seines Kommens heraus. »Ich habe ausgezeichnete Neuigkeiten.« Ben und Tessa sahen sich an, ihr Bruder räusperte sich gewichtig. »Ich habe jemanden getroffen.«

»Was?« Tessas Augen weiteten sich, dann warf sie Ben einen Blick zu wie ein erschrockenes Reh.

Ben nickte ihr beruhigend zu und sagte: »Wir alle treffen tagtäglich Leute.«

George schnaubte ungeduldig. »Sie wird meine Frau werden.«

»Was?«, riefen Ben und Tessa gleichzeitig.

»Mein lieber Junge«, Tante Addy fächelte sich heftig Luft zu, »aber das ist ja eine wundervolle Neuigkeit, denke ich!«

»Natürlich ist es das«, sagte George. »Sie ist ein wunderbares Mädchen.«

»Ganz bestimmt«, fuhr ihre Tante fort, während Ben und Tessa ihn einfach nur sprachlos anstarrten. »Wer ist sie?«

»Sie ist bezaubernd, liebevoll und freundlich ...«

»Da kann man ja nur dankbar sein«, flüsterte Ben Tessa zu.

George warf ihm einen ärgerlichen Blick zu. »Sie mag kein riesiges Vermögen besitzen, aber sie ist gut situiert. Ihr Vater ist ein Colonel in der Armee. Ich dachte, das interessiert dich vielleicht, Benjamin.«

»Weil ich natürlich an allem, das auch nur andeutungsweise mit dem Militär zu tun hat, maßlos interessiert bin?«

»Ja«, sagte George, ohne die Ironie in Bens Frage zu bemerken. »Sie hat braunes Haar, spielt ausgezeichnet Harfe und ist stets exquisit gekleidet.«

»Man stelle sich das vor.«

Tante Addy warf Ben einen strafenden Blick zu; Tessas unterdrücktes Kichern überhörte sie geflissentlich. »Die Liste dieser Tugenden ist schön und gut, aber wirst du uns auch den Namen dieses Inbegriffs alles Guten und Schönen verraten?«

Ein träumerischer Blick trat in Georges Gesicht. »Miss Windsor. Miss Amelia Windsor.«

Ben wechselte abermals einen Blick mit seiner Schwester. Noch nie zuvor hatte der sonst so nüchterne und vernünftige George dermaßen abgehoben gewirkt. Trotzdem gab er sich einen Ruck. »Glückwunsch.«

»Amelia ist ein hübscher Name«, meinte Tessa verbindlich.

»Ein hübscher Name für ein sehr schönes Mädchen«, beharrte George.

Ben unterdrückte mit aller Gewalt ein Grinsen. »Und Windsor ist ein hübscher Nachname.«

»Ja – wie?« George sah ihn misstrauisch an. »Sie wird aber nicht mehr lange Windsor heißen. Deshalb bin ich hier.«

»Wie meinst du das? Wie bald willst du denn heiraten?«

»Sobald sie ihre Aussteuer beisammen hat.« Er richtete sich in seinem Stuhl auf. »Ich werde sie als meine Frau mit zurück nach Chatham nehmen.«

Ben blinzelte. »Wie? Du kannst doch nicht so überstürzt heiraten! Offenbar hast du sie doch gerade erst kennengelernt. Hier hat noch nie jemand von ihr gehört.«

»Dann darf ich dir vielleicht mitteilen, dass ich sie bereits vor sechs Monaten kennengelernt habe, als du in Afrika verschollen warst.« George sah Ben an, dann wandte er sich an Tessa. »Und du warst in Brighton bei unserer Schwester.«

»Warum hast du sie uns nicht schon vor einem Monat vorgestellt?«

»Sie war auf Besuch bei Verwandten in Hampshire. Aber keine Sorge, du wirst sie früh genug kennenlernen. Sie kommt morgen Abend zum Dinner.«

Tante Addy stöhnte. »Davon hast du aber in deinem Brief gar nichts geschrieben!«

»Natürlich nicht«, murmelte Ben. Tante Addy kämpfte ganz offensichtlich noch darum, ihren Schock über die Eigenmächtigkeit ihres Neffen zu überwinden. Typisch George; er dachte eben immer nur an sich. Laut sagte er: »Hast du auch schon eine Vorstellung das

Menü betreffend, George, oder überlässt du das dem Ermessen unserer Tante?«

»Oh, das kann Tante Addy übernehmen, nicht wahr, Tante? Ich bin eigentlich mit allem einverstanden. Nur – der Colonel liebt Schildkrötensuppe und hat ein Faible für Süßspeisen und seine Frau verträgt nichts, das Mehl enthält …«

»Sie verträgt kein Mehl?« Tante Addy sah aus, als würde sie jeden Moment ohnmächtig.

»Und deine Braut?«, fragte Ben. »Was hat sie für Präferenzen, auf die unsere arme Tante Rücksicht nehmen muss?«

George kniff die Augen zusammen. »Meine liebe Amelia hat überhaupt keine Präferenzen.«

»Erstaunlich.«

George räusperte sich. »Benjamin, du scheinst zu vergessen, dass ich das Oberhaupt der Familie bin und als solches ein gewisses Maß an Respekt fordern kann.«

Ben unterdrückte ein Lächeln. »Und du, George, scheinst zu vergessen, dass dies das Haus von Tante Addy ist. Du kannst doch nicht einfach hier hereinschneien und die Leute herumkommandieren.«

»Dein Ton gefällt mir überhaupt nicht.«

»Das beruht auf Gegenseitigkeit.«

»Meine Herren!«, sagte Tante Addy und richtete sich zu ihrer vollen Größe auf. »Ich lasse nicht zu, dass in meinem Haus ein Gezänk wie in einer Taverne herrscht! Benjamin, ich weiß deine Fürsorge zu schätzen, aber ich kann sehr gut selbst auf mich aufpassen. George, sosehr ich mich freue, dich zu sehen, ich werde deine Verlobte morgen Abend leider nicht bewirten können, da wir bereits eine Verabredung haben.«

Wirklich? Tessas hochgezogene Brauen signalisierten, dass sie ebenso überrascht war wie George.

»Aber was könnte wichtiger sein, als Amelia kennenzulernen?«, beschwerte er sich. »Du kannst doch bestimmt absagen und …«

»Das steht leider völlig außer Frage. George, ich halte es für meine Pflicht, dir zu sagen, dass es mir unbegreiflich ist, wie mein Schwager einen Sohn großziehen konnte, der so egoistisch ist, dass er gar nicht mitbekommt, wie sein Handeln andere in Mitleidenschaft zieht. Ich habe deinen Brief erst gestern erhalten und es ist nirgendwo die Rede davon, dass ich gezwungen bin, ein Dinner für Leute auszurichten, die ich noch gar nicht kenne. Achtest du immer so wenig auf andere?«

Ja, sagte Ben im Stillen zu sich, doch er war froh zu sehen, dass sein Bruder errötete.

»Aber Tante Addy ...«

»Bitte unterbrich mich nicht, George«, fuhr ihre Tante fort, als hätte sie nicht gerade dasselbe getan. »Ich bin durchaus bereit, deine Verlobte und ihre Familie an einem Abend zum Essen einzuladen, aber ich werde ganz bestimmt kein Schildkrötendinner auftischen.« Sie sah ihn streng an. »Es sei denn, du hast vor, die Schildkröten zu bezahlen?«

»Oh, aber ...«

»Das dachte ich mir. Gut. Wenn du nicht einmal den Anstand besitzt zu fragen, wie es sich gehört, dann kann ich dir wahrscheinlich nicht helfen.«

»Aber Tante Addy! Als Oberhaupt der Familie ...«

»Du bist nicht das Oberhaupt meiner Familie. Und bevor du dich nicht ein bisschen besser benimmst, werde ich auch keinen Respekt vor dir aufbringen.« Damit erhob sie sich und lächelte Tessa an. »Und jetzt – Tessa, wollen wir unsere Einkäufe machen? Oder möchtest du lieber hierbleiben und dich von deinem Bruder genauer über die jüngsten Entwicklungen ins Bild setzen lassen?«

Tessa sprang auf. »Ich gehe lieber mit dir mit.«

»Sehr schön.« Mit einem gnädigen Nicken verließ Tante Addy das Zimmer; Tessa folgte ihr ehrerbietig.

George wandte sich an Ben, der ihn wenig begeistert musterte. »Das war nicht der Empfang, den ich mir erhofft hatte.«

»Das glaube ich gern.«

George schüttelte den Kopf. »Ich erinnere mich gar nicht, dass Tante Addy so temperamentvoll ist. Anscheinend hat es ihr gar nicht gutgetan, dass sie seit Onkels Tod ganz allein gelebt hat.«

»Da bin ich anderer Ansicht.«

»Natürlich«, murmelte George.

»Ich finde, sie ist einfach ein Schatz.« Ben lächelte breit, murmelte eine Entschuldigung und beeilte sich, den beiden anderen Fahnenflüchtigen zu folgen.

Kapitel 15

Es war kein Wunder, dass ihre Eltern nach dem spektakulären Fehlschlag auf dem Ball darauf bestanden hatten, sofort nach Brighton zurückzukehren. Brighton war zwar ein teures Pflaster, doch an die Preise Londons reichte es nicht heran. Da jetzt bald der Prinzregent erwartet wurde, würde Brighton, sobald die tonangebenden Familien dem Thronerben in den Urlaub gefolgt waren, auch seine saisonalen Lustbarkeiten wieder aufnehmen.

In den zwei Tagen seit ihrer Rückkehr folgte sie nun schon dem Beispiel ihrer Mutter und blieb im Bett. Reue und Selbstvorwürfe wechselten sich ab mit Kopfschmerzen und Schüttelfrost. Nach zwei Tagen im abgedunkelten Zimmer mit noch dunkleren Gedanken schüttelte sie schließlich ihre Lethargie ab und ging zu ihrem Vater hinunter ins Frühstückszimmer. Er ließ sich seine Enttäuschung über ihre missglückte Londoner Saison weniger anmerken als ihre Mutter, doch sie spürte sie dennoch: an seinem abgewandten Blick, den unvollendeten Sätzen, den gekräuselten Lippen, wenn er etwas sagen wollte, dann aber schwieg.

Bestimmt war er ebenso enttäuscht für sie wie von ihr. Wenn nicht ein Wunder geschah, würde sie jetzt eine alte Jungfer werden. Fünfundzwanzig, ohne jede Perspektive, ohne Vermögen. Kein Wunder, dass sie ihm leidtat. Wenn sie auch nur noch ein Quäntchen Gefühl übrig behalten hatte, würde auch ihr das alles unendlich leidtun.

Die Tür ging auf, ein Diener mit einem Silbertablett brachte die Morgenpost. Vater sah sie kurz durch, dann reichte er Clara einen Brief.

Sie griff danach. Zu ihrer Überraschung war es eine fremde

Handschrift. Sie öffnete ihn und faltete den Bogen auseinander. Vielleicht war er ja von Tessa, die sich noch in London aufhielt. Was für eine Erleichterung! Anscheinend hatte sie ihr ihre Flucht aus London verziehen. Sie überflog die Neuigkeiten: neue Ballkleider, ein Besuch im Hyde Park mit dem Viscount, die Aufmerksamkeiten eines anderen Verehrers. Dann las sie die guten Wünsche, die Tessa ihr schickte, und die Worte, mit denen sie dem Wunsch Ausdruck gab, sie würden sich bald wiedersehen. Eine hastig hingekritzelte Nachschrift ließ sie aufmerken:

Heute haben wir eine höchst überraschende Neuigkeit erfahren. Mein Bruder hat uns von seiner Verlobung mit einer Miss Windsor unterrichtet. Wir waren noch nie im Leben so überrascht. Tante Addy sagt, es sei sehr schlechter Stil von ihm, seiner Familie eine so tief greifende Veränderung so lange vorzuenthalten, und ich bin völlig ihrer Ansicht.

Plötzlich hatte sie einen Kloß in der Kehle. Mr Kemsley war verlobt? Sie schüttelte den Kopf, versuchte mit aller Macht, die Tränen zurückzuhalten. Hatte sie jetzt völlig den Verstand verloren? War sie so verblendet, dass sie die Wahrheit nicht mehr sah? Sie hatte geglaubt, zärtliche Gefühle ihr gegenüber wahrgenommen zu haben, und jetzt musste sie feststellen, dass er schon lange eine andere vorzog. Sie stieß scharf die Luft aus.

»Clara?«

Sie blickte auf. Ihr Vater hatte sie beobachtet. Sie zwang ihre Hand, die zitterte, zur Ruhe. Lächelte. »Es ist ein Brief von Tessa.«

»Ich dachte, wir hätten dir weitere Kontakte mit dieser Familie verboten?«

»Ihr Bruder ist verlobt.«

»Mr Kemsley?«

Sie nickte.

»Wirklich? Ich dachte …« Er hustete. Ja, sie hatte genauso gedacht. »Mit wem ist er verlobt?«

»Mit einer Miss Windsor.«

»Windsor? Ich kenne keine Windsors. Du?«

Sie sah ihn ausdruckslos an, wollte nicht antworten. Sie erinnerte sich durchaus an eine Miss Windsor, eine farblose, nichtssagende Person von fadem Aussehen. Die Gespräche mit ihr waren noch fader gewesen. Ein Funke der alten Entrüstung regte sich in ihr. Wie konnte er diese Person ihr vorziehen?

»Gut.« Er lehnte sich zurück und sah sie aufmerksam an. »Das ist doch mal eine gute Nachricht.«

»Natürlich. Wie könnte es anders sein?« Sie hielt seinem Blick ein paar Sekunden stand, wollte, dass er ihr glaubte, wollte, dass ihr Lächeln ganz natürlich wirkte.

»Ich verstehe es zwar nicht, aber deine Mutter wird erleichtert sein.«

»Ja.« Sie hielt es nicht mehr aus. Ihre Fähigkeit, so zu tun als ob, schwand von Sekunde zu Sekunde. Sie war nicht die Schauspielerin, die ihr Vater zu sehen wünschte. Ihr Blick fiel auf die Vase mit Ranunkeln, die mitten auf dem Tisch stand. »Vater, wäre es sehr erniedrigend für mich, wenn ich unter unserem Rang heirate?«

»Unter deinem Rang heiraten? Das hast du selbstverständlich nicht nötig.«

»Vater, da gibt es kein Selbstverständlich. Seit Jahren hat sich kein Mann mehr für mich interessiert. Auf dem Ball der Seftons hat keiner mit mir getanzt, der nicht dazu gezwungen wurde.«

»Unsinn«, sagte er, doch sein Tonfall klang nicht überzeugend.

»Das ist kein Unsinn, Vater. Ich bin fünfundzwanzig; es ist ziemlich unwahrscheinlich, dass ich noch einen Heiratsantrag erhalte. Es tut mir leid, dass ich eine solche Enttäuschung für euch bin, aber es ist nun einmal so.«

»Du wirst nie eine Enttäuschung für mich sein, meine Liebe.«

Ihre Sicht trübte sich. Sie blinzelte, holte zitternd Luft. »Ich weiß, dass du anderer Ansicht bist als Mutter, dass du glaubst, dass vor Gott alle Menschen gleich sind.«

»Ja, nun, aber …«

Sie fuhr rasch fort. »Wenn ein Herr von niedrigerem Rang mir einen Antrag macht, möchte ich, dass du und Mutter ihn nicht von vornherein ablehnen. Bitte.«

»Natürlich.« Sie schwiegen eine Weile. »Hat dieser Kemsley dein Herz gewonnen?«

»Nein.« Sie dachte an seinen Humor, die Art, wie sich Fältchen um seine Augen bildeten, wenn er sie sah, an die Momente des Einvernehmens, das seltsame, flatterige, warme Gefühl, als sie einmal zufällig seine Hand berührt hatte. Sie schluckte. »Vielleicht ein wenig. Ganz wenig.«

Als ihr Vater seufzte, blickte sie auf. »Das habe ich befürchtet.«

»Du brauchst dir keine Sorgen zu machen. Es geht mir gut.« Doch ihr Lächeln drohte zu brechen. Sie brauchte unbedingt einen Themenwechsel. Der Briefstapel, der vor ihrem Vater lag, bot sich an. »Etwas Interessantes dabei?«

»Nichts, was dich interessieren würde. Ach doch, ein Brief von Richard. Er schreibt, er sei in Irland.«

Er sah sie an. Sie wussten beide, dass Richards Geschichten nur selten stimmten. Sein Überraschungsbesuch hatte nur ganz kurz gedauert, also war es durchaus möglich, dass er inzwischen in Irland war. Doch wahrscheinlich wollte er nur, dass sie seine Schuldner über seinen neuen Aufenthaltsort informierten, damit sie aufhörten, ihn unter Druck zu setzen.

»Hoffentlich genießt er es.«

»Du kennst doch deinen Bruder.«

Sie sahen sich verständnisinnig an. Richard und sich ein Vergnügen versagen? Eher hörte die Sonne auf zu scheinen.

Nach dem Frühstück schien sich der Tag unendlich hinzuziehen. Sie schrieb ein paar Briefe – an Tessa, die sie bat, ihrem Bruder Glückwünsche auszurichten, an Lady Asquith, ja, sogar an Harriet. Den Rest der Zeit übte sie Klavier, las ein bisschen in Matildas Andachtsbuch, das diese ihr schon vor Wochen geliehen hatte, und tat alles, um sich von ihrem Herzweh abzulenken.

Nach einem frühen Abendessen ertrug sie es nicht länger und schützte Kopfschmerzen vor, um sich beizeiten zurückziehen zu können. Doch statt auf ihr Zimmer ging sie nach draußen. Es herrschte eine außergewöhnliche Stimmung; ein seltsam sahniges Licht tauchte alles in einen goldenen Schimmer.

Sie blickte zum Himmel auf. Ihr Vater hatte sie schon darauf hingewiesen, dass die Sonnenuntergänge in den letzten Tagen ungewöhnlich farbenreich gewesen waren. Beim Anblick der zauberhaft zarten Schönheit hier im Garten kam ihr der Gedanke, dass das Ganze über dem freien Meer noch sehr viel spektakulärer aussehen musste. Vorsichtig, damit niemand sie sah, ging sie den ausgetretenen Weg entlang, der zur Spitze der Klippen führte. Sie stellten keine Versuchung mehr für sie dar, obwohl der allgegenwärtige Wind an ihren Röcken zerrte. Sie setzte sich auf den Boden, schlang auf höchst undamenhafte Art die Arme um ihre Knie und blickte über das goldbeschienene Meer hinaus auf den Horizont.

Wie es wohl war, ins Unbekannte aufzubrechen? Die sieben Meere zu bereisen, wie Mr Kemsley es getan hatte, am Tag der Sonne und nachts den Sternen zu folgen? All das würde er jetzt mit seiner Frau tun. Ihr Herz schlug schwer; sie schüttelte den Kopf. Sie benahm sich einfach lächerlich! Sie empfand nur deshalb so, weil … weil es hübsch wäre, auf Reisen zu gehen. Dorthin, wo einen niemand kannte außer Leuten, denen man sich selbst vorstellte.

Wie es wohl wäre, exotische Länder kennenzulernen, wie er es getan hatte? Fremde Kreaturen zu sehen wie diese Kängurus, die im Tower ausgestopft ausgestellt waren, aber lebendig und frei in ihrer Heimat? Wie es wohl wäre, fremde, aufregend gewürzte Speisen zu essen? Ganz andere als die fast ungenießbare Mahlzeit, die sie heute Abend gegessen hatten und die fader gewesen war als jede Krankenkost?

Die frische Brise zerrte an ihren Haarnadeln; ein paar Strähnen lösten sich aus ihrem Knoten und wehten ihr ins Gesicht. Sie zuckte zusammen, schob die schweren Locken zurück und sah wieder hinaus zum Horizont.

Es war dumm von ihr, an ihn zu denken. Dumm, überhaupt an einen Mann zu denken. Sie waren alle nicht verlässlich, einer wie der andere. Sogar ihr Vater hatte sich an ihrer Mitgift vergriffen, um flüssig zu bleiben. Konnte man überhaupt jemandem trauen?

Ein Flüstern ließ sie aufblicken.

Der Himmel leuchtete in Myriaden von Farben: tiefes Violett, das in zartes Rosé verschmolz, über einem gedämpften Orange, und darunter, unmittelbar über dem Horizont, ein sanftes Grün. Die Luft schien eine ganz besondere, fast geisterhafte Beschaffenheit anzunehmen. Sie schauderte. Die Farben mischten sich, liefen ineinander und bildeten einen Himmel, so wunderbar, dass hier wahrlich nur Gott selbst am Werk sein konnte.

Sie holte tief Luft – einen Atemzug, auf den ihr Gesangslehrer, den sie vor langer Zeit gehabt hatte, stolz gewesen wäre – und atmete wieder aus.

Gott.

In den letzten Tagen hatte sie nicht viel an ihn gedacht. Doch jetzt erinnerte sie sich an Dinge, von denen das kleine Andachtsbuch gehandelt und von denen Matilda gesprochen hatte, und auch Lavinia.

Vergiss die Vergangenheit. Vergib. Lebe.

»Gott, ich brauche deine Hilfe.«

Der Wind zerzauste ihr Haar, so wie einst die Hand ihres Vaters, als sie noch ein Kind war. Wie Mr Kemsley es bei Tessa tat, tiefe Zuneigung in seinem Lächeln wie in seinem Handeln.

Plötzlich schien sich der Knoten, den sie seit Wochen in ihrem Herzen trug, ein wenig zu lösen. Sie holte ein zweites Mal tief Luft und stieß sie wieder aus.

Der Himmel wurde immer prachtvoller. Oben, ganz fern, glitzerte ein winziger Stern, wie ein Diamant inmitten eines ständig wechselnden Kaleidoskops von Farben. Sie hielt den Atem an. Wie herrlich, wie vollkommen.

Mehrere Minuten sah sie einfach nur ehrfürchtig zu und nahm nichts wahr als die wachsende Ruhe in ihrer Seele. Das Universum war so groß, sie selbst so klein. Doch in diesem Moment schenkte ihr die Tiefe und Weite und Größe der Schönheit über ihr ein Gefühl der Bestätigung. Es war, als führte Gott dieses Schauspiel nur für sie auf. Ihre Sorgen wurden langsam kleiner, verblassten zu einem schwachen Echo, während sie die Schönheit in vollen Zügen in sich hineintrank. Das zarte Rosé glich dem Kleid, das Lavinia letzte Woche auf dem Ball der Seftons getragen hatte.

Eine Welle der Einsamkeit brandete gegen ihre neu gewonnene Ruhe. Warum hatte keiner mit ihr tanzen wollen? War sie so unattraktiv? Was stimmte nicht?

Nein.

Wieder atmete Clara tief, ganz tief ein und langsam wieder aus. Brauchte sie wirklich einen Ehemann, um glücklich zu sein? Die Gesellschaft war sich ganz sicher. Mutter war überzeugt davon. Doch was, wenn sie keinen Mann fand, der sie lieben wollte?

Tränen stiegen ihr in die Augen. »Herr, was soll ich tun?«

Plötzlich legte sich der Wind; es war ganz still. Ein Hauch von Frieden regte sich in ihr. Vielleicht verlangte Gott ja gar nicht, dass sie irgendetwas tat, außer ihm zu vertrauen.

Hatte Lavinia recht? Waren Gottes Pläne immer gut? Matilda schien das ebenfalls zu glauben. Konnte Clara ihm vertrauen?

»Liebst du mich wirklich, Gott?«

Die Sonne schien das Meer erneut in Gold zu tauchen; der Friede in ihrem Herzen wurde tiefer. Der Friede in ihr und die Schönheit um sie herum schienen ein lautes Ja zu singen.

Wieder atmete sie tief ein und aus.

Gott liebte sie.

Gott *liebte* sie.

Gott liebte *sie*.

Claras Augen wurden feucht; sie lächelte unter Tränen. Das Gefühl der Sicherheit wurde immer stärker. Der wiederauflebende Wind spielte mit ihrem Haar, während sie nachdachte.

Wenn Gott sie liebte, dann wollte er Gutes für sie, Dinge, die ihr Hoffnung gaben. Ihr Lächeln vertiefte sich, sie wischte ihre Tränen fort. Vielleicht brauchte sie sich nicht zu sorgen, wo sie einen Mann finden konnte, der sie liebte; vielleicht war Gottes Liebe ja genug.

Die Spannung in ihren Schultern löste sich. Ihr Herz klopfte hoffnungsvoll, sein stetiges, festes Schlagen unterstrich ein Vertrauen, das sie vorher noch nie empfunden hatte. Sie vertraute nicht mehr auf ihre eigenen Fähigkeiten, auf ihr Aussehen oder ihr Glück. Gottes Liebe und seine Güte bedeuteten, dass sie ihm ihre Zukunft anvertrauen konnte. Die Dinge, auf die sie früher vertraut hatte, spielten keine Rolle mehr.

Und sie wollte sich auch nicht mehr in ihrem alten Wesen suhlen. Sie wollte nicht mehr die alte, oberflächliche Clara sein, das eitle, engherzige Mädchen, deren Freunde hinter ihrem Rücken über sie herzogen, so wie sie es einst bei ihnen gemacht hatte. Sie konnte nicht länger dieses Mädchen sein.

»Gott, hilf mir, mich zu ändern.«

Ihre Worte verwehten im Wind. Waren sie überhaupt gehört worden? Oder ignorierte Gott sie auch, so wie die anderen?

Doch – nein. Wenn sie sich ändern wollte, musste sie auch solche negativen Gedanken ablegen. Gott konnte sie nicht ignorieren, nicht vor dieser himmlischen Lichtschau, die spektakulärer war als jedes Schauspiel in Vauxhall Gardens. Gott musste einfach etwas an ihr liegen. Gott lag etwas an ihr.

Still stieg Gewissheit in ihr auf. Ihr wurde leichter zumute. So wie der Himmel sich veränderte, von Azurblau zu zartestem Rosa, konnte auch sie sich ändern, würde sie sich ändern, mit Gottes Hilfe. Er liebte sie. Er hatte gute Pläne mit ihr. Dessen wurde sie immer sicherer.

Sie würde ihr Selbstmitleid ablegen, ihre Vergangenheit ablegen und zulassen, dass Gott sie in etwas völlig Neues führte.

Das Neue. Das Unbekannte. Den weiten Horizont.

Sie beobachtete das verschwimmende Violett des Ozeans und eine andere Erinnerung tauchte auf.

Was hatte Matilda vor ein paar Wochen gesagt? Oder vielmehr gefragt? Wer war Clara?

Jemand, der vor allem die neueste Mode wichtig war? Jemand, die ein völlig ichbezogenes Leben führte? Die Musik liebte? Die für andere da war? Sie war fünfundzwanzig. Wer wollte sie sein? Wer konnte sie sein?

Eine vage Vorstellung stieg in ihr auf, nahm Gestalt an. Sie atmete tief die salzgeschwängerte Luft ein. Die Gesellschaft würde sie schief ansehen, ihre Eltern würden sie nicht verstehen. Und wie sollte sie es überhaupt anstellen?

Ein ganz leichtes Lächeln trat auf ihre Lippen. Vielleicht konnte sie es nicht, aber mit Gottes Hilfe würde es gelingen.

Wer war Clara?

Ein Zittern der Erregung durchlief sie. Sie hob das Kinn. Sie wusste ganz genau, wo sie anfangen würde. Vaters Worte von vorhin bestätigten sie nur darin.

»Und hier ist sie!«

Georges dramatische Unterbrechung des Nachmittagstees ließ alle zur Tür blicken. Eine kleine Brünette betrat das Zimmer. Sie war feingliedrig, besaß aber nicht die zarte Schönheit der Damen, die normalerweise Georges Aufmerksamkeit weckten. Ja, man konnte sie kaum als attraktiv bezeichnen und ganz bestimmt war sie nicht das prächtige, berückende Geschöpf, das sie nach der Beschreibung ihres Bruders erwartet hatten. Sie wirkte schüchtern, sah sie kaum an und reagierte auf Bens Verbeugung und auch auf Tessas und Tante Addys gemurmelte Begrüßung lediglich mit einem verlegenen Knicks.

George zog ihre Hand unter seinen Arm und tätschelte sie zärtlich und schenkte ihr einen anbetenden Blick aus liebestrunkenen Augen. »Schon gut, meine Liebste.« Dann stellte er die Anwesenden einander vor; zuletzt Ben, mit den Worten: »Mein jüngerer Bruder, Benjamin Kemsley.«

Das war ganz George, seinen Status als älterer Bruder herauszustellen. Ben verbeugte sich erneut. »Guten Tag, Miss Windsor.«

Sie knickste und jetzt sah sie ihn auch an; in ihren blassblauen Augen stand Neugier. »Sind Sie *der* Benjamin Kemsley?«

Er lachte. »Ich bin auf jeden Fall *ein* Benjamin Kemsley. Leider bin ich nicht sicher, wie viele von uns es auf der Welt gibt.«

Sie errötete und einen Moment konnte er sehen, warum sein Bruder Miss Windsor als hübsch beschrieben hatte. »Ich meine, der Kapitän der *Ansdruther*?«

»Der bin ich.« Er sah sie fragend an. Sie lächelte leicht.

»Ich kenne einen der Soldaten, den zu retten Sie geholfen haben. Einen Major Dumfrey.«

»Wirklich?«, fragte George stirnrunzelnd.

»Er ist … er war mein Onkel.«

»War?«, fragte Ben.

»Er starb vor drei Monaten an der Grippe. Meine Eltern waren so froh, dass er vor seinem Tod nach England zurückkehren konnte.«

»Mein Beileid.« Er neigte den Kopf.

Als er wieder aufblickte, sah er, dass George die Stirn runzelte; sein Bruder schien alles andere als begeistert, dass seine scheue Verlobte so begierig war, sich mit seinem kleinen Bruder zu unterhalten. Um etwaige gekränkte Gefühle zu beschwichtigen, sagte er: »Mein Bruder hat ihr Loblied gesungen, Miss Windsor. Sie scheinen ihn ganz und gar verzaubert zu haben.«

»Verzaubert?«, schnaubte George. »Es gefällt mir gar nicht, wenn du meiner Verlobten so etwas unterstellst.«

»Ich habe ja nicht von deiner Verlobten gesprochen.«

George sah ihn mit zusammengekniffenen Augen an, dann nahm er Miss Windsors Arm und drehte sie sanft zu Tessa und Tante Addy um. »Theresa, du wirst Amelia hoffentlich liebevoll als deine neue Schwester begrüßen.«

»Natürlich.« Tessa warf Ben einen besorgten Blick über Georges Schulter zu, dann lächelte sie Miss Windsor freundlich an.

Im Verlauf des Gesprächs erfuhren sie, dass Miss Windsors Eltern sie gern am Nachmittag des folgenden Tages besuchen würden, dass George heute Abend bei ihnen speisen würde – Letzteres wurde mit einem schmallippigen Lächeln in Tante Addys Richtung geäußert – und dass sie hofften, das Vergnügen zu haben, in nicht allzu ferner Zukunft Georges ganze Familie kennenzulernen.

»Werden sie denn auch nach Brighton kommen?«, fragte Tessa.

»Weshalb um alles in der Welt sollten sie das tun?«, wollte George wissen.

Ben unterdrückte einen Seufzer. Er hatte absolut keine Lust, George und seinem Anhang in seinem Zufluchtsort in Brighton zu begegnen. »Du glaubst doch nicht, dass ein Pfarrer seine Pflichten von einem Moment auf den anderen niederlegen kann?«, fragte er. »Oder hast du vergessen, dass Matilda mit einem Geistlichen verheiratet ist?«

George murmelte einen leisen Fluch, dann meinte er, zu Miss Windsor gewandt: »Vielleicht können wir deine Eltern zu einer kleinen Reise überreden, Liebste?«

Die Liebste errötete erneut und murmelte etwas dahingehend, dass ihre Eltern noch keine Pläne gefasst hätten.

»Brighton ist immer sehr voll, wenn der Prinzregent in der Stadt ist«, sagte Tante Addy. »Vielleicht könntest du ihnen nahelegen, dass sie sich sobald wie möglich nach einem Haus umsehen sollten, das sie mieten können«, fuhr sie fort; offenbar war ihr entgangen, dass Ben gerade versuchte, seinem Bruder einen Besuch in Brighton auszureden.

Als sie endlich aufstanden, um sich zu verabschieden, hatte Miss Windsor bei Ben den Eindruck hinterlassen, dass ihr weniger daran lag, ihren Eltern zu gefallen, als ihrem Verlobten und ihrer künftigen Familie. George führte sie hinaus. Gleich darauf erschien Lord Featherington zu seinem täglichen Besuch.

Tante Addy lehnte sich seufzend zurück. »Nun ja! So ein scheues kleines Ding ist mir noch nie untergekommen!«

Der Viscount sah zwischen ihnen hin und her. »War das das graue Mäuschen, das gerade an mir vorbeiging? Mit einem blonden Herrn, der sehr viel zufriedener mit sich wirkte, als der Anblick der Dame rechtfertigt?«

»Das war eindeutig George«, kicherte Tessa.

»Mit seiner Auserkorenen«, fügte ihre Tante hinzu.

»Oh!« Lord Featherington zog die Brauen in schwindelnde Höhen. »Eine echte Überraschung, nehme ich an?«

»Es ist ein richtiger Schock für uns alle«, gestand Ben.

»Sie ist jedenfalls ganz anders als Ihre junge Dame, mein lieber Held«, sagte er mit einem Seitenblick auf Ben.

»Meine junge Dame?«

»Ja.« Die Augen des Viscounts glitzerten. »Anscheinend hat Miss DeLancey ...«

»Sie ist nicht meine junge Dame«, murmelte Ben.

»Ganz sicher nicht?«

»Nein!«

»Wenn Sie es sagen.« Der süffisante Blick des Viscounts sprach Bände. »Wie auch immer, sie hat an dem Abend bei den Seftons ein ganz schönes Aufsehen erregt.«

»Inwiefern?«, fragte Tante Addy und enthob damit Ben der Notwendigkeit dieser Frage.

»Die meisten jungen Damen trugen Weiß, sie trug ein rotes Kleid – ziemlich skandalös!« Er lachte. »Dann hatte sie eine Unterredung mit Lady Hawkesbury und dann ist sie in eine Gruppe Tänzer gestürzt und schließlich ist sie weggelaufen! Man erzählt sich, sie sei betrunken gewesen.«

Ben ballte die Hände zu Fäusten. »Das ist doch lächerlich.«

»Betrunken? Was für eine gemeine Idee!« Tessa sah so wütend aus, wie Ben sich fühlte.

»Bitte reißen Sie mir nicht den Kopf ab, meine Liebe.« Der Viscount zuckte die Achseln. »Aber es heißt, das sei der Grund, warum die Familie London verlassen hat.«

»Armes Ding! Ich bin sicher, es gibt eine Erklärung dafür«, sagte Tante Addy. »Ich mag keinen Tratsch, wissen Sie.«

»Den mögen wir alle nicht«, entgegnete der Viscount bieder. »Aber genug jetzt von ihr. Was hört man da von Ihrem Bruder? Er will bald heiraten?«

Tessa erzählte ihm von Georges Plänen, Amelia ihrer Schwester vorzustellen.

Ben sah seine Tante an. »Ich verstehe gar nicht, wie du sie praktisch nach Brighton einladen konntest!«

»Mein lieber Junge, was blieb mir denn übrig? Was soll ich denn machen, wenn George Matilda besuchen will? Das hat doch nichts mit mir zu tun.«

»Aber mit uns«, sagte Tessa. »Ach Benjie, was sollen wir nur tun? Ich habe eigentlich gar nichts gegen sie, sie scheint sogar sehr nett zu sein, aber man fragt sich doch, warum sie so schüchtern ist.«

Er lächelte schief. »Ich glaube, sie ist nicht die erste junge Frau, hinter deren Schüchternheit sich eine entzückende Persönlichkeit verbirgt.«

»Oh.« Sie errötete. Dann sah sie zu dem Viscount hinüber, dessen bewundernder Blick im Moment ebenso liebestrunken war wie Georges vor ein paar Minuten.

Bens Herz klopfte schwer. Wenn Featherington jetzt, angesichts von Georges Neuigkeit, ihrer aller Erwartungen erfüllte und Tessa einen Heiratsantrag machte, wäre er der einzige Kemsley, der noch nicht verheiratet war.

Sollte er vielleicht auch nach einer Braut Ausschau halten? Er war jetzt neunundzwanzig, zwar körperlich nicht völlig leistungsfähig, aber doch einigermaßen gesund und stand, wie es so schön hieß, in der Blüte seines Lebens. Doch was noch schwerer wog, er empfand immer öfter so etwas wie Einsamkeit.

Er schüttelte den Kopf. Wenn seine Geschwister alle verheiratet waren, wäre er allein. Natürlich wären sie – mit Ausnahme von George – mehr als bereit, ihn aufzunehmen, doch selbst ihn würde Amelia wahrscheinlich überreden. Doch genügte ihm das? Reichte es ihm, der Bruder zu sein oder ein Onkel, der von außen zusah, wie das Leben der anderen erblühte, wie er es sich früher, noch unbestimmt, für sich selbst gewünscht hatte? Wollte er denn nicht selbst ein Ehemann, ein Vater sein?

Der Gedanke war wie ein Stich. Er schluckte, dann zwang er sich, an etwas anderes zu denken, denn solche Gedanken mündeten doch nur in Frustration. Ja, ja, er wollte mehr. Er betrachtete seine Schwester; auf ihrem Gesicht lag ein Leuchten. Sie lächelte Featherington an, der leise mit ihr sprach.

Seine Geschwister hatten in letzter Zeit alle dieses Strahlen an sich. Während seines Aufenthalts bei Mattie und David war ihm aufgefallen, dass die Frischvermählten eine Freude zu erfüllen schien, die von tief innen kam, ein Frieden, der das Auf und Ab des normalen Lebens leichter zu machen schien. Sollte er sich auf die Suche nach einem Menschen machen, der mit ihm zusammen durchs Leben ging, nach jemandem, mit dem alt zu werden ein Segen wäre?

Was war die Alternative? Er würde ganz allein alt und noch verkrüppelter und unausstehlich werden.

Wieder schüttelte er den Kopf, verbiss sich ein bitteres Auflachen. Es war ja nicht so, dass er nie eine junge Dame attraktiv gefunden hätte. Im Gegenteil. Zu Miss DeLancey hatte er sich hingezogen gefühlt, wenn er mit ihr zusammen war, obwohl er gewusst hatte, dass eine Verbindung mit ihr angesichts ihrer unterschiedlichen Herkunft völlig undenkbar war. Wieder ein Gedanke, der nur zu Frustration führte. Irgendwie war nie der richtige Zeitpunkt gewesen. Erst war er zu jung gewesen – darin hatte Lord Ponsonby recht gehabt –, dann auf See, dann musste er sich erst zum Kapitän hochdienen und dann stand er bis zu jener letzten Unglücksfahrt unter Vertrag bei der Marine.

Aber der Zeitpunkt war noch immer nicht richtig. Und bevor ihm nicht sein Preisgeld ausgezahlt wurde, würde er nie richtig sein.

»Benjamin?«

Er fuhr zusammen und blickte von seinem Grübeln auf. Drei Augenpaare waren auf ihn gerichtet. »Verzeihung, ich war mit meinen Gedanken woanders.«

»Nach diesem finsteren Gesichtsausdruck zu urteilen, war es dort nicht angenehm.«

»Verzeihung.« Er setzte ein Lächeln auf. »Besser?«

»Viel besser.« Tessa deutet auf ihren Verehrer. »Lord Featherington sagte gerade, er wolle Brighton einen Besuch abstatten. Er hat ein Haus in der Steyne gemietet.«

»Tatsächlich?« Er beäugte den anderen. Vielleicht war es an der Zeit, ihn zu zwingen, seine Karten offenzulegen. »Pflegen Sie Brighton regelmäßig zu besuchen?«

»Früher ja«, antwortete der Viscount. »Und ich finde, ich sollte diese Gewohnheit wiederaufnehmen.«

»Weil es Ihnen am Meer gefällt?«

»Brighton bietet viele Attraktionen.« Das kam mit einem Seitenblick auf Tessa, der Ben seine inneren Alarmflaggen schneller setzen ließ, als der beste Leutnant sie jemals aufziehen könnte.

»Planen Ihre Eltern ebenfalls, Brighton zu besuchen?«

»Meine Mutter möchte meine Schwester in Hartwell Abbey in Northamptonshire besuchen. Ich weiß allerdings nicht, ob Hartington so scharf darauf ist.« Er verzog das Gesicht. »Meine Eltern besitzen ein Anwesen in Devon, das wir normalerweise jedes Jahr aufsuchen. Letztes Jahr waren wir allerdings nicht dort, wegen Charlottes Heirat und allem, deshalb könnte ich mir vorstellen, dass sie dieses Jahr wieder hinfahren wollen.«

»Und Sie ebenfalls?«

»Das kommt drauf an.« Wieder warf er Tessa den Blick eines liebeskranken Schwans zu.

»Worauf?«, wollte Ben wissen.

Die blauen Augen des Viscounts fingen seinen Blick auf; er wurde rot. »Verzeihen Sie. Ich habe Ihre Gastfreundschaft überbeansprucht.«

»Aber nein, das haben Sie nicht!«

»Theresa«, mahnte ihre Tante, »der Viscount hat bestimmt viele Verpflichtungen, die seine Anwesenheit erfordern.«

Lord Featherington stand auf, verbeugte sich, versprach Tessa, bald wieder vorzusprechen, und ging.

»Das war sehr unfreundlich von dir«, warf Tessa Ben vor.

»Vielleicht kannst du das nächste Mal ein bisschen weniger Aggressivität an den Tag legen, Benjamin«, meinte Tante Addy.

»Tessa, ich mache mir Sorgen um dich.«

»Wenn du dir solche Sorgen machst, warum verjagst du ihn dann?« Sie stand auf und verließ das Zimmer.

Der folgende kurze Blickwechsel mit seiner Tante bestärkte nur noch seine Entschlossenheit herauszufinden, wie weit das Interesse des Viscounts an seiner Schwester tatsächlich ging.

Kapitel 16

Tessas Unmut legte sich auch am nächsten Tag nicht. Der Viscount war am späten Nachmittag immer noch nicht aufgetaucht. So würde sie sich ihren einzigen Besuchern an diesem Tag widmen müssen. Es waren George, die bescheidene Amelia und ihre Eltern, deren Besuch mit einer Einladung zum Essen am heutigen Abend verbunden war, die sich nicht abwenden ließ. Tessa stand der Groll unübersehbar ins Gesicht geschrieben.

Nach den Falten auf Tante Addys Stirn zu urteilen, schien das Unglück seiner Schwester ansteckend zu sein. »Wirklich, Theresa, ich wünschte, du wärst ein bisschen vernünftiger.«

Doch Tessa sah ihn nicht an, sondern blätterte müßig in *Ackermann's Repository* und warf die Zeitschrift schließlich ungeduldig auf ein Beistelltischchen aus Satinholz.

»Tessa, es tut mir leid, dass du böse mit mir bist, aber ich kann mich nicht dafür entschuldigen, dass ich mir Sorgen um dich mache.« Als sie stumm die Arme verschränkte, fuhr er sanfter fort: »Ich möchte einfach nur wissen, welche Absichten er verfolgt.«

»Aber du bist nicht das Familienoberhaupt.«

»Nein. Das Familienoberhaupt ist momentan zu sehr damit beschäftigt, seinem eigenen Glück nachzujagen, um seine Verantwortung gegenüber anderen wahrzunehmen.«

»Du bist nur eifersüchtig.«

»Auf George? Ich versichere dir, ich beneide meinen Bruder um gar nichts, außer vielleicht um den Respekt, den du ihm entgegenzubringen scheinst, nur weil er der Erstgeborene ist.«

Sie schnaubte nur und wandte den Blick ab.

Tante Addy räusperte sich. »Benjamin hat recht, Theresa. Es ist nicht die Regel, dass ein junger Mann von Lord Featheringtons Stellung einer jungen Dame den Hof macht, die nicht die gesellschaftliche Position hat, die seine Familie für angemessen hält.«

»Seine Schwester ist eine verheiratete Herzogin, Tessa.«

»Das weiß ich doch alles!«, schnappte sie. »Und seine Mutter ist die Tochter einer Herzogin und sein Vater ist ein Marquis und wir sind nur die Cousins und Cousinen eines Baronets.«

»Die Geschwister eines Baronets, im Moment jedenfalls«, sagte Tante Addy. »Sei dem, wie ihm wolle, du verstehst sicher, dass es ratsam ist, seine Absichten zu erfahren.«

»Will er dich heiraten?«, fragte Ben unverblümt.

»Benjie! Wie kannst du mich das fragen?«

»Ich frage dich, weil ich sehe, wie er dich ansieht, weil er ein Haus in Brighton mieten will, ganz offensichtlich aus dem Grund, in deiner Nähe zu sein, weil er fast jeden Tag hier ist. Und jetzt sag mir, ich hätte keinen Grund, mir Sorgen um meine kleine Schwester zu machen!«

Ihre Unterlippe zitterte. »Er hat sich immer wie ein feiner Herr verhalten.«

»Aber hat er mit dir von Heirat gesprochen?«

Ein rasches Kopfschütteln.

»Hat er dich seiner Familie vorgestellt?«

Abermaliges Kopfschütteln.

»Dann ist es also lediglich eine vorübergehende Laune bei ihm. Es tut mir leid, ich weiß, dass du es nicht gern hörst, aber siehst du es denn nicht ein? Wenn seine offenkundige Verehrung nicht zu einer Heirat führt, dann muss ich mir doch Sorgen machen.«

»Müssen wir beide uns Sorgen machen«, meinte Tante Addy und nickte.

Ben setzte sich neben Tessa. Sie neigte den Kopf, sodass ihr rotblondes Haar nach vorn fiel und ihr Gesicht verbarg. »Wir lieben dich. Wir wollen, dass du glücklich bist und jemanden heiratest, der dich behandelt, wie du es verdienst. Und du hast es nicht verdient, dass man dich zappeln lässt, während er überlegt, ob er den Mut hat, dich seiner Familie auch nur vorzustellen.«

Ein Tropfen rollte über ihr Gesicht und fiel auf ihr Kleid.

Es tat ihm weh. In solchen Momenten wünschte er sich wirklich, George würde seine Pflicht als Familienoberhaupt ernstnehmen. Ben legte ihr einen Arm um die Schultern und drückte sie sanft an sich. »Wenn du willst, rede ich mit ihm.«

Sie schüttelte schaudernd den Kopf. »Vielleicht … vielleicht sollte George mit ihm reden. George wird wissen, was zu tun ist.«

Ärger stieg in ihm hoch und erstickte seinen früheren Wunsch. Warum stellten alle die Meinung seines Bruders über seine?

»Ich halte das für eine sehr gute Idee.« Das kam von seiner Tante. »Es wird Zeit, dass George wenigstens ein paar seiner Verantwortungen wahrnimmt. Eine Unterredung mit deinem jungen Herrn ist das Mindeste, was er tun kann, damit wir wissen, ob er wirklich dein junger Herr ist oder nur ein junger Fant, der im Wolkenkuckucksheim lebt.«

Tessa nickte, ihre rotgoldenen Locken schimmerten im Nachmittagslicht.

Ben drückte sie an sich. »Es tut mir leid, Tessa.«

Sie seufzte. »Nein, du hast ja recht. Ich weiß doch, dass es gut ist, die Wahrheit zu wissen.«

»Das muss ja nicht heißen, dass es vorbei ist. Aber es könnte ratsam sein, ihn nicht allzu sehr zu ermutigen.«

»Du … du meinst, ich sollte ihn im Ungewissen über meine Zuneigung lassen?«

»Ja.«

»So wie du bei Clara?«

Ben richtete sich auf. »Wie bitte?«

Sie drehte sich zu ihm und hob das Kinn. »Denkst du, wir hätten es nicht gemerkt? Wie dein Gesicht immer aufleuchtet, wenn du sie siehst, und wie du sie anschaust, wenn du dich unbeobachtet glaubst.«

Ihm wurde heiß. »Das stimmt nicht.«

Sie lachte spöttisch. »Oh doch. Und du wirfst mir vor, mich über meinem Stand zu verlieben, dabei ist sie die Tochter eines Viscounts!«

Er spürte die altbekannte Mutlosigkeit in sich aufsteigen. »Sie ist die Tochter eines Viscounts, die ich vielleicht vorübergehend bewundert habe, doch es gibt einen entscheidenden Unterschied. Sie ist nicht hier und sie hat nicht das geringste Interesse an mir erkennen lassen.«

»Du klingst, als ob du dir das wünschst.«

Er zuckte die Achseln, hilflos gegenüber dem fast unheimlichen Urteilsvermögen seiner Schwester. »Und was würde das nützen? Ich kann ihr nicht das Geringste bieten, nicht einmal ein Haus.«

»Aber du wünschst dir, du könntest es.«

Er musste lachen. »Vielen Dank, dass du meine privatesten Anliegen hier vor unserer Tante bloßlegst.«

»Oh, ich habe es doch auch gesehen«, meinte Tante Addy.

Er kämpfte um ein ausdrucksloses Gesicht, obwohl er sich innerlich krümmte. »Dann kann ich nur hoffen, dass Miss DeLancey keinen falschen Eindruck gewonnen hat«, sagte er steif.

»Das weiß ich nun wirklich nicht«, entgegnete seine Tante alles andere als tröstlich.

»Aber wenn nicht, ist das vielleicht gar nicht so schlecht, wenn man Lord Featherington glauben darf«, sagte Tessa.

Er hatte das Gefühl, in eine Falle gelockt zu werden, fragte aber trotzdem: »Warum?«

»Erinnerst du dich nicht an dieses Theater auf dem Ball der Seftons? Ein Mr Molyneux erhebt offenbar die wildesten Anschuldigen, wie grob sie ihm gegenüber gewesen sei.« Tessas blaue Augen wurden ganz groß. »Ich habe Lord Featherington gesagt, er solle sich nicht lächerlich machen, aber weißt du, was er mir gestern erzählt hat?« Sie beugte sich vor. »Er sagte, es gäbe eine skandalöse Geschichte über Miss DeLancey und den Graf von Hawkesbury.«

»Nein!«, rief Tante Addy. Ihre Augen leuchteten interessiert auf.

»Oh doch! Anscheinend waren sie praktisch verlobt.«

Die Eifersucht versetzte ihm einen Stich. Was war er doch für ein Narr, gehofft zu haben, Miss DeLancey hätte Interesse an ihm! Bei einem Grafen als ehemaligem Verehrer war es kein Wunder, dass ihre Eltern nicht wünschten, dass ihre Tochter mit dem niederen Adel verkehrte.

»Ich frage mich, wie man von jemandem sagen kann, er sei fast verlobt«, überlegte Tessa. »Entweder macht ein Mann einem einen Antrag oder nicht.«

Beide Damen sahen ihn erwartungsvoll an, doch er winkte ab. »Ich kann da nicht mitreden.«

»Aber du kannst darüber nachdenken«, meinte Tante Addy augenzwinkernd, »warum man so etwas tun könnte.«

Er sah sie mit zusammengekniffenen Augen an, woraufhin beide in lautes Gelächter ausbrachen.

Um das Thema zu wechseln, räusperte er sich auf eine Weise, mit der er sich auf den Schiffen, die seinem Befehl unterstanden hatten, immer Respekt verschaffen konnte. »Für jemand, der behauptet, er tratsche nicht gern, ist es überraschend, wie viel Lord Featherington herumerzählt.«

Tessa runzelte die Stirn. »Du magst ihn nicht?«

»Das kann ich nicht mit Sicherheit sagen. Mir ist allerdings aufgefallen, dass er manchmal etwas sagt – wie zum Beispiel, dass er keinen Tratsch mag – und dann das Gegenteil tut.«

»Ich glaube, jetzt bist du ungerecht.«

Damit waren sie wieder in derselben Sackgasse gelandet, Ben mit seinen Zweifeln und Tessa, die den Viscount in Schutz nahm.

Gott, gib mir Weisheit.

Er holte tief Luft und schluckte seinen Stolz hinunter. »Tessa, vielleicht hast du recht. Vielleicht sollten wir heute Abend mit George sprechen.«

Sie nickte. In Ben stritt die Erleichterung darüber, dass sein Versöhnungsversuch Erfolg gehabt hatte, mit dem geheimen Ärger, dass sein Bruder womöglich wieder einmal seine Überlegenheit demonstrieren könnte.

»Das kann nicht euer Ernst sein!« George war aus dem Staunen gar nicht mehr herausgekommen, nachdem Ben, Tante Addy und Tessa ihm von den Aufmerksamkeiten erzählt hatten, die der Viscount Tessa in den letzten Wochen erwiesen hatte. »Der Erbe des Marquis von Exeter?«

Sie nickten alle gleichzeitig, wie Marionetten an einer Schnur.

»Tessa, du könntest eine Marquise werden!« Er sah Ben an. »Unsere Schwester eine Marquise!«

»Ja, aber George …«

»Ich sehe da überhaupt keine Probleme. Du kannst doch unmöglich etwas dagegen haben.«

»Aber er hat nichts gesagt, was auch nur den geringsten Hinweis auf eine dauerhafte Verbindung enthält. Wir wissen nichts, aber auch gar nichts über seine Absichten.« Ben sah seinen Bruder an. »Sie hat keine nennenswerte Mitgift. Nichts, was einen adligen Mann, der eine Frau sucht, beeindrucken könnte.«

»Ich muss schon sagen, du redest ja ganz entzückend über unsere Schwester«, sagte George empört.

»Ich trage nur die Fakten vor. Tessa weiß das.« Er sah sie entschuldigend an.

»Außerdem besitzt sie nicht nichts. Sie erhält immerhin tausend Pfund, wenn sie heiratet.«

Ben pfiff leise. »Oh – kaum vorstellbar, dass ein Marquis sich eine solche Summe entgehen lässt, nicht wahr?«

»Sarkasmus steht dir nicht, Benjamin«, sagte Tante Addy und sah ihn tadelnd an.

»Ein Leben fernab jeglicher Realität ebenso wenig«, entgegnete er leise. Und lauter sagte er: »Vielleicht, wenn George einmal mit dem Viscount sprechen würde …«

»Oh ja, George! Bitte!« Tessa klatschte in die Hände.

»George kann sich vielleicht eher Klarheit über seine Absichten verschaffen als wir«, schloss Ben mit einem Appell an den Stolz und das Überlegenheitsgefühl seines Bruders. »Schließlich ist er das Familienoberhaupt.«

George warf sich in die Brust. »Nun ja, ich denke schon, dass er auf mich hören würde, schließlich bin ich für dich verantwortlich, Theresa.« Der Hochmut auf seinem Gesicht wich einem wohlwollenden, fast väterlichen Ausdruck, als er Tessa ansah. »Wann würde es dem Viscount denn passen?«

»Er ... er ist Mitglied bei *White's*, glaube ich.«

»*White's*?« George runzelte die Stirn. »Aber das ist doch nur ein besserer Spielklub.«

»Es gibt dort auch ein ganz nettes Restaurant«, sagte Ben.

»Mag sein, aber einen Mann, der spielt, kann ich unmöglich billigen«, meinte George und sah Tessa streng an.

Sie warf Ben einen besorgten, fast flehenden Blick zu. Sie kannten beide den Hang des Viscounts zum Glücksspiel. Ben gefiel dieser Zug zwar auch nicht, doch er konnte ihn kaum deswegen zur Rede stellen. Außerdem konnte der Viscount es sich leisten.

Er lächelte Tessa verständnisvoll an, dann wandte er sich an George. »Vielleicht wäre *White's* doch nicht der richtige Ort. Außerdem muss man Mitglied sein.«

»Das klingt, als hättest du es versucht und seist nicht zugelassen worden«, schnaubte George.

Ben richtete seinen Ärmel. »Ehrlich gesagt, war ich bereits mehrmals dort. Das Steak kann ich wärmstens empfehlen, aber die Überheblichkeit, die dort herrscht, hat mir den Appetit auf eine Mitgliedschaft verdorben, glaub mir.«

Tessa nickte. »Er war als Gast von Lord Featherington und Lord Hawkesbury dort. Schon viermal!«

»Fünf«, verbesserte er sie bescheiden.

Wie erwartet, war sein Bruder überrascht und verärgert. »Nun gut! Wahrscheinlich wird viel darüber geredet, was für ein Held er ist.« Dann kniff er die Augen zusammen. »Apropos, hat der Prinzregent dir schon etwas gezahlt?«

»Nein.«

»Hm. Schade, war aber zu erwarten. Du weißt ja, was für ein Verschwender er ist.« Er richtete sich auf, als wollte er ein unangenehmes Zwischenspiel beenden. »Aber es geht hier nicht um unseren verschwenderischen Prinzen. Ich werde Lord Featherington um eine Unterredung bitten. Mal sehen, was dabei herauskommt.« Er lächelte seine Schwester schmallippig an. »Und du, Theresa, wirst diesen Herrn in Zukunft weder ermutigen noch entmutigen. Denk dran, sei bescheiden und gib ihm keinen Anlass zu denken, du seist kein unschuldiges junges Mädchen.«

»Aber sie *ist* ein unschuldiges junges Mädchen!«, warf Ben ein.

George schnaubte. »Ich möchte dich erinnern, Benjamin, dass meine Meinung als Oberhaupt der Familie …«

Ben ignorierte den Rest der Selbstbeweihräucherung seines Bruders, murmelte eine Entschuldigung und verließ das Zimmer. Wenn er Tessas Zukunft seinem Bruder anvertrauen wollte, dann bedurfte es von jetzt an einer ganzen Menge Gebete.

»Und wie war London, Miss DeLancey?«, fragte Lady Osterley.

»Sehr angenehm«, antwortete Clara. Es fiel ihr zunehmend schwerer, ihr angestrengtes Lächeln bei diesem verhassten Besuch im Haus der Osterleys beizubehalten.

Lady Osterley schnaubte. »Nun, vielleicht kann man es sich leisten, abgeklärt zu sein, wenn man mehrere Saisons hatte.«

Clara spürte den Stachel. Vielleicht war Lady Osterley doch nicht so harmlos, wie sie gedacht hatte. Sie hob das Kinn. »Ich hatte in der Tat schon mehrere Saisons.«

Lady Osterley blinzelte.

Mutter neben ihr welkte zusehends. »Clara, Liebste, vielleicht solltest du noch eine Tasse Tee trinken. Er ist ganz köstlich.«

»Ja, der Tee ist wirklich köstlich«, sagte Clara, froh, dem unausgesprochenen Wunsch ihrer Mutter nach einer freundschaftlichen Geste entsprechen zu können.

Lady Osterley würdigte Clara eines leichten Hebens eines Mundwinkels, das zweifellos ein Lächeln darstellen sollte. »Ich setze meinen Gästen selbstverständlich nur das Beste vor.«

»Es spricht für sich, dass Sie darein Ihren Stolz setzen«, sagte Mutter.

Ja, ihr Stolz sprach für sich, dachte Clara und versteckte ihr Lächeln hinter ihrer frisch gefüllten Teetasse. Bei sämtlichen Begegnungen im Laufe des letzten Jahres war ihr aufgefallen, dass Lady Osterley in allem, was sie tat, ihre eigene Wichtigkeit oder aber die aufgeblasenen Ambitionen ihres Sohnes im Blick hatte.

»Wo ist Reginald eigentlich?«, fragte Clara. »Ich wundere mich, dass er heute nicht da ist.« Sonst hatte er stets bei ihnen gesessen und sie angestarrt wie ein Mondkalb. Seine Konversation war dabei so steif und ungeschickt wie die ersten Schritte eines neugeborenen Fohlens.

»Er wird enttäuscht sein, Sie verpasst zu haben, meine Liebe, und sich freuen, dass Sie nach ihm gefragt haben«, sagte Lady Osterley seufzend, »aber er hat geschäftlich zu tun. Wirklich sehr schade«, schloss sie mit einem triumphierenden Blick, der deutlich machte, dass sie genau das Gegenteil meinte.

Clara sah sie prüfend an. Hatten die Osterleys bereits von ihren traurigen Erfahrungen auf dem Ball der Seftons gehört? Ein kurzes Bedauern flog sie an, gefolgt von neuer Entschlossenheit. Scherte sie sich wirklich um die Meinung so hohler Menschen, deren Interesse an ihr lediglich ihrem Stand galt? Die Osterleys mochten einen fast genauso alten Namen besitzen wie sie selbst, doch sie waren ebenso korrupt wie all diejenigen, denen es nur um die Mitgift gegangen war, die sie mit in die Ehe gebracht hätte, jene Mitgift, die Richard verspielt hatte. Die Osterleys hatten allerdings länger zu ihnen gehalten als die anderen, wahrscheinlich weil sie damit rechneten, das Geld würde irgendwie wieder auftauchen; doch jetzt hatten anscheinend auch sie diese Hoffnung aufgegeben.

Seltsamerweise schmerzte der Gedanke, dass sie für solche Leute als Heiratskandidatin nicht infrage kam, nicht mehr so wie früher. Sie hatte heute Morgen in den Psalmen von der Liebe Gottes gelesen und von seinem Versprechen, für sie zu sorgen, immer und unter allen Umständen. Sie hatte es nicht mehr nötig, diese Menschen zu beeindrucken und ihre Spielchen mitzuspielen.

Lady Osterley, die ganz offensichtlich nicht bemerkte, dass sie geprüft und für zu leicht befunden wurde, unterbrach ihr Gespräch mit Claras Mutter und schenkte ihr abermals ein dünnes Lächeln. »Ich muss gestehen, dass ich von meiner lieben Nichte, Lady Ashbolt, von einigen Ihrer Heldentaten in London gehört habe.«

»Ich habe mich schon gefragt, ob Sie davon wissen«, antwortete Clara in freundlichem Ton.

Lady Osterley wirkte kurz leicht verlegen, dann sammelte sie ihr Gift für einen weiteren Schlag. »Anscheinend war Ihr Verhalten auf dem Ball der Seftons in aller Munde.«

»Das ist es sicher immer noch«, entgegnete Clara lächelnd.

»Ja, nun … hm.«

Clara sah ihre Mutter an. Die übliche kühle Höflichkeit in ihrem Gesicht war einem Ausdruck gewichen, der stark an Verzweiflung erinnerte. Ihr Gewissen meldete sich. Clara scherte sich zwar nicht weiter um Lady Osterleys Gemeinheiten, doch Mutter waren sie ganz und gar nicht gleichgültig. Das Wissen, dass ihre Tochter sich in den Augen der Gesellschaft skandalös verhalten hatte, war eine ständige Qual für sie.

»Mutter, müssen wir nicht bald gehen? Es war ein sehr angenehmer Nachmittag, aber wir müssen doch noch einen anderen Besuch machen, erinnerst du dich?«

»Noch einen Besuch?«, fragte Mutter verwirrt, doch Clara sah sie ruhig an. »Ach ja! Vielen Dank, meine liebe Lady Osterley. Ihre Gastfreundschaft kennt wirklich keine Grenzen.«

»Danke, Lady Winpoole. Es war mir wie immer ein Vergnügen.«

Sie standen auf, tauschten noch ein paar unaufrichtige Floskeln der Dankbarkeit mit ihrer Gastgeberin und brachen auf. Lady Osterleys Abschiedsworte klangen eher wie eine Ermahnung als eine Einladung: »Sie sind uns jederzeit willkommen, Frederica. Und Sie natürlich ebenso, Clara. Bitte geben Sie uns rechtzeitig Bescheid, wenn Sie uns wieder besuchen möchten.«

Clara bot ihrer Mutter den Arm und sie wanderten die Marine Parade entlang, zurück nach Hause, dem Ziel ihres nächsten Besuchs. Dabei blendete sie das Murren ihrer Mutter über Claras Verhalten und die Falschheit ihrer Gastgeberin aus. Eines war ganz sicher: Wenn sie sie wieder besuchten, würde Lady Osterley dafür sorgen, dass der arme, dumme Reginald auf keinen Fall in die Nähe der männermordenden Clara kam.

Sie fing an zu lachen.

Kapitel 17

Georges Brief rief eine Reaktion hervor, die keinen so richtig zufriedenstellte, außer vielleicht Tessa. Der Viscount antwortete, er wolle sehr gern am nächsten Donnerstag zu einem Gespräch in die Curzon Street kommen, allerdings unter der Voraussetzung, dass Ben ebenfalls anwesend sein würde. Ben war gern dazu bereit, doch George behagte diese Bedingung überhaupt nicht; er befürchtete, sein Stand als Familienoberhaupt könne untergraben werden.

Der Donnerstagmorgen kam, der Viscount wurde gemeldet. Er betrat das Wohnzimmer, erkundigte sich höflich nach dem Befinden der Damen des Hauses und nach einem kurzen Austausch von Höflichkeiten begann das Gespräch.

»Ich danke Ihnen, dass Sie gekommen sind, mein Herr«, sagte George.

»Keine Ursache.« Der Viscount öffnete eine goldene Schnupftabakdose und bot sie den anderen an.

George runzelte die Stirn. Das Schnupfen war ihm ein fast genauso großer Gräuel wie das Glücksspiel. Er plusterte sich in der Manier eines französischen Dreimasters angriffslustig auf und feuerte den ersten Schuss ab. »Mein jüngerer Bruder hat mir gegenüber geäußert, dass er sich Sorgen um den Ruf unserer Schwester macht.«

Der Blick des Viscounts flog rasch zu Ben hinüber; sein verbindliches Lächeln verschwand und Härte zeigte sich in seinem Gesicht. »Ach ja?«

Ben lächelte; er bemühte sich um eine versöhnliche Haltung. »Aber mein Herr, das wissen Sie doch. Meine Besorgnis ist Ihnen doch nichts Neues. Es geht mir lediglich um die Interessen meiner Schwester.«

»So wie mir auch«, sagte George und warf Ben einen missbilligenden Blick zu.

»Ihre Schwester ist … entzückend«, sagte der Viscount.

»Aber Sie halten sie nicht für entzückend genug, um sie zu heiraten?«

Lord Featherington lehnte sich zurück, George keuchte angesichts von Bens Unverblümtheit auf. Doch Ben hatte keine Lust, Spielchen zu spielen. Er hatte keine Lust mehr auf diesen frustrierenden Tanz. »Mein Herr?«, fragte er auffordernd, mit hochgezogenen Brauen.

»Ich … äh, ich gestehe, dass ich momentan nicht an eine Ehe denke.«

»Wirklich?«, fragte Ben. George blieb der Mund offen stehen. »Sie überraschen mich.«

An den Viscount war Sarkasmus nicht verschwendet; er errötete.

»Darf ich Sie dann nach Ihren Absichten, meine Schwester betreffend, fragen?«

»Das haben Sie mich bereits gefragt«, murmelte Lord Featherington.

»Und Sie haben mir keine zufriedenstellende Antwort gegeben.«

Die Lippen ihres Gastes wurden Unheil verkündend schmal.

George räusperte sich umständlich und sagte: »Bitte verzeihen Sie meinem Bruder, mein Herr. Benjamin, vielleicht solltest du das Fragen mir überlassen. Schließlich bin ich für Theresas Wohlergehen verantwortlich.«

Ben bedeutete George fortzufahren, ohne den Blick von Lord Featheringtons Gesicht zu wenden.

»Mein Herr, ich bitte Sie zu verstehen, dass wir die Aufmerksamkeit, die Sie meiner hübschen kleinen Schwester erweisen, durchaus zu schätzen wissen. Sie hat uns Zugang zu Gesellschaftsschichten eröffnet, an die wir nicht zu denken gewagt hätten.«

Ben verschränkte die Arme und sah seinen Bruder an, dessen arroganter Gesichtsausdruck seine Worte Lügen strafte. Und ob er solche Ambitionen gehegt hatte!

»Aber sie ist noch sehr jung, wissen Sie. Erst siebzehn. Und wenn Sie Ihre Aufmerksamkeiten fortsetzen, besteht das Risiko, dass ein Herr, der vielleicht bereit wäre, ihr einen Antrag zu machen, diesen gar nicht erst in Erwägung zieht.«

Der Viscount presste die Lippen zusammen. Ein Muskel in seiner Wange zuckte.

Schließlich, nach einer Ewigkeit, sagte er: »Ich möchte Ihrer Schwester nicht schaden.«

»Natürlich nicht.« George lachte gezwungen auf. »Das hätten wir auch nie angenommen.«

Featherington wandte sich mit hochgezogenen Brauen an Ben.

Ben schüttelte den Kopf. »Das wollte ich Ihnen selbstverständlich nicht unterstellen, allenfalls eine gewisse Sorglosigkeit, was ihren Ruf betrifft.«

»Vielen Dank.«

Offenbar beherrschte auch der Viscount die Subtilitäten der Ironie.

Es kam zu einer weiteren, unbehaglichen Pause. Sie sahen zu, wie der Viscount mit seiner Schnupftabakdose spielte, den Deckel aufschnappen ließ und wieder zudrückte. Schließlich seufzte er. »Ich hätte sie nicht …« Er schüttelte den Kopf. »Ich durfte nicht hoffen …«

»Ihren Vater zu überzeugen, dass es eine passende Verbindung ist?«

Ben sah George überrascht an. Vielleicht war sein Bruder doch scharfsinniger, als er ihm zugetraut hatte.

Der Viscount wirkte beschämt. »Es liegt nicht an meinem Vater, sondern an meiner Mutter. Ihr geht die Familienehre über alles. Sie würde niemals dulden …« Er hielt inne.

»Dass Sie eine so opportunistische junge Dame wie meine Schwester heiraten?«, sagte George. Der Zorn schien seine Stimme härter zu machen.

Featherington schüttelte den Kopf. »Ich weiß, dass Tessa von Opportunismus so weit entfernt ist wie der Mond von der Sonne.«

»Dann denken Sie bitte daran, wenn Sie sich mit Leuten umgeben, die als wertvoller gelten, nur weil sie mehr Geld oder einen höheren Rang haben als meine Schwester«, blaffte George ihn an.

Der Viscount wurde blass. »Ich will sie nicht verletzen, niemals.« Er sah Ben an. »Bitte, glauben Sie mir das.«

»Tessa ist jung«, antwortete dieser. »Sie hat Freunde. Sie hat einen Glauben, der sie trösten kann.«

Der Viscount schluckte.

Ben beobachtete es mit grimmiger Befriedigung. Noch etwas, das diese Verbindung unpassend machte. Tessa besaß einen starken, kindlichen Glauben, ein großes Vertrauen in Gott, wohingegen ihr Verehrer ihren Glauben als eine Art idyllische Beigabe zu empfinden schien, als ein Produkt ihrer ländlichen Herkunft. Seine dahin gehenden Kommentare und seine lediglich sporadischen Gottesdienstbesuche waren ihm nicht verborgen geblieben.

»Ich wünschte …« Featherington schüttelte den Kopf.

George und Ben warteten; sie wollten nichts sagen, was den Viscount hindern konnte, die Entschuldigung vorzubringen, welche die Ehre für sein Verhalten gegenüber Tessa verlangte.

Er wandte den Blick ab und betrachtete die Glastür des Satinholzschranks, als faszinierte ihn sein Inhalt. Als er sich wieder den beiden Männern zuwandte, war sein Gesichtsausdruck kühl und undurchschaubar.

»Wahrscheinlich ist es so am besten«, sagte der Viscount und sah Ben unfreundlich an. »Ich kann sowieso nicht guten Gewissens eine Verbindung mit einer Familie eingehen, die Umgang mit Leuten hat, die meiner Familie geschadet haben.«

»Wie bitte?«

Der Viscount hob eine Schulter. »Die junge Dame, mit der Sie so oft gesehen wurden, Miss DeLancey, hat ihre Avancen gegenüber dem Mann meiner Cousine auch nach seiner Heirat nicht eingestellt.«

Ihm wurde ganz heiß. »Sie irren sich.«

»Ich? Fragen Sie doch, wen Sie wollen. Sie hatte sogar den Nerv, Lavinia auf dem Ball der Seftons anzugehen.«

Nein. Er weigerte sich, das zu glauben. Nicht die schüchterne, freundliche Clara. Sie konnte gar nicht anders, als sich schicklich zu verhalten. Und hatte er sie wirklich so missverstanden, was ihre Zuneigung zu Lord Hawkesbury betraf? Hatte sie denn nicht deutlich Interesse an ihm erkennen lassen?

»Ich sehe, dass Sie sie überhaupt nicht kennen«, höhnte ihr Gast. »Clara und ihr Bruder sind beide durch und durch verdorben.«

»Was ist das mit ihrem Bruder?«, fragte George und runzelte verwirrt die Stirn.

Das Gesicht des Viscounts verdüsterte sich. »Ich hoffe, dass dieser Teufel mir nie mehr unter die Augen kommt. Er ist ein Schuft, mit einem schwarzen Herzen wie seine Schwester.«

»Bitte sprechen Sie nicht so von ihr«, sagte Ben leise.

»Ich spreche von ihr, wie ich will«, fuhr Lord Featherington auf. Seine sonst so freundlichen Augen sprühten Blitze.

»Ja, aber was hat es mit ihrem Bruder auf sich?«, fragte George erneut.

»Er ist ein Dieb, ein Verbrecher. Es heißt, er habe bei einer einzigen Sitzung bei *Watier's* fast fünfzehntausend Pfund verspielt, bei der Wette, dass Hartingtons Kind ein Junge wird.«

»Fünfzehntausend Pfund!« George wurde so blass, dass man befürchten musste, er könnte in Ohnmacht fallen.

»Nicht ganz. Er hatte vorher schon eine ganze Menge verloren. Dummkopf. Es wurde ein Mädchen. Rose. Ein süßes kleines Ding«, fügte er plötzlich lächelnd hinzu. »Hartington hat später meine Schwester geheiratet, wie Sie vielleicht wissen.«

George blinzelte. »Die Herzogin von Hartington?«

»Ja. Charlotte hat eine gute Wahl getroffen.« Er sah Ben an, sein Gesicht wurde wieder hart. »Aber Ihre Miss DeLancey hat das nicht getan.«

Es war sinnlos, noch einmal auf seine nicht existierende Beziehung mit Clara hinzuweisen, deshalb schwieg er.

»Die Winpoole-Schulden mussten ja irgendwie bezahlt werden, also musste Claras Mitgift herhalten.« Er machte ein angewidertes

Gesicht. »Schlecht für sie, dass das Geld nicht so unantastbar war, wie man eigentlich erwarten sollte. Jetzt sind Sie vermutlich enttäuscht.«

Ben ballte die Hände zu Fäusten, sah ihm jedoch ruhig in die Augen. »Ich habe kein Recht, enttäuscht zu sein.«

»Nein?«

»Ich wollte nie ein Mann sein, der voraussetzt, dass seine Frau der Ehe finanzielle Stabilität verleiht.«

»Nein? Nun, da sind Sie aber der einzige!«

Ben zuckte die Achseln und sah George an; der wirkte mit einem Mal verlegen. So, so. Vielleicht teilte George seine Skrupel nicht und die Schönheit, die er in Miss Windsor sah, hatte mehr mit der Mitgift zu tun, die ihr Vater aufbringen konnte, als mit physischer Anziehung. Er schüttelte zynisch den Kopf.

Der Viscount schnaubte. »Ich will nicht mit Ihnen streiten. Nur noch eins: Wenn Sie weiter mit dieser Familie verkehren, werde ich mich von Ihrer Schwester zurückziehen müssen.«

Ben sprang zornig auf. »Damit wäre wohl alles gesagt. Ich muss Sie bitten zu gehen.«

»Aber ich bin das …«, protestierte George schwach.

»Familienoberhaupt, das wissen wir«, beendete Ben den Satz, ohne den Blick von dem erröteten Gesicht des Viscounts abzuwenden. »Ich bin enttäuscht, mein Herr, dass Ihre Skrupel nicht zulassen, dass Sie Ihr altes Vorurteil überwinden. Ich weiß, dass Tessa sehr enttäuscht sein wird, aber ich kann ihr beim besten Willen nicht wünschen, dass sie sich mit einem so engherzigen Menschen verbindet, der sich von Klatsch und Tratsch die Wahl seiner Freunde diktieren lässt.«

»Sehr gut.« Der Viscount erhob sich und verbeugte sich steif. »Bitte grüßen Sie Ihre Schwester und Ihre Tante. Es tut mir leid, dass ich mich nicht selbst von ihnen verabschieden kann.«

Ben neigte nur den Kopf. George murmelte etwas Verbindliches. Dann war ihr Gast auch schon fort.

Sein Bruder starrte ihn mit offenem Mund an. »Ich hätte nicht gedacht, dass er so ein … so ein …«

»So ein Dandy ist?«

Er schüttelte den Kopf. »Dass er so unentschlossen ist. Ich dachte, er würde mehr um sie kämpfen.«

»Was uns natürlich etwas über seinen Charakter sagt, oder?«

»Schon.« George wirkte nachdenklich.

Ben hoffte, dass sein Bruder jetzt Vernunft annehmen würde. Er hätte es vorgezogen, wenn die Unterredung nicht so hässlich geworden wäre, aber vielleicht war es so das Beste; immerhin war auf diese Weise die Wahrheit über den Charakter des Viscounts ans Licht gekommen. Mangelnde Charakterstärke war wie Skorbut, eine heimtückische Krankheit, die den Körper eines Mannes ebenso ruinierte, wie mangelnde Prinzipien einen ansonsten höchst charmanten Mann zerstören konnten.

Arme Tessa. Er selbst war letztlich erleichtert. Doch wie würde sie damit fertigwerden?

Während er darüber nachdachte, was der Viscount alles gesagt hatte, ballte er erneut die Fäuste vor Zorn. Featheringtons Ultimatum mochte seine persönlichen Fehler ans Licht gebracht haben, aber es hatte auch weitere Dinge offenbart und dabei eine Schwachstelle Bens getroffen.

Denn Ben hatte sich tatsächlich gewünscht, dass mehr zwischen ihm und Miss DeLancey entstehen könnte. Das ließ sich nicht mehr leugnen. Restlos klar geworden war es ihm bei dem heftigen Stich der Eifersucht, den er empfunden hatte, als er von ihr und Lord Hawkesbury gehört hatte. Armes Mädchen. Er wusste, wie weh unerwiderte Zuneigung tat.

Er ballte abermals die Fäuste, ließ wieder locker. Dann schüttelte er den Kopf und versuchte, die Wahrheit aus all diesen Lügengespinsten herauszuschälen. Überhaupt nicht vorstellen konnte er sich, dass Miss DeLancey die Herzogin angegriffen hatte. Sie war ihm immer so sanftmütig vorgekommen. Spröde, ja. Distanziert, unbedingt. Doch sie war nicht der erste Mensch, der seine Gefühle verbarg, indem er eine Fassade zur Schau trug, die seinem Inneren nicht im

Entferntesten entsprach. Jedenfalls weigerte er sich, so etwas von ihr zu denken.

Die Tür flog auf, Tessa stürmte herein und blickte sich animiert um. »Wo ist er?«

Ben nahm ihre Hände ganz fest in seine und zwang sie, ihn anzusehen. »Er ist gegangen.«

»Was? Ohne mit mir zu sprechen?« Ihr Gesicht umwölkte sich, doch dann strahlte sie wieder auf. »Wollte er mit seinem Vater reden?« Ihre Augen leuchteten. »Oh, ich weiß! Er besorgt uns eine Sondererlaubnis!«

Er schluckte. Es war schwerer, als er erwartet hatte. »Nein.«

»Dann … wo ist er? Warum hat er nicht mit mir gesprochen?«

Ben wechselte einen Blick mit George, doch das selbst ernannte Oberhaupt der Familie schien in diesem Fall nicht die Absicht zu haben, seine Verantwortung wahrzunehmen. Ben schluckte. »Ich glaube, er hätte gern mit dir gesprochen«, gab er zu.

»Aber du hast ihn nicht gelassen.« Tränen traten ihr in die Augen. »Ich wusste immer, dass du ihn nicht magst!«

»Liebste Tessa, du weißt, dass das nicht stimmt.«

»Ich fasse es nicht!«, rief Tessa, riss sich los und hämmerte auf seine Brust ein. »Wie konntest du das tun?«, schluchzte sie dabei. »Ich dachte, du willst, dass ich glücklich werde!«

»Das will ich auch«, sagte Ben. Er versuchte, ihre Arme festzuhalten, doch es gelang ihm nicht. »Bitte, Tessa, sei nicht böse auf mich.«

Ihre Hand fuhr nach oben, ein Nagel zerkratzte seine Wange. Er stöhnte auf.

»Oh!« Tessa schlug die Hände vor den Mund. »Es tut mir leid.«

»Macht nichts«, sagte er und nahm mit einem gemurmelten Dank das Taschentuch, das George ihm hinhielt. Er presste es ein paar Sekunden an seine Wange, dann zog er es fort. Es war blutig.

»Oh Benjie!«

Er zwang sich zu einem Lächeln. »Noch eine Narbe für die Sammlung.«

Ihre Unterlippe zitterte. Ihre Augen flossen über.

»Mach dir keine Vorwürfe«, meinte George. »Vielleicht findest du ja, dass er es verdient hat, wenn du hörst, was er gesagt hat.«

»Was hast du gesagt?«, wollte Tessa wissen. Von Reue war plötzlich keine Spur mehr zu sehen.

George fuhr fort: »Featherington sagte, er verlange, dass Ben seine Verbindung mit Miss DeLancey aufgibt, worin auch immer sie besteht.«

»Es gab keine Verbindung, also kann ich auch keine aufgeben«, brachte Ben zwischen zusammengebissenen Zähnen hervor.

»Das hat Lord Featherington gesagt?« Tessa sah zwischen ihnen hin und her, mit vor Überraschung weit aufgerissenen Augen.

»Ja.«

»Wie konnte er es wagen?« Etwas wie Abscheu trat in ihr Gesicht. »Ich hatte ihn für ehrenhafter gehalten.« Wieder zitterte ihre Unterlippe, nur diesmal offenbar vor Zorn. Ihr Gesicht verzog sich, dann fing sie an zu zittern, ihre Schultern zuckten mitleiderregend.

Ben zog sie an seine Brust, er spürte, wie ihre Tränen sein Hemd durchnässten. Er hatte einen dicken Kloß im Hals, heftigstes Mitgefühl ließ ihn sich krümmen wie ein Deserteur unter Peitschenhieben. »Es tut mir so leid, Tessa.«

Er mied den Blick seines Bruders; in diesem Moment wollte er nichts weiter, als seine Schwester zu trösten. Er zog sie fester an sich, in seine Arme, in seine Gebete hinein.

Kapitel 18

Brighton
Ende Juli

Vor der Sankt-Nicholas-Kirche summte es von Gesprächen. Die Gemeinde war in den letzten Wochen durch die vielen Besucher aus London, welche die Sommermonate am Meer verbrachten, beträchtlich angewachsen. Clara, die auf der Suche nach Matilda war, schob sich durch die Grüppchen und hörte im Vorübergehen immer wieder Gesprächsfetzen, Tratsch über die jüngsten Eskapaden des Prinzregenten und seiner weitverzweigten Familie.

»Oh ja, anscheinend will er den Pavillon in eine Art Tempel verwandeln! Es gibt einen hindustanischen Entwurf dafür, habe ich gehört. Mein Mann weiß es von seinem Kämmerer, Lord Houghton, persönlich. Mein Fall ist es nicht, aber Sie wissen ja, Prinny gibt sich nicht mit halben Sachen zufrieden.«

»Die Queen und die arme Prinzessin, traurig, wirklich. Aber wen wundert es, wenn sie sich von einem Schuft wie diesem Soldaten den Hof machen lässt? Andererseits hat er eine Medaille erhalten, also kann er so schlimm nicht sein. Furchtbar attraktiv, heißt es, und ein begnadeter Reiter.«

»… man stelle sich vor, sie trug Rot auf dem Ball bei den Seftons! Ich bitte Sie!«

Clara erstarrte innerlich. Sie erkannte die Stimme und das Thema. Sie blickte sich über die Schulter um und sah, wie Lady Osterley und die anderen Klatschbasen die Köpfe zusammensteckten. »Mein Reginald war ziemlich erbost, aber ich sagte ihm, eine Dame ihres fortgeschrittenen Alters kann es sich nicht leisten, wählerisch zu sein.«

Clara lächelte ironisch, verdrängte den Stich, den sie empfunden hatte, und amüsierte sich über die Absurdität des Ganzen. Meinte Lady Osterley das als Beleidigung für Clara oder für ihren eigenen Sohn?

Sie begegnete Lady Osterleys Blick. Die Dame riss überrascht die Augen auf. Clara lächelte sie an. »Guten Morgen, meine Dame.«

»Miss DeLancey. Ich habe Sie gar nicht gesehen.«

»Das habe ich gemerkt. Sagen Sie, wo ist denn der liebe Reginald? Bitte richten Sie ihm meine besten Grüße aus.«

Das Gesicht der älteren Dame wurde so tiefrot, dass es nicht mehr gesund aussah. Clara knickste und ging weiter; sie versuchte, sich die Gemeinheiten dieser Damen nicht allzu sehr zu Herzen zu nehmen. Was hatte Matilda gesagt? Sie sollte für ihre Feinde beten? *Himmlischer Vater, bitte hilf Lady Osterley, glücklich zu werden. Und Reginald auch. Und hilf mir, dass ich mich nicht von ihrem Gift anstecken lasse.*

»Clara! Oh, da sind Sie ja!«

»Matilda!« Sie umarmten einander. »Ich habe Sie gesucht.«

Das Gesicht ihrer Freundin verdüsterte sich. »Und ich Sie! Oh, ich habe Ihnen so viel zu erzählen.« Sie blickte sich um. »Ich glaube nicht, dass mich jemand vermisst, und wenn doch, nun ja, sein Pech. Ich muss einfach mit jemandem reden, sonst platze ich. Haben Sie einen Moment Zeit?«

»Natürlich.«

Matilda legte Clara eine Hand auf den Arm und zog sie in eine ruhige Ecke bei dem hohen steinernen Turm.

Clara betrachtete ihre Freundin. Sie war schrecklich blass. »Matilda? Sie sehen gar nicht gut aus. Was ist denn?«

Matilda traten Tränen in die Augen. »Es ist wegen der armen Tessa. Gestern habe ich einen Brief von ihr bekommen. Sie schreibt, der Viscount hätte jeden Kontakt mit ihr abgebrochen.«

»Oh! Die Ärmste! Sie muss am Boden zerstört sein.«

Matilda nickte kläglich. »Sie wollen in den nächsten Tagen zurückkommen.«

»Natürlich.« Clara biss sich auf die Unterlippe. Sie würde nicht fragen. Sie würde *nicht* fragen.

»Benjie und George kommen auch mit.«

Freude flackerte auf, dann erinnerte sie sich und zwang sich, diese Gefühle zu unterdrücken. Er bedeutete ihr nichts, ebenso wenig wie Lord Hawkesbury.

»Er bringt seine Verlobte mit.« Claras Herz machte einen verräterischen Satz. »Er will, dass wir sie kennenlernen.« Leiser fuhr sie fort: »Er findet, das ist er seinem Stand als Oberhaupt der Familie schuldig.«

»Bitte?«

»Ach, nichts. Aber ich hoffe, ich kann mich auf Sie verlassen, dass Sie Tessa in dieser schwierigen Zeit beistehen.«

»Aber natürlich. Ich tue, was ich kann.«

Matilda nickte; sie wirkte ein wenig gefasster. »Ich wusste es. Sie sind eine wahre Freundin.«

Clara traten Tränen in die Augen. So etwas hatte noch nie jemand zu ihr gesagt. Sie blinzelte das Gefühl fort. Dann rief eine ältere Dame nach Matilda.

»Clara, endlich.« Mutters verdrossene Stimme drang an ihr Ohr. »Bist du fertig? Ich will dich nicht hetzen, aber ich halte es keine Sekunde länger aus. Willst du mir glauben, dass Lady Osterley es gewagt hat, mich zu schneiden? Mich? Zu schneiden?«

Clara schluckte einen Kloß der Schuld hinunter. Matilda mochte sie für eine wahre Freundin halten, doch was Clara getan hatte, entsprach so gar nicht dem Verhalten einer liebenden Tochter. »Bist du ganz sicher, dass sie dich nicht einfach nur nicht gesehen hat?«

»Natürlich hat sie mich gesehen! Wie sollte sie nicht?« Mutter deutete auf ihr Sonntagskleid, in einem etwas helleren Rosaton als sonst. Clara hatte sich sehr zusammennehmen müssen, um ihrer Mutter zu versichern, dass es noch passend war für eine Frau in ihrem Alter. Mutter war völlig außer sich. »Ich fasse es nicht, dass ich mich jemals mit dieser Person abgegeben habe! Wie kann sie es wagen, ein nichtswürdiger kleiner Niemand aus dem Hinterland, mich zu brüskieren, deren Ahnen auf Charles I. zurückgehen? Ich bitte dich!«

Clara tätschelte ihren Arm. »Lass sie doch. Es war ganz bestimmt ein Missverständnis, das sich auflösen wird.«

»Ich will aber nichts auflösen. Für mich ist sie gestorben.«

Das Theater, das ihre Mutter aufführte, war nichts Neues für sie. Clara lächelte sie schuldbewusst an. »Dann gehen wir jetzt, oder?«

»Ja. Ruf bitte sofort die Kutsche. Ich kann nicht mehr dieselbe Luft atmen wie sie.«

Gut, dass Lady Osterley für Mutter gestorben war, dachte Clara ironisch, als sie sich den Weg durch die sich zerstreuende Menge bahnten.

»Miss DeLancey?«

Sie drehte sich um und begegnete dem Blick eines großen, gut aussehenden älteren Herrn. Sie zog die Brauen hoch.

Er verbeugte sich. »Verzeihen Sie, wir wurden einander noch nicht vorgestellt. Ich bin …«

»Lord Houghton?« Mutter streckte die Hand aus. »Sehr erfreut!«

Er beugte sich über ihre Hand, dann sah er lächelnd auf. »Frederica. Es ist lange her.«

»Viel zu lange«, sagte Mutter mit einem Ausdruck nicht unähnlich dem einer Katze, die eine Schüssel mit Sahne sieht. Sie lachte trällernd, ihr Verhalten war plötzlich ein völlig anderes als noch vor wenigen Sekunden. »Sagen Sie, was will der Kämmerer des Prinzregenten von meiner Tochter?«

Clara blinzelte. »Sie dienen dem Prinzregenten?«

Er neigte den Kopf. »Wenn Seine Hoheit im Pavillon residiert.«

»Oh«, sagte sie beeindruckt.

Er lächelte, ein sehr angenehmes Lächeln für jemanden, der eher im Alter ihres Vaters als in dem ihrer Mutter war. Es machte ihn jünger. »Ich würde gern mit Ihnen sprechen. Aber nicht hier und nicht jetzt«, sagte er und blickte auf die vielen neugierigen Augen und Ohren, die sich ihnen zugewandt hatten. »Vielleicht dürfte ich Sie morgen aufsuchen?«

»Na…natürlich«, stammelte sie.

»Wir würden uns sehr freuen, mein Herr«, sagte Mutter vergnügt. Mit einer weiteren Verbeugung und einem Lächeln verabschiedete er sich. Sie standen da und umklammerten verwundert seine Karte. Dann fuhr ihre Kutsche vor und Mutter zerrte sie an Lady Osterley vorbei, deren Gesichtsausdruck genauso aussah, wie Mutter es sich wohl erhofft hatte, dachte Clara.

Was wollte Lord Houghton von ihr?

Am nächsten Tag

»Meine Damen, bitte verzeihen Sie mir meinen rätselhaften Auftritt gestern. Ich wollte Sie nicht in Verlegenheit bringen oder erschrecken.«

»Oh, bitte, Lord Houghton! Davon kann doch keine Rede sein, nicht wahr, Clara?«, sagte Mutter und warf ihr einen strengen Blick zu, als hätten sie nicht den ganzen gestrigen Tag und heute Morgen über nichts anderes geredet.

»Nein, Mutter«, erwiderte sie pflichtschuldigst, sich wohl bewusst, dass ihr Gast sie amüsiert betrachtete.

»Das freut mich«, sagte er. »Wie ich gestern schon sagte, habe ich eine Bitte an Sie, die Sie aber keinesfalls erschrecken soll.«

Clara schluckte. »Eine Bitte?«

»Ja.« Er sah sie direkt an. »Miss DeLancey, Ihr Name hat kürzlich meine Aufmerksamkeit geweckt, als Sie sich in London aufgehalten haben.«

Ihre Wangen wurden heiß. »Ich verstehe.«

»Ja. Lady Sefton hat Sie erwähnt.«

Clara wechselte einen entsetzten Blick mit ihrer Mutter. Oh nein!

»Sie sagte, sie hätte mit Lady Asquith gesprochen.«

»Wirklich?«

Er lachte. »Ja. Ihre Patin, nicht wahr? Anscheinend war Ihr Auftritt das Gesprächsthema des Abends.«

Sie erstarrte. Von welchem Auftritt sprach er? Von ihrem musikalischen Auftritt oder ihrer dramatischen Flucht am Abend des Balls?

Wieder erklang sein warmes Lachen. »Kein Grund, so ängstlich dreinzuschauen, meine Liebe. Ich erwähne es nur, weil der Prinzregent ein großer Verehrer musikalischen Talents ist.«

Also hatte er von ihrem musikalischen Auftritt gesprochen. Die Anspannung in ihren Schultern ließ nach, kehrte aber gleich darauf zurück. Hoffentlich hatte er nichts von der anderen Sache gehört!

»Ich hatte gehofft, Sie überreden zu können, an einem Abend in nicht allzu ferner Zukunft in den Pavillon zu kommen, wenn wieder eine Unterhaltung stattfindet.«

Wie bitte? Clara konnte ihn nur anstarren.

Mutter hatte ihn jedoch gleich verstanden. »Der Prinz möchte, dass meine Clara für ihn spielt?« Sie schrie vor Freude auf. »Oh, endlich winkt mir doch noch das Glück. Ich wusste, dass uns eines Tages Gerechtigkeit widerfahren würde.«

Lord Houghton räusperte sich, als wollte er das Lachen in seinen Augen verstecken, und sah sie an. »Darf ich das als Zusage verstehen?«

»Natürlich kommt sie«, sagte Mutter. »Oh, kann es etwas Herrlicheres geben? Oh, liebster Lord Houghton, bitte richten Sie Seiner Hoheit unseren unermesslichen Dank aus. Ach, und sagen Sie, wünscht er ein bestimmtes Stück zu hören? Und was ist seine Lieblingsfarbe? Ich möchte nicht, dass Clara etwas trägt, das ihm nicht gefällt. Oh, und wann glauben Sie, wird dieses vielversprechende Ereignis stattfinden?«

»Alles, alle Farben, nächste Woche Freitag«, sagte er, an den Fingern abzählend. »Ich schicke Ihnen selbstverständlich noch eine Einladung.«

»Oh, vielen Dank, mein Herr. Sie sind zu freundlich.«

Ihre dankbare Mutter brachte den Gast zur Tür und sprach den Rest des Tages von nichts anderem mehr. Lord Houghtons Karte wurde auf den allersichtbarsten Platz auf dem Silbertablett auf dem Tisch in der Halle gelegt, da, wo die überraschend große Zahl der

Besucher, die sich an diesem Tag einstellten, sie auf jeden Fall sehen würden. Denn Mutter hatte sich vor jedem einzelnen, sogar vor Lady Osterley – die, wie Mutter beschlossen hatte, doch nicht völlig für sie gestorben war –, mit Claras Glück gebrüstet und überhörte jeden Themenwechsel. Dies war ihr Triumph. Endlich.

Clara saß still dabei, sie beantwortete die Fragen mehr aus Gewohnheit denn aus echtem Interesse. Der morgendliche Besucher und seine außergewöhnliche Neuigkeit hatten sie taub für alles andere gemacht. Konnte es wirklich sein, dass aus der von der Gesellschaft Ausgestoßenen plötzlich ein gefeierter Star wurde? Es stimmte zwar, dass die Ehre, die ihr zuteilwurde, in den letzten Jahren vielen Damen zuteilgeworden war, doch weder sie noch eine von Mutters Besucherinnen hatten je gehört, dass eine von ihnen so jung war und so gar keinen bedeutenden Titel besaß. Sie mochte zwar die Tochter eines Viscounts sein, doch nur wenige alleinstehende Damen, die nur den Titel einer Hochwohlgeborenen Miss Soundso trugen, waren je so ausgezeichnet worden. Ihre Besucher waren sich einig in ihren Kommentaren und fast einmütig in ihrem Beifall. Sie lächelte. Vielleicht würde sie ihren zweifelhaften Ruf doch noch loswerden.

»Oh, sie muss Blau tragen.«

»Er mag Haydn.«

»Er hasst alles, was ihn an diese Fitz Clarence erinnert.«

»Er mag es, wenn junge Frauen Weiß tragen.«

»Sind Sie zum Dinner eingeladen?«

»Sie werden uns alles über diese heidnischen Umbauten erzählen können.«

Sogar Lady Osterley war demütig statt feindselig gewesen. »Oh, ich erinnere mich noch, wie ich in den Pavillon eingeladen wurde, damals, als mein armer Mann noch lebte, Gott hab ihn selig. So ein merkwürdiger Ort.«

»Ja, aber Sie wurden wohl kaum aufgefordert, etwas darzubieten, oder, Lady Osterley?«, fragte Mutter, ein grimmiges Glimmen in den Augen. »Außerdem sprechen wir nicht von Dingen, die vor vielen Jahren geschehen sind, sondern von dem, was heute zählt.«

Kein Wunder, dass Lady Osterley plötzlich dringend aufbrechen musste. Und noch weniger verwunderlich, dass Mutter sie nicht daran hinderte.

Als die Tür fest hinter ihr geschlossen war, schlug Mutter ihren Fächer auf, als bräuchte sie dringend eine Abkühlung. »Wie diese Frau den Nerv haben kann hierherzukommen, als hätte sie mich gestern nicht so abscheulich behandelt.«

»Wir handeln nicht immer so, wie wir eigentlich sollten«, fühlte Clara sich gedrängt zu sagen. Lady Osterleys Besuch hatte ihr noch einmal deutlich gemacht, dass sie Mutter wirklich nur wegen Claras Äußerungen so unverschämt behandelt hatte. Dieses Wissen hatte sie davon abgehalten, bei ihrem Besuch abermals spitze Bemerkungen zu machen.

Mutter zuckte nur die Schultern, dann sah sie sie auf einmal mit offenem Mund an. »Oh du meine Güte!«

»Was ist denn?«

»Wir müssen dir ein neues Kleid kaufen. Oh Gott, wie sollen wir nur das Geld dafür auftreiben!«

»Das brauchen wir nicht, Mutter. Lady Sefton hat doch gesagt, wie gut ich in dem roten Kleid auf dem Ball ausgesehen habe. Das könnte ich anziehen.«

»Nein, nein, nein! Das genügt nicht! Du brauchst ein neues. Dein Vater wird es sicher verstehen.«

»Was wird ihr Vater verstehen?«, fragte eine tiefe Stimme.

»Da bist du ja endlich. Oh, mein liebster Mann, unserer Clara ist eine so hohe Ehre widerfahren. Darauf kommst du nie!«

»Dass sie gebeten wurde, im Pavillon zu spielen?«, fragte er augenzwinkernd.

»Oh, du hast es erraten«, sagte Mutter enttäuscht.

»Ich habe es auf dem Weg hierher von mindestens drei Leuten gehört. Du glaubst doch nicht, dass eine solche Neuigkeit lange geheim bleibt?«

»Nein, vermutlich nicht«, sagte Mutter wieder so selbstzufrieden wie zuvor.

»Und ich nehme an, diese gute Neuigkeit erfordert den Erwerb neuen Flitterkrams und Firlefanzes für meine kluge Tochter?« Er lächelte Clara liebevoll an. »Du hast uns sehr stolz gemacht, meine Liebe.«

Sie schluckte den Kloß in ihrer Kehle hinunter. »Danke, Vater. Hoffentlich enttäusche ich euch nicht.«

»Natürlich wirst du uns nicht enttäuschen«, sagte Mutter. »Nicht, wenn du jeden Tag übst, bis es so weit ist. Und vor allem nicht, wenn du etwas trägst, das die beste Schneiderin in Brighton genäht hat.« Sie sah Vater an. Er nickte langsam.

»Da! Siehst du! Du wirst wunderbar sein, glaub mir!«

Ihr Glaube an sie gab ihr Selbstvertrauen. Als sie abends zu Bett ging, hatte sie Visionen von Kleidern und Musik und Hoffnung, und unter allem lag das Wissen, dass ein solches Ereignis ihre letzte Chance war, einen Ehemann zu finden, der schließlich auch die Billigung ihrer Eltern finden würde.

»Sie wurde was?«

Matilda strahlte über das ganze Gesicht; es war ihr erstes echtes Lachen seit Tessas Ankunft in Brighton heute Morgen. »Clara wurde eingeladen, im Pavillon zu spielen. Sie geht nächsten Freitag hin, so steht es auf der Einladung. Ich habe sie gestern gesehen«, fügte sie selbstgefällig hinzu.

»Wie schön für sie!«, meinte Tessa und auch ihr Gesicht hellte sich zum ersten Mal seit fast zwei Wochen auf. »Ich bin so froh, dass wenigstens einer mal eine gute Nachricht erhält.«

Letzteres sagte sie mit einem Seitenblick auf Ben, der ihn ins Grübeln darüber stürzte, wen sie wohl für ihr gegenwärtiges Unglück verantwortlich machte. Seit ihrem katastrophalen letzten Treffen hatte es keine weiteren Begegnungen mehr zwischen dem Viscount und einem Kemsley gegeben. Wie man hörte, hatte Featherington London verlassen und war nach Norden gereist, um einige Zeit in

Hawkesbury House zu verbringen. Danach wollte er noch seine Schwester in Northamptonshire besuchen. Ben konnte nur hoffen und beten, dass die Abwesenheit des Viscounts viele Probleme lösen würde und auch er selbst bald etwas klarer sehen würde, was seine Zukunft betraf.

Was ihn selbst anging, war er einfach froh, dass sie in den Süden zurückgekehrt waren. Seiner Ansicht nach konnten sie gar nicht genug Meilen zwischen Tessa und ihren abtrünnigen Verehrer legen, auch wenn das hieß, dass er seinen Bruder mitschleppen und Miss Clara DeLancey wiedersehen musste, deren Anziehungskraft auf ihn nach wie vor groß war. Doch jetzt zeigte ihm die Neuigkeit über den Regenten, so aufregend sie war, wieder einmal, dass sie für ihn schlicht und einfach unerreichbar war.

»Reden wir«, sagte George nachdenklich und blickte zwischen Mattie, Tessa und Ben hin und her, »reden wir von der berüchtigten Miss DeLancey, von der wir schon so viel gehört haben?«

»Ich wüsste nicht, dass sie berüchtigt ist«, entrüstete sich Mattie.

»Dann besitzt du nicht die Informationen, die wir haben.«

Und noch bevor Ben ihn daran hindern konnte, fing er an, ihr die ganzen Einzelheiten von Miss DeLanceys trauriger Berühmtheit zu erzählen, die der Viscount ihnen bei ihrem letzten Treffen mitgeteilt hatte.

Mattie sah ihn fassungslos an. »Das ist alles?«

»Nun ja«, polterte George, »genügt das etwa nicht?«

»Mir ist völlig egal, was über sie erzählt wird, selbst wenn da noch mehr wäre.«

»Aber ich …«

»Ach, hör doch auf, George. Du hast mir lauter bösartiges Gewäsch erzählt, nichts, was die arme Clara mir nicht schon selbst gesagt hätte.«

»Sie hat es dir gesagt?« Ben musste einfach fragen.

Bei dem aufmerksamen Blick, den sie ihm zuwarf, kam ihm sein Kragen plötzlich zu eng vor. »Ja. Und ich konnte sie sehr gut verstehen.«

»Ja, nun, wie sollte es auch anders sein, wenn du nur ihren Standpunkt gehört hast.«

»George, sei still!«

Bei diesem Verweis öffnete George zuerst den Mund, dann klappte er ihn wieder zu. Auf einmal sah er viel mehr wie ein Fisch als wie ein Baronet aus.

»Wenn du darauf bestehst, dich bei mir und meinem Mann einzuquartieren, dann darf ich dich bitten, dich mit deinem üblichen pompösen Getue etwas zurückzuhalten.«

Tessa fing Bens Blick auf; sie wirkte amüsiert. Er lächelte. Er konnte nicht unglücklich darüber sein, dass sein Bruder von ihrer scharfzüngigen Schwester einen Dämpfer erhielt, erst recht nicht, wenn Tessas Augen endlich einmal wieder aufleuchteten.

George sah ihn entrüstet an. »Dir gefallen ihre grässlichen Manieren natürlich. Aber du warst ja schon immer ihr Liebling.«

Weil ich mich nicht wie ein aufgeblasener Dummkopf benehme, dachte er, sagte es jedoch nicht.

»George«, fuhr Mattie fort, als spräche sie mit einem kleinen Kind, »ich kann verstehen, dass du Leute, die anderer Meinung sind als du, nicht schätzt, aber versuch bitte nicht, uns deine schlecht informierten Ideen überzustülpen.«

»Schlecht informiert?«

»Woher willst du wissen, welcher Bericht korrekt ist, wenn du nicht mit allen Parteien gesprochen hast? Bist du Clara oder Lady Hawkesbury überhaupt jemals begegnet? Nein? Woher willst du dann wissen, was gesagt wurde? Diese Dinge einfach zu glauben, ohne jeden Beweis, ist eines Herrn deines Standes nicht würdig. Und man kann ja wohl kaum voraussetzen, dass Lord Featherington in dieser Sache unparteiisch ist, nicht wahr? Wo es doch um seine Cousine geht und er gerade von den Brüdern der jungen Dame, an der er interessiert war, zur Verantwortung gezogen wurde, was sehr ungünstig für ihn ausging.« Sie sah Tessa nachdenklich an. »Ich frage mich, ob hinter seiner Reaktion nicht auch ein wenig Boshaftigkeit steckt.«

Tessa wurde rot.

»Matilda, als Oberhaupt der Familie muss ich darauf bestehen …«
Bei dem glockenhellen Lachen, in das Matilda ausbrach, unterbrach
er sich.

Sie beugte sich vornüber und rang, die Hände auf die Knie ge-
stützt, nach Luft. »Oh, Tante Addy hat mir geschrieben, dass du dich
immer so bezeichnest, aber jetzt, wo ich es höre …« Sie fing wieder
an zu lachen. »Oh George, wenn du wüsstest, wie du klingst!«

Zum ersten Mal, solange Ben zurückdenken konnte, wirkte
George leicht verunsichert. »Ich weiß gar nicht, was du meinst.«

»Du, dein Getue ist wirklich zu albern. Darf ich dich daran erinnern, dass du nicht das Oberhaupt meiner Familie bist? Dieser Titel
gebührt meinem Mann. Du erinnerst dich? Du warst doch auf unserer Hochzeit vor acht Monaten.«

»David, ja, natürlich.«

»Eben. Folglich ist deine Meinung über das Verhalten meiner
Freunde für mich nichts mehr als eben das: eine Meinung. Du hast
auf überhaupt nichts zu bestehen, was mich betrifft. Was Benjie und
Tessa angeht, da könntest du mit etwas mehr Recht von dir als
Oberhaupt der Familie reden.«

Und sie lächelte so breit, dass Ben der Gedanke kam, der Viscount
sei vielleicht nicht der Einzige, der zu Boshaftigkeit fähig war.

»Da ich doch schon etliche Jahre Kapitän meines eigenen Schiffs
war, habe ich nicht das Gefühl, Georges Vormundschaft noch so
dringend nötig zu haben«, wandte er ein.

Tessa und Mattie kicherten leise.

George wurde rot. »Wie auch immer, ich kann nicht gutheißen,
dass diese Familie mit jemandem verkehrt, der Gegenstand derartiger
Gerüchte und Spekulationen ist, zumal dann nicht, wenn diese Bekanntschaft so negative Auswirkungen auf die zukünftigen Erwartungen der Familie hat.«

Das kam mit einem vielsagenden Seitenblick auf Ben, der daraufhin schon wieder die Fäuste ballen musste. »Deine Bedenken ehren
dich.«

George schien seinen Sarkasmus wieder einmal nicht wahrzunehmen. »Genau genommen sind es die Bedenken von Amelias Eltern«, sagte George und inspizierte angelegentlich seine Fingernägel.

»Ah ja.« Mattie sah George fest an. »Nun, vielleicht könntest du Amelias Eltern ausrichten, wenn der Thronerbe keine Einwände gegen Claras Gesellschaft hat, können sie wohl kaum etwas dagegen haben, wenn wir Umgang mit ihr pflegen.«

»Amen«, sagte Tessa.

»Bravo«, sagte Ben.

Und George hatte plötzlich eine dringende anderweitige Verabredung.

Kapitel 19

Die Tür flog auf. Clara sah von dem ramponierten Klavier auf, ihr Spiel verstummte für einen winzigen Augenblick, doch gleich darauf entspannte sie sich wieder und spielte weiter. Die gespannte Erwartung, in der sie schon die ganze Woche lebte, lag nicht in erster Linie an der Einladung, im Pavillon zu spielen. So aufregend das auch war und so hektisch ihre Tage mit den Einkäufen, Besuchen bei der Schneiderin und dem Klavierüben sich auch gestalteten, ihre Träume machten ihr jede Nacht aufs Neue bewusst, dass sie aus einem einzigen Grund so nervös war: weil sie Mr Kemsley wiedersehen würde.

Sie hatte die Gedanken an ihn in den letzten Wochen immer entschlossen beiseitegeschoben und sich mit anderen Dingen beschäftigt, nur nicht mit dem Mann, der beinahe ihr Herz erobert und jetzt so schnell eine Braut gefunden hatte. Zum Glück war Matilda zu beschäftigt gewesen, um noch einmal auf diese Sache zu sprechen zu kommen. Und Clara selbst hatte nicht gewagt, das Thema anzuschneiden, denn dann hätte sie mit Sicherheit angefangen, sie zu necken, und das hätte Clara nicht ertragen. Doch seit seiner Rückkehr nach Brighton war sie sich – wenn sie die Straße entlangging, wenn sie Donaldsons Leihbücherei betrat, wenn die Haustür aufging – jederzeit bewusst, dass sie ihn irgendwann wiedersehen würde und dann so tun musste, als sei alles in bester Ordnung.

Und das war es ja auch, sagte sie sich zähneknirschend, als ein weiterer gestrandeter Seemann in schmutziger, zerlumpter Kleidung sich für einen Teller Suppe anstellte. Während Mattie weiter Suppe schöpfte, widmete Clara sich wieder ihrem Spiel und fuhr mit ihren Grübeleien fort.

Sie spielte zum ersten Mal seit Wochen wieder im Seemannsheim. Als sie zu Hause erklärt hatte, dass sie wieder dorthin gehen wollte, hatte ihre Mutter gedroht, ohnmächtig zu werden, wenn sie das wirklich tat. Clara hatte jedoch ebenso unerbittlich daran festgehalten, dass sie helfen wollte. Jetzt war Mutter zur Anprobe bei ihrer Schneiderin – Vater war so großzügig gewesen, ihnen allen neue Kleider zu spendieren – und Clara war unbemerkt aus dem Haus geschlüpft, zum Heim gegangen und hatte der überraschten Matilda ihre Hilfe angeboten, die diese ohne Zögern angenommen hatte, da sie ohnehin ständig knapp an Freiwilligen waren. Sie hatte ihr auch keinerlei Fragen gestellt, sondern nur eine Entschuldigung gemurmelt, weil sie Tessa nicht mitbringen konnte, die noch viel zu jung sei, um derartigen Dingen ausgesetzt zu werden. »Und eigentlich solltest du das auch nicht tun, schließlich bist du eine feine Dame und überhaupt.«

»So fein nun auch wieder nicht«, hatte Clara lächelnd eingewandt.

»Fein genug für den Prinzregenten.« Mattie zwinkerte ihr zu.

»Oh, tut mir leid, ich kann dir George noch immer nicht vorstellen. Aber das holen wir nach, wenn Amelia hier ist.«

»Ist sie denn noch in London?«

»Ja. Mein Bruder fand es gar nicht so einfach, eine passende Unterkunft für Amelia und ihre Eltern aufzutreiben. Anscheinend bestehen sie auf eine gewisse Eleganz. Als er hörte, dass wir nur Tessa und Benjie bei uns aufnehmen, war er erst gar nicht begeistert, aber dann hat er gesehen, wie bescheiden wir wohnen, und war, glaube ich, erleichtert, sich woanders umzusehen.«

»Aber dein Bruder sollte sich doch eigentlich um Amelias Familie kümmern, oder?«

»Das tut er ja auch.«

»Ich meine deinen Bruder Benjamin.«

Matilda hatte sie verwirrt angesehen, doch dann waren sie von einem bedürftigen Seemann unterbrochen worden.

Es war wirklich sehr verwirrend gewesen.

Clara schüttelte wieder den Kopf und konzentrierte sich auf ihr

Spiel. Sie konnte nur noch eine Viertelstunde, höchstens eine halbe bleiben. Wenn Mutter herausfand, dass Clara lieber gute Werke tat, als für den Prinzen zu üben, wäre das ihr Tod.

»Miss?«

Sie blickte hoch. Fuhr zusammen. Wie lange stand der Mann schon hier? Sie lächelte gezwungen. »Verzeihung.«

Der hochgewachsene Mann nickte und musterte sie in einer Weise, die sie als leicht verstörend empfand. »Können Sie auch richtig lächeln oder ist das das Beste, was Sie zustande bringen?«

Sie hob das Kinn und kniff die Augen zusammen. »Wie bitte?«

Er lachte und zeigte dabei eine Reihe fleckiger Zähne. »Scheint Ihre Lieblingsbeschäftigung zu sein, sich bei mir zu entschuldigen und so.«

Sie hörte auf zu spielen und sah ihn kühl an. »Sie haben Ihre Suppe. Sie schmeckt am besten, wenn sie heiß gegessen wird.«

»Ooohh, man höre nur, wie hochnäsig. Was sind Sie, eine Herzogin, die sich zum Gesindel herablässt? Haben Sie gesehen, was Sie wollten, oder darf's noch ein bisschen mehr sein?«

Ihre Nervosität stieg, ihre Haut prickelte. Der Mann stand wirklich viel zu dicht bei ihr. Sie rümpfte die Nase, eine Welle des Ekels überlief sie. Wie lange hatte er sich wohl nicht mehr gewaschen? Sie blickte sich im Raum um. Wo war Matilda? Wo war Mr McPherson? Wo waren die anderen Freiwilligen?

Der Mann lachte wieder und trat noch einen Schritt näher an den Tisch, der den Essbereich von dem Klavier, an dem sie saß, trennte. »Suchen Sie die anderen? Die sind rausgegangen. Der arme Braithwaite wurde mal wieder verprügelt und wird gerade wieder zusammengeflickt. Hier bin nur ich und meine Kameraden.« Er deutete mit dem Daumen hinter sich.

Clara sah in die grinsenden Gesichter. Sie sahen ihr dreist in die Augen, dann widmeten sie sich wieder ihren Suppenschüsseln. Keiner erweckte den Eindruck, ihr im Zweifelsfall beizustehen. Sie schluckte. »Ich schreie, wenn es sein muss.«

»Schreien? Warum sollten Sie das tun?« Schnell wie der Blitz war er hinter dem Tisch und kam langsam auf sie zu.

Sie stand auf, stieß dabei den Stuhl um und drückte wie ein Schulmädchen die Notenblätter an ihre Brust. »Mein Herr, ich …«

»Mein Herr, ja?« Sie konnte seinen schalen, heißen Atem riechen, doch sie rührte sich nicht. »Vor einer Minute waren wir noch Abschaum für Sie und jetzt heißt es mein Herr, ja?«

Clara schüttelte den Kopf. »Sie irren sich. Vielleicht habe ich Sie angesehen, aber ich habe nicht an Sie gedacht. Ich dachte an jemanden ganz anderen.«

»Aber klar«, höhnte er. »Die meisten Leute sehen uns, ohne uns wahrzunehmen. Warum sollten Sie anders sein, auch wenn Sie so tun, als läge Ihnen etwas an uns?«

»Wilson!«

Es klang wie ein Peitschenhieb.

Die Härchen in ihrem Nacken stellten sich auf.

Sie kannte diese Stimme. Sie kannte die Gestalt, die jetzt durch den Raum kam.

Ihr Mund wurde trocken, die Notenblätter entglitten ihr und landeten raschelnd auf dem Boden.

»Miss DeLancey?«

Ben trat auf sie zu. Sie war totenbleich und zitterte, beinahe, als hätte der Mann, den er gerade beiseitegestoßen hatte, ihr etwas getan. Er legte ihr in einer brüderlichen Geste den Arm um die Schultern und führte sie zu einem Stuhl, ohne den Mann, der sie so erschreckt hatte, aus den Augen zu lassen. Es gab durchaus einen Grund, warum es ihm nicht gefiel, wenn wohlerzogene Damen wie Clara sich in dieser Weise engagierten.

»Miss DeLancey?«

Sie holte etwas zittrig Luft und sah zu ihm auf. Ihr Gesicht war so nah vor ihm, dass er nur den Kopf ein wenig zu neigen bräuchte, um ihre Lippen zu berühren.

Als spüre sie seine Gedanken, sprang sie auf und trat zurück. »Mr Kemsley.«

»Ebender.«

Nicht die Spur eines Lächelns trat in ihr Gesicht. »Ich ... ich wusste nicht, dass Sie hier sind.«

»Das wusste Ihr Freund Wilson offenbar auch nicht.«

»Er ist nicht mein Freund.« Sie schauderte.

Er runzelte die Stirn und sah sie forschend an. »Hat er Ihnen etwas getan?«

»Nein. Nein! Das hat er nicht. Ich war nur ... erschrocken. Er wirkte ein wenig bedrohlich.«

»Das überrascht mich nicht. Er ist nicht gerade klein.«

»Sie auch nicht.«

Sie sah ihn an, dann schlug sie die Augen nieder. Ein sachtes Kräuseln des Glücks machte sich in seinem Innern bemerkbar. Was hatte sie nicht ausgesprochen? Dass sie sich bei ihm sicher fühlte? Es war lächerlich, das wusste er nur zu gut, doch der Gedanke freute ihn trotzdem. »Ich glaube, ich bringe Sie jetzt am besten nach Hause.«

»Oh, aber ich ...« Sie hielt inne und biss sich auf die Unterlippe.

Wieder spürte er die Anziehung. Wie es wohl war, sie zu küssen? Er wusste, dass sie wunderbar riechen würde. Sie war so begehrenswert, sie war alles, was er sich wünschte. Er unterdrückte ein Aufstöhnen. Machte die lange Trennung ihn zu einem solchen Narren? Würde er diese Gefühle je unter Kontrolle bekommen?

Er trat zurück und bot ihr seinen Arm. »Ihrer Mutter würde es gar nicht gefallen zu hören, was passiert ist.«

Ihre Wangen färbten sich rosa. »Nein.«

»Dann wollen wir gehen.«

Er half ihr in ihren Mantel und führte sie aus der kleinen Halle. Im Vorübergehen rief er Mattie, die herbeigelaufen kam und wissen wollte, was geschehen war, eine Entschuldigung zu.

Sie gingen über den Friedhof. Wie konnte ein Mensch all das glauben, was der Viscount Miss DeLancey vorgeworfen hatte? Sie war bescheiden; das sah ja wohl jeder. Manchmal wirkte sie sogar schüchtern. Wie konnte man einer so wohlerzogenen jungen Dame den Vorwurf machen, sie vergäße jeglichen Anstand so weit, dass sie einer anderen ihren Mann ausspannen wollte? Eine solche Frau würde ganz bestimmt nicht für die armen Seelen spielen, die Davids und Matties Heim für Seeleute und Soldaten aufsuchten.

Sie ging schnell; er passte sich ihrem Tempo an. Dabei sann er darüber nach, in welcher Hinsicht sie wohl sonst noch zusammenpassen mochten. Das war töricht. Die Tochter eines Viscounts war völlig unerreichbar für ihn, selbst wenn ein Wunder geschah und der Prinzregent ihm das Geld gab, das er ihm schuldete. Aber war es denn so verwerflich, ein wenig zu träumen?

Er sah sie an, wie sie neben ihm herging. Die sanfte Brise hatte ein paar Strähnen unter ihrem Hut gelöst. Sie wirkte entschlossener, als er in Erinnerung hatte, gelöster, mehr mit sich im Reinen, auch wenn Wilson sie kurz erschreckt hatte. Sie war so hübsch und hatte eine sehr ansprechende Figur. Und nach ihrem Klavierspiel zu urteilen, das er in London gehört hatte, war sie auch noch sehr talentiert. Manchmal hatte er sogar den Eindruck, sie hätte denselben Humor wie er. Er musste lächeln; es gefiel ihm, wie sie seine Führung akzeptierte, ohne zu argumentieren, wie er es von Mattie gewohnt war. Doch trotz dieser Gefügigkeit besaß Miss DeLancey offenbar mehr Mumm, als er gedacht hatte; immerhin war sie bereit, im Seemannsheim zu spielen, was bedeutete, dass sie sich gesellschaftlichen Vorgaben widersetzte und höchstwahrscheinlich auch ihrer Mutter.

Wieder sah er zu ihr hinüber. Sie bogen um die Ecke der Steyne und gingen jetzt raschen Schritts die Marine Parade entlang. Sie hielt den Kopf gesenkt, als fürchtete sie, erkannt zu werden. Er schob den Gedanken beiseite, dass sie vielleicht nicht in seiner Gesellschaft gesehen werden wollte; wahrscheinlich sollten ihre Eltern nur nicht erfahren, wo sie gerade gewesen war. Das musste es sein. Oder nicht?

»Miss DeLancey?«

Sie blickte auf. Die grünen Augen, die ihn so verzaubern konnten, wirkten heller denn je. »Ja?«

»Sie …« Er schluckte. Er wollte ihr sagen, wie schön sie war, dass er sich nichts mehr wünschte, als den ganzen Tag so neben ihr herzugehen, ihre Hand auf seinem Arm. Er wollte ihr versichern, dass er die skandalösen Spekulationen, wie man sie in London hörte, nicht glaubte. Schließlich sagte er nur: »Sie wurden vermisst.«

Sie errötete. »Ich … ich habe gehört, dass die arme Tessa eine schwere Zeit hatte.«

»Das stimmt. Sie wird sich freuen, Sie wiederzusehen.« *Wie ich auch,* fügte er im Stillen hinzu.

Sie gingen weiter. Er ertappte sich bei dem Wunsch, die Royal Crescent möge sehr viel länger sein. An einem schönen Sommertag mit einer hübschen Dame am Arm in der frischen Seeluft spazieren zu gehen, ließ ihn wünschen, der Weg möge zehnmal so lang sein.

»Wie geht es«, sie holte tief Luft, »Miss Amelia?«

»Amelia? Keine Ahnung.«

Sie blieb stehen. Sah stirnrunzelnd zu ihm hoch. »Sie wissen es nicht? Das ist aber nicht richtig.«

»Wie bitte?«

»Wie kann einem Mann so wenig an seiner Verlobten gelegen sein?« Sie zog ihren Arm weg.

»Seiner Verlobten?« Jetzt runzelte er die Stirn. »Verzeihung, ich verstehe Sie nicht ganz. Ich dachte, Sie kennen George noch nicht.«

»Ihren Bruder?«

»Ja.«

»Nein, ich bin ihm noch nicht begegnet.«

»Wie kommen Sie dann darauf, Amelia sei ihm nicht wichtig?« Er grinste. »Ich versichere Ihnen, er tut sein Möglichstes, Rücksicht auf ihre Empfindlichkeiten – und die ihrer Eltern – zu nehmen und dafür zu sorgen, dass sie alles genauso haben, wie sie es wünschen.«

Sie blinzelte. »Amelia ist mit George verlobt?«

»Ja. Oh, dachten Sie, sie sei meine Braut?«

Der Rotton ihrer Wangen vertiefte sich, doch bevor er diese faszinierende Entwicklung genauer studieren konnte, eilte sie weiter. Er musste sich beeilen, sie einzuholen.

»Das wussten Sie nicht?«

»Matilda hat nie erwähnt, welcher Bruder verlobt ist.«

»Und Sie dachten, ich sei es.«

Sie sagte nichts, doch das brauchte sie auch nicht. Es stand ihr ins Gesicht geschrieben.

»Meine liebe Miss DeLancey, ich kann Ihnen versichern, dass Miss Amelia Windsor nicht der Typ einer jungen Dame ist, die mein Interesse oder mein Herz gewinnen kann.«

»Ich habe nicht die geringste Ahnung, warum Sie mir das erzählen.«

»Nicht? Nun, ich kann Ihnen versichern, dass ich meinerseits nicht die geringste Ahnung habe, warum ich das Gefühl habe, Ihnen das erzählen zu müssen.«

Jetzt sah sie ihn an. Er lächelte und verbiss sich ein Lachen, als sie sich gleich wieder abwandte und weiterging.

»Ich kann nur sagen, dass ich eine Vorliebe für dunkelhaarige Damen habe, vor allem für solche, deren Haar schwarz wie Ebenholz ist.«

Er sah, wie sie sich auf die Unterlippe biss. Hatte sie seinen Wink nicht verstanden? Eilig fügte er hinzu: »Vor allem für eine dunkelhaarige, welche die faszinierendsten grünen Augen hat, die ich je gesehen habe.«

»Sie ... Sie sollten nicht solche Dinge sagen, mein Herr.«

»Wohl nicht«, stimmte er zu. »Aber manchmal kann ich bestimmte Dinge einfach nicht für mich behalten.«

Sie schüttelte den Kopf. »Sie scherzen.« Sie drehte sich zu den Stufen ihres Hauses um und wollte hinaufgehen.

Er hielt sie sanft zurück. »Ich meine es ganz ernst.«

»Dann sind Sie töricht.«

Sie sah ihn an. Ihre Augen erinnerten ihn an das mondbeschienene Meer, an tropische Lagunen, an Jadeschnitzereien, die er im Fernen Osten gesehen hatte. Sein Herz stolperte aufs Neue. Er schluckte. »Vielleicht bin ich töricht, Miss DeLancey, aber eines muss ich Ihnen trotzdem noch sagen.«

Sie trat einen Schritt zurück. Griff nach einer eisernen Spitze am Treppengeländer, als suche sie Halt. »Und das wäre?«

»Ich finde Sie schön.«

Sie keuchte auf, wurde noch blasser, drehte sich um und lief ins Haus.

Und er stand da. Bereute seine Torheit, seine Unüberlegtheit und konnte doch die Freude nicht vergessen, konnte nicht vergessen, wie richtig es sich angefühlt hatte, als ihre Hand auf seinem Arm lag.

Er schlenderte durch den Park hinunter zu den Klippen und blickte aufs Meer hinaus. Dann sah er zurück zu ihrem Haus, gerade rechtzeitig, um einen Vorhang an seinen Platz fallen zu sehen. Hatte sie ihn beobachtet?

Er hoffte, dass sie ihm wohlwollend nachgeschaut hatte. Wie gern hätte er ihr mehr zu bieten gehabt als eine heldenhafte Vergangenheit. Es war einfach alles richtig: sie neben ihm, ihr Duft, ihre Freundlichkeit, all das bezauberte ihn. Er wünschte sich, sie besser kennenzulernen, ihre Zurückhaltung zu überwinden und zu verstehen, warum sie ihn auf Armeslänge entfernt hielt, warum es ihr so wichtig schien, dass er sich nicht in sie verliebte. Er wollte wissen, was in diesem hübschen Köpfchen vorging. Er lächelte, als er an ihre Schamhaftigkeit dachte, wie sie vor ihm zurückgeschreckt war, als könnte sie nicht glauben, was er gesagt hatte, wie sie die Treppe hinaufgestolpert war, mit blassem Gesicht …

Moment.

Seine Haut prickelte.

Er erstarrte. Dann drehte er sich um und blickte zu dem Haus, wo die Vorhänge alle an ihrem Platz hingen.

War er Miss DeLancey einmal auf einer hohen, stürmischen Klippe begegnet?

Kapitel 20

Wie hatte er das gemeint? Clara presste ihre kalten Hände an ihre heißen Wangen und sah dem Kapitän nach, wie er durch den Park schlenderte. Er hatte bestimmt einen Scherz gemacht. Er konnte sie nicht für hübsch halten, geschweige denn für schön. Hatte Richard sich denn nicht immer über ihre viel zu hellen Augen und ihr viel zu dunkles Haar lustig gemacht? Er hatte immer gesagt, die Kombination von dunklen Brauen, weißer Haut und grünen Augen ließe sie aussehen wie eine Hexe und ganz bestimmt nicht schön.

Sie sah, wie Mr Kemsley sich noch einmal umdrehte und zu ihrem Fenster hinaufblickte, als wüsste er, dass sie dort stand. Sie sprang zurück. Wusste er, dass sie ihm nachgesehen hatte? Wusste er, dass sie keinen anderen Mann ansah, wenn er da war?

Ihr Herz jagte. In ihren Ohren rauschte das Blut. Er war nicht verlobt!

Eine frohe Wärme erfüllte sie. Er war frei! All die Gedanken, die ihm gegolten hatten, die Hoffnungen, die Anziehung, die er auf sie ausübte, konnten entstaubt und zu neuem Leben erweckt werden. Oder etwa nicht?

Oder war sie wie die arme Tessa und gab sich wieder einmal Träumen hin, die nie wahr werden konnten?

Sie ließ den Blick über den Frisiertisch schweifen, der mit Handschuhen und Haarschmuck für ihren Auftritt im Pavillon übersät war. Mutter hatte sich in der Hoffnung, dass Clara unter den Besuchern der Soiree des Prinzregenten doch noch einen Mann finden würde, keine Zurückhaltung auferlegt. An welchen Bekannten des Prinzen Mutter dabei dachte, war ein Geheimnis und würde es zweifellos bleiben, bis sie erfuhren, wer sonst noch eine Einladung – Vater nannte es einen Ruf – erhalten hatte, im Pavillon zu erscheinen.

Clara schluckte. Sie mochte Mr Kemsley mehr als alle anderen Männer, die sie seit langer Zeit kennengelernt hatte. Sein Humor sprach sie ebenso an wie seine offene Art, seine liebende Fürsorge für seine Schwestern ebenso wie sein unleugbar gutes Aussehen. Er war auf jeden Fall ein Herr, auch wenn er keinen Titel besaß wie sein Bruder und nicht viel Geld hatte. Doch genügte das? Mutter würde sagen, Nein, und Vater ebenfalls, auch wenn er gelernt haben müsste, dass das Vermögen eines Mannes durch Umstände, für die er selbst nicht verantwortlich war, geschmälert werden konnte.

Ihr Herzschlag beschleunigte sich. Wie konnte Mr Kemsley sagen, sie sei schön, und auf ihre Lippen sehen, als wollte er sie küssen, wenn er keine ernsthaften Absichten hatte?

Sie presste zwei Finger auf ihre Lippen. Wie es sich wohl anfühlen würde, geküsst zu werden? Ob sie wusste, was sie zu tun hatte, wenn – falls – es je so weit käme? Erwartete er von ihr, dass sie die Augen schloss? Sollte sie seine Wange berühren? Irgendetwas seufzen? Bei ihren Eltern sah sie nur sehr selten Zeichen ihrer gegenseitigen Zuneigung. Vielleicht sollte sie Matilda ein wenig genauer beobachten, aufpassen, wie sie mit ihrem Mann umging. Allerdings war es schwer vorstellbar, wie der sanfte, milde Pfarrer seine Frau in eine wilde, leidenschaftliche Umarmung zog.

»Clara!« Sie sprang auf. Fuhr herum. Begegnete dem harten Blick ihrer Mutter. »Was um Himmels willen machst du da?«

Sie ließ die Hand sinken. »Ich … ich habe nur nachgedacht.« Gott bewahre, dass Mutter als Nächstes fragte, worüber sie nachgedacht hatte.

Ihre Mutter sah sie misstrauisch an, als wüsste sie genau, woran Clara gedacht hatte. »Stimmt es, dass du vor nicht einmal einer halben Stunde mit einem Mann an deiner Seite von Lady Osterley gesehen wurdest?«

Clara überlegte, was sie wohl gesagt haben mochte. »Ich kann ab-

solut nicht sagen, was Lady Osterley kürzlich gesehen haben könnte.«

»Clara!«

Sie hob das Kinn. »Wenn du mich fragst, ob Mr Kemsley neben
mir ging, als ich auf dem Heimweg war? Ja, das stimmt.«

»Clara!«

»Ja, Mutter?«

»Oh!« Ihre Mutter sah sie fassungslos an. »Es gefällt mir gar nicht,
über deine gesellschaftlichen Fehltritte unterrichtet zu werden, insbesondere nicht von dieser Frau.«

»Das ist sehr bedauerlich angesichts ihrer offenkundigen Tendenz
dazu.«

»Sprich nicht in diesem Ton mit mir!«

»Aber Mutter, wenn ich allein nach Hause gegangen wäre, hätte
das genauso Grund zu Tratsch gegeben.«

»Mich interessiert vor allem, warum du überhaupt ausgegangen
bist! Du hast doch gesagt, du bleibst zu Hause.«

»Ich bin zu Matilda gegangen.«

»Zu dieser Frau!«

»Ja.« Clara schluckte einen Protest hinunter. »Ihr Bruder hat mir
einen Dienst erwiesen, indem er mich nach Hause begleitete und so
meinen Ruf schützte.«

»Man hat gesehen, wie ihr euch auf höchst ungewöhnliche Weise
angesehen habt!«

»Wirklich?« Eine heiße Freude stieg in ihr auf. Also hatte sie es
sich nicht nur eingebildet! Sie unterdrückte mit Mühe ein strahlendes Lächeln und versuchte, Desinteresse vorzutäuschen. »Hat sie das
gesagt? Nun, wir beide wissen doch, dass diese Frau eine Unruhe-
stifterin ist, oder? Man darf nicht alles glauben, was sie sagt. Ich fände
es das Beste, gar nicht auf sie zu hören. Wie war dein Besuch bei der
Schneiderin?«

Solcherart abgelenkt, gewann Mutter bald ihre Liebenswürdigkeit
zurück. Aber, so dachte Clara mit einem unguten Gefühl, für wie
lange?

Am nächsten Tag wurden Clara und ihre Mutter im Wohnzimmer von einer Besuchergruppe überrascht. Mutter hatte Meg gerade widerwillig angewiesen zu sagen, dass sie zu Hause seien, was bedeutete, dass sie Besucher empfingen, da ging auch schon die Tür auf und Matildas Familie kam herein.

»Clara!«

Bevor sie wusste, was ihr geschah, wurde sie auch schon umarmt. Sie schlang zögernd die Arme um Tessa. Umarmungen waren in ihrer eigenen Familie nicht üblich. »Du bist in meinen Gebeten und Gedanken gewesen«, sagte sie leise.

»Oh, danke.« Tessa drückte sie noch fester.

Clara blickte über Tessas Schulter in das entsetzte Gesicht ihrer Mutter und hielt ihre Freundin noch ein wenig länger fest. Armes Mädchen. Sie wusste nur zu gut, was es hieß, wenn ein rücksichtsloser Mann einem das Herz brach. »Es wird besser, irgendwann«, flüsterte sie. »Ich verspreche es dir.«

Tessa schauderte.

Clara ließ sie los. »Ich habe dich ja eine Ewigkeit nicht gesehen.« Sie sah die anderen an und bekam Herzklopfen, als sie Mr Kemsley neben einem anderen Herrn und einer jungen Dame stehen sah. Das mussten der Bruder und seine Verlobte sein. Sie nickte. »Guten Morgen.«

Matilda übernahm das Vorstellen. Der Baronet schien nicht unbeeindruckt vom Titel ihres Vaters, doch er wirkte ein wenig steif und sehr formell. Vielleicht hatten er und Miss Amelia irgendwo von ihr gehört, jedenfalls nach den Blicken zu urteilen, die sie einander zuwarfen. Miss Windsor hatte eine unvorteilhafte Erscheinung. Außerdem war sie allzu beflissen, es ihrem künftigen Gatten recht zu machen; es wirkte, als hätte sie nach langem Warten endlich einen Mann gefunden, der sie heiraten wollte, und den sie nun auf gar keinen Fall abschrecken wollte.

Etwas wie Mitgefühl stieg in ihr auf. Wie gut kannte sie diesen verzweifelten Versuch, einen Mann zu beeindrucken und ihre wahren Gedanken zu verbergen in der Hoffnung, der Mann möge gut von ihr denken. Sie schlug die Augen nieder, weil sie sich schämte, als sie an das Mädchen dachte, das alles an dem Grafen als »wundervoll und edel« gepriesen hatte.

Sir George räusperte sich. »Miss DeLancey, ich habe gehört, dass Sie die Ehre haben, nächste Woche für den Prinzregenten zu spielen.«

»Ich werde sicherlich nur eine von vielen sein.«

»Oh, meine Liebe«, sagte Mutter und ließ sich in einem längeren Monolog darüber aus, warum Clara die perfekte Kandidatin für eine solche Veranstaltung war und dass sich vielmehr der Prinzregent geehrt fühlen müsse, da Claras großes Talent …

Erneutes Räuspern. Tessas und Matildas Lächeln verriet, dass es nicht ungewöhnlich bei ihm war, sich auf diese Weise Aufmerksamkeit zu verschaffen. »Ihre mütterliche Zuneigung in allen Ehren, meine Dame, aber ich bin sicher, Miss DeLancey weiß ganz genau, auf wessen Seite die Ehre ist.«

»Vielen Dank, Sir George«, murmelte Clara. »Ich versichere Ihnen, das wird mir stündlich in Erinnerung gerufen.«

Sie sah den Hauch von Amüsement auf Mr Kemsleys Gesicht und das Lachen in den Gesichtern seiner Schwestern, bevor auch sie rasch wieder ihre Mienen höflicher Gleichgültigkeit aufsetzten, während Sir George eine wahre Predigt über seine Vorliebe für das Konventionelle und Herkömmliche vom Stapel ließ.

Exakt nach der Viertelstunde, die als passend für solche Besuche galt, verabschiedeten sich ihre Gäste. Clara konnte Tessa gerade noch zuflüstern, sie hoffe, bald wieder einmal privat mit ihr reden zu können.

Tessas Augen leuchteten auf. »Nichts wäre mir lieber!«

»Vielleicht am Sonntagnachmittag? Wir könnten einen Spaziergang am Strand machen.«

»Oh ja!«

So war das also beschlossen. Als Nächstes widmete Clara sich der Aufgabe, die aufgewühlten Nerven ihrer Mutter zu beruhigen, die maßlos empört war, weil sie von gesellschaftlich aufstrebenden Niemanden aus dem Hinterland von Nirgendwo belästigt worden war.

Gleichzeitig kämpfte sie gegen ihre stille Enttäuschung – und die Frage – an, warum Mr Kemsley sie kaum angesehen und kein Wort mit ihr gesprochen hatte.

Zwei Tage später

In Gedanken noch beim Sonntagsgottesdienst eilte Clara die Marine Parade entlang, eine unwillige Meg im Schlepptau. Ihre Eltern pflegten das Gebot des Ruhetags sehr wörtlich zu nehmen, deshalb war es nicht schwer gewesen, von zu Hause fortzukommen. Meg bekam normalerweise den halben Sonntag frei, deshalb sah Clara kein Problem darin, sie loszuwerden, nachdem der Schicklichkeit Genüge getan war und sie Clara zum Strand begleitet hatte.

Die Predigt hatte von der Vergebung gehandelt. Matildas Mann hatte Clara einen Blick in ihr eigenes Herz geöffnet, bei dem sie erschauert war. Wie viel Groll und Verbitterung hatten sich im Laufe der Jahre in ihr aufgestaut? Zwar hatte sie den Schmerz über den Grafen und Lavinia in letzter Zeit loslassen können, doch da war noch so viel mehr. Manche Menschen, wie Matilda und Mr Kemsley, schienen immun gegen Verbitterung zu sein; Kränkungen schienen an ihnen abzuperlen wie Wasser an einem Schirm aus Öltuch. Doch Clara war offenbar wie ihre Mutter aus anderem Stoff gemacht; Beleidigungen und Kränkungen hinterließen wie Regentropfen auf Seide bleibende Flecken auf ihrer Seele. Doch sie wollte sich ändern. Sie wusste, dass sie sich ändern musste. Deshalb hatte sie Gott in dem Gebet nach der Predigt gebeten, ihr noch einmal zu helfen.

Später, während die Gottesdienstbesucher noch herumstanden

und plauderten, war sie ihren Eltern kurz entflohen und hatte mit Tessa Zeit und Ort ihres Treffens ausgemacht. Danach hatte sie Lady Osterleys harten Blick aufgefangen. Doch statt der Beklemmung, die sie normalerweise bei solchen Gelegenheiten empfand, hatte sie sich heute frei gefühlt, so frei, dass sie ihr ein echtes Lächeln hatte schenken können. Die Lady hatte überrascht geblinzelt, war ganz rot geworden und hatte sich abgewandt. Vielleicht hing Vergebung ja irgendwie damit zusammen, freundlich zu seinen Feinden zu sein. Oder vielleicht führte sie einfach zu der Erkenntnis, dass jeder Mensch seine eigenen Kämpfe ausfechten musste und dass man sich entscheiden konnte, ob man anderen hartherzig oder mit Mitgefühl begegnete. Da sie selbst erkannt hatte, wie viel unverdientes Wohlwollen ihr zuteilgeworden war – von Lavinia, von Lady Sefton, von Matilda, ja, von Gott selbst –, war es nur recht und billig, wenn sie dies auch anderen gegenüber zeigte.

Lächelnd ging sie weiter. Der Tag war sonnig, die Wellen schimmerten. Ihr Herz hatte sich seit Jahren nicht so leicht angefühlt. Sie würde für den Prinzregenten spielen. Es war so aufregend. Sie hatte ein technisch anspruchsvolles Stück ausgewählt, das sie aber dennoch beherrschte. Ihr neues Kleid von Madame Sabine, Brightons bester Schneiderin, sollte morgen geliefert werden und erforderte höchstens noch ein paar winzige Änderungen. Alles war bereit. Die Welt stand ihr offen. Sogar Mr Kemsley war in der Stadt.

Nein. Diesen überschwänglichen Gedanken unterdrückte sie mit Gewalt. Sie würde keine Gefühle für einen Mann zulassen, den ihre Eltern niemals akzeptieren würden. Wenn er einen Titel oder wenigstens Geld hätte, wären sie vielleicht zugänglicher gewesen. Doch er besaß keins von beidem. Obwohl sie inzwischen glaubte, dass Gott Wunder vollbringen konnte, bezweifelte sie doch, dass er noch einen passenden Mann für sie auftreiben würde.

Sie gelangten zu den Stufen, die zum Strand hinunterführten. Clara entließ das Mädchen; ihren argwöhnischen Blick parierte sie mit dem fröhlichen Ausruf: »Sieh doch, Tessa wartet schon auf mich! Vielen Dank, Meg. Genieß den Rest des Tages.«

»Na gut, Miss«, murmelte Meg und verschwand.

Clara lief die Stufen hinunter und streckte die Hände aus. »Tessa.«

»Oh Clara! Wie haben Sie es geschafft zu entkommen?«

Sie erklärte es ihr und Tessa nickte. Dann deutete sie auf eine verschwommene Gestalt am anderen Ende des Strands. »Benjie hat mich begleitet, aber er weiß, dass ich ungestört mit Ihnen reden möchte, und wird uns in Ruhe lassen.«

Clara schluckte. »Das ist sehr rücksichtsvoll von ihm.«

»So ist er immer.«

Sie schlenderten den Strand entlang. Die winzigen Steine und glatt geschliffenen Kiesel ließen sie nur langsam vorankommen. Immer wieder gerieten Steine in ihre Schuhe, sodass sie stehen bleiben und sie ausschütten mussten. Beim Gehen unterhielten sie sich. Tessa erzählte von ihrer Enttäuschung mit dem Viscount. Dann erwähnte sie, leicht beschämt, ein paar Einzelheiten, die der Viscount ihnen von Miss DeLanceys eigener Situation verraten hatte.

»Aber ich wusste, dass Sie nicht mehr so empfinden. Deshalb war mir klar, dass Sie, selbst wenn Sie vielleicht solche Gefühle für Lord Hawkesbury hatten, sie auf jeden Fall überwunden haben.« Tessas Augen glitzerten von ungeweinten Tränen. »Ich wüsste gern, wie Sie das geschafft haben, weil ich selbst dieses Gefühl einfach nicht loswerde. Es scheint ein Teil von mir geworden zu sein und sitzt hier.« Sie deutete auf ihre Brust.

Tessas Tränen ließen sie die faszinierende Frage, woher das Mädchen so genau wusste, dass Clara das Gefühl überwunden hatte, erst einmal beiseiteschieben und sich auf sie konzentrieren. Sie breitete ihr Schultertuch auf dem Boden aus und sie setzten sich darauf.

»Ich bin gar nicht gut damit fertiggeworden«, gestand sie dann. »Lange, lange Zeit hat der Neid mich zerfressen und der Hass auf Lord Hawkesbury und Lavinia, weil ich ganz sicher war, dass er mich benutzt hatte, um sie eifersüchtig zu machen. Ich war so stolz, dass ich lange Zeit gar nicht merkte, dass er schon monatelang in sie verliebt war, bevor die Umstände mich dazu brachten zu glauben, er sei in mich verliebt. Seine und meine Mutter sind langjährige Freundinnen und waren sich einig geworden, dass wir einander heiraten sollten, ohne mit uns auch nur gesprochen zu haben. Ich hatte schon einige Saisons mitgemacht und fand den Earl attraktiver als sämtliche Herren, mit denen ich bis dahin zu tun hatte, doch ich hatte meine Rechnung ohne ihn gemacht. Jemanden zu lieben, der die Liebe nicht erwidert, das ist etwas, über das man kaum hinwegkommen kann.«

Sie schluckte. Sollte sie es wagen, ehrlich zu sein? Aber warum nicht? Sie spürte, dass Tessa die ganze Wahrheit sehr viel mehr helfen würde als die halbe. »Als sie geheiratet haben, da hat Lord Featherington recht, habe ich mich nicht korrekt verhalten und mich selbst und die Hawkesburys immer wieder in größte Verlegenheit gebracht. Aber ich habe mich bei Lady Hawkesbury auf dem Ball bei den Seftons dafür entschuldigt.«

»Ich wusste, dass es so sein musste«, rief Tessa. »Ich habe nicht geglaubt, dass Sie mit ihr gestritten haben.«

»Aber«, Clara schluckte wieder, »es ist verständlich, dass das niemand glauben konnte, weil ich … weil ich früher wirklich nicht sehr freundlich zu ihr war.«

»Aber jetzt sind Sie freundlich und nur das zählt.«

Claras Augen brannten. Dieses Mädchen war so rührend. »Sie kannten mich früher nicht. Bevor ich wusste, welche Hoffnung Gott für uns bereithält, hatte ich«, sie schluckte noch einmal, »einen Punkt erreicht, an dem ich mich fragte, ob sich das Leben überhaupt noch lohnte.«

Sie hörte Tessa leise stöhnen.

»Ich unternahm lange Spaziergänge über die Klippen und stellte mir dabei vor, wie es wäre, in die Tiefe zu stürzen. Würde mich überhaupt jemand vermissen? Würde es dem Grafen leidtun? Heute weiß ich, wie hochmütig und egoistisch diese Gedanken waren. Aber als ich damals so in mir selbst gefangen war, konnte ich es kaum sehen, und noch viel weniger interessierte mich, was ich anderen durch ein solches Handeln angetan hätte.«

Tessa nahm ihre Hand, was Clara den Mut gab fortzufahren: »Auf dem absoluten Tiefpunkt bin ich in einer wilden und stürmischen Nacht hinausgegangen. Damals habe ich manchmal ein »Spiel« gespielt: Ich lehnte mich in den Wind und spürte seine Kraft, mich aufrecht zu halten. In jener Nacht geriet ich zu dicht an die Kante der Klippen.« Tessas Hand umklammerte sie fester. »Zum Glück wurde ich gerettet, denn in dem Augenblick, in dem ich über die Klippe stürzte, wusste ich, dass ich nicht sterben wollte. Jedenfalls nicht so, nicht bevor ich überhaupt gelebt hatte.«

»Hat Sie jemand gerettet?«

Sollte sie die Identität ihres Retters preisgeben? Würde Tessa dann nicht Romantik und Rosen sehen, was keinem von ihnen nützen würde? Nein, besser, es blieb ein Geheimnis. Sie nickte. »Ein Mann. Vielleicht war es ein Fischer aus der Umgebung.« Das war keine Lüge. Anfangs hatte sie das tatsächlich geglaubt. Aber jetzt sollte sie lieber schnell das Thema wechseln.

»Was ich sagen wollte: Ich war verzweifelt, weil ich keine Hoffnung mehr hatte. Ich wusste damals nicht, wie sehr Gott uns liebt und dass seine Liebe bedeutet, dass wir Hoffnung haben dürfen. Kurz darauf habe ich Sie und Mattie kennengelernt und durch die Gottesdienste und das Lesen in der Bibel habe ich neue, echte Hoffnung gewonnen; eine Hoffnung, die nicht von den Umständen abhängt oder davon, ob ein Mann mich liebt oder nicht, sondern auf der Verheißung beruht, dass Gott mich immer liebt, ungeachtet meiner persönlichen Lebensumstände. Und wenn ich weiß, dass Gott mich liebt – wenn ich das wirklich weiß –, wie kann ich dann die Verzweiflung die Oberhand gewinnen lassen?«

Sie blickte auf. Tessas rotgoldener Kopf war gesenkt, als dächte sie nach.

Clara drückte sanft ihre Hand. »Meine Gefühle für den Earl sind verschwunden. Geholfen haben die Abwesenheit und das Beten darum, dass Gott ihn und seine Frau segnen und ihre Ehe gelingen lassen möge. Um Segen für jemanden zu bitten, den ich für meinen Feind gehalten habe, hat mein Herz unendlich erleichtert.«

»Sie glauben also, ich sollte für den Viscount beten?«

»Beten Sie für ihn und seine Familie und bitten Sie Gott, Sie von den Gefühlen, die nicht gut für Sie sind, zu befreien und Ihnen zu helfen, ihn zu behandeln wie einen Bruder, wenn das Gottes Plan ist.«

Tessa seufzte. »Das Problem ist, mein Bruder und ich stehen uns sehr nahe.«

Clara sah, dass sie lächelte. Ihr Herz machte einen Satz. »Sie sprechen von Mr Kemsley?«

»Von Benjie, ja. Nicht von George. Ich glaube, zu ihm kann man keine Nähe herstellen. Keine Ahnung, wie Amelia das macht.«

Clara konnte nicht antworten.

Tessa drehte sich zu ihr und sah sie argwöhnisch an. »Sie empfinden also absolut gar nichts mehr für den Grafen?«

»Nein.«

»Das ist gut, denn ich möchte nicht denken müssen …« Das jüngere Mädchen lächelte.

»Was möchten Sie nicht denken, Tessa?«

Ein Schatten fiel über sie. Clara blickte auf, doch die helle Sonne ließ sie nichts erkennen. Sie sah genauer hin, dann fing ihr Herz an, wild zu klopfen. »Mr Kemsley!«

Ben sah, wie sie errötete. Er verbeugte sich. »Miss DeLancey, Tessa. Haben Sie sich gut unterhalten?«

Die beiden Damen sahen einander an und lächelten verständnisinnig. Wie gern hätte er ihre Geheimnisse gekannt! Er hatte einen Verdacht, doch vorläufig betete er darum, dass Miss DeLancey ihm eines Tages genügend vertrauen würde, um es ihm selbst zu erzählen.

»Mit Clara zu reden, hat mir sehr geholfen«, sagte Tessa schließlich.

»Das freut mich«, sagten er und Miss DeLancey gleichzeitig.

Sie sah ihn an, dann wandte sie den Blick ab, als sei sie verlegen. Sein Herz hämmerte. War sie ebenso verwirrt von seiner Gegenwart wie er von ihrer?

»Es tut mir leid, stören zu müssen, aber Sie reden schon über eine Stunde und ich hielt es für besser, Sie zu unterbrechen, bevor Ihre Abwesenheit bemerkt wird.«

»Oh, da haben Sie recht!« Clara blickte sich um. Er bückte sich, hob ihre Schuhe auf und reichte sie ihr. Ihre Röte vertiefte sich. Sie murmelte einen leisen Dank und zog sie wortlos an.

Tessa sah ihn entschuldigend an. »Es ist warm und wir haben dauernd Steine in die Schuhe bekommen.«

»Ich habe ja gar nichts gesagt.«

»Aber du hast geguckt«, sagte sie und ihr argwöhnischer Blick verwandelte sich in ein Schmunzeln.

Jetzt musste er die Hitze verstecken, die seinen Hals hochstieg. Er streckte eine Hand aus und half seiner Schwester aufzustehen, dann griff er nach Miss DeLanceys Hand.

Jetzt sah sie ihn endlich an. In ihren Augen leuchtete ein Gefühl auf, das er nicht benennen konnte. Die Hand, die sie ihm reichte, war klein und zart und ließ ihn wünschen, sie länger halten zu dürfen. Als sie stand, wollte er sie nicht loslassen und presste seinen Daumen noch einen Moment länger auf ihre behandschuhte Handfläche. »Danke, Miss DeLancey.« Er nickte Tessa zu, blickte auf das spiegelglatte Meer und sagte leise: »Ich weiß Ihre Freundlichkeit zu schätzen.«

Die grünen Augen wurden groß, dann blinzelte sie. »Gern … gern geschehen.« Dann entzog sie ihm ihre Hand und wartete, bis er ihren Schal aufgehoben hatte und ihr reichte. »Danke, mein Herr.«

Wieder blitzte etwas Magisches zwischen ihnen auf. Sie leuchtete förmlich vor unterdrückter Freude, goldener Möglichkeiten; die Freundlichkeit, die sie gegenüber seiner Schwester gezeigt hatte, machte sie noch schöner in seinen Augen, noch klarer, irgendwie reifer. Plötzlich empfand er einen inneren Ruck. Die Gesichtszüge, die er schon so lange bewunderte, veränderten sich vor seinem inneren Auge. Es war, als sähe er plötzlich den Menschen, auf den er sein Leben lang gewartet hatte. Sein Puls dröhnte ihm in den Ohren. Vielleicht lag es am Funkeln der See oder an der Sommerhitze diese

Tages, doch im Moment hatte er einfach nur den verrückten Wunsch, mit ihr zusammen übers Meer in den Sonnenuntergang zu segeln.

Sie gingen zurück zu den in die Klippen gehauenen Stufen. Er half ihnen beim Hinaufsteigen. Wortlos bogen sie dann auf den Weg zur Royal Crescent ein. Es war, als seien sie diesen Weg schon hundertmal gegangen. Sie brauchten nichts zu sagen.

Tessa hielt seinen linken Arm, Miss DeLancey seinen rechten. Er empfand ein tiefes Gefühl der Zufriedenheit. So war es gut und richtig. Alles war genauso, wie es sein ...

»Miss DeLancey?«

Eine ältere Dame in Begleitung eines geckenhaften jungen Mannes blieb vor ihnen stehen und blickte zwischen ihnen dreien hin und her. Er spürte, wie Miss DeLanceys Hand sich verkrampfte, dann zog sie sie von seinem Arm und knickste. »Lady Osterley, Lord Osterley.«

»Ich muss gestehen, ich bin überrascht, Sie heute Nachmittag draußen zu sehen.«

»Es ist ein schöner Tag«, sagte Clara. »Viel zu schön, um ihn im Haus zu verbringen, wie Sie beide offenbar ebenfalls gedacht haben.«

»Hm.« Die Dame beäugte ihn argwöhnisch. Miss DeLancey machte sie bekannt.

»Darf ich Ihnen Mr und Miss Kemsley vorstellen?«

»Kemsley? Ich glaube, den Namen habe ich schon gehört.«

»Das ist gut möglich«, fuhr Clara fort. »Mr Kemsley war der Kapitän der *Ansdruther*, wie Sie sich vielleicht erinnern.« Sein Arm prickelte, als sie ihre Hand wieder hinlegte und ihn sanft drückte. »Er gilt allgemein als Held.«

Sie lächelte zu ihm auf. In ihren Augen stand Freude und so etwas wie Stolz. Plötzlich fühlte er sich einen Meter größer und viel stärker, als könnte er einen Ozean für sie zähmen oder durch den Kanal schwimmen, wenn sie es sich wünschte. Ihr Lächeln drang bis in die hintersten Winkel seines Herzens.

Ein Räuspern lenkte seine Aufmerksamkeit wieder auf die beiden gaffenden Fußgänger, die vor ihm standen. Ben verbeugte sich. »Verzeihen Sie, wir müssen zurück. Miss DeLancey muss sich noch auf ihren Auftritt im Pavillon diese Woche vorbereiten.«

Nach einer gemurmelten Verabschiedung setzten sie ihren Weg fort.

Tessa drückte seinen Arm. »Das hast du gut gemacht, Benjie. Ich glaube, sie sind nicht so ganz schlau aus dir geworden.«

»Diese Wirkung scheine ich manchmal auszuüben.«

Clara neben ihm kicherte verstohlen. Er sah sie fragend an, doch sie lächelte nur und wandte den Blick ab.

Dann standen sie vor Claras Haus und sie verabschiedete sich. Er wünschte ihr noch alles Gute für ihren Auftritt. »Ich bin ganz sicher, dass Sie Ihr Publikum angemessen unterhalten werden.«

»Danke. Ich fürchte, unangemessen habe ich sie oft genug unterhalten, deshalb hoffe ich, dass Sie recht haben.«

Er lachte und sah, wie sie lächelte. Dann schloss sie die Tür hinter sich.

Als sie auf die West Street zurückgingen, sah er Tessas zufriedenen Gesichtsausdruck. »Das Gespräch scheint dir gutgetan zu haben.«

»Oh ja! Clara ist so gütig. Sie war sehr offen.«

Er war schrecklich neugierig, doch er wollte nicht fragen. Er würde ganz der gut erzogene Herr bleiben.

»Ich weiß, dass sie nichts dagegen hat, wenn ich es dir sage.«

»Tessa, nein …«

»Aber sie ist völlig über den Grafen hinweggekommen. Bei dem Zwischenfall mit Lady Hawkesbury, um den Lord Featherington solches Aufheben gemacht hat, hat Clara sich einfach nur bei der Gräfin entschuldigt.«

Ihm fiel ein Stein vom Herzen. »Das freut mich zu hören.«

»Das sollte es auch«, antwortete sie selbstgefällig.

Er blieb stehen. »Was soll das heißen?«

»Oh Benjie! Wann wirst du endlich zugeben, dass du etwas für sie empfindest?«

»Ich empfinde nichts für sie«, log er.

Sie schnaubte.

»Tessa.«

»Benjie, bitte, um deinet- und um ihretwillen. Ihr passt so gut zusammen, ihr seid beide freundlich zu anderen, seid beide gläubige Christen und habt denselben Humor. Und du kannst nicht abstreiten, dass du sie attraktiv findest.« Sie kicherte. »Jetzt schau nicht so verlegen drein! Sag mir einfach nur, wann du ihr einen Heiratsantrag machst!«

Er schüttelte den Kopf. »Das kann ich nicht.«

»Weil du kein Geld hast? Aber du kannst doch mit dem Prinzregenten sprechen. Er ist in Brighton. Das sollte doch nicht so schwer sein.«

»So einfach ist das nicht. Außerdem geht es nicht nur ums Geld, ihre Eltern würden es auch aus anderen Gründen verbieten.«

»Du meinst, weil du keinen Titel hast?«

»Genau«, brachte er zähneknirschend heraus.

Sie seufzte. »Schade, dass du nicht der Erstgeborene bist. Wenn du der Baronet wärst, würden sie vielleicht Vernunft annehmen. Und ich hätte viel lieber Clara als Schwägerin als Amelia. Amelia ist bestimmt sehr tugendhaft und alles, aber kein bisschen entgegenkommend. Sie wäre nie so ehrlich, mir von …« Sie schlug eine Hand vor den Mund und sah ihn mit großen Augen an. »Beinahe hätte ich es dir gesagt.«

»Das habe ich gemerkt«, sagte er lächelnd.

Sie runzelte die Stirn. »Sie will bestimmt nicht, dass ich dir das sage.«

Er würde nicht fragen. Er presste die Lippen zusammen. Er würde nicht fragen.

Sie bogen um die Ecke in die Steyne und passierten den Marine Pavillon, an dem die Bauarbeiten bereits begonnen hatten. Dann schlenderten sie durch den großzügigen Park, vorbei am Dome, dem spektakulären maurischen Bau, der mit seinen fantastischen Minaretten und Glasfenstern eher an einen orientalischen Tempel erinnerte als an einen Pferdestall.

Ben blickte auf Tessa hinunter, die sich, tief in Gedanken versunken, auf die Unterlippe biss. Dann blickte sie zu ihm auf. »Erinnerst du dich an die stürmische Nacht im April, als du hinausgegangen bist? Als du zurück warst, habe ich dich und Mattie reden hören.«

Er wuschelte ihr durchs Haar. »Ich wusste doch, dass du gelauscht hast!«

Sie schüttelte den Kopf. »Du hast jemanden gerettet, nicht? Auf den Klippen.«

Trotz der Sonne lief es ihm kalt über den Rücken.

»Du hast Mattie in dem Glauben gelassen, es sei eine alte Dame gewesen.«

»Es war eine dunkle, wilde Nacht«, sagte er vorsichtig. »Ich konnte nicht viel sehen.«

»Aber es war keine alte Dame, oder?«

Er schwieg ein Weilchen, sein Herz klopfte heftig. Dann antwortete er: »Ich glaube nicht, nein.«

Sie bogen um die Ecke und überquerten den Kingsway.

»Die Dame war im Gegenteil sehr hübsch, nicht wahr?«

»Ich glaube schon.« Er brauchte nicht zu fragen, woher sie es wusste. Sie hatten sie gerade nach Hause begleitet.

Tessa schüttelte den Kopf. »Wie konnte sie …«

»Sie war verzweifelt.«

»Jetzt geht es ihr besser.« Tessa sah ihn an.

Er schluckte. »Ja, ich weiß.«

Tief in Gedanken über alles, was ungesagt geblieben war, wanderten sie nach Hause.

Kapitel 21

Der Freitag zog herauf, klar und sonnig. Clara hatte den Rat ihrer Mutter befolgt und auf eine letzte Übung verzichtet, um ihre Stimme zu schonen. Sie hatte eine leichte Mahlzeit zu sich genommen, da man nie wusste, was einem zum Essen angeboten würde, ganz zu schweigen, wann. Meg sowie eine geübte Kammerzofe hatten ihr beim Ankleiden geholfen. Jetzt ging sie die Treppe hinunter zu der Kutsche, die sie für diesen Abend gemietet hatten.

Im Gehen fiel ihr Blick in den Spiegel in der Halle und sie blieb stehen. War das wirklich sie? Wie lange war es her, dass sie sich so schön gefühlt hatte? Das dunkle Rot ihres Kleides schien ihre eigenen Farben zu unterstreichen; die Korallen um ihren Hals wirkten bescheiden, waren aber von höchster Qualität. Sie berührte ihr Haar. Die Zofe, die ihr Haar gelockt und im griechischen Stil aufgesteckt hatte, hatte Wunder gewirkt.

»Clara!«

Sie lief eilig zu ihren Eltern hinaus, die bereits in der Kutsche warteten, breitete ihre Röcke sorgfältig auf dem Sitz aus, zog die cremefarbenen Handschuhe über den Ellbogen glatt und bewunderte die seidenen Rüschenärmel ihres Kleides, die perfekt zu dem elegant verbrämten, tief ausgeschnittenen Mieder und dem Saum mit demselben Besatz passten. Die Robe war überhaupt nicht überladen – Vaters Finanzen waren schließlich nicht unerschöpflich –, aber Madame Sabine wusste, wie man der Figur einer Frau schmeichelte. Clara empfand eine gewisse Wehmut, weil Mr Kemsley sie heute, wo sie so schön war, nicht sehen würde.

Die Kutsche rollte die Marine Parade entlang. Allmählich wurde sie nervös, ihr Herz klopfte heftig. Sie umklammerte ihr Täschchen. Was würde der heutige Abend bringen?

»Aber, aber, kein Grund, nervös zu sein, meine Liebe. Denk einfach daran, dass der Prinz Musik über alles liebt und damit natürlich auch die, die sie gut darbieten. Du brauchst nur zu spielen, wie du immer gespielt hast, dann ist dir der Erfolg sicher.«

»Ich versuche es.«

Ihre Mutter nickte und musterte sie im Licht der Straßenlaternen. »Ich muss schon sagen, du siehst heute Abend wirklich großartig aus, meine Liebe.«

»Danke, Mutter.« Sie wusste das Kompliment zu schätzen. Mutters Lob war schwer zu erringen.

»Vergiss nicht zu lächeln und schmeichle dem Prinzen ein bisschen. Es ist nie gut, mit Komplimenten zu geizen.«

»Ja, Mutter.«

Clara wechselte einen amüsierten Blick mit ihrem Vater, dessen Beitrag zum heutigen Abend hauptsächlich in der Finanzierung ihres Kleides bestanden hatte. Sein Interesse galt mehr dem Pavillon, dessen Innenräume so spektakulär sein sollten, dass ein Besuch dort mindestens ebenso erstrebenswert war wie ein Besuch des Londoner Towers.

Die Kutsche bog in die Steyne und gleich darauf in eine weite Kiesauffahrt. Dann hielten sie am Ende einer langen Reihe von Kutschen. Der Diener stieg aus und öffnete den Schlag. Vater stieg als Erster aus, dann Mutter, dann Clara.

Die Abendluft trug den Duft von Rosen und Lilien aus den Gärten zu ihnen. Vor einer Flügeltür des Pavillons stand ein Diener in scharlachroter Livree und bedeutete ihnen, den anderen Gästen die flachen Treppen hinauf zu folgen und einzutreten.

Sie blieb auf der Schwelle stehen, die Augen vor Staunen weit aufgerissen.

Der Empfangssaal war achteckig; von der Decke, die an das Innere eines Zeltes erinnerte, hing eine bemalte chinesische Laterne, die ein sanftes Licht auf die pfirsichblütenfarbenen Wände warf. An der

Wänden standen mehrere Stühle, ebenfalls im orientalischen Design. Clara bemerkte, dass hinter ihr weitere Gäste eintreten wollten, und schloss rasch zu ihren Eltern auf. Sie legten ihre gold geränderten, gravierten Eintrittskarten vor. Wenn dies nur die Eingangshalle war, welche exotische Dekadenz erwartete sie dann im Innern?

Sie gingen weiter, in den nächsten Raum. Hier waren die Wände blassgrün gestrichen. Clara stockte der Atem. Paneele mit Schlangen- und Drachengestalten schmückten die Wände und verliehen dem Raum eine dämmerige, leicht bedrohliche Atmosphäre. In einer Ecke stand ein Flügel. Ob sie wohl hier würde spielen müssen?

Sie fragte leise ihre Mutter. Diese bedeutete ihr, leise zu sein, und flüsterte: »Ich glaube, wir müssen noch weitergehen.«

Noch weitergehen? Sie holte tief Luft und folgte den Dienern.

»Meine Damen, meine Herren, die Lange Galerie.«

Sie schnappte nach Luft.

Die gedämpften Farben des Raums, aus dem sie gerade kamen, wichen einer wahren Farbexplosion in Rot und Gold. Der orientalische Einfluss war weiterhin deutlich sichtbar, nicht zuletzt an den mit Quasten besetzten Laternen, die mit lebensgroßen Männergestalten in asiatischer Kleidung bemalt waren und um ihre Aufmerksamkeit wetteiferten. Die tapezierten Wände zierte ein zartes Muster aus Bambusstauden und Vögeln. Große Deckelvasen und ein riesiger bemalter Kronleuchter in der Deckenmitte verstärkten noch das orientalische Ambiente. Der Raum wirkte unendlich lang, bis sich eine der Türen öffnete und Clara sah, dass die Länge lediglich eine Illusion durch strategisch geschickt platzierte Spiegel war.

»Fantastisch!«, murmelte sie ihrem Vater zu.

»Jedenfalls in keiner Weise zurückhaltend«, antwortete dieser flüsternd.

Ähnliche Kommentare kamen von den anderen Gästen.

»Wunderbar!«

»Erstaunlich!«

»Bizarr.«

»Sehr unenglisch.«

Clara lächelte. Der letzte Kommentar hätte von Tessas Bruder George stammen können, der während seines ganzen Besuches bei ihnen keinen Zweifel daran gelassen hatte, wie sehr er alles Unorthodoxe missbilligte. Was wohl Mr Kemsley von all dem halten mochte?

Sie selbst war sich nicht sicher, ob ihr eine so grelle Dekoration gefiel. Sie tat ihr fast in den Augen weh. Wahrscheinlich sollte es den Betrachter überwältigen, doch das Übermaß an starken, bizarren Effekten lenkte den Blick allzu schnell auf die nächste Überraschung und ließ keine Zeit, die Dinge mit Muße zu betrachten, sodass sie sich ein wenig überfordert fühlte.

Sie musterte verstohlen die anderen Gäste. Sie selbst kannte niemanden und auch ihre Eltern schienen nur wenige der Anwesenden zu kennen. Anscheinend gehörte zu den Gästen des Prinzregenten nicht nur der Adel, sondern auch andere Personen, die aus irgendeinem Grund sein Interesse geweckt hatten.

Endlich bemerkte sie eine Gestalt, die sie kannte, und atmete erleichtert auf. »Lord Houghton.«

»Ah, Miss DeLancey.« Er verbeugte sich und begrüßte ihre Eltern. »Ich freue mich, dass Sie gekommen sind. Nun, was halten Sie von diesem Ort?«

Was sollte sie sagen? »Er ist wirklich prachtvoll.«

»Prachtvoll genug, um Sie in Ohnmacht fallen zu lassen? Das ist schon vorgekommen, wissen Sie?«

Ein Haus, das einen in Ohnmacht fallen ließ? Das war aber nicht sehr gastfreundlich.

»Die Erfrischungen werden in Kürze gereicht und der Prinz wird auch gleich kommen. Er ist im Salon.« Er lächelte. »Vielleicht kann ich Ihnen diesen Raum gelegentlich einmal zeigen.«

Sie nickte, leicht verwirrt. War sie denn nicht nur zu diesem einen Besuch hier? Weitere Besuche mussten doch auf jeden Fall davon abhängen, wie gut ihre Darbietung heute Abend war. Plötzlich wurde das Rauschen des Bluts in ihren Ohren noch lauter.

Lord Houghton ging, die Diener kamen und boten Getränke an. Clara nahm ein Glas Limonade; Punsch wäre dem klaren Kopf, den sie nachher brauchte, nicht sehr förderlich. Nach einer Zeit, die ihr wie eine Ewigkeit vorkam und in der ihr das Stehen zusehends schwerfiel, wurden endlich die Türen geöffnet. Ein weiterer Diener erschien. Er murmelte Lord Houghton etwas zu, woraufhin dieser sich an die Gäste wandte.

»Meine Damen und Herren, darf ich Sie bitten, mich in den Gelben Salon zu begleiten.«

Die Gäste setzten sich in Bewegung; ihr leises Gemurmel verriet die gleiche Aufregung, die auch Clara empfand. Gleich war es so weit. Sie wurden wie eine kleine Herde Schafe in einen hell erleuchteten golden schimmernden Raum geführt. Auch dieser war wieder in einem fantastischen orientalischen Stil gehalten, mit Laternen, die von Gipsdrachen herunterhingen, und weißen und goldenen Möbeln. Zwischen grüngoldenen Seidentüchern hingen Gebilde aus einander überschneidenden Kreisen. Der Salon war zwar keine ganz so große optische Herausforderung wie die Lange Galerie, doch es gab allemal genug, was sämtliche Sinne beschäftigte, sodass sie sich allmählich wirklich nach einem Stuhl sehnte. Sie hatte sich zwar nie für eine zartbesaitete jungen Damen gehalten, die ständig in Ohnmacht fiel, doch dieser Pavillon verursachte ganz eindeutig schwache Knie bei ihr.

Schließlich öffnete sich eine Tür zu ihrer Linken und die ganze anwesende Gesellschaft verbeugte sich. Ein prachtvoll gekleideter Mann trat ein; sein Leibesumfang und königliches Auftreten verrieten zweifelsfrei ihren Gastgeber, den Prinzregenten.

Clara sank in ihren tiefsten Knicks, wie damals bei ihrer Präsentation vor seiner Mutter, Königin Charlotte.

Der Prinz kam langsam näher und näher; seine leisen Begrüßungsworte begleiteten Lord Houghtons gemurmelte Vorstellungen. Sie verharrte noch immer im Knicks. Nicht mehr lange, und ihr linkes Bein würde anfangen zu zittern, doch da sah sie ein Paar goldene Schuhe. Sie hörte, wie ihre Eltern vorgestellt wurden, und hielt den Atem an. Jetzt war sie an der Reihe.

»Und dies ist die Hochwohlgeborene Miss DeLancey. Sie wird auf Bitten von Lady Sefton spielen.«

»Und man muss tun, was die gute Dame befiehlt, nicht wahr? Stehen Sie auf, mein Kind, Sie sehen aus, als fielen Sie jeden Moment hintenüber.«

Clara erhob sich und blickte in ein leicht vorstehendes, fröhliches, tiefblaues Augenpaar.

Die blauen Augen weiteten sich leicht. »Sie sind aber wirklich ein hübsches Ding.«

Sie lächelte trotz ihrer Nervosität. Was sollte sie auf solch ein Kompliment antworten? »Vielen Dank, Euer Hoheit.«

»Oh, danken Sie nicht mir. Danken Sie Lady Sefton und Lord Houghton; er war der Ansicht, dass man Sie einladen sollte. Aber jetzt sagen Sie, spielen Sie nur Klavier oder singen Sie auch?«

Sie schluckte. »Ich bin auf beides vorbereitet, Euer Hoheit.«

»Gut, gut. Aber Sie brauchen nicht so nervös zu sein, meine Liebe. Ich werde Sie schon nicht fressen.«

»Das freut mich, weil ich bestimmt nicht sehr gut schmecken würde.«

Er lachte, ein lautes, dröhnendes Lachen, bei dem sich alle Köpfe nach ihnen umdrehten und Claras Wangen ganz heiß wurden. Beim Lachen bildete sich ein Kranz von Fältchen um seine Augen. »Ich freue mich auf Ihr Spiel. Wenn Sie noch etwas brauchen, sagen Sie es Houghton hier. Ach, und noch etwas, nehmen Sie es mir nicht übel, wenn ich einstimme. Ich singe nämlich zu gern, wissen Sie.«

»Natürlich, Euer Hoheit.«

»Gut, gut.«

Er ging weiter zum nächsten Gast. Mutter zog sie an sich und flüsterte ihr mit leuchtenden Augen zu: »Oh meine Liebe! Du scheinst ihm gefallen zu haben, du scheinst ihm sogar sehr gefallen zu haben! Mit allen anderen hat er nicht mehr als ein Dutzend Worte gewechselt.«

Clara sah sie streng an. »Mutter, bilde dir nicht zu viel darauf ein. Ich bin hier, um zu spielen, und keinesfalls für andere Unterhaltungen.«

»Clara!«

Mutters flüsternder Aufschrei war im ganzen Raum zu hören. Clara erblickte im Spiegel an der Wand gegenüber ihre scharlachroten Wangen. Sie waren fast so rot wie ihr Kleid. Sie drehte sich um und betrachtete das komplizierte Muster des Brüsseler Teppichs. Endlich, als sie schon meinte, es nicht mehr aushalten zu können, beendete der Prinz seine Begrüßungsrunde und wählte einen Stuhl ganz vorn, in der Mitte des Raums. Jetzt durften sich auch die Gäste setzen.

Lord Houghton stand auf und erläuterte das Programm. Noch andere waren auserwählt worden zu spielen, meist Klavier, auch wenn die bereitstehende große Harfe vermuten ließ, dass auch sie von jemandem gespielt werden würde. Claras Name wurde an vierter Stelle von sieben vorgelesen, sodass sie an mehreren Künstlern, die vor ihr an der Reihe waren, das korrekte Protokoll lernen, aber währenddessen auch ihre Nervosität ins Unermessliche steigern konnte.

Endlich beendete Lady Mansfield ihre Sonate. Clara war an der Reihe. Ihre Hände zitterten. Ihre Eltern wünschten ihr alles Gute und tätschelten ihren Arm. Sie zwang sich zu einem zaghaften Lächeln und ging nach vorn, zu dem Flügel aus Palisanderholz, knickste vor dem künftigen König und setzte sich auf den mit Messingintarsien versehenen Stuhl.

Ihre Nerven vibrierten, doch auch im Saal schien eine Spannung spürbar. Sie warf einen raschen Blick auf das Publikum. Außer ihren Eltern und dem Prinzen, die sich vorbeugten, als freuten sie sich auf die kommende Darbietung, saßen alle mit hochmütigen Mienen da, einem Ausdruck, den sie zur Genüge kannte. Manche schienen sogar leicht zu schnauben, als wollten sie sagen: »Wer ist diese junge Person?« Andere maßen sie mit wissenden Blicken; wahrscheinlich kannten sie ihren Ruf. Sie schluckte, versuchte zu lächeln. Dann drehte sie sich zum Flügel, hob die Hände – *Gott, hilf mir. Lass mich dein Werkzeug sein* – und fing an zu spielen.

Der volle Klang des Instruments schien durch ihre Fingerspitzen zu strömen. Sie spielte einen Lauf, spürte, wie ihre Schultern sich entspannten, wie sie von einem Augenblick zum anderen völlig ruhig wurde. Sie hatte zwar noch nie vor einem Mitglied der königlichen Familie musiziert, doch gespielt, gespielt hatte sie so oft, dass sie es im Schlaf beherrschte. Und dann öffnete sie den Mund und sang.

Eine Stunde später wurde ihr abermals gratuliert. Der Prinz lächelte und hatte ihre Hand ergriffen, ein Zeichen, dass ihr Erfolg die höchsten Erwartungen ihrer Mutter bei Weitem übertraf. Lord Houghton bestätigte ihr Gefühl, als er näher trat, über das ganze Gesicht lächelnd.

»Meine liebe Miss DeLancey! Was für eine glänzende Leistung! Der Regent hat mir gerade gesagt, dass er ein solches Talent bei einem so jungen Menschen noch kaum je erlebt hat. Er geht fest davon aus, dass Sie sich überreden lassen wiederzukommen.«

»Oh!« Sie sah ihre Eltern an und nickte begeistert. »Ja, natürlich!«

»Wunderbar! Nächsten Freitag geben wir eine kleine Soiree. Sie haben doch hoffentlich Zeit?«

»Wenn nicht, würden wir uns die Zeit nehmen«, platzte ihre Mutter heraus und lächelte so breit und strahlend, wie Clara sie noch nie hatte lächeln sehen.

»Wunderbar. Wir erwarten eine größere Zahl Gäste; heute sind wir ja eine eher intime Gesellschaft.« Sein Blick ruhte auf Clara. Ihre Haut prickelte. Sein Lächeln vertiefte sich. »Sie haben doch nichts dagegen, vor einem größeren Publikum aufzutreten?«

»N...nein, gar nicht.«

»Gut. Ich denke, es werden ein paar Bekannte von Ihnen dabei sein. Die Seftons natürlich, die Asquiths, die Exeters und so weiter.«

»Der Marquis von Exeter?«

Lord Houghton machte eine beiläufige Handbewegung. »Ja, oder war es sein Sohn, der Viscount. Ich erinnere mich gerade nicht.«

Konnte sie? Sollte sie es wagen? Sie zitterte beinahe vor Nervosität. Wenn …

»Lord Houghton«, sie befeuchtete ihre Lippen, »darf ich Sie etwas fragen?«

Ihre Eltern waren abgelenkt, weil Lady Mansfield ihnen gratulierte und sie ihr umgekehrt ihre Gratulation aussprachen. Auf Lord Houghtons Nicken hin trat sie ein Stückchen beiseite, damit sie nicht belauscht werden konnten. »Ich weiß, dass es sehr unschicklich ist, aber glauben Sie, der Prinzregent würde gestatten, dass mich nächste Woche eine Freundin begleitet?«

»Ist sie jung und hübsch?«

Sie blinzelte und nickte.

»Dann hat er selbstverständlich nichts dagegen.« Er beugte sich vor. »Er mag es nur nicht, wenn sie alte Jungfern sind. Mit denen kann man nicht so gut flirten.«

Es gelang ihr, abermals zu nicken, dann lächelte sie und dankte ihm. Doch dann fielen ihr ein paar Gesprächsfetzen ein, die sie vorhin mit angehört hatte. »Oh.«

»Kann ich Ihnen noch irgendwie helfen?« Er zog die Brauen hoch.

»Vielleicht mit einem Rat, was der Regent gerne hört?«

Sie schenkte ihm ihr schönstes Lächeln. »Nein, vielen Dank. Aber ich weiß Ihre Hilfsbereitschaft wirklich sehr zu schätzen. Sie helfen so vielen Menschen auf so vielerlei Weise.«

»Angesichts so reizender Worte fiele es schwer, nicht zu helfen. Was kann ich sonst noch für Sie tun, Miss DeLancey?«

»Meine Freundin würde sich wohler fühlen, wenn ihr Bruder sie begleiten würde.«

»Ich verstehe. Und wer ist dieser Bruder?«

Sie sagte es ihm.

Er sah sie neugierig an, dann sagt er langsam: »Ich will sehen, was ich tun kann.«

»Ich danke Ihnen, Lord Houghton.« Sie strahlte ihn an.

Er betrachtete sie einen Moment, dann nickte er und ging. Sie blickte ihm nach; die Hoffnung ließ ihr Herz trommeln. Vielleicht war ihr Auftreten am heutigen Abend ja nur eine Übung für die eigentliche Darbietung nächste Woche gewesen.

Kapitel 22

»Wie war es? War es absolut großartig? Hat der Prinz mit Ihnen gesprochen? Wie ist er?«

Clara blickte in die erwartungsvollen Gesichter. Der Sonntagsgottesdienst schien lediglich eine Art Vorspiel zu ihrem Bericht über den Freitagabend gewesen zu sein. Mutters lautstarke Schilderungen hatten ihr eine Schar eifriger Zuhörer beschert. Clara sah Tessa an. »Haben Sie ihn denn noch nie gesehen?«

»Nein, nie. Aber ich habe gehört, dass er sehr zuvorkommend sein kann, wenn er jemanden mag.«

Claras Blick wanderte zu Mr Kemsley hinüber. Im Gegensatz zu den anderen war er sehr ernst, als sei er nicht einverstanden mit dem allgemeinen Urteil über den Prinzen. Sie dachte daran, was die Damen auf dem Ball der Seftons gesagt hatten, und ihr Herz schlug heftig. Er musste ja so reagieren, wenn es stimmte, dass der Prinz ihm die versprochene Belohnung bis jetzt vorenthalten hatte. Sie schlug den Blick nieder und hörte still zu, wie die anderen die Großzügigkeit des Prinzen priesen.

»Natürlich war er zu all den jungen Damen, die er mit ihren Kindern alleingelassen hat, nicht so freundlich.«

»Vielleicht sollten wir nicht vor Tessa über seine Moral sprechen«, sagte George mit einem warnenden Stirnrunzeln.

»So ist es richtig, George«, sagte seine jüngere Schwester. »Glaub ruhig, dass ich überhaupt nichts mitbekomme.«

Clara biss sich auf die Lippen. Irgendwie musste sie Tessa davon in Kenntnis setzen, dass Lord Featherington bald in Brighton sein würde. Er konnte sogar schon da sein.

»Miss DeLancey?«

Sie fuhr herum. Und lächelte. »Lord Houghton! Wie schön, Sie zu sehen!«

»Wie schön, *Sie* zu sehen!«

Er verbeugte sich, sie knickste. Dann bemerkte sie, dass Mr Kemsley den Kämmerer stirnrunzelnd ansah, und lächelte verstohlen. Gleich würde Lord Houghton das sagen, was sie erhoffte.

Der ältere Mann sah ihre Freunde an. Sein Blick blieb einen Moment an Tessa hängen, bis Clara sich an ihre Manieren erinnerte und die Anwesenden einander vorstellte. Er nickte Matilda, George und Amelia zu, dann lächelte er erneut Tessa an. Was kein Wunder war: Tessa war wirklich der Inbegriff lieblicher Unschuld, dachte Clara.

»Miss Kemsley?«

»Ja, mein Herr?«

»Wie gut, dass ich Sie heute sehe.« Er hob einen kleinen Umschlag hoch, bei dessen Anblick die Umstehenden aufseufzten. »Seine Hoheit, der Prinzregent, bittet um Ihre Gesellschaft auf einer Soiree am nächsten Freitag.«

»Meine Gesellschaft?« Tessa war blass geworden.

»Ihre Gesellschaft?« George runzelte die Stirn.

»Ja.« Lord Houghton drehte sich zu Mr Kemsley um und streckte ihm einen zweiten Umschlag hin. »Und um die Ihre auch, Kapitän Kemsley.«

»Meine?« Seine Augenbrauen schossen fast bis zum Haaransatz hinauf.

»Seine?«, fragte George.

»Ja«, sagt Lord Houghton und lächelte Clara an. Dann drehte er sich um und bahnte sich einen Weg durch die Menge.

»Was?«, sagte George und riss Tessa den Umschlag aus der Hand. »Ich fasse es nicht. Der Prinz …« Sein Stirnrunzeln verstärkte sich noch, als er die Einladung las. »Das verstehe ich nicht! Warum wird ausgerechnet Tessa in den Pavillon eingeladen?«

Matilda sah Clara an und runzelte ebenfalls die Stirn. »Ich habe gehört, dass Prinny gern mit hübschen Damen flirtet. Können Sie das bestätigen?«

Clara bemerkte, dass Mr Kemsley bei dieser Frage den Kopf hob. Sie sah Matilda fest an. »Er war sehr gütig und großzügig.«

Mattie wirkte immer noch besorgt. »Aber ich kann es nicht gutheißen. Sie ist so jung und es wird einfach überwältigend sein. Wussten Sie von dieser Einladung?«

Clara konnte die Wahrheit nicht zugeben. Eingestehen, dass sie um die Einladung gebeten hatte? Nein. »Es tröstet Mr Kemsley doch bestimmt, dass er ebenfalls eingeladen ist.«

»Das verstehe ich leider ebenso wenig«, sagte dieser stirnrunzelnd. »Seit Monaten ignoriert er meine Briefe und jetzt diese Einladung in den Pavillon? Sehr seltsam.«

»Ich verstehe nicht, wie er dich einladen konnte, wo diese Ehre doch eigentlich mir gebührt«, beschwerte sich George.

»Vielleicht möchte der Prinz die Heldentaten Ihres Bruders würdigen, Sir George«, meinte Clara sanft.

Er sah sie mit zusammengekniffenen Augen an, sagte jedoch nichts.

Tessa war blass und rot und wieder blass geworden. Clara trat zu ihr, nahm ihre Hand und sagte: »Wenn es Sie tröstet, ich werde auch dort sein.«

»Wirklich?« Tessa sah sie mit riesengroßen Augen an. »Oh, dann fühle ich mich schon viel besser!«

»Aber woher soll sie ein passendes Kleid nehmen?« Mattie rang die Hände. »Wir können sie doch nicht in einem unpassenden Kleid hinschicken!«

Clara sah George an. »Dem Oberhaupt Ihrer Familie wäre es bestimmt nicht recht, wenn seine Schwester sich blamiert.«

Er räusperte sich. »Ich … äh …«

»Das dachte ich mir«, sagte sie und lächelte ihn strahlend an. »Wenn Sie möchten, kann ich Tessa morgen mit zu Madame Sabine nehmen, die, das versichere ich Ihnen, die beste Modistin in dieser

Gegend ist. Sie wird am besten wissen, was eine schöne junge Dame bei einer solchen Gelegenheit tragen sollte.«

»Aber die Kosten«, stammelte er. »Es wird ein kleines Vermögen kosten!«

»Das Sie doch bestimmt besitzen.« Clara legte den Kopf schief und versuchte, Matildas ersticktes Lachen zu überhören. »Ich kann Ihnen versichern, dass jede der letzten Freitag anwesenden Damen ihr bestes Kleid trug. Und glauben Sie mir, die Gewänder, die man dort zu sehen bekam, waren alles andere als – provinziell.«

»Aber … aber …«

»Dann wäre das also geklärt.« Clara legte Tessa die Hand auf die Schulter. »Ich hole Sie morgen um zehn Uhr ab. Sie brauchen keine Angst zu haben, Madame Sabine ist ganz reizend, auch wenn sie vorgibt, Französin zu sein.« Dann streckte sie Mr Kemsley die Hand hin und sagte. »Sie riskieren doch wohl nicht, den künftigen König von England zu brüskieren, indem Sie der Einladung fernbleiben?«

Ben wirkte noch immer verwirrt, doch er nahm ihre Hand und drückte sie warm. »Ich weiß gar nicht, was ich sagen soll. Ich habe einen Verdacht, möchte aber nicht spekulieren.«

Sie zwang sich, ihm in die Augen zu sehen. »Das ist wahrscheinlich das Klügste.«

Er nickte. Ein Funkeln trat in seine Augen und verschwand wieder. Er beugte sich vor, ohne ihre Hand loszulassen. »Hätten Sie vielleicht die Freundlichkeit, auch mir einen Rat zu geben, was ich anziehen soll?«

»Diese Frage klären Sie am besten mit Ihrem Familienoberhaupt.«

In dem allgemeinen Gelächter, das ihrer Antwort folgte, zog sie sich zurück und verschwand.

»Stimmt das?«, wollte Mutter wissen, als sie zu Hause waren.

»Stimmt was, Mutter?«

»Dass die kleine Kemsley nächsten Freitag auch in den Pavillon kommt?«

»Sie hat eine Einladung, also wird sie wohl kommen müssen.«

Mutter runzelte die Stirn. »Das hat doch hoffentlich nichts mit dem zu tun, was du letzten Freitag mit Lord Houghton zu besprechen hattest?«

»Ich?« Clara riss die Augen auf. »Du kannst wohl kaum denken, der Prinzregent nähme von einer unbedeutenden Person wie mir Notiz.«

»Ich finde es nur ein wenig seltsam, dass du im einen Moment mit Lord Houghton sprichst und im nächsten Augenblick werden zwei Personen, die der Prinz normalerweise nicht einmal zur Kenntnis nehmen würde, zu einer solch erlesenen Gesellschaft eingeladen.«

»Ich glaube nicht, dass sie so furchtbar erlesen ist, Mutter. Du hast doch die Leute gesehen, die letzten Freitag anwesend waren. Es waren viele ganz gewöhnliche Damen und Herren dabei. Diesen Freitag wird es ähnlich sein. Außerdem – vergiss nicht, dass Mr Kemsley wohl kaum ein Unbekannter für den Prinzen ist! Er hat ihn in diesem Zeitungsbericht vor ein paar Wochen doch selbst namentlich erwähnt.«

»Nun ja, aber …«

»Und er hat in dem Zusammenhang doch selbst gesagt, dass er seine Heldentat belohnen will, erinnerst du dich nicht?«

Ihr Vater, an den die Frage gerichtet war, nickte. »Doch.«

Clara wandte sich wieder an ihre Mutter. »Ich hoffe, er wird es für angebracht halten, ihn endlich dafür zu würdigen, dass er die vielen Menschenleben gerettet hat.«

»Nun ja, er verdient auf jeden Fall etwas, denke ich.«

»Das denke ich doch auch.« Clara holte tief Luft und fuhr fort: »Wusstest du, dass er fast sein ganzes Geld für die Unterstützung der Kriegsversehrten und der Familien der Seeleute, die aus seiner Mannschaft umgekommen sind, ausgegeben hat?«

»Ich … nein, das wusste ich nicht.«

»Ein so großherziger Mensch hat doch bestimmt eine entsprechende Entschädigung verdient, zumal der Prinz ihm ja eine versprochen hat.«

Vater setzte sich ein wenig aufrechter hin und legte die Zeitung auf den Tisch. »Jetzt, da du es ansprichst: Er hat also tatsächlich noch keine Zahlung erhalten, oder?«

»Matilda sagt, nein. Ich finde, das ist wirklich eine Schande.«

»Dein Interesse am Wohlergehen dieses jungen Mannes erscheint mir ein wenig ungehörig, Clara.«

»Ich möchte lediglich, dass der Gerechtigkeit Genüge getan wird.«

»Wirklich?«

Mutters durchdringender Blick ließ sie erröten. »Es tut mir leid, Mutter, wenn du es vorziehen würdest, dass ich ihn unangenehm finde, aber das kann ich nicht. Er hat sich mir gegenüber jederzeit wie ein vollendeter Herr verhalten und ich hoffe nicht, dass du ihn für weniger wert hältst als uns, nur weil seine Familie nicht wie die unsere einen Titel hat. Du würdest es doch wohl nicht vorziehen, wenn man uns mit Leuten mit niedrigerer Gesinnung in eine Reihe stellt, wie etwa den Osterleys, auch wenn ihre Herkunft als gesellschaftlich akzeptabler gilt?«

Mutter schauderte. »Ich kann diese Frau nicht ausstehen.«

»Der Charakter eines Menschen ist doch ganz sicher wichtiger als seine Herkunft, oder?«

»Schon … aber eine gute Herkunft sollte eigentlich für einen guten Charakter bürgen.«

»So wie bei Richard?«

Ihre Mutter wurde blass.

Die Worte waren ihr entschlüpft, ehe sie richtig nachgedacht hatte, doch was konnte man angesichts des skandalösen Verhaltens ihres Bruders dagegen einwenden? Er war von adliger Herkunft, hatte die besten Schulen besucht, ein Leben in Reichtum und Luxus geführt und sich doch dem Glücksspiel ergeben. Er war nicht einmal vor Diebstahl zurückgeschreckt, um seinen liederlichen Lebenswandel zu finanzieren.

»Es tut mir leid. Ich weiß, dass ich ihn nicht erwähnen soll, aber sein Verhalten wirft ein schlechtes Licht auf uns alle. Und ich möchte nicht, dass du schlecht von einem Menschen denkst, der durch sein Verhalten so vielen geholfen hat.«

»Du redest, als kenntest du Kapitän Kemsley gut. Woher sollen wir wissen ...«

»Er hat mir auch das Leben gerettet.«

»Wie bitte?« Mutter sank in ihrem Sessel zurück und sah sie entsetzt an. »Was soll das nun wieder heißen?«

»Dass er mir das Leben gerettet hat. Er hat verhindert, dass ich von den Klippen gestürzt bin. Vor ein paar Monaten.«

»Wie bitte? Warum erfahren wir erst jetzt davon?«, wollte ihr Vater wissen.

»Weil es mir einfach zu peinlich war. Anfangs dachte ich noch, er hätte mich nicht wiedererkannt. Da ich seine Aufmerksamkeit nicht darauf lenken wollte, hielt ich es deshalb für das Beste, nicht davon zu reden.«

»Nicht davon zu reden? Nicht davon zu reden, dass jemand dir das Leben gerettet hat?« Mutter fächelte sich hilflos Luft zu. »Was um alles in der Welt hast du getan, dass man dir das Leben retten musste?«

»Ich ...« Claras Wangen wurden heiß. Es hatte keinen Sinn, ihnen alles zu erzählen. »Ich stand zu dicht am Rand der Klippen und geriet ins Rutschen. Er hat mich gepackt, bevor ich fiel.«

»Du meine Güte!« Mutter wurde womöglich noch blasser, gleich würde sie in Ohnmacht fallen. »Ich glaube, ich brauche mein Riechsalz.«

Clara eilte hinaus, um es zu holen. Als sie zurückkam, sprachen ihre Eltern leise miteinander. Bei ihrem Eintreten blickten sie auf; in beiden Gesichtern stand Kummer und Betroffenheit.

»Wir können uns nicht damit abfinden, Clara. Wir können es nicht gutheißen, dass du uns das so lange verschwiegen hast.«

»Es tut mir leid.«

»Und wir können es auch nicht gutheißen, dass wir in der Schuld dieses jungen Mannes stehen und ihn schlechter behandelt haben, als ihm zusteht.«

Ein zarter Hoffnungsfunke glomm in ihr auf. An die Unterstützung ihrer Eltern hatte sie wirklich nicht gedacht, als sie Lord Houghton um eine Einladung für Mr Kemsley in den Pavillon gebeten hatte. Sie hatte einfach nur versuchen wollen, Bens Chance auf eine Entschädigung zu verbessern. »Wenn ihr ihm freundlich entgegenkommt, wird er bestimmt merken, dass ihr ihn nicht verachtet.«

»Ihn verachten? Das konnte er ja wohl kaum annehmen!«

»Gesellschaftlich aufstrebende Niemande aus dem Hinterland von Nirgendwo?«, sagte Clara mit hochgezogenen Brauen.

»Aber das haben wir ihm nie ins Gesicht gesagt«, rief Mutter aus.

»Ich habe es überhaupt nie gesagt«, erklärte Vater.

»Bitte, es wäre schön, wenn ihr ihn um seinetwillen achten würdet. Und wenn ihr, wie es so viele andere tun, seine vielen guten Eigenschaften würdigen könntet, würde mich das sehr glücklich machen.«

Mutter sah sie prüfend an. »Empfindest du etwas für diesen jungen Mann, Clara?«

Es hatte keinen Sinn zu lügen. »Ich schätze ihn sehr. Ich halte ihn für einen der anständigsten jungen Herren, die ich je kennengelernt habe.«

»Das klingt sehr nach einer Bejahung.« Ihre Mutter stieß einen tiefen Seufzer aus. »Es wäre wohl das Beste, wenn wir ihn kennenlernen.«

»Danke, Mutter«, sagte Clara, lief zu ihr und umarmte sie.

»Aber meine Liebe!«

Doch dann spürte sie, wie ihre Mutter sie ebenfalls umarmte, und legte den Kopf auf ihre knochige Schulter. Es war das erste Mal, seit sie ein Kind war, dass sie die Zuneigung ihrer Mutter so deutlich spürte.

»Aber bitte, sprich nicht mehr von Richard«, flüsterte ihre Mutter. »Dein Vater kann es kaum ertragen, dass sein einziger Sohn sich als so schwach erwiesen hat.«

»Aber eines Tages, Mutter werden seine Sünden offenbar werden. Dann werden wir uns nicht mehr davor verstecken können.«

Ihre Mutter seufzte. »Ich bitte ja nur noch um ein wenig Zeit.«

Clara schloss sie fester in die Arme. Ihre Mutter mochte hoffen, so viel sie wollte. Sie selbst wusste jedoch nur zu genau, dass Richard, der sein Geschick sehr wohl selbst in der Hand hatte, wenig Rücksicht auf die Menschen nehmen würde, die ihm nahestanden und denen er von Rechts wegen Abbitte hätte leisten müssen.

Ben justierte das Fernrohr und blickte über die Straßen und Dächer hinaus auf den Kanal, dessen Funkeln und Schimmern denjenigen Erfrischung verhieß, die sich in seine Fluten wagten. Sein Herz schlug dumpf. Es war schon viel zu lange her. Vielleicht sollte er dem Wasser dort unten tatsächlich wieder einmal einen Besuch abstatten, allerdings nicht, wie sie es hier in Brighton taten, in einem dieser albernen Badekarren. Nein, er wollte den Strand und die Wellen erleben. Er wollte wie die Seehunde tauchen, die er vor dem Kap der Guten Hoffnung gesehen hatte, damals, als er noch davon geträumt hatte, zum Admiral aufzusteigen, als seine Knie noch gesund waren und seine Karriere gesichert schien.

Wenn doch nur seine Zeit als Kapitän nicht vorbei wäre. Die Enttäuschung darüber machte ihm immer noch zu schaffen. Doch wenn es nicht so gekommen wäre, wäre er nicht hier, hätte nicht das Verhältnis zu seinen Schwestern vertiefen können, hätte nicht diese bezaubernde junge Dame kennengelernt, die jetzt seine Träume belebte. Und ganz bestimmt wäre er nicht als Gast des künftigen Königs in den Marine Pavillon eingeladen worden.

Ein Lächeln trat auf seine Lippen. Er hatte keine Ahnung, warum ausgerechnet er mit einer Einladung zu dem Fest des Prinzregenten geehrt worden war. Sein Bruder war verärgert, seine Schwester besorgt und seine eigenen Gefühle schwankten zwischen Ungläubigkeit und Vorfreude darauf, einen Abend mit der Hochwohlgeborenen Clara DeLancey zu verbringen. Es kam ihm vor wie ein Traum, ein wunderschöner Traum, in dem er wieder ein Held sein und das schöne Mädchen retten konnte.

Die Tür des Cottages sprang auf, Tessa stürzte herein, gefolgt von George. Tessa strahlte, Georges Gesicht war von einem heftigen Zorn verfinstert.

Sein Bruder ließ sich schwer auf einen Stuhl fallen. »Dieses Weib – ich fasse es nicht!«

»Welches Weib?«, fragte Mattie aus der Ecke und legte ihre Näharbeit beiseite.

»Miss Clara DeLancey natürlich!«

»Dann solltest du korrekterweise von einer jungen Dame sprechen«, rügte ihn Mattie.

»Ist mir egal, wie man sie nennen sollte. Ich wüsste schon, wie ich sie nenne, aber das kann ich hier nicht sagen.«

»Das reicht!«

George fing Bens wütenden Blick auf und seufzte. »Natürlich, dich wickelt sie ja um den Finger!«

»Sie wickelt mich nicht um den Finger, aber ich bin nicht einverstanden, wie du von ihr redest.«

»George«, sagte Tessa, »wie kannst du sie nur so verleumden! Clara ist wunderbar, immer freundlich und hilfsbereit.«

»Ja, ich weiß. Wirklich ganz ungemein freundlich und hilfsbereit. So freundlich, uns auf die teuersten Stoffe hinzuweisen, und so hilfreich, darauf zu bestehen, dass spätestens Donnerstag alles fertig sein muss, selbstverständlich für den Aufpreis, den Madame Dingsbums so hilfreich auf den Preis draufschlägt.«

»Tessa wird hinreißend aussehen«, sagte Mattie.

»Ja, das werde ich«, sagte Tessa selbstzufrieden.

Ben verbiss sich ein Grinsen, als er sah, dass George die Hände vors Gesicht schlug. »Ich weiß wirklich nicht, was euch einfällt. Was ist aus eurer viel gepriesenen Bescheidenheit geworden? Warum könnt ihr euch nicht mit weniger zufriedengeben?«

»Aber du hast doch Madame gehört. Sie hat gesagt, die Kleider die ich trage, seien einfach nur hinterwäldlerisch. Nicht einmal du kannst denken, mein bestes Ballkleid sei angemessen für einen Empfang beim Prinzen. Es wurde in Kent genäht.«

Ben kicherte. Mattie lächelte. George stöhnte. »Ich wünschte, ihr würdet euch die liebe Amelia zum Vorbild nehmen und euch mit etwas weniger Teurem bescheiden.«

»Aber ich will nicht wie eine Vogelscheuche aussehen.«

Georges Wangen wurden fleckig. »Soll das heißen, dass Amelia wie eine Vogelscheuche aussieht?«

»Das hast du gesagt, nicht ich.«

»Jetzt pass mal auf …«

»Es tut mir leid, George, aber Ratschläge in Modedingen nehme ich lieber von jemandem an, der elegant ist und oft die Bestgekleidete im Raum. Und deshalb höre ich auf Clara«, fuhr Tessa fort, »vor allem, nachdem sie bereits im Pavillon eingeladen war und solchen Erfolg hatte. Du warst schließlich noch nie dort.«

Das Familienoberhaupt brummte nur empört und stolzierte aus dem Zimmer. Ben ließ endlich seinem zurückgehaltenen Lachen freien Lauf. »Das war gemein von dir, Tessa. Jetzt wird er für den Rest der Woche unausstehlich sein.«

»War es wirklich nötig, ein so teures Kleid auszusuchen?«, fragte Mattie leicht besorgt. »Was, wenn George sich weigert, es zu bezahlen?«

Tessa lachte. »Keine Sorge, Clara kennt alle Tricks. Sie hat ihm gesagt, Madame Sabine verlange eine Anzahlung in Höhe der Hälfte der Gesamtsumme, der Rest sei dann bei Abholung fällig. Natürlich weiß jeder, dass Schneiderinnen kaum in der Position sind, solche Forderungen zu erheben, und oft monatelang Schuldscheine akzeptieren müssen, aber George weiß offensichtlich nicht so viel, wie er glaubt.«

Mattie lächelte. »Du wirst also wirklich die Schöne des Abends sein?«

»Oh Mattie! Von so einem Kleid habe ich nicht einmal zu träumen gewagt. Ich fühle mich wie eine Prinzessin darin. Ich weiß, dass du mich für eine Angeberin hältst, aber wenn ich mich im Spiegel sehe, in dieser Farbe und mit der Frisur, die Clara mir gemacht hat, erkenne ich mich kaum wieder.«

»Clara scheint so etwas wie eine gute Fee zu sein«, sagte Mattie.

»Mir wäre lieber, sie wäre etwas anderes«, sagte Tessa mit einem Seitenblick auf Ben, der diesem rote Ohren bescherte. »Und weißt du, was sie noch gemacht hat?«

»Was denn?«

Tessas Gesicht nahm ein überirdisches Leuchten an. »Sie hat mir gesagt, dass die Exeters auch da sein werden.«

»Die Exeters?«, fragte Mattie.

»Lord Featheringtons Familie.«

»Oh!« Mattie lehnte sich in ihrem Stuhl zurück und wechselte einen Blick mit Ben. Jetzt wusste sie auch den Grund für die plötzliche Veränderung ihrer Schwester. Wenn Tessa so vorteilhaft wie möglich auftrat, in Gegenwart der hochrangigsten Mitglieder des Königreichs, war der Anspruch, den sie auf das Herz des Sohnes der Familie erhob, sicherlich weit akzeptabler.

»Clara hat das für uns getan«, sagte Mattie langsam. »Sie muss mit dem Prinzen gesprochen haben.«

»Oder zumindest mit diesem Houghton.« Ben war höchst unbehaglich zumute. Es hatte ihm gestern gar nicht gefallen, wie dieser Mann Clara – und auch Tessa – gemustert hatte, als seien die beiden jungen Damen, die Ben das Wichtigste auf der Welt waren, lediglich Leckerbissen, bereit zum Verzehr. Er schüttelte den Kopf und lächelte gezwungen, bis Tessa das Zimmer verlassen hatte.

Dann rückte er seinen Stuhl dichter zu Mattie heran. »Houghton wirkt wie ein Mann, der für einen Gefallen eine Gegenleistung erwartet.«

»Meinst du?« Mattie biss sich auf die Lippen. »Aber an so etwas hat Clara bestimmt nicht gedacht.«

»Sie nicht, aber er.« Er schüttelte den Kopf. »Ich kann nichts über den Mann sagen, schließlich kenne ich ihn ja nicht. Aber mir hat gar nicht gefallen, wie er sie angesehen hat.«

»Tessa?«

Matties scharfer Blick trieb ihm wieder die Hitze in die Wangen.
»Beide.«

»Aber ist es denn nicht gut, dass Clara dir eine Einladung besorgt
hat?«

Sie hatte das für ihn getan. Irgendwie war es ihr gelungen, ihm
eine Einladung zu verschaffen, damit er Gelegenheit hatte, mit dem
Prinzregenten über die versprochene Entschädigung zu sprechen.
»Ja. Sie ist …«

»Klug? Talentiert? Gutherzig? Hübsch?«

»All das.« Und unerreichbar für ihn. Sein Mut sank.

»Du wirst auf der Hut sein müssen.«

»Natürlich.«

Er biss die Zähne zusammen. Und ob er auf der Hut sein würde,
um sowohl seine Schwester als auch die junge Dame, die sein Herz
erobert hatte, vor dem Prinzen zu beschützen, dessen Ruf als Schür-
zenjäger in ganz England bekannt war.

Kapitel 23

Niemals hätte er gedacht, je an einen solchen Ort zu kommen. Ben blickte sich in dem blassgrünen Vorzimmer um, in das man sie geführt hatte, nachdem sie dem kleinen Mann an der Tür ihre Eintrittskarten gezeigt hatten. Jetzt standen sie am Ende einer langen Schlange, die darauf wartete, dem Prinzregenten vorgestellt zu werden, was Tessa und ihm – und den übrigen Gästen – genügend Zeit ließ, staunend ihre Umgebung zu betrachten.

Das Vestibül stand ganz im Zeichen des Drachen- und Schlangenmotivs; die schuppigen Geschöpfe waren in die Holzpaneele geschnitzt und zierten die Banner, die im selben Grün wie die Wände gehalten waren.

Die Reihe schob sich langsam voran; jetzt hatten sie den Blick frei auf die Lange Galerie und den Prinzregenten, der neben der Tür stand und die eintretenden Gäste begrüßte. Ben betrachtete ihn, während sie warteten. Er war prachtvoll gekleidet. Sein Leibesumfang war genauso beeindruckend wie die überwältigende Kulisse, die sie umgab. Er schluckte und versuchte, seine aufgewühlten Nerven zu beruhigen. Würde der Prinzregent ihm zuhören? Würde er sich überhaupt an ihn erinnern?

Sie kamen wieder ein paar Schritte voran. Sein Herz klopfte laut, wie der Hammer eines Schmieds auf dem Eisen. Er sah Tessa an, die sich mit leicht geöffnetem Mund staunend umsah. Die Lange Galerie, ganz in protzigem Purpur und Gold gehalten, war ein seltsam anmutendes Gebilde aus maurischen und chinesischen Elementen, als hätte jemand die Abbildung eines chinesischen Tempels gesehen und versucht, ihn nachzubauen. Nach dem, woran er sich von seinen Reisen in den Orient erinnerte, war dem Ergebnis eine gewisse

Ähnlichkeit mit solchen Bauten sicherlich nicht abzusprechen, doch wirklich authentisch war das Ganze nicht. Trotzdem schien der kunterbunte Mischmasch seine Wirkung nicht zu verfehlen.

Vor ihm räusperte sich jemand. Ben nannte dem Diener ihre Namen, dieser rief sie aus, dann standen sie vor dem Prinzregenten.

Tessa sank in den tiefen Knicks, den Clara sie unter Mühen gelehrt hatte, und Ben produzierte eine Verbeugung, die der erlauchten Gesellschaft hoffentlich angemessen war.

»Mr Kemsley. Oh, und Miss Kemsley. Welch eine liebliche Bereicherung unserer heutigen Abendgesellschaft, meine Liebe.«

Das Leuchten in den Augen des Prinzregenten, als er Tessa anerkennend ansah, weckte erneut Bens Misstrauen. Doch bevor er noch etwas sagen konnte, hatte der Prinzregent sich bereits dem nächsten Gast zugewendet, und sie mussten weitergehen, hinein in die eigentliche Galerie.

Er versuchte, sich seine Enttäuschung nicht anmerken zu lassen. Dem Prinzregenten war bei der Nennung seines Namens nicht anzumerken gewesen, ob er ihn wiedererkannt hatte. Und bei der Zahl der heute anwesenden Gäste verbot sich von vornherein jede Hoffnung auf ein privates Wort mit ihm.

Tessa drückte seinen Arm. »Mach dir keine Sorgen. Deine Chance kommt noch, da bin ich ganz sicher. Dich vergisst man nicht so leicht.«

Das hoffte er. »Wenigstens du hast Eindruck gemacht.«

Er kämpfte gegen sein Unbehagen an. Aber der Gedanke, der Prinz könnte es auf Tessa abgesehen haben, war doch einfach lächerlich, oder? Und was Lord Featherington betraf, vielleicht kam er ja gar nicht. Aber wenn doch, wie sollte Ben sich nach ihrer letzten peinlichen Unterredung ihm gegenüber verhalten? Er bezweifelte, dass der junge Viscount sich auch nur daran erinnerte, dass er für Tessa geschwärmt hatte. Nach ihrer Aufregung bei dem Gedanken, ihn wiederzusehen, zu urteilen, würde sie das in tiefste Verzweiflung stürzen. Doch wenn Featherington sie nicht vergessen hatte, wenn sein Charakter sich als verlässlicher als gedacht erwies, dann bestand eine Chance. Ben murmelte ein Gebet für sie. Wenn der heutige Abend seiner Schwester das große Glück bescherte, dann waren seine eigenen enttäuschten Hoffnungen sehr viel leichter zu ertragen.

Um sie herum tummelten sich seinem Gefühl nach Hunderte von Menschen. Er hielt jedoch nur nach dem dunklen Kopf Ausschau, den bald zu sehen seinen Bewegungen heute Flügel verliehen hatte. Nun bezwang er seine Ungeduld, schließlich musste sie bald kommen. Bis dahin würde er versuchen, die kühle Hochnäsigkeit dieser Menschen nachzuahmen, damit seine eigene Unbeholfenheit nicht so deutlich zutage trat.

Er widerstand dem Drang, an seinen Ärmeln herumzuzupfen oder zu prüfen, ob sein Halstuch noch korrekt gebunden war. Tessas Kleid war schlicht überwältigend. Er selbst hatte dagegen zu seinem alten Rock greifen müssen; nur die Kniehose und die Weste waren neu. Er hatte sich nie für eitel gehalten, doch inmitten solcher Pracht verspürte er unwillkürlich das Bedürfnis, gut auszusehen, um seiner Schwester willen wie auch um der vornehmen jungen Dame willen, die er liebend gern beeindrucken wollte.

An den mit chinesischen Fahnen und Kunstgegenständen geschmückten Wänden standen Bambussofas. Er gab seiner Schwester einen leichten Schubs und nickte zu einem Paar großer blauweißer Vasen hinüber, zwei Oasen der Ruhe inmitten der schreiend bunten Farben. »Findest du, Mattie sollte zu Hause mal umdekorieren?«

Tessa sah ihn mit großen Augen an, in denen deutlich ihr Staunen über all die Pracht zu lesen war. »Es ist atemberaubend.«

»So war es wohl auch gedacht.«

Plötzlich packte sie ihn am Arm: »Sieh nur!«

An der einen Wand schwang sich auf halber Höhe ein geschnitzter Baldachin, der an das Dach einer chinesische Pagode erinnerte, anmutig empor. Die spitzen Enden des Daches waren mit Glöckchen verziert. Darüber befand sich eine Reihe von außen erleuchteter Fenster und direkt über ihnen hing eine riesige Laterne von einer mit Malereien geschmückten gläsernen Decke. »Wirklich alles sehr orientalisch.«

»Gefällt es dir nicht?«, flüsterte sie.

»Es ist nicht so ganz nach meinem Geschmack.«

Sie schüttelte den Kopf. »Ich weiß auch nicht, was ich davon halten soll, nur« – sie runzelte die Stirn – »finde ich es irgendwie nicht richtig, dass er so viel Geld für so etwas ausgibt, aber dir nicht gibt, was dir zusteht.«

»Schschsch«, sagte er. »Deshalb sind wir nicht hier.«

»Nicht?« Tessa zog die Brauen hoch und wirkte plötzlich sehr viel lebenserfahrener, als man es von einem siebzehnjährigen Mädchen erwarten konnte.

Aber vielleicht war das ja auch nur die Wirkung des Kleides, das sie trug. Ben lächelte sie an. In der schönen jungen Dame, die vor ihm stand, erkannte er seine kleine Schwester kaum wieder. Gekleidet in blassestes Hellgrün, mit ihrem hoch auf dem Kopf aufgetürmten Haar und ihrem leuchtenden Gesicht wirkten neben ihr alle anderen anwesenden Damen aufgetakelt oder aber zu schlicht. Ihre Jugend und ihre Schönheit waren wie ein Leuchtfeuer in diesem Meer von Menschen. Ihm war aufgefallen, dass mehr als ein junger Herr sein Monokel ans Auge führte und sie mit beifälligem Lächeln musterte.

Sie sah ihn noch immer antworteischend an und er zog sie an sich. »Ich glaube, wir beide wissen ganz genau, warum wir hier sind.«

Ihre Wangen färbten sich zart. In diesem Moment vernahm Ben einen leisen Ausruf hinter sich: »Verdammt hübsches Mädchen!«

Ben warf einen Blick über die Schulter und sah einen älteren Herrn, dessen zahlreiche Orden verrieten, dass er an nicht wenigen Kriegen aktiv teilgenommen hatte. Er beäugte Tessa, wie eine Bulldogge eine vorzügliche Lammkeule betrachten mochte. Ben räusperte sich; daraufhin blickte der Herr ihn an.

»Ja? Was?« Er sah genauer hin. »Sagen Sie, kenne ich Sie nicht?«

Ben verbeugte sich. »Benjamin Kemsley, zu Ihren Diensten, Sir.«

Der Ältere hustete und sah Ben stirnrunzelnd an. »Doch nicht der Kapitän?«

»Der *Ansdruther*, doch.«

»Ho ho! Sieh mal an!« Der Mann winkte ein paar anderen Männern in der Nähe. »Heathcote, Vincent, kommen Sie mal her!«

Kurz darauf war Ben von Leuten umringt, die wissen wollten, ob der legendäre Marsch, wie er in den Zeitungen geschildert worden war, tatsächlich so stattgefunden hatte. Dem älteren Herrn, der, wie sich herausstellte, Palmer hieß, war es gelungen, ihn in den Mittelpunkt einer Aufmerksamkeit zu stellen, wie sie nicht einmal der exotischen Dekoration des Prinzregenten zuteilwurde. Ben zog Tessa an seine Seite und ehe er sichs versah, wurde auch sie mit Fragen nach seiner Zeit bei der Marine bestürmt, und die Umstehenden überschlugen sich förmlich mit Einladungen zu Abendessen und Nachmittagstees und allen möglichen Exkursionen.

Immer wieder ließ er seinen Blick über die Menge schweifen auf der Suche nach dem Viscount oder dem weinroten Kleid, das Miss DeLancey, wie Tessa ihm verraten hatte, heute Abend tragen würde. Angestrengt versuchte er, sich jeden Namen zu merken, der genannt wurde. Die Gespräche um ihn herum zwangen ihn, sich auf geistlose Konversation zu konzentrieren, wo er doch viel lieber die Tür beobachtet hätte. Gerade lauschte er mit halbem Ohr dem Bericht einer verunglückten Mittelmeerreise, als Tessa ihn am Arm packte. »Da ist sie!«

Bens Blick folgte dem ausgestreckten Finger seiner Schwester. Die Menge wogte auf, dann teilte sie sich wieder und er sah sie. Sie lächelte den Prinzregenten an. Dann wandte sie den wunderschön frisierten Kopf. Als sie ihn entdeckte, leuchtete ihr Gesicht auf.

Sein Herz klopfte fast schmerzhaft, als sie näher kam. Sie trug ein burgunderfarbenes Kleid, eine Schattierung dunkler als das Rot, das den Saal schmückte. Die Farbe ließ ihre Haut noch heller erscheinen, ihre Augen noch strahlender, und ihr Haar schimmerte wie tiefschwarzer Zobel. Sie wirkte geradezu königlich, als sei sie bestimmt an einem solchen Ort zu leben. Mit welchem Recht konnte er sich wünschen, dass sie die Seine wurde? »Miss DeLancey.« Er verneigte sich.

»Clara!« Tessa umarmte sie. Der Neid war wie ein Messerstich. Wie gern hätte er ebenfalls dieses Recht gehabt. »Oh Clara, es ist alles so wundervoll!«

»Das freut mich. Sie sehen hinreißend aus.«

Tessa seufzte. »Oh, ich fühle mich so schön! Sie glauben gar nicht, wie dankbar ich Ihnen bin.«

Die grünen Augen richteten sich amüsiert auf ihn. »Wurden Sie schon dem Prinzregenten vorgestellt?«

»Jawohl.«

»Aber er schien sich nicht an Benjie zu erinnern«, sagte Tessa. »Was nicht sehr nett von ihm ist, oder?«

Die Augen flammten erneut auf, doch diesmal nicht amüsiert. Sie legte ihm eine Hand auf den Arm. »Es ist noch Zeit«, sagte sie leise.

Er legte seine Hand auf ihre. »Ich weiß.«

Einen Augenblick lang sahen sie einander nur an. Der Wirbel aus Fröhlichkeit und Ausschweifung um ihn herum schien zu verschwinden. Begehren stieg in ihm auf, sein Herz raste wie ein eingesperrtes Tier. Wenn er doch nur die Möglichkeit hätte, sich ihrer würdig zu erweisen. Was konnte er tun, um dem Gedächtnis des Prinzen auf die Sprünge zu helfen? Was konnte er tun, um Claras hochmütigen Eltern zu beweisen, dass er alles tun würde, um sie zu schützen?

Wie auf Kommando tauchten Lord und Lady Winpoole auf. Der Blick des Viscounts blieb an Bens Hand hängen, die über Claras lag; er zog sie rasch fort. »Guten Abend, mein Herr, meine Dame.« Er verbeugte sich erneut.

»Mr Kemsley. Miss Kemsley.«

»Guten Abend.« Tessa, die errötet war, knickste.

Der Viscount nickte, seine Mundwinkel schienen sich eine Spur zu heben. Doch dann zog er seine Tochter fort und bewegte sich mit seiner stocksteif aufgerichteten Frau in der Schlange weiter, auf eine Flügeltür in der Mitte der gegenüberliegenden Wand zu. Ben blickte ihm ungläubig nach. War das – nun ja, nicht direkt Akzeptanz, aber doch ein Ausdruck der Billigung gewesen? Würde seine Werbung vielleicht doch eines Tages Zustimmung finden?

Er zog den Arm seiner Schwester durch seinen. Gemeinsam schlossen sie sich der Prozession an. Er spürte Tessas Erregung, während sie nach dem blonden Kopf von Lord Featherington Ausschau hielt. Aber vielleicht war Clara ja falsch informiert gewesen und er kam überhaupt nicht.

Sie traten durch Spiegeltüren in den blau, lila und golden dekorierten Salon. Auch hier zeigte sich der Einfluss des Fernen Ostens in den mit chinesischen Szenen bemalten Paneelen und den Quastenlaternen, die von der Decke hingen, die in blassesten Blautönen und mit vorüberziehenden Wolken bemalt war. Ein über und über vergoldeter Schrank hingegen konnte mit seinen geschwungenen Schnitzereien, die Muscheln und Lotosblumen darstellten, und den Spiegelintarsien, in denen sich Urnen aus Goldbronze und Messing spiegelten, den Einfluss Indiens nicht verleugnen. Das Ganze war, wie bereits alles Vorherige, unglaublich pompös und prunkvoll.

Diener drängten sich durch die Menge und boten Erfrischungen an. Ben nahm zwei Gläser von einem Tablett und reichte eines an Tessa weiter. Sie trank einen Schluck, verzog das Gesicht und sagte: »Ich glaube, das ist keine Limonade.«

Ben nippte vorsichtig an dem Getränk. Es war unglaublich sauer. »Nein.« Er streckte die Hand aus, um ihr das Glas wieder abzunehmen, doch sie war plötzlich blass geworden und starrte wie gebannt über seine Schulter.

Als er sich umdrehte, flüsterte sie: »Da ist er.«

Der Viscount Featherington blieb in der Tür stehen. Er war in schlichtes Schwarz gekleidet, wie es Mr Brummells Vorbild entsprach. Zwei einschüchternd wirkende Persönlichkeiten, ähnlich modisch gekleidet wie der Viscount, deren Züge den seinen so sehr glichen, dass sie nur seine Eltern sein konnten, traten vor und verschwanden in der Menge. Lord Featherington schaute sich gelangweilt um, bis sein Blick auf sie fiel. Er blinzelte. Einen Moment lang stand sein Mund offen, dann schloss er ihn wieder. Sekunden später war er neben ihnen. Er warf Ben einen grüßenden Blick zu, doch dann galt seine Aufmerksamkeit einzig und allein Tessa.

»Mein Liebste!«

Angesichts der ungeheuchelten Freude in seinen Augen und Tessas glückseligem Blick wandte Ben sich ab. Dabei fing er Miss De-Lanceys Blick auf. Sie stand am anderen Ende des Raums und errötete, als sie ihn sah. Mit ein paar raschen Schritten war er an ihrer Seite. »Sie wussten es.«

»Ich hoffte es.« Sie biss sich auf die Lippen.

»Wie kam es?«

»Sie missbilligen es doch hoffentlich nicht?«

Er lachte leise. »Ich müsste blind sein, seine Zuneigung nicht zu sehen. Offenbar hat die Trennung seinen Gefühlen keinen Abbruch getan.«

»Und wenn man seine Eltern dazu bringen kann, dies ebenfalls zu bemerken, dann besteht vielleicht Hoffnung.«

Also hatte sie es arrangiert. Ein warmes Gefühl der Zuneigung angesichts ihrer Freundlichkeit stieg in ihm auf. »Sie sind einfach wunderbar.«

Sie schüttelte leicht den Kopf. »Ich möchte nur ein paar Dinge wiedergutmachen. Ich … ich weiß, dass er sich meinetwegen zurückgezogen hat … wegen meiner Verbindung zu Ihnen allen.«

Er griff nach ihrer Hand und hielt sie zärtlich fest. »Sie sind wunderbar.«

Sie lächelte ihn an; es war ein kleines, fast zaghaftes Lächeln, das wunderschön auf ihrem Gesicht erblühte.

In ihm glühte es. Mitten in diesem seltsamen Zusammenprall der Kulturen, in dem kultivierte Engländer sich inmitten orientalischer Überladenheit bewegten, schien es irgendwie nicht ganz so abwegig, dass er die Hand der Tochter eines Viscounts hielt, als könnte hier ein Traum tatsächlich Wirklichkeit werden.

Ein Gong lenkte die allgemeine Aufmerksamkeit auf den vorderen Teil des Raumes, wo Lord Houghton eine Hand hob und um Ruhe bat. »Meine Damen und Herren, wenn Sie mir bitte folgen möchten.

Ich kann Ihnen versichern, dass Sie hingerissen sein werden von den Talenten einiger wunderbarer Musiker, einschließlich unseres ausgezeichneten und hochgeschätzten Gastgebers.«

Die Gesellschaft wechselte in das angrenzende Zimmer, einen ganz in Gold ausgemalten Raum mit fliegenden Drachen, deren Füße mit Quasten verzierte Laternen umklammerten. In einer Ecke stand ein schimmernder Flügel, um den sich eine kleine Gruppe Musiker scharte, die ihre Instrumente stimmten. Die zarten Klänge schwebten gleichsam im Raum.

Ben drehte sich zu Miss DeLancey um. »Werden Sie heute Abend auftreten?«

»Ich glaube schon, aber ich weiß noch nichts Genaues.«

Er wollte ihr gerade versichern, dass man sie bestimmt gleich bitten würde, doch da kehrten ihre Eltern zurück und bedeuteten ihrer Tochter, ihnen zu folgen. Ben verneigte sich und begab sich zu seiner Schwester, die bereits neben dem Viscount saß. Er konnte gerade noch neben den beiden Platz nehmen, in der Reihe hinter den Winpooles, als der Prinzregent unter lautem Applaus der Anwesenden nach vorn trat. Er drehte sich zu den Musikern um, sagte leise etwas, dann fingen sie an zu spielen und er hob an zu singen.

Ben hielt sich nicht für einen Musikkenner, fand die Singstimme des Prinzregenten jedoch recht gut. Der frenetische Applaus, als die Darbietenden geendet hatten, deutete darauf hin, dass das Publikum seiner Ansicht war oder doch auf gar keinen Fall den Gastgeber und künftigen König kränken wollte. Das führte zu einer Zugabe. Dann verneigte sich der Prinz und winkte ihnen huldreich zu.

»Danke, danke. Sehr freundlich. Aber darf ich jetzt ein paar der Gäste bitten?« Er forderte eine junge Dame auf, ihn auf dem Klavier zu begleiten. Ihre Darbietung war hübsch, doch Ben achtete mehr darauf, wie sich Miss DeLanceys Finger verkrampften und wieder lösten. Sie war schrecklich nervös, das arme Ding. Er bat Gott in einem Stoßgebet, ihr ein wenig Ruhe zu schenken.

Die Musik endete, die Menge applaudierte erneut, der Regent geleitete die Dame zurück auf ihren Platz.

»Und jetzt …« Der Prinzregent ließ den Blick über das Publikum schweifen. Sein Blick blieb an Ben hängen. Er fixierte ihn kurz, beinahe neugierig, doch dann glitten seine Augen weiter zu Clara, die in der Reihe vor ihm saß. »Ah, Miss DeLancey. Würden Sie uns die Ehre erweisen?«

Sie murmelte etwas Zustimmendes und erhob sich. Dabei warf sie Ben einen scheuen Blick zu. Nach einem kurzen Wortwechsel mit dem Prinzregenten zog dieser die Brauen hoch und nickte. Sie setzte sich ans Klavier und der Prinz kündigte das Lied an. »Es ist eines meiner Lieblingslieder, das Sie hoffentlich alle genießen werden.«

Ben lehnte sich in herzklopfender Erwartung vor, als sie anfing zu spielen. Die Klänge rannen sanft dahin, ihre Fingerspitzen tanzten über die Tasten. Seine Anspannung löste sich. An Claras musikalischer Begabung gab es keinen Zweifel. Der Prinz begann erneut zu singen, doch diesmal wurde sein Tenor von Claras höherer lieblicher Stimme begleitet. Die beiden Stimmen passten gut zusammen.

Dieses Mal war der Applaus, als die Musik endete, noch lauter und länger. Ben wiederum klatschte begeisterter als die meisten und erregte dadurch die Aufmerksamkeit von Claras Vater, der ihn neugierig ansah. Doch das scherte ihn nicht. Er hätte am liebsten der ganzen Welt gezeigt, wie er sich fühlte.

Clara ließ sich mit einem Seufzer der Erleichterung auf ihren Stuhl sinken. Der öffentliche Teil dieses Abends war für sie vorüber, doch es gab noch so viel zu tun. Tessas und Mr Kemsleys Zukunft hingen von ihr ab.

Ihre Mutter tätschelte ihr die Hand. Dann lauschten sie den restlichen Darbietungen. Nachdem sie aufgestanden waren, kamen weitere Diener mit Tabletts voller Gläser. Um Clara herum sammelten sich Leute, die sie beglückwünschen wollten, darunter auch Tessa und ihr Viscount.

»Oh Clara, Sie waren wundervoll!«, rief Tessa aus. »Ich habe Lord Featherington erzählt, dass ich es allein Ihnen verdanke, dass ich heute Abend hier sein darf.«

Lord Featherington rieb sich den Nacken. »Nicht einmal in meinen wildesten Träumen hätte ich … ich stehe in Ihrer Schuld, Miss DeLancey.«

»Aber nein, gar nicht.«

»Ich hoffe«, er schluckte, »ich hoffe, Sie sind so freundlich, einige meiner früheren, wenig taktvollen Kommentare zu übersehen.«

»Sie sind vergessen und vergeben, mein Herr.«

»Danke«, sagte er und schenkte ihr ein kleines, ehrliches Lächeln.

Ein Knoten in ihrem Herzen löste sich. »Vielleicht interessiert es Sie, Sir, dass mir selbst die Vergebung Ihrer Cousine zuteilwurde. Das hat mir überhaupt erst bewusst gemacht, welch ein mächtiges Instrument Vergebung ist.«

Sein Lächeln wurde tiefer. »Und vielleicht interessiert es Sie, Miss DeLancey, dass ich durch Lavinia genau dieselbe aufrüttelnde Erfahrung machte. Ich kann wohl kaum weiter einen Groll hegen, wenn sie es nicht tut.«

»Sie glaubt an die unverdiente Gnade.«

»Und folgt damit dem Beispiel unseres Erlösers.«

Tessa blickte mit großen Augen zu ihm auf. »Sie sind gläubig?«

»Ich kann die Wahrheit nicht verleugnen.«

»Oh!«

Ihr strahlendes Lächeln weckte in Clara eine schmerzliche Empfindung. Sie wandte sich ab. Sie wollte nicht an sich denken, doch … wenn sie doch nur frei wäre, den Mann, den sie liebte, ebenso bewundernd anlächeln zu dürfen.

Liebte.

Sie blickte auf. Mr Kemsley lauschte geduldig einem älteren Herrn mit einer breiten Reihe Medaillen auf der Brust. Es hatte keinen Sinn mehr, den wilden Aufruhr in ihrem Innern, sobald er in der Nähe war, zu leugnen, oder die Art, wie alles in ihr prickelte, wann immer sie seinen Duft wahrnahm, eine angenehme Mischung au:

Salz und Rasierwasser und einer undefinierbar männlichen Essenz, die nur ihm zu eigen war.

Seine Kraft schien auf sie überzugehen, sein Selbstvertrauen schien auch ihr Selbstvertrauen zu schenken, alle seine guten Eigenschaften weckten in ihr den Wunsch, seiner Großzügigkeit und Güte nachzustreben. Wie mutig er war! Und so langmütig. Wie hatte er sich so lange mit ihrer Sprödheit und mit der hochfahrenden Art ihrer Eltern abfinden können? Wenn sie ihm doch nur zeigen könnte, was er ihr bedeutete.

»Miss DeLancey?«

»Oh, Lord Houghton.« Auf seinen verstohlenen Wink hin eilte sie zu ihm. »Hat der Prinzregent erwähnt, dass ich ihn gern sprechen würde? Es tut mir so leid, ihn zu belästigen, aber ich möchte ihm so gern etwas sagen.«

»Natürlich.« Sein Gesicht blieb völlig ausdruckslos. »Bitte, hier entlang.«

Sie warf Tessa einen entschuldigenden Blick zu, doch die junge Frau wurde gerade den Eltern des Viscounts vorgestellt, deren Lächeln weit gnädiger als sonst ausfiel. Es war sicher besser, wenn sie Tessa nicht mit Clara in Verbindung brachten. Ihr Sohn mochte die Macht der Vergebung kennengelernt haben, doch sie bezweifelte, dass die Marquise ihr in absehbarer Zeit vergeben würde.

Auch ihre Eltern waren beschäftigt; sie sprachen mit Lady Sefton. Mr Kemsley war nirgends zu sehen. Doch das spielte ohnehin keine Rolle. Nur ein schnelles Wort, und sie wäre wieder zurück. Und es konnte auch niemand Anstoß daran nehmen; der Regent war schließlich alt genug, um ihr Vater zu sein.

Lord Houghton führte sie in ein Nebenzimmer, in dem es sehr viel ruhiger war. Hier gab es keine aufdringlichen Dekorationen wie in den anderen Räumen. Es wirkte vielmehr, als könnte man sich in diesem Zimmer von den exotischen Exzessen erholen. Er deutete auf ein bronzefarbenes, mit Muscheln und anderen nautischen Symbolen verziertes Sofa und sie ließ sich dankbar darauf nieder. »Soll ich Ihnen etwas zu trinken holen? Sie müssen doch durstig sein.«

Tatsächlich hatte sie plötzlich rasenden Durst. Die Räume waren sehr warm. »Ja, danke. Sehr gern.«

Sie rutschte an die Sofakante vor und sah sich um. Dabei atmete sie bewusst langsam, um ihr jagendes Herz zu beruhigen. Was sie hier tat, war ungewöhnlich, doch wann würde sich ihr erneut eine solche Gelegenheit bieten? Oder ihm?

Lord Houghton kehrte zurück, ein Glas in der Hand, das er ihr anbot. Sie nahm es dankbar entgegen und trank.

Ein merkwürdiger Schwindel überkam sie. Sie starrte auf das Glas. »Was war das?«

Er lächelte und kam näher. »Nur ein Glas Punsch. Vielleicht mit einer besonderen Ingredienz.«

»Vielleicht?« Sein Lächeln schien ihr irgendwie lüstern. Sie blinzelte, aber schon war sein Gesicht wieder ausdruckslos.

»Miss DeLancey, wissen Sie eigentlich, wie hinreißend Sie heute Abend aussehen?«

»Ich … äh«, sie presste eine Hand auf ihre Stirn. Warum fühlte sie sich plötzlich so krank? »Wie bitte?«

»Sie sehen bezaubernd aus. Sie sind die Schönste heute Abend hier, sogar im Vergleich mit Ihrer wunderschönen Begleiterin. Zugegeben, sie entspricht mehr meinem Geschmack, doch sie hatte ja nur Augen für einen anderen. Sie hingegen …«

Seine Worte ergaben keinen Sinn. »Wie meinen Sie das?«

»… der Regent ist leider sehr beschäftigt.« Er kam noch näher. »Was haben Sie denn, Miss DeLancey? Es scheint Ihnen gar nicht gut zu gehen. Vielleicht sollten Sie sich hinlegen.«

Bevor sie wusste, wie ihr geschah, hatte er sie auf das Sofa gedrückt. Dabei lächelte er sie höchst seltsam an. Sie schloss die Augen und versuchte nachzudenken. Was hatte er gerade gesagt? Dann riss sie die Augen wieder auf. »Was soll das heißen, der Regent ist beschäftigt? Warum bin ich dann hier? Ich verstehe ni…«

»Er ist ein wichtiger Mann, meine Liebe. Und ich war sicher, Sie bei dem, was Sie ihm sagen möchten, unterstützen zu können.« E lachte leise und setzte sich neben sie. Dicht neben sie. Viel, viel zu dicht.

»Mein Herr …«

»Schschsch, Clara. Ich darf Sie doch Clara nennen? Wir werden doch so gute Freunde werden. Und nach dem heutigen Abend, wenn Ihrem Vater bewusst wird, dass wir heiraten müssen, werden ich Sie Clara nennen, so oft ich will. Und jetzt schließen Sie die Augen. So. Seien Sie ein gutes Mädchen. Es wird gar nicht wehtun.«

»Nein!« Sie versuchte sich aufzusetzen, doch er drückte sie wieder herunter. Sie hatte keine Kraft mehr; ihre Knochen fühlten sich an wie Gummi. »Bitte, Sir, gehen Sie von mir herunter.« Warum fühlte sich ihre Zunge so dick an? Warum war ihre Aussprache so verschwommen? Moment, warum war sein Gesicht so dicht über ihr? »Nein!«

Sie roch den heißen, sauren Geruch seines Atems. Eine große, fleischige Hand zerrte an ihrem Kleid. Sie versuchte, ihn zu kratzen, ihn wegzustoßen, doch er war zu schwer, zu hartnäckig. Tief in ihrem Innern bildete sich ein Schrei. Es war ihr egal, wenn jemand hereinkam. Sie hatte in ihrem Leben schon so viele Skandale heraufbeschworen. Ein weiterer Verstoß gegen die Schicklichkeit wäre weniger schlimm, als wenn Lord Houghton seinen Willen bekäme. Verzweifelt fing sie an zu beten. *Gott, hilf mir!* Seine Lippen waren an ihrem Hals; ihre Haut prickelte, sie kämpfte gegen den Brechreiz. »Herunter von mir!«, keuchte sie und drehte den Kopf weg.

Dann sah sie, wie die Tür aufging. Und ein Teil von ihr starb. Der Mann, den zu heiraten sie gehofft hatte, stand da, rasende Wut im Gesicht und Verachtung im Blick.

Kapitel 24

Zorn, schrecklicher, unbezähmbarer Zorn, wallte in ihm auf wie heiße Lava.

»Sie haben die Dame gehört.« Mit ein paar schnellen Schritten war er neben ihnen, packte den Feind am Kragen, riss ihn auf die Füße. »Wie können Sie es wagen?«

»Lassen Sie mich los, Sie Narr. Haben Sie denn nicht gesehen, dass sie um meine Aufmerksamkeit gebeten hat?«

»Sie hat Sie um etwas völlig anderes gebeten. Und was Sie betrifft …« Er ballte eine harte Faust und hieb sie dem anderen ins Gesicht. Ein knackendes Geräusch war zu hören, Lord Houghtons Knie knickten ein, er fiel um und sein Kopf landete mit einem dumpfen Geräusch auf dem Boden.

Clara saß jetzt aufrecht, zitternd, ihr Gesicht war eine Maske des Schreckens. Ben spürte, wie erneut die Wut in ihm aufstieg. »Hat er … hat er …«

Ihre Augen waren weit aufgerissen; sie blickte ins Leere. Eine Schrecksekunde später schüttelte sie den Kopf.

»Gott sei Dank«, keuchte er, sank neben sie auf das Sofa und zog sie an sich. Er spürte, wie sie zuerst erstarrte und sich dann langsam entspannte und den Kopf an seine Schulter legte, während sie nach Atem rang. Vorsichtig schlang er beide Arme um sie und zog sie noch fester an sich. Er würde die Situation nicht ausnützen, wie dieser Schuft es getan hatte, sondern würde alles tun, sie zu trösten, wie er Tessa getröstet hatte, als sie ein kleines Mädchen war.

Noch immer rauschte das Blut in seinen Ohren. Sie musste sein Herz hören, das seine Brust zu sprengen drohte. Sein Herz, das mit dem ihren zusammen fliehen wollte. Ein schwaches Lächeln trat auf seine Lippen. Dieser Ort schien seine Fantasie anzuregen. Doch erst einmal musste er ihr helfen, sich zu fassen, bevor die Tür aufging und jemand sie so sah. Er schauderte innerlich. Wie sollte er das nur ihrem Vater erklären? Oder schlimmer noch, dem Prinzregenten?

Seine Lippen liebkosten ihr Haar und er staunte über ihre Weichheit und ihren Duft, eine reine Mischung, die ihn an Rosen und Heidekraut erinnerte. Sie passte so wunderbar in seine Arme, er könnte ihren Kopf zurückbiegen und sie küssen ...

»Was hat das zu bedeuten?«

Noch bevor er sie loslassen konnte, trat Claras Vater auf sie zu. Der Zorn in seinem Gesicht war zweifellos ein Ebenbild des Zorns, der auf Bens Gesicht zu sehen gewesen war, als er vor wenigen Minuten dieses Zimmer betreten hatte.

»Ich will auf der Stelle wissen, was Sie da tun!« Plötzlich unterbrach er sich und blickte auf die bewegungslose Gestalt auf dem Boden, dann auf seine Tochter. Der harte Ausdruck seines Gesichts schien ein wenig weicher zu werden. »Clara?«

Sie taumelte zu ihrem Vater und warf ihm die Arme um den Hals. Er klopfte ihr unbeholfen den Rücken. Als er Ben wieder anschaute, lag eine maßlose Wut auf seinem Gesicht, um die fest zusammengepressten Lippen war ein weißer Rand zu sehen. Ben stand auf und sah ihn an, dankbar, dass er den Mann mit einem raschen Kopfschütteln beruhigen konnte. Die Situation hätte sehr viel schlimmer sein können.

»Ich versichere Ihnen, Sir, ich habe mir keinerlei Freiheiten herausgenommen«, sagte Ben ruhig. »Ich kam herein, so wie Sie, und fand ihn«, er deutete mit dem Fuß auf Lord Houghton. »Er rang mit ihr und Clara ... ich meine, Ihre Tochter bemühte sich verzweifelt, ihn abzuwehren. Ich fürchte, er hatte dafür gesorgt, dass sie ihm nicht wirklich etwas entgegenzusetzen hatte. Vielleicht hat er etwas in ihr Getränk getan.«

»Clara! Stimmt das?«

Sie blickte zu ihrem Vater auf und nickte kläglich. »Ich ... ich wusste es nicht. Ich dachte, er wolle den Regenten holen.«

Ihr Vater sah sie streng an. »Sag mir nicht, du wolltest die Aufmerksamkeit des Prinzen gewinnen?«

»Nein. Nein! Natürlich nicht! Ich wollte nur … ich meine …« Sie warf Ben einen Hilfe suchenden Blick zu.

»Sie wollten meinetwegen mit ihm sprechen«, erriet er. Als sie nickte, trat er einen hastigen Schritt auf sie zu, nahm sich jedoch gleich wieder zurück. »Das war nicht nötig, meine Liebe. Ich könnte mir niemals ein Gespräch mit ihm wünschen, nicht um einen solchen Preis.«

Tränen traten in ihre Augen, flossen über und rollten über ihre Wangen. Das Herz tat ihm weh; sein Wunsch, sie in die Arme zu nehmen, wurde fast übermächtig. Doch ihr Vater hielt sie noch immer fest und sah dabei aus wie ein Mann, der bereit war, sich eher vor eine Kanone zu werfen, als seine Tochter von einem anderen Mann berühren zu lassen.

»Ich begreife das nicht«, meinte Lord Winpoole. »Warum wolltest du mit dem Regenten sprechen?«

Ein Räuspern hinter ihnen ließ sie zur Tür schauen. Bens Kehle wurde eng, als der Prinz den Raum betrat und sich stirnrunzelnd umsah. »Verzeihen Sie die Unterbrechung, aber es erregt natürlich mein Interesse, wenn ich höre, wie man mit meinem Namen um sich wirft.« Er blickte zwischen ihnen hin und her, bemerkte Claras fleckiges Gesicht und schaute Ben nachdenklich an. »Irgendwie hätte ich nicht gedacht …«

Er unterbrach sich, als sein Blick auf die am Boden liegende Gestalt fiel. Er hob sein Monokel vor das Auge, dann ließ er es wieder fallen. »Ach so ist das.« Er stieß eine dezente Verwünschung aus. »Houghton in Jagdlaune.« Er seufzte und sah Ben fest in die Augen. »Ich nehme an, dass es sich hier um eine Ehrensache handelt.«

»Jawohl, Sir.«

Der Regent seufzte erneut und wandte sich an Clara. »Aber, aber, mein Kind. Sie haben natürlich einen Schock, aber ist das Ganze wirklich diese Tränen wert? Ich hoffe doch, es ist nichts Nichtwiedergutzumachendes passiert?«

Letzteres wurde mit hochgezogenen Brauen und wissendem Blick geäußert. Eine Welle des Abscheus überrollte Ben.

Clara hatte die Kränkung entweder nicht bemerkt oder beschlossen, sie zu ignorieren; sie sah dem Regenten offen in die Augen. »Verzeihen Sie mir, Sir, aber ich bin es nicht gewohnt, überfallen zu werden.«

»Erst recht nicht von einem Ihrer Untergebenen«, murmelte ihr Vater und musterte den Prinzregenten mit zusammengekniffenen Augen.

Das Gesicht des Regenten färbte sich zartrosa. »Mein liebes Mädchen, ich verstehe vor allem nicht, warum Sie überhaupt mit ihm mitgegangen sind. Ich glaube kaum, dass er Sie hier hereingezerrt hat. Und ich erinnere mich auch nicht, Schreie gehört zu haben.«

»Ich wollte mit Ihnen sprechen, erinnern Sie sich?«

»Clara!«, mahnte ihr Vater mit gequälter Stimme.

Doch sie ließ nicht locker. Die Augen fest auf den Prinzen gerichtete, sagte sie: »Ich … ich dachte, er würde Sie holen.«

»Meine Liebe, ich bin doch kein Mensch, den man ›holen‹ kann, wie Sie es so zuvorkommend formulieren. Außerdem hatte ich unser kleines Gespräch vor unserer exquisiten Darbietung keinesfalls vergessen.«

Ben tat das Herz weh, als er sah, wie sie errötete, bis sie die gleiche Gesichtsfarbe wie der Prinzregent hatte. »Es tut mir leid, Sir, ich wollte nicht respektlos sein.«

»Nun gut. Ich verstehe allmählich«, sagte der Regent. »Houghton war noch nie der Mann, der sich eine Gelegenheit entgehen lässt.«

Clara biss sich auf die Lippen. Ihre Röte vertiefte sich noch, soweit das überhaupt möglich war.

»Es mag Sie überraschen, aber ich hatte Ihre Bitte tatsächlich nicht vergessen. Als Lord Heathcote glaubte, eine scharlachrot gekleidete junge Frau dabei beobachtet zu haben, wie sie meine persönlichen Gemächer betrat, war ich zwar überrascht, aber durchaus bereit, mir anzuhören, was Sie zu sagen haben.«

Ben trat vor. »Sir, ich …«

Der Regent hob eine Hand. »Ich möchte zuerst mein Singvögelchen hier hören.«

Claras Brust wölbte sich, als sie hörbar einatmete. »Sir, es betrifft Mr Kemsley hier.«

»Ach wirklich?« Der Regent drehte sich zu Ben um und hob sein Monokel vor ein Auge, das sich dadurch grotesk vergrößerte. »Da bin ich aber neugierig.«

»Sir«, fuhr sie fort, »verzeihen Sie, aber erkennen Sie ihn denn nicht wieder?«

»Clara, bitte«, hob Ben an, schwieg jedoch, als er sah, dass sich das Stirnrunzeln des Regenten verstärkte.

»Clara, ja?« Der Regent sah Ben neugierig an. »Das wird ja immer interessanter.« Er deutete auf Clara. »Bitte fahren Sie fort, meine Liebe. Ich kann mir wirklich nicht vorstellen, was so wichtig sein könnte, dass es diesen unglückseligen Zwischenfall wert ist. Ich habe mich schon seit Ewigkeiten nicht mehr so gut unterhalten. Und glauben Sie mir, ich weiß sehr wohl, wie gute Unterhaltung aussieht.«

Ben fing ihren Blick auf, sah, wie sie schluckte und leicht das Kinn hob. Dann sprach sie mit fester Stimme weiter. »Vielleicht hat Mr Kemsley Ihnen nicht gesagt, dass er Kapitän bei der Marine Ihres Vaters war.«

»Kapitän, sagen Sie?« Die hellblauen Augen sahen ihn an. »Hatten Sie ein Kommando?«

»Ja, Sir. Ich war Kapitän der *Ansdruther*.«

Es gab eine Pause, der Regent blinzelte, dann leuchtete sein Gesicht im Wiedererkennen auf. »Ich erinnere mich! Sie sind der Mann, der die vielen Menschen gerettet hat. Ich freue mich wirklich, Sie kennenzulernen!«

Ben verbiss sich eine scharfe Erwiderung und zwang sich zu einem erfreuten Gesichtsausdruck. »Ganz meinerseits, Sir.«

»Na, das ist doch mal was! Vielen Dank, Miss DeLancey, dass Sie meine Aufmerksamkeit darauf gelenkt haben. Ich verstehe allerdings nicht, warum Sie mir das nicht im Beisein meiner anderen Gäste sagen konnten. Aber jetzt entschuldigen Sie mich, ich war lange genug abwesend und niemand mag einen abwesenden Gastgeber.« Er wandte sich zum Gehen.

Clara warf Ben einen panischen Blick zu. Der schüttelte den Kopf, um sie von ihrem Vorhaben abzubringen, doch sie beachtete ihn nicht und lief dem Regenten nach. »Euer Hoheit?«

»Ja, meine Liebe?«, sagte er, doch diesmal mit einer Spur Ungeduld in der Stimme.

»Sir, verzeihen Sie, es ist nur«, sie schluckte, »es heißt, als man in England von Kapitän Kemsleys Heldentaten erfuhr, hätten Sie den Wunsch geäußert, ihn zu belohnen.«

»Was?« Der Regent drehte sich zu ihm um. »Stimmt das?«

Ben schluckte und neigte den Kopf. »Ich war damals nicht in England, aber meine Schwestern haben die Zeitungen aufbewahrt, in denen davon die Rede war.«

»Wirklich?« Der Regent schien zu schwanken zwischen dem Bedürfnis, das Gespräch fortzusetzen, und dem Wunsch, zu seinen Gästen zurückzukehren.

Ben trat vor. »Sir, vielleicht sollten wir dieses Gespräch lieber fortsetzen, wenn keine anderweitigen Pflichten auf Sie warten?«

Der Prinz sah ihn erleichtert an: »Ja. Ja, das ist eine gute Idee. Sprechen Sie mit meinem Kämmerer.«

Er hielt inne, blickte zu dem Mann auf dem Teppich hinunter und seufzte. »Hm. Vielleicht lieber nicht. Sie haben ihm ja offenbar bereits gesagt, was Sie von ihm halten.«

Ben konnte nur den Kopf neigen und warten.

»Ein einziger Schlag?«

Er blickte auf. Der Regent sah ihn neugierig an. »Ja.«

»Dachte ich mir. Haben Sie je geboxt?«

»Ein wenig, Sir.«

»Ich rühme mich, Jacksons erster Schüler zu sein. Oder besser gewesen zu sein. Hatten Sie je mit ihm zu tun?«

»Ich hatte nicht das Vergnügen«, sagte Ben. Und nicht die Mittel.

»Hm. Nun, ich war wirklich mal sehr sportlich.« Er klopfte Claras Vater auf die Schulter. »Winpoole hier weiß es. Einmal bin ich in zehn Stunden von London nach Brighton geritten und wieder zurück. Zehn Stunden! Können Sie sich das vorstellen?«

Was sollte Ben darauf antworten? Angesichts des momentanen Leibesumfangs des Prinzen war es schwer vorstellbar, dass er überhaupt je geritten war, geschweige denn eine solche Leistung vollbracht hatte.

Der Prinz lachte. »Ich sehe schon, ich muss Sie mit noch weiteren Schwänken aus meinem Leben langweilen. Nächsten Dienstag gebe ich ein Abendessen. Sie müssen unbedingt kommen, Kapitän Kemsley. Und Sie auch«, fuhr er an Claras Vater gewandt fort. »Nur für Herren, meine Liebe«, sage er dann zu Clara gewandt, »aber ich bestehe darauf, dass Sie später am Abend, zum Feuerwerk, zu uns stoßen. Vielleicht könnten Sie auch wieder spielen.«

»Natürlich, Sir«, stotterte Ben, in die Zusage des Viscounts einstimmend.

»Und was Ihr Anliegen betrifft, werde ich darüber nachdenken. Vielleicht könnten Sie ja die besagten Zeitungsausschnitte mitbringen. Obwohl, ich denke, mein Kämmerer …« Er unterbrach sich, seufzte erneut und inspizierte seine Fingernägel. »Das Ärgerliche ist, dass er wirklich ein sehr guter Kämmerer war.«

Aber kein guter Mensch. Ein Hanfseil wäre noch zu gut für ihn. Ben schluckte gewaltsam den Hass gegen den Bewusstlosen hinunter, der in ihm aufgewallt war.

Der Viscount trat vor. »Ich möchte nicht gezwungen sein, einen Mann fordern zu müssen, der die Ehre meiner Tochter angetastet hat.«

»Aber nein, natürlich nicht.« Der Prinz machte eine beschwichtigende Handbewegung. »Wir sprechen uns noch, aber jetzt muss ich wirklich zu meinen Gästen zurückkehren. Sie warten schon lange genug.« Sein Gesicht strahlte auf. »Und das Feuerwerk wartet auch schon! Sie wissen sicher, dass ich Feuerwerke über alles liebe.«

Außer wenn sie zwischen seinem Kämmerer und einem Gast in seinen privaten Gemächern stattfanden.

»Wenn Sie mich jetzt entschuldigen wollen?« Mit diesen Worten beendete der Prinz seine hochgeschätzte Anwesenheit im Raum.

Clara schien in sich zusammenzufallen. »Es tut mir so leid.« Sie sah Ben an. »Ich dachte, er würde Vernunft annehmen und Ihnen gewähren, was Ihnen zusteht.« Sie blickte zu ihrem Vater hinüber. »Ich wollte das … das hier nicht.«

»Clara«, begann Ben, »es ist noch nicht alles verloren. Und überhaupt dürfen Sie sich keine Vorwürfe machen …«

»Oh doch, das sollte sie!«, unterbrach ihn Lord Winpoole. »Was hast du dir eigentlich dabei gedacht, zu einem Stelldichein ausgerechnet mit dem Prinzregenten zu gehen?«

Sie wurde blass und schwankte.

Ben trat ein paar rasche Schritte auf sie zu, wurde jedoch von ihrem Vater aufgehalten. »Und was Sie betrifft, junger Mann, was ist eigentlich in Sie gefahren, meine Tochter als Ihre Fürsprecherin zu benutzen? Ich hätte angenommen, dass Sie selbst mehr Mut besitzen.«

Ben sah Claras bittenden Blick und schluckte eine ärgerliche Erwiderung hinunter. Sie legte ihrem Vater eine Hand auf den Arm. »Vater, bitte, er wusste es doch nicht.«

»Ich würde es niemals gutheißen, dass eine Dame für mich spricht«, sagte Ben steif.

»Und doch sind Sie dagestanden und haben sie für sich sprechen lassen, oder nicht?«

»Er konnte ja wohl kaum die Bitte des Prinzen ablehnen! Vater, Mr Kemsley hat mich vor Lord Houghton gerettet. Du solltest schwach vor Dankbarkeit sein, so wie ich.« Ihre Stimmte zitterte. »Es war schrecklich.«

»Aber, aber, mein Mädchen«, er klopfte ihr unbeholfen den Rücken, »kein Grund zu weinen.« Über Claras Kopf hinweg blickte er Ben an. »Ich bin Ihnen zu Dank verpflichtet, ein zweites Mal.«

Ein zweites Mal? Hatte sie ihrem Vater etwa von ihrer Begegnung auf den Klippen erzählt? »Bitte glauben Sie mir, mein Herr, dass ich nie zulassen würde, dass Ihrer Tochter etwas zustößt, wenn ich es verhindern kann.«

Der Ältere zog unbehaglich die Schultern hoch. »Ja. Nun gut.« Er räusperte sich. »Also gut. Aber jetzt sollten wir lieber wieder zu den Gästen gehen. Deine Mutter fragt sich bestimmt, wo du geblieben bist, meine Liebe.«

Clara presste die Hand auf die Stirn. »Ich fühle mich nicht in der Lage, den vielen Menschen gegenüberzutreten, Vater.«

»Oh.« Der Viscount sah stirnrunzelnd erst sie, dann Ben an. »Wäre es zu viel verlangt, wenn ich Sie bitte, bei Clara zu bleiben, während ich meine Frau suche, Sir? Ich kann mir nicht vorstellen, dass wir uns heute Abend noch das Feuerwerk ansehen.«

»Natürlich, mein Herr. Ich bitte Sie nur, auch meine Schwester zu suchen und sie mitzubringen. Sie war mit Lord Featherington zusammen und ist inzwischen sicherlich genauso besorgt wie Ihre Frau, was unser Verschwinden betrifft.«

Clara riss sich zusammen. »Ich mache viel zu viele Umstände. Ich komme mit.«

»Nun …« Der Viscount wirkte unentschlossen.

»Mein Herr, ich werde Miss DeLancey zurückgeleiten. Wir kommen gleich nach.«

»Vielen Dank. Ich bin Ihnen sehr verbunden.« Damit verließ der Viscount das Zimmer.

Ben drehte sich um. Clara war wieder in sich zusammengesunken. Er legte ihr einen Arm um die Schultern.

»Es tut mir so leid«, wiederholte sie mit Tränen in den Augen. »Ich bin Ihnen schon viel zu sehr zur Last gefallen und jetzt noch Tessa.«

»Vergessen Sie Tessa. Sie genießt diesen Abend, da bin ich ganz sicher. Ich hoffe nur, dass es ihr gelingt, den Marquis und die Marquise von ihren Vorzügen zu überzeugen.«

»Sie ist ein so liebenswertes Mädchen; das wird den beiden bestimmt nicht entgehen.«

»Leider ist das eine Eigenschaft, die häufig unbemerkt bleibt.«

Sie schlug die Augen nieder.

Er hob ihr Kinn hoch. »Was ist denn?«

»Ich habe nie als besonders liebenswert gegolten«, flüsterte sie. »Ich fürchte, dass die meisten Menschen mich einfach für schrecklich halten.«

»Sie möchten doch nur ein Kompliment hören.« Er lächelte.

»Mr Kemsley …«

»Bitte nennen Sie mich doch Ben.«

Sie schüttelte den Kopf. »Mr Kemsley, Sie wissen nicht …«

»Im Gegenteil, meine absolut liebenswerte Clara, ich weiß alles. Ich weiß, dass es kein liebenswerteres Mädchen gibt, das ich so gerne küssen würde wie Sie.«

Ihre Augen wurden groß. »Sir!«

»Aber das werde ich nicht tun, nicht nach allem, was heute Abend geschehen ist, und nicht, wenn Sie es nicht wünschen.«

»Aber ich …« Sie errötete und legte die Hände an die Wangen. »Es ist so warm hier drin.«

Er war der gleichen Ansicht. Doch das hatte nichts damit zu tun, wie sehr der Prinz in seinen Gemächern zu heizen befahl. »Wir sollten jetzt wieder hineingehen.«

Er nahm den Arm von ihrer Schulter und bot ihn ihr, erfüllt von einem unbeschreiblichen Hochgefühl. Sie wollte, dass er sie küsste; lediglich das Gebot der Schicklichkeit hatte sie dazu veranlasst, es abzulehnen! Er legte seine andere Hand auf ihre und drückte sie sanft. Ihre Blicke begegneten sich. Das grüne Feuer war noch immer umschattet.

Sie kehrten zurück in den Wirbel aus Farben, gerade als sämtliche Gäste dem Ausgang zustrebten, von wo man die Stimme des Regenten vernahm: »Schnell! Gleich fängt das Feuerwerk an!«

Er blickte sich suchend um und war erleichtert, als er Tessa entdeckte. Ihr Gesicht strahlte auf, sie beugte sich vor und murmelte Lord Featherington etwas zu. Dabei nahm sie ihre Hand von seinem Arm und winkte ihnen über die Gäste hinweg zu, die noch immer hinaus in den Garten strebten. Dann kam sie zu ihnen herüber.

»Ben! Wo bist du gewesen?« Sie schaute Clara mit hochgezogenen

Brauen an. »Hallo, Clara. Sie wurden vermisst. Lady Sefton hat nach Ihnen gefragt.«

»Ich … mir war plötzlich unwohl.«

»Sie Ärmste. Deshalb sehen Sie so blass aus. Gut, dass Benjie so stark ist, nicht wahr? Kein Wunder, dass Sie sich auf ihn stützen müssen.«

Sein Gesicht brannte. Clara ließ seinen Arm los. »Tessa!«

Sie wandte sich zu ihm um. Aus ihren völlig unschuldigen blauen Augen leuchtete die Erregung. »Oh Ben, du errätst nicht, was passiert ist. Henry hat mich seinen Eltern vorgestellt.«

»Henry? So, so.«

»Ja. Ach, und das errätst du auch nicht: Ich bin am Montag bei der Marquise zum Tee eingeladen. Stell dir vor: Ich, zum Tee bei einer Marquise!« Sie legte die Hände an ihre brennenden Wangen. »Ich weiß gar nicht, was ich denken soll.«

»Ich freue mich so für Sie, Tessa«, murmelte Clara.

»Henry ist so freundlich. Er hat mir von der Zeit erzählt, als er bei seiner Cousine und seiner Schwester im Norden war. Er scheint einen tieferen Sinn im Leben gefunden zu haben, jetzt, wo er auch zum Glauben gefunden hat. Er hat gesagt, er hätte jeden einzelnen Tag seit unserer Trennung bereut, dass er mich ohne ein Wort verlassen hat. Er wirkt völlig verändert.«

All das erzählte sie mit einem halb bittenden, halb trotzigen Blick auf Ben, der sich daraufhin ein Lächeln verbiss und lediglich meinte, bald einmal ein gemäßigteres Gespräch mit dem Viscount führen zu wollen.

»Oh, ich bin so glücklich!« Sie nahm Claras Hände. »Ich kann Ihnen gar nicht genug danken, liebste Clara. Sie waren so gut zu mir. Ich habe Henry erzählt, wie Sie mir geholfen haben, damit ich heute Abend …«

»Ich hatte gehofft, dass Sie ihm nicht sagen, wie es zu der Einladung kam.«

»Haben Sie doch ein wenig Vertrauen. Ob Sie es glauben oder

nicht, manchmal weiß ich, wann ich reden oder wann ich schweigen muss.«

»Dann sind Sie ja auf dem besten Weg, alles richtig zu machen, wenn Sie bei der Marquise zum Tee sind«, sagte Clara mit einem angestrengten Lächeln.

»Reden Sie von meiner Mutter?« Lord Featherington trat zu ihnen. »Sie haben hoffentlich nichts dagegen, dass ich Ihre Schwester heute Abend so ganz für mich in Anspruch nehme«, sagte er zu Ben. »Sie scheint hier ziemlich beliebt zu sein, deshalb hielt ich es für das Beste, keinen Zweifel an meinen Absichten zu lassen.«

Ben zog die Brauen hoch. Der Viscount wurde rot, hielt seinem Blick jedoch stand. Nun gut. Er rang sich ein winziges Nicken ab. »Ich habe nichts dagegen. Im Gegenteil, ich danke Ihnen, dass Sie in Ihren Bemühungen so hartnäckig sind.«

»Meine Mutter scheint einen regelrechten Narren an ihr gefressen zu haben. Sie hält sie für die am besten gekleidete Person des Abends, ausgenommen natürlich sie selbst. Sie schätzt es immer, wenn jemand so viel guten Geschmack besitzt.«

Tessa nahm Claras Hand. »Sehen Sie? Sie müssen mir helfen. Sie darf nicht erfahren, wie schlicht ich normalerweise gekleidet bin.«

»Sie würde Ihre natürliche Anmut und Ihren Charme auch dann erkennen, wenn Sie wie eine Almosenempfängerin gekleidet wären.«

Lord Featherington hüstelte. »Ein charmanter Gedanke, Miss De-Lancey. Sehr freundlich von Ihnen, doch das bezweifle ich. Mode ist ein Lebenselixier für Mama. Aber was soll's.« Und bevor noch jemand etwas sagen konnte, bot er Tessa seinen Arm, sie hängte sich bei ihm ein und die beiden verschwanden.

Ben wandte sich zu Clara um. Sie hatte ihre Haltung wiedergewonnen. »Geht es Ihnen ein wenig besser?«

»Ein wenig, ja, danke.« Doch ihr Lächeln erlosch sogleich wieder. »Ich weiß gar nicht, was ich getan hätte, wenn Sie nicht hereingekommen wären.«

»Bitte, denken Sie nicht mehr daran. Houghton ist ein Schuft, mit dem Sie nie wieder zu tun haben werden.«

»Aber der Prinz will doch, dass ich am Dienstag erscheine. Was, wenn er dann auch da ist?«

Er nahm ihre Hand. »Dann werde ich da sein, um Sie zu beschützen.«

Er wünschte nur, er könnte ihr versprechen, dass das immer der Fall sein würde. Sie sahen sich in die Augen, bis er merkte, dass ihre Eltern auf dem Weg zu ihnen waren. Er ließ ihre Hand los und trat einen Schritt zurück. »Noch einmal, ich danke Ihnen für alles, was Sie für mich und meine Schwester getan haben. Ich kann nur darum beten, dass Gott alles zu einem guten Ende führt.«

»Clara?« Ihre Mutter sah misstrauisch zwischen ihnen hin und her. »Geht es dir gut? Dein Vater sagte, du hättest einen Schwächeanfall gehabt.«

»Ich …« Clara hustete und sah Ben beschwörend an, ebenso wie Lord Winpoole, der soeben zu ihnen trat.

Es gefiel ihm nicht, lügen zu müssen, doch auch er wollte keinen unnötigen Ärger. »Miss DeLancey geht es besser, meine Dame. Sie hat gerade mit meiner Schwester gesprochen, die sehr dankbar für die Hilfe Ihrer Tochter ist.«

»Wirklich?« Sie runzelte die Stirn und sah weiterhin abwechselnd ihn und Clara an.

Er ließ sich nicht aus der Ruhe bringen. »Ihre Tochter ist sehr großherzig in ihrer Sorge für andere. Meine Familie ist ihr zu großem Dank verpflichtet.«

»Nun äh, nun gut.« Sie warf ihm einen letzten misstrauischen Blick zu, dann wandte sie sich an ihre Tochter. »Clara? Du siehst wirklich nicht gut aus. Möchtest du dir das Feuerwerk ansehen oder sollen wir lieber nach Hause fahren? Ich gestehe, dass ich ein wenig Kopfweh habe und nicht unbedingt bleiben will, aber wenn du willst, bleiben wir natürlich.«

»Ich würde lieber nach Hause gehen«, murmelte Clara.

»Gut«, sagte ihre Mutter mit einem erleichterten Lächeln. »Ehrlich gesagt, halte ich es keinen Moment mehr aus. Das Ganze ist sehr ermüdend, auch wenn ich zugeben muss, dass es hübsch war zu hören, wie die Leute dein Loblied singen. Lady Sefton war ziemlich beeindruckt.«

Sie zog Clara mit sich fort. Er wechselte noch einen kurzen Blick mit ihr, dann wandte sie sich zum Ausgang.

Plötzlich war er mit Lord Winpoole allein. Der Viscount trat etwas unbehaglich von einem Fuß auf den anderen und mied seinen Blick, doch dann streckte er ihm die Hand hin. »Ich muss Ihnen danken.«

Ben schüttelte seine Hand. »Ich habe ernst gemeint, was ich gesagt habe, mein Herr.«

Der Viscount ließ seine Hand los und blickte wieder zu Boden.

»Ich würde alles tun, was in meiner Macht steht, um sie zu beschützen, ein Leben lang.« Ben schluckte. »Wenn Sie mir die Ehre dieses Vorrechts gewähren würden.«

»Ich bin Zeuge geworden, wie Sie für sie eingetreten sind, aber ...«

Ben verkrampfte sich. Jetzt kam es.

Lord Winpoole schüttelte den Kopf. »Aber was können Sie ihr bieten? Sie hat kaum Mitgift, muss ich leider gestehen, und nach allem, was man hört, haben Sie kein Geld. Und keinen Titel. Ich bestreite nicht, dass Sie mehr Charakter als die meisten haben, aber Charakter kann meine Tochter nicht ernähren.«

Die gerade erst erwachte Hoffnung erstarb. »Ich hoffe, der Prinz erinnert sich an sein Versprechen, mich zu belohnen.«

»Prinny? Wir können von Glück sagen, wenn er sich daran erinnert, uns für Dienstag eingeladen zu haben, ganz zu schweigen davon, dass Sie ihn an irgendwelche Verpflichtungen erinnern wollten, die er offensichtlich schon lange vergessen hat. Nein, tut mir leid, Mr Kemsley, aber als Vater, der dafür sorgen muss, dass seine Tochter eine vorteilhafte Ehe eingeht, kann ich Ihnen keine Hoffnung machen.«

»Aber ...«

»Ich wünsche Ihnen noch einen guten Abend.«

So etwas wie Verzweiflung stieg in ihm auf, als der Viscount sich umdrehte und seiner Frau und seiner Tochter folgte.

Die kalte Realität hatte seine kurz erwachte Hoffnung sterben lassen.

Kapitel 25

Dienstag

Clara hatte sich auf ihr Bett geworfen und ließ die letzten Tage Revue passieren. Das Gefühl des Sieges nach ihrem Auftritt letzten Freitag, als sie in die Augen der Anwesenden geblickt und gewusst hatte, dass ihr Ansehen in der Gesellschaft wiederhergestellt war, war unter den lüsternen Annäherungsversuchen Lord Houghtons schnell in blanke Angst umgeschlagen.

So wie ihre Scham, als Mr Kemsley sie entdeckt hatte, sich rasch in tiefste Dankbarkeit und ein Gefühl der Sicherheit verwandelt hatte, weil sie spürte, dass sie jemandem etwas bedeutete, der in der Lage war, ihren Feind niederzustrecken, aber auch für sie zu beten. Ein paar Minuten lang hatte sie sich zu glauben gestattet, dass sie in seiner Zuneigung eine Zukunft finden, dass sie einfach um ihrer selbst willen geliebt werden könnte, dass er es ernst gemeint hatte, als er sagte, dass sie liebenswert sei, obwohl sie das Gegenteil behauptet hatte. Seinen Blick hatte sie sich ganz bestimmt nicht eingebildet, ebenso wenig wie die Art, wie er ihren Mund angesehen oder das, was er über seinen Wunsch, sie zu küssen, gesagt hatte.

Tränen traten ihr in die Augen, doch sie blinzelte sie zurück. Aber war es wirklich besser, sie hinunterzuschlucken, statt sie einfach fließen zu lassen? Sie konnte sich heute Abend keine roten, geschwollenen Augen erlauben. Warum machte sie sich überhaupt so viele Gedanken? Was spielte das alles schon für eine Rolle?

Doch es spielte sehr wohl eine Rolle. Sie gestattete sich, an den Augenblick zärtlichen Geborgenseins zurückzudenken. Er empfand etwas für sie, da war sie sich ganz sicher. Oder vielmehr, sie hatte geglaubt, es zu wissen. Er hatte an jenem Abend keinen Zweifel daran gelassen. Jedoch bei ihrer nächsten Begegnung nach dem Gottesdienst am folgenden Sonntag war sie auf einmal nicht mehr so sicher gewesen. Er hatte sie kaum angesehen und noch weniger mit ihr gesprochen. Nach ihren früheren Begegnungen, bei denen – ohne jede Berührung – eine so innige Vertrautheit zwischen ihnen geherrscht hatte, hatte seine Distanziertheit ihr wehgetan, wie seit der lange zurückliegenden Ablehnung durch den Grafen nichts mehr geschmerzt hatte.

Hatte sie ihn irgendwie verärgert? Vielleicht hatte er ja nachgedacht und erkannt, dass sie doch nicht so liebenswert war, wie er gedacht hatte. Vielleicht fand er ihr Verhalten sogar schamlos, wie ihr Vater vermutet hatte. Ihre Kehle wurde eng. Sie holte zitternd Luft. Hatte sie wirklich alles verdorben, was zwischen ihnen bestanden hatte? Würde ihr Handeln von damals sie ewig verfolgen?

Sie drehte sich um. Dabei achtete sie sorgfältig darauf, die komplizierte Frisur nicht zu zerstören, für welche die Zofe Stunden gebraucht hatte. Aber wenigstens Tessa war zufrieden mit ihr. Ihr Bruder – beide Brüder, genau genommen – mochten Vorbehalte gegen sie haben, doch Tessa schien ihre Freundschaft fortsetzen zu wollen. Vor ihrem Gespräch mit Lady Exeter hatte sie sie wieder um Rat gefragt: »Sagen Sie mir doch, Clara, was muss ich tun? Was soll ich anziehen? Sie müssen mir helfen!«

Clara hatte es versprochen und als Tessa und Matilda gestern Morgen zu Besuch kamen, hatte Tessa eines der praktisch neuen Kleider Claras aus London anprobiert. Es war aus cremefarbenem Musselin mit einem mit winzigen Rosenknospen besetzten Überkleid, sehr passend für ein Mädchen in Tessas Alter. Matilda hatte es mit flinken Fingern abgeändert, sodass es wie für Tessa gemacht aussah.

Der Besuch am gleichen Abend war ein voller Erfolg für Tessa gewesen. Die Marquise war so beeindruckt, dass sie Tessa aufgefordert hatte, heute mit ihr zu speisen, während die Männer zum Pavillon vorausgingen. Das hatte die Leihe eines weiteren Kleides erforderlich gemacht. Clara musste bei dem Gedanken, dass ihre

Garderobe immer weiter dezimiert würde, wenn Lord Featherington nicht endlich seinen Mut zusammennahm und mit seinem Vater über seine Wünsche sprach, still lächeln. Sie wusste, dass Mattie keine Einwände gegen die Verbindung hatte. Das hatte sie gestern gesagt. Anscheinend war Lord Featherington am Sonntag nach dem Gottesdienst bei ihnen zum Essen gewesen und das folgende Gespräch der Männer hatte alle überzeugt, dass seine Absichten ebenso ernst waren wie sein Glaube, ein Glaube, der ihn inzwischen auf Glücksspiel und Ausschweifung verzichten ließ. Stattdessen dachte er jetzt an seine Mitmenschen, was sich in einer nicht unerheblichen Schenkung manifestierte, die er dem Heim für Seeleute und Soldaten hatte zukommen lassen.

Doch ihr Lächeln erlosch sogleich wieder. Würde Mr Kemsley jemals mit ihrem Vater sprechen? Oder hielt er es für ehrenhafter zu warten, bis die Sache mit dem Regenten geklärt war und er ihr mehr als nur sein Herz bieten konnte? Ihr Mut sank. Vorausgesetzt, er wollte ihr überhaupt noch einen Antrag machen.

Sie biss sich auf die Lippen. Vielleicht hatte er ja schon mit ihrem Vater gesprochen. Das würde erklären, warum Vater sie in den letzten Tagen kaum angesehen hatte und jedes Gespräch zwischen ihnen steif und gezwungen verlaufen war. Plötzlich machte ihr Herz einen Satz. Was, wenn ihr Vater seine Zustimmung verweigert hatte?

Ihre Augen brannten. Mühselig zwang sie die Tränen zurück. Sie würde den heutigen Abend nicht ruinieren. Außerdem zeigten all diese Sorgen nur ihren Mangel an Glauben. Sie hatte erlebt, dass Gott sogar unausgesprochene Gebete erhörte. Ganz bestimmt wusste er, wie sie empfand, und würde einschreiten und ihr den Weg ebnen. Daran glaubte sie ganz fest.

Sie schloss die Augen und stieß einen lauten Seufzer aus. *Hilf mir zu glauben, Gott.*

Sogleich spürte sie, wie Frieden in ihre Seele einkehrte. Sie brauchte sich nicht zu grämen. Es war alles wohlgeordnet, vom Essen heute Abend und ihrem Weg zum Pavillon bis hin zu ihrer Musik – Mozarts Klaviersonate Nr. 11 in A-Dur – und ihrem Kleid. Ihr rotes

Kleid aus London war noch einmal geändert worden. Es hatte Spitzeneinsätze an den Ärmeln und am Ausschnitt bekommen, damit man es nicht auf den ersten Blick wiedererkannte. Das hatte ihrem Vater größere Ausgaben erspart und sie wirkte trotzdem höchst elegant. Sie brauchte sich nur auszuruhen und nicht nachzudenken. Sie hatte getan, was sie konnte, um Tessa in der Familie des Viscounts im bestmöglichen Licht dastehen zu lassen, und alles, was sie konnte, um Mr Kemsley Gehör beim Prinzen zu verschaffen. Jetzt konnte sie nur noch hoffen und beten, dass der Abend ihre Erwartungen um ein Vielfaches übertreffen würde.

Sie schloss die Augen. *Entspann dich. Vertraue. Glaube.* Sie holte tief Luft und atmete langsam wieder aus. *Entspann dich. Vertraue. Glaube.* Alles lag in Gottes Händen. *Also entspann dich. Vertraue. Glaube.*

Plötzlich vernahm sie ein lang gezogenes Quietschen. Sie riss die Augen auf und blickte zur Tür. Schnappte nach Luft. »Du!«

Ihr Bruder lächelte sein überlegenes Lächeln. »Hallo, Clara. Ist eine ganze Weile her.«

»Nicht lange genug«, murmelte sie und setzte sich auf. »Was tust du hier?«

»Brauche ich einen Grund, meine geliebte Familie sehen zu wollen?«

»Geliebt?« Sie schnaubte. »Du liebst uns nicht. Wenn es so wäre, hättest du uns nicht so viele Sorgen gemacht«, sagte sie unverblümt.

Er machte große Augen. »Wie kannst du so etwas sagen? Meine eigene süße Schwester.« Sein Blick wurde hart. »Ich höre, du gehst heute Abend auch in den Pavillon.«

»Woher weißt du das?«

Er zuckte die Achseln. »Ich habe meine Quellen.«

»Gute Nachrichten reisen schnell.«

»Alle Nachrichten reisen schnell.« Im gedämpften Licht des Zimmers wirkten seine Augen kalt. Sein Gesicht verschloss sich, er betrachtete angelegentlich seine Fingernägel. »Ich wusste gar nicht, dass du immer noch in den höchsten Kreisen verkehrst.«

»Es gibt eine ganze Menge, was du nicht von mir weißt.«

»Ich weiß wahrscheinlich mehr, als du denkst«, sagte er in einem Ton, der ihr einen Schauer über den Rücken jagte.

Sie schwang die Beine vom Bett herunter und griff nach einem Überwurf. Es war ein warmer Tag, doch innerlich fühlte sie sich kälter als ein Eis von *Gunter's*. »Was willst du?«

Er seufzte. »Was wollen denn alle heutzutage?«

»Geld«, sagte sie ausdruckslos.

»Du kennst mich gut.«

Die alte Empörung stieg in ihr auf. »Was ist los? Hat meine Mitgift nicht gereicht?«

»Ich wünschte wirklich, du würdest nicht immer auf den alten Kamellen herumreiten.«

»Du wünschst dir vieles.« Sie schüttelte den Kopf. »Wir haben so wenig. Du kannst nicht hier hereinplatzen und erwarten, dass Mutter und Vater dir immer noch mehr geben. Sie können nicht einmal von dir sprechen, ohne in Aufregung zu geraten!«

»Immer noch?«

»Immer noch! Du hast uns alle tief verletzt.«

»Nun ja, manche Dinge sind eben nicht zu ändern.«

»Natürlich sind sie zu ändern«, sagte sie und sah ihn angewidert an. »Es war dein Entschluss zu spielen, es war dein Entschluss zu stehlen, es war dein Entschluss ...«

»Du liebe Güte. Du hörst dich allmählich genauso selbstgerecht an wie das dumme kleine Ding, an das ich mich deinetwegen auf dem Ball bei den Bathurts herangemacht habe.«

»Meinetwegen?« Sie sprang auf und ballte die Fäuste. »Wie konntest du es wagen, sie so zu behandeln? Damit hast du mir einen schlechten Dienst erwiesen! Ein solches Verhalten kann ich dir nie vergeben.«

»Nicht?« Er nahm eine Prise Schnupftabak. »Haben wir beschlossen, den Grafen zu vergessen?«

»Ja. Die beiden sind verheiratet, glücklich verheiratet, möchte ich hinzufügen. Und ich freue mich darüber.«

Er lachte verächtlich. »Das glaube ich erst, wenn ich es sehe.«

»Wie meinst du das?«

»Hawkesbury und seine kleine Landpomeranze kommen heute Abend auch.«

»Was?«

Diesmal klang sein Lachen noch entnervender. »Jetzt wirkst du doch ein wenig erschrocken. Damit hattest du wohl nicht gerechnet?«

Sie schüttelte langsam den Kopf. »Es spielt keine Rolle für mich. Das interessiert mich nicht mehr.«

»Das habe ich gehört, aber …«

Sie würde sich nicht ärgern. Würde sich nicht ärgern. Würde sich nicht … »Was hast du gehört?«

Er lachte. »Ich habe gehört, dass du unverhältnismäßig viel Zeit mit einem bestimmten ehemaligen Kapitän der Marine Seiner Majestät verbringst.«

»Na und?«

»Was für ein schlechter Geschmack, meine Liebe. Das hätte ich nicht von dir gedacht.«

»Menschen ändern sich. Wie man an dir sieht.«

Sein Gesicht verfinsterte sich. »Wie ich sehe, ist dir deine Neigung zu boshaften Kommentaren erhalten geblieben.«

»Nur bei Leuten, die es verdient haben«, murmelte sie.

Er beugte sich vor und hielt sein Gesicht drohend nur wenige Zentimeter über ihrem, doch sie wollte nicht zurückweichen. Er sollte nicht sehen, dass sie plötzlich Angst vor ihm hatte. »Du musst etwas für mich tun, Clara.«

Sie lachte ungläubig. »Ich glaube, die Zeiten, in denen du auf meine Hilfe rechnen konntest, sind lange vorbei.«

»Du kannst glauben, was du willst, aber du wirst tun, was ich sage.«

»Du kannst mich nicht zwingen.«

»Ach nein?«

Bevor sie wusste, wie ihr geschah, hatte er ihr den Arm auf der

Rücken gedreht und zog ihn nach oben, immer weiter. Es tat schrecklich weh. »Hör auf!«

Noch ein Ruck, noch schmerzhafter. »Ich soll aufhören? Nur wenn du tust, was ich sage.«

»Ich weiß ja nicht mal, was du willst.«

»Erst sag Ja!«

Gleich würde er ihr den Arm auskugeln. Wie sollte sie dann heute Abend spielen? Ein Schrei stieg in ihr auf. »Gut! Hör auf! Was soll ich tun?«

Er lockerte seinen Griff, sie zog ihren Arm fort. »Sprich heute Abend mit Hawkesbury.«

»Was? Nein.«

»Draußen, wenn das Feuerwerk steigt. Nimm ihn beiseite und zeig ihm, was er verpasst.«

Sie starrte ihn entsetzt an. »Was soll ich tun?«

»Küsse ihn, umarme ihn, was auch immer. Ich weiß, dass du längst nicht so virtuos in diesen Dingen bist, wie du unsere lieben Eltern glauben machen möchtest.«

»Wie kannst du …?«

»Dachtest du, dein schmutziges kleines Tête-à-Tête in den Gemächern des Regenten sei unbemerkt geblieben? Da irrst du dich!«

Sie fürchtete, ohnmächtig zu werden. »Wer hat dir das erzählt?«

Er lachte. »Du solltest lieber fragen, wer nicht? Dein Betragen ist Stadtgespräch in Brighton.«

»Nein. Keiner hat uns gesehen, keiner weiß es.« Sie versuchte krampfhaft, ihre Fassung wiederzugewinnen, sich an das zu halten, was die Wahrheit war. Doch stattdessen überwältigten sie die Erinnerungen.

Die Londoner Gesellschaft, die sie scheel ansah und hinter erhobenen Fächern über sie herzog. Die feine Gesellschaft, ihr giftiger Tratsch, das alles kannte sie nur zu gut. Sie wusste, wie die Leute redeten. Sie wusste, was sie sagen würden.

Richard lachte wieder, leise und erbarmungslos. »Hast du wirkich gedacht, es merkt keiner? Der Regent hat diesen Pavillon errichtet, um seine Skandale geheim zu halten, doch seiner Dienerschaft bleibt nichts verborgen.«

»Hat Houghton …«

Er lächelte.

»Ich weiß nicht, was Houghton dir gesagt hat, aber er lügt.«

»Egal. Der Rauch reicht aus. Die Leute glauben nur zu gern, dass es ein Feuer gab.«

Sie schluckte. »Ich kann nicht. Ich werde den Grafen nicht so behandeln.«

Er packte ihre Hand und quetschte ihr gnadenlos die Finger zusammen. »Du wirst.«

»Richard, hör auf.« Tränen traten ihr in die Augen. »Du tust mir weh!«

»Ich weiß. Ich scheine in letzter Zeit einfach Gefallen an diesen Dingen zu finden. Jedenfalls fällt es mir immer schwerer, damit aufzuhören.«

»Bitte, Richard. Ich kann nicht glauben, dass du diesen Menschen wirklich wehtun willst.«

»Da wärst du überrascht.« Sein Gesicht verfinsterte sich. »Ich hätte nie gedacht, dass ich einen Menschen so hassen könnte, bis ich *ihm* begegnet bin. Als er dich hat sitzen lassen, hat er mir sämtliche Chancen im Leben zerstört.«

»Nein, das stimmt nicht. Er hat mich nicht sitzen gelassen. Er hat mich einfach nur nicht geliebt.«

»Seine Gründe spielen keine Rolle. Letztlich kommt es auf dasselbe heraus: den Verlust unseres guten Namens, unserer Aussichten, unserer finanziellen Sicherheit.«

»Aber das war doch nicht die Schuld des Grafen! Schließlich hat nicht er Vaters Geld gestohlen und verspielt.« Sie sah ihn unverwandt an. Er errötete. »Und mein eigenes Verhalten war einfach nur dumm. Ich habe mich in Selbstmitleid gesuhlt. Ich hätte lieber meine Kränkung verbergen sollen, statt Mutters Plan, ihn zurückzugewinnen zu verfolgen. Ich habe mich einfach immer für etwas Besseres gehalten.«

»Wie kannst du ihn noch verteidigen?« Er fluchte. »Nach allem, was er getan hat?«

»Ich habe ihm vergeben.«

»Ihm vergeben?« Er sah sie ungläubig an. Sein Griff lockerte sich unwillkürlich.

»Bitte, Richard«, sie entzog ihm ihre Hand und versuchte erfolglos, den Schmerz wegzumassieren. »Worum du mich bittest, richtet sich gegen alles, was ich glaube.«

»Dann bist du jetzt also auch eine von denen? Ich habe Gerüchte gehört, du seist religiös geworden. Du würdest sogar in so einem armseligen Seemannsheim aushelfen, aber ich hätte mir nicht in meinen wildesten Träumen vorstellen können, dass das stimmt.«

»Doch, das habe ich.«

»Natürlich ohne Mutters Wissen, was?«

Sie starrte ihn an. Wo war der liebenswerte kleine Junge geblieben? Der, mit dem sie gelacht und gespielt hatte? »Ich mag dich nicht.«

»Da bist du nicht die Einzige.« Er wandte den Blick ab. Dabei erhaschte sie einen kurzen Blick auf etwas, das fast wie Verletzlichkeit wirkte. Ihr Bruder – der niederträchtige, unbesiegbare Richard – verletzlich?

Mitleid mischte sich in ihren Kummer und stärkte ihre Entschlossenheit. »Richard, bitte. Sprich mit Vater. Es muss doch einen anderen Weg geben.«

Er schüttelte den Kopf. »Nein, den gibt es nicht.« Sein Blick fiel auf ihre Hände, glitt wieder hoch zu ihrem Gesicht. »Ich habe einen Mann namens Johnson kennengelernt. Was er erzählt hat, war sehr erhellend.«

»Das ist mir egal.«

»Ach ja? Er war Hawkesburys Verwalter auf seiner Klitsche in Gloucestershire. Er hasst den Mann fast so sehr wie ich.«

»Das ist mir egal. Ich helfe dir nicht. Du kannst mir die Finger brechen, wenn du willst, aber dann wirst du mir nur noch mehr leidtun als sowieso schon.«

In seinen Augen flackerte etwas auf. »Du traust dich, mich zu bemitleiden?«

»Ich mache mich nicht gemein mit skrupellosen Verbrechern. Mein Ruf mag nicht makellos sein, aber ich habe nichts Ungesetzliches oder Unmoralisches getan, ganz gleich, was du denkst.«

Er starrte sie an.

Herr, schenke mir Weisheit. »Was willst du damit bewirken? Selbst wenn ich mit Hawkesbury reden würde, wie du es wünschst, was wäre dadurch gewonnen?«

Er schüttelte den Kopf. »Du verstehst das nicht. Ich … Ich habe großen Ärger mit ein paar Geldverleihern, denen ich unbedingt meine Schulden zurückzahlen muss. Johnson ist noch immer im Besitz von beträchtlichen Geldmitteln, die er Hawkesbury gestohlen hat, und er hat mir einen Teil davon versprochen, wenn ich dem Grafen einen Skandal anhängen kann.«

»Und du glaubst ihm?«

Sein Blick verfinsterte sich. »Ich habe keine andere Wahl.«

»Und bei diesem Spiel soll ich mitspielen? Das ist einfach unfassbar!«

»Ich brauche Geld. Er hat es mir versprochen und du …« Er zuckte die Achseln. »Deine Vernarrtheit in den Grafen ist bekannt und Johnson will Hawkesbury unter allen Umständen eins auswischen.«

»Ich gebe dir, was ich habe. Es ist nicht viel, aber …«

Erstaunlicherweise wirkte er plötzlich fast gerührt. »Dein Almosen wäre ein Tropfen auf den heißen Stein.« Er schüttelte den Kopf. Seine Miene verhärtete sich wieder zu der Maske, die sie kennengelernt hatte. »Du wirst mir helfen, liebste Schwester, sonst erhält dein kleiner Rotschopf einen Besuch von dem Sohn eines Viscounts, den sie nie vergessen wird.«

Kapitel 26

Für einen Mann, den ein Viscount als unzulänglichen Heiratskandidaten für seine Tochter bezeichnet hatte, fühlte Ben sich überraschend wohl unter seinen aristokratischen Tischgenossen, die ausnahmslos einen Titel und sehr viel mehr Geld als er besaßen. Vielleicht lag es an Lord Palmers herzlicher Begrüßung, vielleicht an der Tatsache, dass er so weit wie möglich von Claras Vater entfernt saß, am anderen Ende des Tischs, in der Nähe des Marquis von Exeter und von Lord Hawkesbury, Männern, die nichts von seinen enttäuschten Hoffnungen wussten und denen er in dieser Sache nichts vorzuspielen brauchte. Natürlich bemerkte er, dass Lord Winpoole seinen Blick mied, was ihm immerhin Anlass zu der Hoffnung gab, dass Claras Vater sich beim Gedanken an ihre letzte Begegnung ebenso unbehaglich fühlte wie er. Dessen ungeachtet waren die Geschichten, die der Regent zum Besten gab, höchst unterhaltsam und lösten immer wieder großes Gelächter aus, was aber wahrscheinlich auch am Alkohol lag, der überreichlich floss.

Der Graf, fiel ihm auf, hatte sein Glas, wie er selbst, kaum angerührt und auch Lord Featherington schien wenig begeistert von Lord Palmers engagierten Bemühungen, im Trinken mit dem Regenten mitzuhalten. Es war eine leicht benebelte Gesellschaft, die sich schließlich erhob, als der Gong geschlagen wurde. Dieses Amt hatte glücklicherweise nicht Lord Houghton inne. Ihn hatten sie heute Abend noch nicht zu Gesicht bekommen. Ben wusste nicht, ob er entlassen worden war, doch er hoffte es. Wenn es nach ihm ginge, dürfte Houghton nicht hoffen, seinen Dienst je wieder aufzunehmen.

Er begab sich mit den anderen in die nebenan gelegene Galerie, einen Salon mit üppigen blauen Vorhängen, eine wahre Erleichterung nach den überbordenden Chinoiserien in den anderen Räumlichkeiten. Der Regent erging sich in Schwärmereien über seinen neuen Ausstatter, einen gewissen Robert Jones, dem er den Auftrag erteilt hatte, den Speisesaal in ein Fest für die Sinne zu verwandeln, den prachtvollen Banketten angemessen, die der künftige König hier veranstaltete. Bei seinen Prahlereien über riesige Kronleuchter, die von den Klauen gigantischer Drachen hängen, und üppige Dekorationen, die alle anderen Räume in den Schatten stellen sollten, überlegte Ben unwillkürlich, ob der Regent sein Versprechen, über seine Bitte nachzudenken, vergessen hatte. Vielleicht hatte Claras Vater ja recht und der Regent pflegte alles, was er versprach, im nächsten Moment zu vergessen. Er ballte die Fäuste, lockerte sie aber gleich wieder. Er konnte sich solche Gedanken nicht leisten. Er sollte lieber auf Gott vertrauen.

Bei Port und Zigarren wurde das Gespräch fortgesetzt, doch auch hier verzichtete er, da er an keinem von beidem je Geschmack gefunden noch die Mittel dafür gehabt hatte. Dann kam man auf den Krieg zu sprechen, auf die letzten Tage von Napoleons Feldzug vor seiner Gefangennahme und Verbannung auf Elba. Lord Hawkesburys Meinung war in dieser Angelegenheit sehr gesucht, da er unter Wellington im Spanischen Unabhängigkeitskrieg gekämpft hatte, doch schon nach kurzer Zeit wandte sich der Graf an Ben und meinte: »Genug von mir. Ich würde lieber noch einmal etwas über Ihre ebenso bewundernswerte wie wundersame Rettungsaktion hören.«

Die übrigen Gespräche verstummten. Ben fing den Blick des Regenten auf. War das ein Aufblitzen von Schuldgefühl? Der Prinz wandte den Blick wieder ab. Ben schluckte. »Ich möchte niemanden langweilen. Die meisten Anwesenden haben die Geschichte doch sicher schon mehr als einmal gehört.«

»Unsinn. Es ist eine Geschichte des Überlebens und die wird niemals langweilig«, sagte der Graf und sah Ben fest an, sodass dieser sich fragte, ob er vielleicht von seinen Schwierigkeiten wusste. Er spürte, wie die Hitze in seinem Nacken hochstieg. War dies vielleicht endlich die Gelegenheit, um die er Gott immer gebeten hatte?

Er erzählte seine Geschichte in knapper Form und war nicht überrascht, dass Lord Palmer zu denen gehörte, die ihm am lautesten Beifall spendeten. Er sah kurz den Regenten an; dessen Gesicht verriet Interesse, aber nicht mehr.

»Wussten Sie, dass dieser hervorragende junge Mann nicht nur all diese Menschen gerettet hat, sondern auch fast sein ganzes Geld dafür verwendet hat, den armen Familien zu helfen, deren Ehemänner und Väter nicht zurückgekehrt sind?«, fuhr der Graf fort. »Ich persönliche bewundere Männer wie ihn über die Maßen und freue mich besonders, dass er heute Abend bei uns ist.«

»Hört, hört«, kam es aus der Gesellschaft. Nur der Regent schwieg.

Ben sah zu Claras Vater hinüber; dieser schlug die Augen nieder.

»Ich dachte, Sie sollten eine Anerkennung dafür erhalten«, sagte Lord Palmer und wandte sich an Prinny. »Haben Sie nicht gesagt, dieser Mann verdiene eine Belohnung?«

»Mag sein«, räumte der Regent ein.

»Doch, das sagten Sie«, ließ sich der Marquis von Exeter vernehmen. »Ich erinnere mich, es damals in einem Artikel gelesen zu haben.« Er drehte sich in seinem Sessel um und sah den Regenten voll an. »Sie sagten, eine solche Heldentat verdiene mindestens einen Adelstitel, und sprachen auch von einer finanziellen Entschädigung.«

»Ich will nicht bestreiten, dass ich das gesagt haben könnte.«

»Und? Wie sieht es aus?«, fragte Lord Palmer. »Sie können ja wohl kaum behaupten, Sie hätten keine Mittel, nachdem Sie gerade noch mit all dem Firlefanz in Ihrem Speisezimmer geprahlt haben.«

Der Regent runzelte die Stirn. »Wollen Sie etwa an meinem Wort zweifeln?«

»Nun ja, haben Sie ihm die versprochene Belohnung denn zukommen lassen?«

Das Gesicht des Prinzen wurde rosa. »Das kann ich nicht sagen.«

Lord Palmer wandte sich an Ben. »Hat er Ihnen etwas bezahlt?«

Ben hatte sich im Laufe seiner Karriere des Öfteren in einer schwierigen Lage befunden, doch noch nie war er so verlegen gewesen wie jetzt. »Noch nicht«, antwortete er leise.

»Sagen Sie mal, Mr Kemsley«, sagte der Graf von Hawkesbury, »wie viel von Ihrem Geld haben Sie denn für die armen Seeleute aufgewendet?«

Aller Augen sahen ihn an. Wieder wurde ihm heiß. »Das kann ich nicht sagen.«

»Das sollten Sie aber«, meinte Hawkesbury. Seine Augen glitzerten.

»Spucken Sie's aus, Mann. Wie viel?«, beharrte Lord Palmer.

Ben überschlug rasch die Summe. »Neuntausend Pfund, glaube ich.«

»Ah ja. Das wären dann also zehntausend Pfund, wenn wir aufrunden«, sagte der Graf.

»Zehntausend?«, wiederholte der Prinz entgeistert.

»Oder wollen Sie vielleicht heiraten, Kemsley? Wenn ja, sollten wir lieber zwanzig daraus machen«, sagte Lord Palmer und auch seine Augen funkelten.

»Zwanzig?«, stotterte der Regent. »Ich bin doch kein Krösus.«

»In der Tat.« Lord Hawkesbury betrachtete den Prinzen über den Rand seines Weinglases. »Aber es läge in Ihrem eigenen Interesse, Euer Hoheit, wenn das Volk von England sähe, wie Sie einen Mann aus seinen Reihen belohnen, statt mitzuerleben, wie er leer ausgeht, weil Sie es vorziehen, Ihren Sommerpalast mit noch mehr Drachen auszuschmücken.«

In der Stille, die darauf folgte, konnte Ben den Regenten beinahe denken hören. Konnte er sich für seine Beliebtheitsumfragen, die wegen seines allseits bekannten ausschweifenden Lebenswandels ohnehin nie sehr gut ausfielen, noch einen weiteren Skandal wegen Wortbruchs leisten? Bens Mund wurde ganz trocken, sein Herz hämmerte wild, in seinen Ohren rauschte das Blut. *Gott, sei mir gnädig.*

»Ich werde darüber nachdenken«, sagte der Regent schließlich.

»Darüber nachdenken? Wie viel Zeit brauchen Sie denn noch dafür?« Lord Exeter runzelte die Stirn. »Wir alle haben Mr Kemsleys Geschichte gehört. Seine Tapferkeit ist unbestritten. Wollen Sie ihn wirklich wegen ein paar Pfund weiterhin ignorieren?«

Wieder breitete sich ein unbehagliches Schweigen im Raum aus. Schließlich wandte der Regent sich mit einem nicht gerade wohlwollenden Ausdruck in den Augen an Ben. »Haben Sie sie angestachelt, das zu sagen?«

»Angestachelt? Nein, natürlich nicht!«

»Niemand hat irgendjemanden zu irgendetwas angestachelt«, sagte Lord Exeter, »aber ich sage Ihnen etwas: Wenn Sie nicht heute Abend noch Ihr Wort halten, sorge ich dafür, dass die Sache bei der nächsten Parlamentssitzung angesprochen wird.«

Ein Raunen ging durch den Raum.

»Sie?« Der Regent lachte, fast schien es, als sei er amüsiert. »Sie nehmen doch kaum einmal an den Sitzungen teil. Sie haben den Nerv, mir zu drohen?«

»Aber ich besuche die Sitzungen regelmäßig«, sagte Lord Hawkesbury, ganz im Ton des hochrangigen Offiziers, der er gewesen war. »Und ich werde ebenfalls dafür sorgen, dass dieser Mann erhält, was ihm zusteht.«

»Ganz richtig«, murmelte Lord Palmer. »Kommen Sie schon. Sie wollen doch keinen Aufstand. Geben Sie dem Mann einen Adelstitel und den Mammon, der ihm zusteht. Das ist besser, als knauserig zu wirken und so vielleicht noch eine Empörung auszulösen.«

Über das Gesicht des Regenten ging ein Flackern, dann lächelte er die Anwesenden leutselig an. »Natürlich nicht. Schon der Gedanke ist empörend.« Er lachte über seinen eigenen Scherz. »Mr Kemsley«, die vorstehenden blauen Augen sahen Ben an, »bitte verzeihen Sie meine Säumigkeit in dieser Sache. Ich nehme an, die Baronetswürde würde Sie zufriedenstellen?«

»Natürlich, Sir.«

»Es gibt sicherlich noch mehr Offiziere in diesen Kriegen, die sich durch herausragende Leistungen ausgezeichnet haben und hohe Ehren verdienen. Ihre Namen sollten für die Nachwelt aufgezeichnet werden, im Verein mit diesen Zeichen der Anerkennung, die sie sich auf so ehrenhafte Weise verdient haben.« Der Regent blickte Beifall heischend um sich. »Was meinen Sie dazu?«

»Ich sage, er braucht mehr als ein oder zwei hochtrabende Orden«, sagte Lord Palmer. »Geben Sie ihm mindestens den Hosenbandorden. Und vergessen Sie das Geld nicht. Man kann nicht von Versprechungen allein leben.«

»Natürlich nicht.« Der Regent schenkte Ben ein Lächeln. »Finden Sie zehntausend Pfund ausreichend für Ihre herausragende Tapferkeit?«

»Sir, ich weiß nicht, was ich sagen soll«, stammelte Ben.

»Ein Dankeschön genügt.«

Er wollte Dankbarkeit? Egal. »Ich danke Ihnen, Sir.«

»Und ich denke immer noch, es sollten zwanzig sein«, grollte Lord Palmer.

»Man denkt immer, es müsse mehr sein, wenn es nicht um das eigene Geld geht.«

Keiner wies den Thronerben darauf hin, dass das Geld, das er ausgab, wohl kaum als sein eigenes bezeichnet werden konnte. Der Regent erhob sich mit einem huldvollen Lächeln, als sei er nie gezwungen worden, Ben schließlich doch noch zu entschädigen. »Wollen wir nachsehen, ob die Damen eingetroffen sind? Ich muss gestehen, dass mich nach diesen ernsten Angelegenheiten nach ihrer Gesellschaft und ihrer Musik verlangt.«

Hawkesbury stand auf und streckte Ben die Hand hin, um ihm zu gratulieren, doch sein Blick ruhte noch immer auf dem Regenten. »Sir, ich baue darauf, dass wir bald den Termin von Kemsleys Rangerhebung erfahren werden.«

Der Regent hüstelte. »Sobald es mir möglich ist. Ich brauche allerdings zuerst einen neuen Sekretär.«

»Ach?«, meinte Lord Palmer. »Hat der alte Houghton Sie verlassen?«

»Er hat sich als ... nicht zufriedenstellend erwiesen.«

Lord Winpoole nickte nachdrücklich, dann begegnete er Bens Blick und errötete. Ben sah ihn ruhig an. Er konnte sein Glück noch immer nicht fassen. Zehntausend Pfund? Das reichte aus, um ein kleines Anwesen zu kaufen. Und wenn er es gut anlegte, konnte er auch etliche Jahre davon leben. Doch würde es Lord Winpoole zufriedenstellen? Ein Adelstitel würde Clara zur Lady machen und ihm Achtung und Ehre eintragen, auch wenn er den Hosenbandorden nicht bekäme.

Gleich darauf fand er sich in einem wahren Meer von Glückwünschen wieder. Einige der Männer schienen sich allerdings weniger darüber zu freuen, dass Ben endlich Gerechtigkeit widerfahren war, als darüber, Geld aus dem Regenten herausgepresst zu haben. Doch er wollte sich nicht beklagen und bei dem erlauchten Zeugenkreis hegte er die berechtigte Hoffnung, dass der Prinz sich an sein Versprechen gebunden fühlen würde.

Sie gingen hinüber in den Gelben Salon, wo bereits die Damen warteten. Bens Blick suchte sogleich nach Miss DeLancey. Sie saß zusammen mit ihrer Mutter bei Lady Hawkesbury. Die drei lauschten Lady Sefton, die leise von den letzten Eskapaden des Prinzen erzählte.

Claras Vater ging sogleich zu seiner Frau, um mit ihr zu sprechen. Sie hörte zu, dann sah sie ihn direkt an. Ben verbeugte sich und drehte sich um, weil Lord Hawkesbury ihm die Hand auf die Schulter gelegt hatte. »Ich kann nicht sagen, dass es viele Abende mit dem Regenten gibt, die mich froh gemacht haben, doch dieser gehört eindeutig dazu. Gut gemacht, Kemsley, gut gemacht.«

Ben schüttelte den Kopf. »Ich glaube, das haben eher Sie gemacht, mein Herr, und Lord Exeter und Lord Palmer.«

»Ja, aber wir hätten Sie nicht unterstützt, wenn Sie nicht so bescheiden gewesen wären. Niemand schätzt Überheblichkeit und in Ihrem Fall war es die Sache so eindeutig wert.« Er neigte den Kopf. »Aber gab es einen Grund, mehr zu wünschen? Lord Palmer hat eine Andeutung über eine junge Dame gemacht.«

Bens Lächeln wurde angestrengt. »Ich hatte es gehofft, ja, aber ich kann nicht sicher sein. Ihr Vater hat eine Verbindung für unmöglich erklärt. Ob er nach dem heutigen Abend bei seiner Meinung bleibt, weiß ich nicht.«

»Was? Soll das heißen, sie ist hier? Sagen Sie es mir und ich werde Ihnen eine allerhöchste Empfehlung geben.« Die Augen des Grafen lächelten. »Wo ist die glückliche junge Dame?«

»Ich … ich möchte sie nicht in Verlegenheit bringen, mein Herr.«

»Da haben Sie recht. Gehen Sie, reden Sie mit ihr und ihrem Vater, und wenn Sie meine Hilfe brauchen, kommen Sie zu mir.«

Ben murmelte ein paar dankbare Worte, dann schlenderte der Graf zu seiner Frau. Ben bemühte sich, die junge Dame, deren Namen er soeben nicht genannt hatte, nicht anzusehen.

Er schluckte. Was würde geschehen, wenn der Graf erfuhr, wen Ben heiraten wollte? Würde er ihm seine Unterstützung entziehen? Oder würde auch Lord Hawkesbury Clara eines Tages vergeben, so wie seine Frau ihr bereits jetzt vergeben hatte?

»Kemsley!« Lord Featherington schüttelte Ben die Hand. »Ich muss schon sagen, das war einer der eindrucksvollsten Momente meines Lebens. Glauben Sie mir, ich habe noch nie gehört, dass Vater einen anderen Menschen so angegangen ist, nicht mal den alten Hartington.« Er grinste. »Unter uns gesagt, ich glaube, Vater söhnt sich allmählich mit dem Gedanken aus, dass Tessa die künftige Marquise wird. Mama glaubt, sie sei jung genug, dass sie sie noch formen kann. Sie findet sie sehr lieb – ihre Worte, ungelogen – und denkt wohl, wenn ich jung heirate, könnte sogar aus mir noch etwas werden. Ich sagte ihr, dass sie völlig recht habe, was Mama natürlich sehr gern hört. Deshalb würde es mich gar nicht überraschen, wenn sie Vater gesagt hat, dass er Sie nach Kräften unterstützen soll. Es kann nicht schaden, einen Helden der Marine in der Familie zu haben, und wenn er dazu noch einen Titel und ein bisschen Geld hat, umso besser.«

Also hatte sein Glück doch mehr mit anderen zu tun, als er gedacht hatte. Ben grinste. Dann sah er, wie Clara sich zu ihm umdrehte. Sie war totenbleich, ihre Augen waren unnatürlich groß.

Seine Freude war schlagartig verschwunden. Irgendetwas stimmte nicht. Er beobachtete sie. Sie war unnatürlich ruhig, hatte kaum einen Muskel bewegt, seit sie das Zimmer betreten hatten. Lag es an den Erinnerungen an ihren letzten Besuch im Pavillon? Oder daran, dass sie sich nicht im Klaren über seine Absichten war? Er war am Sonntag zu aufgewühlt gewesen, um ihr mehr als hin und wieder einen verstohlenen Blick zuzuwerfen. Hatte sie das fälschlicherweise als mangelndes Interesse ausgelegt? Oder lag es vielleicht an etwas völlig anderem?

Er beobachtete sie sorgfältig. Sah, wie ihre Augen verstohlen zu dem Grafen hinüberglitten. Das machte ihn eifersüchtig. Lag Clara etwa noch immer etwas an ihm?

Ein Räuspern lenkte Bens Aufmerksamkeit auf ihren Vater. »Kemsley, ich gratuliere Ihnen. Ich habe nicht erwartet, dass Sie so geehrt werden.«

Ben sah ihm offen in die Augen. »Ich weiß.«

Lord Winpoole errötete. »Ich … ich war vielleicht ein wenig voreilig. Ich muss zugeben, dass ich nicht immer so ganz in die Herzensangelegenheiten meiner Tochter eingeweiht bin, aber wenn Sie sie noch immer heiraten möchten, habe ich nichts mehr dagegen.«

»Danke«, sagte Ben und bemühte sich, nicht ironisch zu klingen. »Ich freue mich sehr über Ihre Unterstützung.«

Er blickte wieder zu Clara hinüber, die noch immer verstohlen den Grafen beobachtete. Wollte er wirklich in eine Familie einheiraten, der ein Titel wichtiger war als der Charakter? Und vor allem: Wünschte er sich eine Frau, die einen anderen liebte?

Lord Winpoole streckte die Hand aus. Ben nahm sie und schüttelte sie.

Dann blickte er auf und sah, wie der Graf von Hawkesbury plötzlich die Stirn runzelte.

Kapitel 27

Was sollte sie tun?

Der Graf stand ganz nahe, so nahe, dass sie seinen Duft wahrnehmen konnte, eine Mischung aus Bergamotte und frischem Leinen. Aber würde sie wirklich seine Aufmerksamkeit auf sich ziehen können? Die Idee, er würde ihr auch nur zuhören, war einfach lächerlich. Er hatte kein Hehl aus seiner Verachtung gemacht und sich abgewandt, statt sie anzusehen. Sie kämpfte um Fassung. Gott sei Dank war seine Frau weniger unversöhnlich. Sie hatte Clara aufgefordert, sich neben sie zu setzen, und nach ihren Fortschritten im Glauben gefragt, bis die immer zum Plaudern aufgelegte Lady Sefton mit ihrem Tratsch über die arme Prinzessin Charlotte dem Gespräch eine andere Wendung gegeben hatte.

Was sollte sie jetzt tun? Ihr war übel, ihre Nerven waren so angespannt, dass sie sich kaum rühren konnte. Dann war er hereingekommen, mit einem Gesichtsausdruck, als hätte man ihm soeben die Schlüssel zu einem Palast überreicht. Sie hatte gesehen, wie er sich sogleich suchend nach ihr umgeschaut hatte, doch dann waren mehrere Männer zu ihm getreten und hatten ihm die Hände geschüttelt. Das Ganze sah sehr nach Glückwünschen aus. Ihr Herz flatterte. Hatte er den Prinzen von seinen berechtigten Ansprüchen überzeugen können? Sie hoffte es, um seinetwillen, aber auch um ihretwillen. Doch bevor sie weiter darüber nachdenken konnte, musste sie sich entscheiden, was sie heute Abend tun würde.

Richard hatte ihr, bevor er ging, noch gesagt, dass jemand anwesend sein würde, der sie beobachtete. War es vielleicht dieser rätselhafte Johnson? Jemand, der dafür sorgen würde, dass der Graf einen Skandal am Hals hatte, der schlimmer sein würde als alles Vorherige.

Seither hatte sie gehadert und gebetet. Ihre Finger, ihre ganzen Hände taten weh. Wie konnte sie einen solchen Skandal heraufbeschwören? Sie durfte Lavinia nicht so verletzen. Es konnte nicht Gottes Wille sein, dass sie bei einem so bösen Plan mitmachte. Aber was erwartete er von ihr? Ihr Magen hob sich; sie legte zwei Finger auf ihren Mund.

»Miss DeLancey?« Lavinia sah sie besorgt an.

Sie schüttelte nur den Kopf. Lady Sefton meinte: »Das ist die Hitze. Sie macht uns allen zu schaffen.«

Clara lächelte schwach. Ihre Mutter öffnete ihren Fächer und wedelte ihr Luft zu, doch als Clara merkte, dass sie plötzlich im Mittelpunkt des allgemeinen Interesses stand, drückte sie den Fächer nach unten. »Danke, Mutter, aber das ist wirklich nicht nötig.«

»Meine Liebe, erst wirst du rot und gleich darauf bist du weiß wie ein Geist. Es geht dir nicht gut. Vielleicht sollten wir gehen.«

Gehen? Vor dem Dilemma dieses entsetzlichen Abends davonlaufen? Aber das bedeutete nur ein Verschieben auf einen anderen Tag.

Der Prinz bat um Aufmerksamkeit. Dann forderte er Lavinia auf zu spielen, was sie auch tat. Sie erhielt reichlich Beifall. Clara lauschte dem exzellenten Spiel. Sie wusste, dass ihr Spiel heute Abend wesentlich schlechter ausfallen würde. Noch eine Zugabe, dann wandte der Prinz sich an Clara.

»Miss DeLancey?«

Sie stand auf und rieb sich die Finger in der Hoffnung, sie damit ein wenig zu stärken. Dann setzte sie sich ans Klavier. Ein rascher Blick zu ihren Eltern, die stolz lächelten, auf den erwartungsvollen Prinzregenten und auf Mr Kemsley, der sie unverwandt ansah. Sie durfte keinen von ihnen enttäuschen.

Sie sprach noch ein Stoßgebet, dann begann sie, verzweifelt bemüht, den Schmerz, den ihre protestierenden Muskeln ihr bereiteten, zu verbergen. Irgendwie kämpfte sie sich durch das Musikstück, die wenigen Fehler, die ihr unterliefen, waren so unbedeutend, dass höchstens eine Musikkennerin wie Lavinia sie bemerken konnte.

Doch das war ihr gleichgültig. Sie hatte es längst aufgegeben, eine so gute Musikerin wie die Gräfin werden zu wollen.

Auch sie bekam reichlich Applaus. Sie spielte noch eine Zugabe, dann war sie erlöst und konnte dem Auftritt des Prinzen lauschen. Doch es gelang ihr nicht, sich zu konzentrieren. Die musikalische Darbietung war nur die Ouvertüre zu dem geheimen Programm dieses Abends. Was sollte sie tun? Wie sollte sie wählen zwischen Tessas Unschuld und der Kränkung Lavinias, ihrer früheren Rivalin, die Richard damals attackiert hatte?

»Verzeihen Sie, Miss DeLancey?«

Ihr Atem stockte. Die Musik hatte aufgehört, die Gespräche wieder eingesetzt. Sie blickte auf und begegnete Mr Kemsleys blauen Augen. Angesichts der Wärme, die sie in seinem Blick sah, errötete sie.

»Ihre Darbietung hat mir sehr gefallen.«

»Danke«, murmelte sie.

»Möchten Sie mich vielleicht auf einen Spaziergang durch die Gärten begleiten? Sie sind sehr schön und außerdem ist es draußen bestimmt angenehmer.«

»Geh ruhig«, sagte ihr Vater in einem Ton, der keinen Widerspruch duldete.

Sie schluckte und nahm Mr Kemsleys Hand. Was würde geschehen, wenn sie ihm von Richards Drohung erzählte? Würde er entsetzt sein? Würde er ihr helfen? Und wenn er ihr nicht glaubte? Ihr Herz schien sich zu verkrampfen. Würde er ihre Familie daraufhin verabscheuen und nichts mehr mit ihr zu tun haben wollen?

Er nahm ihre Hand; sie unterdrückte ein Stöhnen. Er schien es zu bemerken und warf ihr einen raschen Blick zu. »Miss DeLancey?«

Sie schüttelte den Kopf. Draußen. Sie wollte nur noch weg von hier. Draußen würde sie atmen können.

Innerhalb von Sekunden standen sie im Freien. Sie sog tief die kühle, frische Luft ein.

»Miss DeLancey – Clara – verzeihen Sie mir, aber Ihre Mutter hat recht. Sie wirken gar nicht wohl.«

Sie schüttelte den Kopf. »Das ist es nicht, Sir. Es geht mir gut. Es ist nur ...«

Er führte sie zu einer Bank, auf der sie sich dankbar niederließ. Als sie wieder aufblickte, war die Zärtlichkeit aus seinem Gesicht verschwunden und hatte einem sehr viel kühleren Ausdruck Platz gemacht. »Ist es Hawkesbury?«

Sie keuchte auf. »Was wissen Sie?«

»Clara, er darf Sie nicht mehr kümmern. Irgendwann werden Sie diese Gefühle überwinden müssen.«

»Oh, aber ...«

»Ich weiß, dass Ihnen einmal sehr viel an ihm lag, aber Sie können sich nicht für immer davon bestimmen lassen.«

»Nein, Sie verstehen mich nicht. Mir liegt nichts an ihm. Nicht auf diese Weise. Gar nichts.«

Er setzte sich neben sie und nahm ihre Hand. »Dann besteht also Hoffnung für mich?«

»Oh, Mr Kemsley.« Ihre Augen flossen über.

»Meine Liebste, was ist denn?« Er drückte sanft ihre Hand.

Schmerz schoss ihren Arm hinauf. Sie stieß einen leisen Schmerzlaut aus.

»Was ist? Habe ich Sie verletzt?«

»Nein, aber ich bin verletzt.« Sie schluckte ihre Angst hinunter und betete um Mut. »Mein ... mein Bruder, Richard, hat mich heute aufgesucht. Er ... er hat mir die Finger gequetscht und den Arm verdreht.«

»Was?!«

»Ich wollte nicht tun, worum er mich gebeten hat. Er hat versucht, mich zu zwingen.«

»Mein Liebling!«

Bevor sie wusste, wie ihr geschah, hatte er sie in seine Arme gezogen. Sie atmete seinen angenehmen Duft ein und lauschte wieder seinem beruhigenden Herzschlag. Hier, in seinen Armen, war sie sicher. Sie schloss die Augen, genoss den Moment.

»Was hat er von Ihnen gewollt?«

Sie erzählte ihm alles. Sein Arm lag um ihre Schultern, sein Atem strich sanft über ihr Haar.

»Er hat Tessa bedroht?«

»Ja.«

»Ich weiß nicht, wie er das anstellen sollte. Sie kennen meine Familie doch kaum.«

Doch offensichtlich schien sein Interesse an ihr das Risiko wert. Ihr Herz flatterte. Sein Interesse!

»Und Sie sagen, dieser Mann sei hier anwesend und beobachte uns?«

»Anscheinend, ja.«

Sie spürte, wie sein Oberkörper sich bewegte, als er nickte, und blickte zu ihm auf. »Was soll ich tun?«

Er holte tief Luft, als söge er die Last der ganzen Welt ein. »Uns bleibt nur ein Weg. Wir müssen es Hawkesbury sagen. Er muss uns helfen.«

Die Gedanken überschlugen sich, taumelten durch seinen Kopf wie ein winziges Boot auf dem tosenden Meer. Was sollte er tun? *Gott, schenke mir Weisheit.* Er wartete, lauschte auf die leise Stimme, die ihn so oft geleitet hatte. Eine Idee bildete sich, kristallisierte sich immer deutlicher heraus.

»Meine Liebe.« Wieder nahm er Claras Hand, dieses Mal diejenige, die ihr niederträchtiger Bruder nicht verletzt hatte. »Vertrauen Sie mir?«

»Ja.«

»Sie wissen, wie viel mir an Ihnen liegt. Ich möchte Ihrem Bruder nicht wehtun, aber wenn ich Sie schützen muss, könnte es nötig werden.«

Ihre meergrünen Augen schimmerten. »Er hat seine Wahl getroffen.«

»Ja, das hat er. Aber wir werden tun, was wir können, um zu verhindern, dass Sie darunter leiden müssen.« Er stand auf. »Kommen Sie mit, wir gehen wieder hinein. Wenn dieser Mann uns wirklich beobachtet, wird er Sie bei Hawkesbury sehen wollen und nicht bei mir.«

Er zog sie sanft auf die Füße und ging dann neben ihr her, nicht zu dicht, falls ein unsichtbarer Zeuge sie beobachtete. Seine Lippen wurden schmal. Wenn sie wirklich beobachtet worden waren, hatten sie keine Chance. Denn eine Frau, die einem Mann erlaubte, sie auf diese Weise festzuhalten, konnte nicht in einen anderen verliebt sein. Es sei denn, sie hielten Clara tatsächlich für eine völlig ehrlose Frau.

Ihm wurde heiß vor Zorn, er rang um Fassung. Sie betraten den Raum und er brachte Clara zu ihrer Mutter. Gesichter wandten sich ihnen zu, manche erwartungsvoll, andere neugierig. Ein Mann ging nicht in der Dämmerung mit einer Frau spazieren, wenn er ihr keinen Heiratsantrag machen wollte. Doch da er das nicht getan hatte, wich er ihren Fragen aus und bat stattdessen Lord Winpoole, den Grafen und Lord Featherington um ein Gespräch.

Clara sah ihn ängstlich an. Er nickte nur. »Ich bin gleich zurück.«

Er ging mit den drei Männern in ein anliegendes Zimmer und erklärte ihnen die Situation, bis hin zu Claras verletzten Händen. Der Graf machte ein Gesicht wie eine Gewitterwolke, Lord Featherington war blass geworden, Claras Vater sah aus, als sei ihm übel.

»Ich kann es nicht glauben«, murmelte er. »Dieser Junge erweist sich immer mehr als Fluch meines Lebens.«

»Mein Herr, ich halte es nicht für ratsam, Zeit mit Anklagen zu verschwenden«, sagte Ben und an den Grafen gewandt: »Ich kann gut verstehen, wenn Sie nichts damit zu tun haben wollen. Bitte glauben Sie mir, dass ich die Situation ebenso widerwärtig finde wie Sie.«

»Sie wollen sie heiraten.«

Hawkesbury sprach es aus, als sei es eine Tatsache, doch Ben hörte die Frage dahinter. »Ja. Und mit meinem Plan werden wir diesen

Schuft Johnson auffliegen lassen. Dann wird endlich der Gerechtigkeit Genüge getan.«

Der Graf seufzte tief auf. »Es gefällt mir gar nicht, aber wenn Sie so sicher sind, können Sie auf meine Unterstützung zählen.«

»Ich bin nicht sicher«, gestand Ben. »Aber wir sind alle Männer des Gebets, nicht wahr?« Er sah Claras Vater an, den Einzigen, bei dem er das bezweifelte. Doch auch Lord Winpoole nickte. »Dann wollen wir darauf vertrauen, dass Gott uns leitet und vor den Fallstricken des Feindes beschützt.«

»Amen«, sagte Tessas künftiger Gemahl.

»Amen«, sagte der Graf und der Hauch eines Lächelns trat auf sein Gesicht.

»Äh … amen«, sagte auch Lord Winpoole, wirkte dabei jedoch leicht verwirrt.

»So, Featherington, Sie sollten sich hier empfehlen, bevor das Feuerwerk anfängt.« Ben brachte sogar ein Lächeln zustande. »Ein Auge auf Tessa zu haben, ist wohl keine allzu große Last. David ist ein unerschrockener Mann, auch wenn er Geistlicher ist. Und sogar George wird sich, wenn wir ihm sagen, worum es geht, als mutig erweisen.« Hoffte er jedenfalls.

Dann wandte er sich an den Grafen. »Sie sind natürlich Richards eigentliches Ziel, was eine gewisse Gefahr birgt, aber ich glaube nicht, dass er seine Schwester wirklich in Gefahr bringen will.« Dann fiel ihm der verdrehte Arm ein und er fügte hinzu: »Beten wir, dass es so ist.«

Der Graf blickte grimmig drein. »Ich habe als Soldat gelernt, mich zu verteidigen, wenn es nötig ist.«

Ben fuhr fort, seinen Plan zu erläutern. Die beiden jüngeren Männer des Trios nickten, der Mann, den er eigentlich beeindrucken wollte, wirkte dagegen alles andere als begeistert.

Claras Vater war im Gegenteil aschgrau im Gesicht. »Das alles gefällt mir gar nicht. Warum können wir ihnen nicht einfach das Geld geben?«

»Weil die Forderungen nicht aufhören werden. Vielleicht herrscht ein paar Monate Ruhe, aber dann wird es wieder von vorn losgehen. Es tut mir leid, mein Herr, aber wenn es um die Sicherheit meiner Schwester geht, kann ich kein Risiko eingehen.«

»Natürlich nicht«, antwortete Lord Winpoole bedrückt. »Ich wollte nur ...« Er unterbrach sich, als die Tür aufging. »Clara?«

Sie kam herein, totenblass, und sah die Männer an. »Es tut mir leid, Sie zu unterbrechen.«

»Stimmt es, was Kemsley sagt?«, fuhr ihr Vater sie an. »Hat Richard dich wirklich verletzt?«

»Du glaubst mir nicht?« Mit Tränen in den Augen zog sie ihre weißen Handschuhe aus. »Glaubst du es jetzt?«

Ben und die anderen stöhnten auf. Ihre Unterarme waren übersät mit tiefdunkelblauen Quetschungen.

»Mein liebes Mädchen! Ich hatte ja keine Ahnung!« Ihr Vater fuhr sich mit der Hand über das Gesicht. Er wirkte plötzlich um Jahre gealtert. »Das hat Richard getan?«

Sie nickte mit bebenden Lippen.

»Aber warum hast du denn nichts gesagt?«

Sie holte zitternd Luft. Ben hätte sie am liebsten wieder in die Arme genommen. Gebe Gott, dass er dieses Recht bald besitzen möge. »Er hat gesagt, ich dürfe es keinem sagen, sonst ...«

»Sonst würde er Tessa wehtun«, schloss Ben.

»Ja.« Und als hätte sie sich zu einem wichtigen Schritt durchgerungen, holte sie tief Luft, straffte die Schultern und drückte das Kinn auf die Brust. »Deshalb darf ich Richards Rücksichtslosigkeit nicht länger dulden. Vor allem, da ich sie als von mir verschuldet betrachte.«

»Miss DeLancey ...«

Sie hob eine Hand, um ihn am Weiterreden zu hindern. »Mein Herr, ich habe darüber nachgedacht und gebetet. Ich ...«, sie wurde tiefrot und gleich wieder blass. »Es tut mir leid, dass mein ... mein früheres Verhalten ...« Sie schlug die Augen nieder. Ihre langen

Wimpern lagen wie Fächer auf ihren Wangen. »Es tut mir leid, dass meine unangemessenen Gefühle all das heraufbeschworen haben.«

Der Graf schüttelte den Kopf. »Mir tut es leid, mehr, als Sie sich vorstellen können. Mein Verhalten war ganz und gar nicht, wie es sich gehörte. Ich betrachte das nicht als Ihren Fehler, Miss DeLancey. Die Verantwortung liegt einzig und allein bei mir.«

Sie blickte zu ihm auf mit einem Ausdruck, den Ben nicht deuten konnte, der seinem Herzen aber trotzdem einen Stoß versetzte. Eine Welle der Unsicherheit erfasste ihn. Würde sie ihre Gefühle für den Grafen dauerhaft überwinden können?

Doch er schluckte seine Zweifel hinunter und zwang sich, sich auf das vor ihnen Liegende zu konzentrieren. »Miss DeLancey, bitte, vertrauen Sie uns. Wir werden alles tun, um die Sicherheit aller Beteiligten zu gewährleisten, sowohl, was die Personen selbst, als auch, was ihren Ruf betrifft.«

»Aber Richards Plan ...«

Ihr Vater lachte grell auf. »Du wirst doch nicht immer noch den Plan dieses Dummkopfs umsetzen wollen?«

Sie sah Ben mit weit aufgerissenen, kummervollen Augen an, doch bevor er sie beruhigen konnte, verrieten die Geräusche von draußen, dass das Feuerwerk gleich beginnen würde. Deshalb begnügte er sich damit, ihr ermutigend zuzulächeln, und wandte sich dann an die anderen: »Viel Erfolg, meine Herren. Ich bete, dass wir uns bald unversehrt wiedertreffen.«

Lord Winpoole räusperte sich. »In meinem Haus, wenn Sie einverstanden sind. Das ist das Mindeste, was ich tun kann, nach allen ihren Bemühungen für meine elende Familie.«

Die anderen waren einverstanden. Lord Winpoole begleitete Clara aus dem Zimmer. Die anderen gingen ebenfalls, um ihre Rollen zu spielen im Vertrauen darauf, dass Gott für Gerechtigkeit sorgen würde.

Kapitel 28

Clara folgte den anderen wie in Trance hinaus auf die Terrasse. Sie sah ihren Vater an. Ob es nicht doch besser war, Richards Instruktionen zu befolgen? Es konnte nichts Gutes dabei herauskommen, wenn man ihn einfach ignorierte.

Hoch über ihnen glitzerten die Sterne. Die Gäste schlenderten zwischen mehreren hohen Fackeln herum, deren orangenes Licht flackernde Farbspiele auf ihre Gesichter warf.

Der Regent sprach, ebenso wie Lady Sefton und Lord Palmer, mit lauter Stimme, die trotz des nicht geringen Geräuschpegels deutlich zu vernehmen war. Mutter lauschte aufmerksam. Sie hatte offenbar noch nicht bemerkt, dass ihr Mann und ihre Tochter nicht bei ihr waren. Gebe Gott, dass sie nichts von den Vorgängen heute Abend mitbekam, dachte Clara.

Lavinia neigte sich zu ihrem Mann hinüber, der ihr etwas ins Ohr flüsterte. Ihre aufgerissenen Augen verrieten, wie schockiert sie über das Gehörte war. Dann drehte sie sich zu Clara um. Im Kerzenlicht sah man ihre blassen Wangen. Leise sagte sie: »Nicholas hat mir alles gesagt. Ich kann nicht glauben, dass jemand so grausam sein kann.«

Moment – sie glaubte ihr nicht?

»Sie armes, armes Ding.« Lavinia trat näher zu ihr, die Augen voller Mitgefühl. »Ich wusste ja nicht, in welch einer Zwangslage Sie stecken.«

Ihr Mitgefühl ließ den schon recht großen Kloß in Claras Kehle noch weiter anwachsen. »Es tut mir so leid. Ich wünschte, das alles wäre nie passiert oder bräuchte nicht zu geschehen. Bitte glauben Sie mir, ich wollte nie …« Sie schluckte. »Ich wollte Ihren Mann keinesfalls in all das hineinziehen.«

»Aber ich glaube Ihnen doch.« Sie tätschelte liebevoll den verletzten Unterarm Claras, die gerade noch einen Schmerzensschrei unterdrücken konnte.

Der Graf sah Clara an; sein Blick war unergründlich. »Wie ich schon sagte, meiner Ansicht nach ist das nicht Ihre Schuld, Miss DeLancey, sondern die Folge meines damaligen schändlichen Betragens.« Sein Blick wurde eindringlich, dann sagte er: »Ich bitte Sie um Vergebung.«

Sie biss sich auf die Lippen, damit sie nicht zitterten. »Sie ... Sie haben sie schon lange.«

Die attraktiven Konturen seines Gesichts, das sie einst so verzaubert hatte, wurden weicher. »Kapitän Kemsley erwähnte, dass Sie zum Glauben gefunden haben.«

Sie nickte. »Ja, dazu haben viele Dinge beigetragen, nicht zuletzt die Freundlichkeit Ihrer Frau auf dem Ball der Seftons.«

»Lavinia ist ein wunderbares Geschöpf«, sagte er und sah seine Frau mit inniger Zuneigung an.

»Sie haben gut und richtig gewählt, mein Herr.«

Er sah Clara an. Langsam trat ein Lächeln auf sein Gesicht. »Da bin ich ganz Ihrer Ansicht.«

Plötzlich musste sie lachen. Ihr war etwas eingefallen, was sie immer gesagt hatte, als sie noch versucht hatte, ihn zu beeindrucken. »Man könnte fast sagen, sie ist ›wundervoll edel‹.«

Er lachte ebenfalls. Lavinia blickte zwischen den beiden hin und her. Ihr Lächeln strafte die gespielte Entrüstung ihrer hochgezogenen Brauen Lügen. »Ich stehe hier neben euch, nur dass ihr es wisst.«

Lord Hawkesbury küsste sie rasch. Clara wandte sich ab, nicht weil der Anblick sie wie früher schmerzte, sondern weil die Leidenschaft dieser beiden Menschen in ihr den Wunsch weckte, dasselbe mit ihrem Verlobten tun zu können. Ihrem Beinaheverlobten, korrigierte sie sich. Mr Kemsley mochte es noch nicht ausgesprochen haben, doch sein Handeln ließ keinen Zweifel an seinen Absichten. Ihr Herz klopfte heftig. Hoffentlich dauerte es nicht mehr so lange, bis sie endlich seine Frau wurde.

Irgendwie gelang es ihr, in der Dunkelheit Mr Kemsleys Blick aufzufangen. Seine Augen lagen im Schatten, sodass sie ihren Ausdruck nicht lesen konnte. Ihr heftig klopfendes Herz geriet ins Stolpern. Er glaubte doch hoffentlich nicht, dass sie noch immer in den Grafen verliebt war?

Clara schluckte und wollte gerade zu ihm gehen, um ihn zu beruhigen, da zerbarst über ihnen der erste Feuerwerkskörper. Die Menge brach in Bewunderungsrufe aus. Sie blieb stehen und betrachtete das Schauspiel, wie die anderen mit zurückgelegtem Kopf. Für einen kurzen Moment vergaß sie alles. Bei Feuerwerken fühlte sie sich noch immer wie ein Kind.

Sie folgte den goldenen Tropfen, die zu Boden fielen, mit den Augen und versuchte, durch den Rauch etwas zu erkennen. Da war Prinny, leicht zu erkennen an seiner prächtigen Kleidung. Er stand wie gewöhnlich im Mittelpunkt der Aufmerksamkeit. Er wusste nichts von den Problemen, die in der Dunkelheit lauerten. Da waren der Marquis und die Marquise. Sie hoffte so sehr, dass Lord Featherington nichts geschah, um ihrer und um Tessas willen. Da waren Mutter und Lady Sefton, aber – sie stellte sich auf die Zehenspitzen und sah sich angestrengt um – Mr Kemsley war verschwunden.

Ein Gefühl, als sei sie beraubt worden, überfiel sie. Jetzt, wo Richard wollte, dass Clara dem Mann Zuneigung vorspielte, den sie so lange zu lieben geglaubt hatte, wurde ihr mit aller Deutlichkeit bewusst, dass sie im Grunde bei einem anderen sein wollte. Lord Hawkesbury kam ihr jetzt zu groß, zu hart, zu sarkastisch vor. Er hatte früher nie mit ihr gelacht, hatte sie nie zärtlich angesehen oder beschützt, so wie Mr Kemsley. Heute Abend sollte sie nur so tun als ob, doch selbst das Vortäuschen von tieferer Zuneigung erschien ihr fast nicht möglich.

Eine leichte Bewegung ganz in ihrer Nähe lenkte ihre Aufmerksamkeit zurück zu den Hawkesburys. Lavinia legte eine Hand auf die Brust. »Ich verspreche, mir keine Sorgen zu machen, aber ich werde Gott um Kraft für dich bitten und dass er auf dich achtgibt.«

Er nickte, den Mund grimmig verzogen. »Das werden wir brauchen. Es wird nicht einfach heute Nacht.« Er küsste Lavinia noch einmal, dann führte er sie zu Lady Exeter, verbeugte sich und ging.

Clara war enttäuscht. Hatte Mr Kemsley ihm denn nicht alles genau erklärt? Wusste er denn nicht, welche Rolle sie für Richard spielen musste? Dass er um Tessas willen mitspielen musste? Doch wie könnte jemand, der Augen im Kopf hatte, an der tiefen Liebe des Grafen zu seiner Frau zweifeln?

Jetzt schien das Feuerwerk förmlich zu explodieren, rote und blaue Raketen versprühten funkelnde Lichttropfen am Himmel. Clara sah, dass der Graf sich in einen abgelegeneren Gartenabschnitt begab. Jetzt war er teilweise verborgen hinter mehreren großen, eingetopften Farnen, nur hinter ihm drang ein schwaches Licht aus dem Salon. Sollte sie ihm folgen?

Sie wollte sich gerade in Bewegung setzen, da packte eine Hand ihren gesunden Arm.

»Clara, nein.«

»Aber Vater …«

»Vertrau mir, mein Liebling. Du brauchst ihm nicht mehr nachzugehen.«

»Aber …«

»Clara«, sagte er beschwörend, »wenn du mir nicht vertraust, dann vertraue diesem Kemsley. Er hat einen bemerkenswert klaren Kopf auf den Schultern. Und jetzt«, sein Griff verstärkte sich, »wollen wir nachsehen, ob deine Mutter einverstanden ist zu gehen. Ich habe nur noch den einen Wunsch: wieder zu Hause zu sein.«

»Aber der Plan …«

»Komm jetzt, Clara.«

Clara musste ihren Eltern gehorchen und sich verabschieden. Dann saß sie völlig verwirrt in der Kutsche, die sie nach Hause brachte. Hatte ihr Dilemma sich wirklich so schnell gelöst, indem sie einfach nach Hause fuhren?

Die kurze Erklärung ihres Vaters, als sie zu Hause waren und Mutter sie nicht hören konnte, trug nicht dazu bei, sie zu beruhigen. Irgendwann lag sie in einem anderen Schlafzimmer des Hauses in

Bett und versuchte zu schlafen, doch ihre Ängste verfolgten sie bis in ihre Träume und ließen sich auch von Gebeten nicht beruhigen.

Ben schlich außen um den Garten herum. Hinter sich vernahm er ein Rascheln. Einer von Prinnys Kutschern suchte das Gelände nach einem Eindringling ab. Ben konnte von seinem Platz aus lediglich zwei Gestalten auf dem Rasen ausmachen.

Clara war nach Hause gefahren. Er war froh darüber. Nicht nur, weil sie ihn ablenkte, wenn sie hierblieb, sondern auch, weil sie dort in Sicherheit war, so hoffte er jedenfalls. Außerdem war sie dort weit ab von jedem Hauch eines Skandals, während die Geschehnisse des Abends ihren Lauf nehmen würden. Andererseits – und das beschäftigte ihn in Gedanken nicht minder – bedeutete ihre Abwesenheit, dass er nicht klären konnte, ob die Eifersucht, die an ihm nagte, seit sie wieder Kontakt mit dem Grafen hatte, nur ein Hirngespinst war oder auf einem Funken Wahrheit beruhte. Vielleicht konnte eine Frau sich solche Verletzungen ja selbst zufügen?

Ben schüttelte den Kopf, als wollte er die Zweifel abschütteln. Wer zweifelte, war wie eine Welle im Meer, vom Wind aufgetürmt und vor sich hergetrieben. Er konnte es sich nicht leisten, auf die ruchlosen Winde dieser Welt zu hören. Er musste Clara vertrauen, deren Charakter er kannte, und durfte sich nicht von seiner Angst und dem Klatsch aus der Vergangenheit abtreiben lassen.

Er riss sich zusammen und konzentrierte sich wieder auf das Gebüsch. Die anderen Sucher waren nirgends zu sehen. Er musste sich also darauf verlassen, dass sie sich so unhörbar bewegten, wie ihnen aufgetragen worden war. Als Nächstes betete er für Tessa. Featherington hatte mit seinen Fähigkeiten als Schütze hoffentlich nicht nur geprahlt, sondern besaß sie auch wirklich. Ben war zwar zuversichtlich, dass er sie bewachen und beschützen konnte, trotzdem hoffte er, dass George seine hastig hingekritzelte Nachricht hatte entziffern können, oder zumindest Mattie. Sie hatten ganz bestimmt sämtliche Türen verschlossen und würden Tessa verteidigen wie eine Löwin ihre Jungen.

Ein weiterer farbiger Blitz erhellte den Himmel.

Er blickte zurück zum Pavillon. Die hohe Gestalt des Grafen hatte sich aus der Gruppe gelöst. Es gefiel ihm nicht, dass Hawkesbury sich auf diese Weise zu einem leichten Ziel machen musste, doch schließlich war er mit dem Plan einverstanden gewesen. Ein billiger Trick, wie etwa eine Verkleidung, würden Richard oder Hawkesburys früheren Verwalter nicht täuschen können. Was hatte Johnson gegen Claras Bruder in der Hand? Wie konnte der Sohn eines Viscounts sich zu einem so schmutzigen Handel hergeben? Und wie konnte sich überhaupt ein Mensch so sehr von seinem Hass bestimmen lassen, dass er seine eigene Schwester verletzte?

Seine Hände ballten sich zu Fäusten, er schüttelte den Kopf. In was war er da zusammen mit dem Mann, den er bald seinen Schwiegervater nennen würde, und dessen Sohn, der diese ganz Aufregung verursacht hatte, hineingeraten?

Ein drittes Mal stiegen Feuerwerkskörper über ihm auf. Dieses Mal waren es drei Raketen, die eine nach der anderen barsten. Für kurze Zeit war der Himmel fast taghell erleuchtet. Wieder vernahm man die Begeisterungsrufe der Zuschauer.

Ben blickte erneut zu den Büschen und Bäumen hinüber. Diese hellen Augenblicke boten die beste Chance, den Eindringling zu entdecken. Noch ein Knacken, noch eine Farbexplosion. Er blinzelte, sah genau hin. War das …

Nein. Er hatte sich geirrt. Es war nur ein Ast.

Jetzt war das Feuerwerk in vollem Gang. Er beobachtete angestrengt das Gebüsch. Und wenn Richard gelogen hatte? Wenn es gar keinen zweiten Mann gab und das alles nur darauf abzielte, den Grafen ins Visier zu nehmen? Plötzlich wurde ihm übel. Würde ein Bruder so etwas tun und sei er auch so verkommen wie Richard?

Da!

Ein metallisches Glitzern auf einem zylindrischen Rohr, einem

Rohr, das auf den Mann gerichtet war, der sich gerade von den anderen Gästen vor dem Pavillon entfernt hatte.

Wieder wurde der Himmel hell vom Feuerwerk, um ihn herum blitzte und krachte es, doch diesmal folgte unmittelbar danach ein lautes Peng und ein langer Feuerblitz. Unter den Schreien der Gäste vor dem Pavillon stürmte er zu dem Mann hin, der die Waffe hielt, sah sein Gesicht, erkannte ihn und warf sich auf ihn, obwohl die Waffe ein zweites Mal gehoben wurde.

Kapitel 29

Er war tot!

Clara schlug die Augen auf und fuhr hoch. Ihr Herz raste. Im Zimmer war es dunkel, doch hinter den Vorhängen ahnte man bereits die Morgendämmerung. Nein. Sie presste eine Hand auf die Brust, um ihr Herz zu beruhigen. Es war nur ein schlechter Traum gewesen, weiter nichts.

Sie sank zurück aufs Kopfkissen und schloss die Augen, doch die Bilder wollten nicht weichen. Mr Kemsley, wie er verletzt auf dem Boden lag, hilflos, blutend, und ein gesichtsloser Mann auf ihn zielte und …

Nein!

Wieder riss sie die Augen auf. Nein. Er war in Sicherheit. Er musste in Sicherheit sein. Sonst hätte man sie doch längst benachrichtigt.

Herr, bitte, beschütze ihn.

Ein Knarren verriet ihr, dass jemand vor der Tür stand. Gleich darauf wurde die Tür langsam aufgedrückt. Ihr Herz spielte einen Trommelwirbel, sie presste sich verzweifelt gegen das Kopfteil ihres Bettes. War es Richard? Johnson? Was konnte sie als Waffe benutzen? Sie sah ihre Bibel, die auf dem Nachttischchen lag. Würde Gott ihr vergeben, wenn sie die Bibel für so etwas benutzte?

Dann erkannte sie Megs Züge.

»Ach, du bist es!« Clara hätte beinahe gelacht über ihre grundlose Angst. »Ich dachte …«

»Der gnädige Herr wünscht Sie unten, Miss.«

»Vater?« Clara blickte zu den Vorhängen hinüber, hinter denen ein schwaches, graues Licht zu erkennen war. Sie rieb sich die Augen, dann sah sie wieder das Mädchen an, das ungewöhnlich glücklich wirkte zu dieser frühen Stunde. »Was will Vater so früh von mir?«

Das Mädchen errötete und schlug die Augen nieder. »Das weiß ich nicht, Miss.«

Nein, natürlich nicht, dachte Clara. Warum sollte Vater einem Dienstmädchen seine Pläne verraten? Ihr Herz krampfte sich zusammen. Er musste Neuigkeiten haben. Oh, hoffentlich war ihr Traum kein schlechtes Omen.

»Sag ihm, dass ich gleich komme.«

Noch ganz benommen vom Schlafmangel, schlüpfte Clara in ihre bequemen Hausschuhe, warf einen dünnen Morgenmantel über und band ihn zu, während sie die Treppe hinunterging. So früh am Morgen war es noch empfindlich kühl. Sie schauderte in ihrem leichten Nachthemd und dem dünnen Morgenrock. Normalerweise würde sie sich ihrem Vater niemals so unangemessen gekleidet zeigen, doch offenbar war es wichtig. Sie ging durch die offene Tür ins Wohnzimmer. Im Kamin glomm ein Feuer. Sie streckte die Hände aus und ging darauf zu, begierig, sich ein wenig zu wärmen.

»Hallo, Clara.«

Sie fuhr herum. »Richard!«

Als sie seine Augen sah, verfiel ihr Herzschlag in ein heftiges Stakkato. Meg trat aus dem dämmerigen Hintergrund des Zimmers hervor und stellte sich neben Richard. Der lächelte sie an. Sie sah anbetend zu ihm auf.

Clara glaubte, sich übergeben zu müssen. Sie kannte diesen Blick. Sie hatte ihn zweifellos selbst unzählige Male gezeigt. »Du … und Meg?«

Er lachte laut. »Warum nicht? Meg ist leicht lenkbar. Sie hat mir bereitwillig geholfen, wenn ich Informationen brauchte, und Türen unverschlossen gelassen, im Austausch gegen ein paar – nun, nennen wir es Gefälligkeiten.«

Meg senkte den Kopf, als Clara sie mit zusammengekniffenen Augen ansah.

Den Mund voll bitterer Galle, schaute sie wieder ihren Bruder an. Im Gegensatz zu seiner jüngsten Eroberung zeigte Richards Gesicht keinerlei Scham »Wie konntest du nur!«

Er zuckte die Achseln. »Ich bin der Sohn eines Lords. So sind wir nun mal.« Er gab Meg einen Klaps auf den Po, sie lachte entzückt auf.

Clara schauderte. Kannte ihr Bruder denn keine Reue? »Wie kannst du es wagen, noch einmal hierherzukommen.«

»Nachdem du alles herumerzählt hast, meinst du?« Er warf ihr einen süffisanten Blick zu. »Wusstest du denn nicht, dass ich die Welt kenne? Du hast noch nie ein Geheimnis für dich behalten können, hast immer gedacht, alles besser zu wissen. Aber du siehst ja, wohin uns das gebracht hat.«

»Du gibst mir die Schuld an deinem Verhalten?«

»Natürlich! Ohne dich und diesen Laffen Hawkesbury wäre ich nie in diese Schwierigkeiten geraten.«

Sie verkniff sich eine wütende Erwiderung auf diesen vertrauten Vorwurf und bemühte sich um einen ruhigen Ton. »Du hast also Lord Hawkesbury am Pavillon gesehen?«

»Wie er seine Frau geküsst hat, genau.« Er schüttelte den Kopf. »Er scheint dich nicht mehr zu wollen, Clara.«

Sie rang um Gleichmut, zuckte die Achseln. »Das wusste ich schon lange. Dein Plan konnte überhaupt nicht funktionieren. Alle wissen, wie sehr sie einander lieben.«

Er fluchte leise. »Alle bis auf den Narren Johnson. Er hat darauf bestanden …«

»Wo ist er jetzt?«

Ein weiterer Fluch. »Der Narr wurde beim Pavillon entdeckt und verhaftet. Aber erst hat er noch ein paar von deinen verzweifelten Helfern außer Gefecht gesetzt.«

»Was?« Ihr Herz raste. Nicht Mr Kemsley, nicht Mr Kemsley!

Er lachte. »Ja, ich fürchte, dein Seemann hat seine letzte Reise angetreten.«

»Mr Kemsley?« Sie fuhr sich mit der Zunge über die trockenen Lippen. »Ist er …«

»Heißt er so? Was für ein gewöhnlicher, grober Klotz. Ich verstehe wirklich nicht, wie meine Schwester sich ausgerechnet in den vergucken konnte.« Er lächelte boshaft. »Aber das hat sich ja jetzt erledigt.«

Sie spürte, wie das Zimmer um sie herum ins Schwanken geriet. »Ist er tot?«

»Tot oder er wird es bald sein, nach dem vielen Blut zu urteilen, das ich gesehen habe.«

Sie schloss die Augen, die Hoffnungslosigkeit war wie ein schwarzes Tuch. *Lieber Gott, bitte, lass ihn leben!*

»Die Miss sieht aus, als würde sie gleich in Ohnmacht fallen, Master Richard.«

»Ach was! Sie tut nur so.«

Verzweiflung schlang ihre eisigen Finger um ihre Seele und drückte ihr Herz zusammen, bis alle Hoffnung verschwunden war. Er konnte nicht tot sein. Er konnte einfach nicht. Sie biss sich auf die Unterlippe, damit sie aufhörte zu zittern, rang krampfhaft nach Luft und öffnete schließlich wieder die Augen. In Ohnmacht zu fallen würde nicht helfen.

»Was willst du, Richard?«

»Was ich will? Was ich will, ist unmöglich: die letzten beiden Jahre ungeschehen machen, nicht weglaufen müssen, so verzweifelt auf der Suche nach Geld, dass ich …« Ein seltsames Licht trat in seine Augen. War es Reue?

Er schüttelte sich. »Was geschehen ist, kann nicht ungeschehen gemacht werden‹, hat Hamlet gesagt.«

»Lady Macbeth«, murmelte sie.

»Was?«

Ein stetig wachsendes Gefühl des Ärgers ergriff sie, während sie seine einst so hübschen Gesichtszüge betrachtete und die Spuren der Jugend sah, die noch immer zu erkennen waren. »Passender wäre wohl: ›Schön ist wüst und wüst ist schön‹, findest du nicht? Wie traurig, wenn man feststellen muss, dass die, die man für vertrauenswürdig halten sollte, es nicht sind.« Sie sah das Mädchen an, das wieder den Kopf sinken ließ.

Richard kniff die Augen zusammen. »Du mit deiner boshaften Zunge. Aber jetzt komm.«

Clara trat einen Schritt zurück. »Ich gehe hier nicht weg.«

»Oh doch, das tust du.« Schnell wie der Blitz sprang er vor, packte ihren Arm und presste ihr, als sie schreien wollte, eine Hand auf den Mund. »Und das lässt du auch schön bleiben. Du denkst vielleicht, du könntest mich austricksen und ein paar Wachen für deinen kostbaren kleinen Freund aufstellen, aber ich weiß, wo Hawkesbury lebt, und werde mit großem Vergnügen zu Ende bringen, was ich vor einiger Zeit mit seiner Gräfin angefangen habe.«

Sie wand sich, doch er verdrehte ihr den Arm, bis sie glaubte, er würde brechen.

»Ich habe dich gestern Abend mit ihr reden sehen, so freundlich und lieb, als ginge dir ihr Schicksal tatsächlich nahe«, flüsterte er ihr ins Ohr. »Aber wenn es so ist, hör lieber auf, dich zu wehren. Du kommst jetzt mit und ich will keinen Laut hören.«

Seine Drohung bohrte sich in ihr Herz, sie unterließ ihre ohnehin nutzlose Gegenwehr. Er durfte Lavinia nichts tun. Sie würde lieber sterben, als zuzulassen, dass ihr Bruder Lavinia noch einmal etwas antat.

Er hielt ihr den Arm weiterhin auf den Rücken verdreht und zwang sie, zur Tür zu gehen, die Meg aufhielt. In der Tür zerrte er sie beiseite, gab Meg einen schmatzenden Kuss, dann stieß er Clara in die Diele.

Clara konnte keinen klaren Gedanken mehr fassen. Zu dieser frühen Stunde lag die Wahrscheinlichkeit, Hilfe zu finden, praktisch bei null. Und selbst wenn sie schreien würde, würde Richard einfach weglaufen und dann seine bösen Pläne mit Lavinia wahr machen. Tränen standen ihr in den Augen, während er sie zur Vordertür zerrte. Meg folgte dicht hinter ihnen. Sie stolperte. Wenn doch nur Mr Kemsley hier wäre. Ein Schluchzen löste sich aus ihrer Kehle. Nein. Sie durfte das nicht denken. *Oh Gott, bitte, hilf mir!*

Ben rieb sich die Augen, die vor Müdigkeit brannten. Braithwaite neben ihm, der ihm half, das Grundstück der Winpooles zu bewachen, murmelte etwas. Er achtete nicht darauf, genauso, wie er versuchte, den Gestank des Versagens zu ignorieren, der in der frischen Morgenluft waberte. Sein blutgetränktes Hemd roch nach Schweiß und Reue. Wie hatte nur alles so schnell so völlig schieflaufen können? Im einen Moment hatte er den Schuft noch gepackt, im nächsten hatte er nur noch eine höchstwahrscheinlich gebrochene Nase und die jämmerliche Gewissheit behalten, dass sein albernes Knie ausgerechnet in dem Moment versagte, als sein Gefangener sich ihm entwunden hatte und in die Dunkelheit geflüchtet war. Außer der unerwarteten Begegnung mit Braithwaite, der ihm, als er seine Notlage erkannte, sofort seine Hilfe angeboten hatte, war das einzig Gute in den letzten drei Stunden gewesen, dass sie Johnson gefasst hatten. Der hatte, unter Hawkesburys Befragung und der Angst vor dem Strick, der ihm drohte, verraten, wo das Geld, das er dem Grafen gestohlen hatte, versteckt war.

Doch was war Geld gegen ein Menschenleben? Gegen das Leben der Frau, die Ben, wie er jetzt wusste, über alles liebte? Er liebte sie mit einer fast schmerzhaften Intensität, stärker als der stärkste Sturm, den er je auf See erlebt hatte. Doch ob diese Liebe ausreichte?

»Da!«

Braithwaites rumgetränkter Atem zischte durch das Dämmerlicht. Eine Gruppe von drei Personen kam die Treppe herunter und ging den Weg vom Haus entlang. Obwohl Geräusche hier nicht so trugen wie auf dem Wasser, sorgte die morgendliche Stille doch dafür, dass sogar ein Flüstern gut hörbar war. Er zog seinen Freund am Arm und bedeutete ihm, still zu sein. Dann schlichen sie sich, tief geduckt, näher an die drei heran.

Warum drei?

Ben kniff die Augen zusammen und versuchte auszumachen, wer die drei Personen waren. Wollte Lord Winpoole Bens sorgfältig ausgearbeiteten Plan unterlaufen und hatte etwas anderes vor? Und begleiteten seine Frau und seine Tochter ihn dabei?

Nein, das war lächerlich. Ben schüttelte über sich selbst den Kopf und robbte näher.

Jetzt sah er, dass seine Vermutung tatsächlich lächerlich gewesen war. Die drei Gestalten waren alle schlank, keiner besaß die Leibesfülle des Viscounts. Und Lord Winpoole hätte auch niemals einen anderen Menschen in einem so grausamen Griff gepackt gehalten. Sein Mund wurde trocken. Das musste DeLancey sein, der Clara festhielt.

Hufgeklapper lenkte seine Aufmerksamkeit auf eine Kutsche, die um die Ecke bog und zu der Clara langsam, aber erbarmungslos hingezerrt wurde. Wie konnte er ihr helfen? Er hatte keine Waffe, nichts, womit er sie befreien konnte.

Lange vergessene Ausbildungslektionen im Dienste Seiner Majestät fielen ihm ein und mischten sich mit Bibelversen, die er erst kürzlich gelesen hatte. Kapitäne pflegten ihrer Angst nicht nachzugeben. Er schob seine Zweifel beiseite und richtete sich zu seiner vollen Größe auf. »Miss DeLancey!«

Die drei Gestalten blieben stehen und drehten sich um. Im Licht der Morgendämmerung sah er Claras weit aufgerissene Augen und den Mann, der sie festhielt und ihm entgegenzischte: »Verschwinden Sie!«

Ben stürzte nach vorn, die Augen fest auf Clara geheftet. Ihr Gesicht zeigte noch Tränenspuren, ihr Aufzug legte nahe, dass sie unerwartet und überstürzt aus dem Haus geholt worden war. »Clara?«

»Wie können Sie es wagen, meine Schwester so anzusprechen?« Richard DeLancey zog ein kleines Messer aus der Tasche und setzte es seiner Schwester an die Kehle. »Hauen Sie ab.«

Bens Herz klopfte wie rasend vor Angst. Er wich keinen Schritt zurück, hielt DeLanceys Blick stand. Die andere Frau stieg in die Kutsche. »Bitte lassen Sie sie los. Es ist mir egal, wohin Sie fahren, ich verspreche, Ihnen nicht zu folgen.«

»So einfach ist das nicht! Das sind verzweifelte Männer, die mir auf den Fersen sind.« DeLancey schloss den Satz mit einem abscheulichen Fluch. »Und überhaupt würde ich lieber hängen als zuzusehen, wie ein Emporkömmling der Marine sich meine Schwester schnappt. Mein Gott, sie ist die Tochter eines Viscounts.«

»Und ich bin ein Baronet.« Jedenfalls würde er das bald sein. »Ein Baronet, der sie liebt.«

Die Verzweiflung in Claras Augen schien sich ein wenig abzumildern. Sie schenkte ihm ein schwaches Lächeln. Ihr Bruder blinzelte, dann fuchtelte er wild mit dem Messer herum. »Das ist mir egal. Verschwinden Sie.« Er setzte ihr das Messer wieder an die Kehle. Die scharfe Klinge drückte sich in ihre Haut.

Er wollte diesen Schurken nur noch verprügeln. Mit einer neunschwänzigen Katze auspeitschen und anschließend an die Rah des nächstbesten Schiffes binden. Doch er zwang sich, ruhig zu bleiben, bereit, jederzeit zuzuschlagen, wie ein Löwe auf der Lauer. Clara durfte nicht noch mehr geschehen. Er würde es nicht ertragen, wenn sie noch mehr erleiden müsste.

Richard lachte; es klang wie das Lachen eines Wahnsinnigen. »Hauen Sie ab, Kemsley. Ich habe zu tun.«

Bevor er richtig wusste, was geschah, wurde Clara in die Kutsche gestoßen. DeLancey sprang auf den Bock und stieß den Kutscher hinunter. Dann klatschten die Zügel auf die Kruppen der Pferde. Ben wollte hinterherlaufen, doch sein Bein knickte ein und er sank zu Boden, zu dem Kutscher, der leise vor sich hin fluchte.

Er stemmte sich mit der Hand hoch und hob den Kopf. Das Gefährt bog in gefährlicher Schieflage um die Ecke und geriet außer Sicht. Eine Welle der Verzweiflung schlug über ihm zusammen.

Kapitel 30

Clara wollte nicht weinen und auch keine Angst zeigen. Wie hatte Meg ihre Familie nur so verraten können? Und Richard? Was war in ihn gefahren? Doch die Tatsache, dass Mr Kemsley am Leben war, gab ihr Hoffnung, dass der heutige Tag nicht so schrecklich enden würde, wie er angefangen hatte. Allerdings lag dieses Ende noch in weiter Ferne, gerade erst fielen die ersten goldenen Strahlen der Morgensonne in die Kutsche.

Sie musterte ihre Kidnapperin. Gerade bogen sie in voller Karriere abermals um eine Ecke. Meg geriet ins Rutschen. Sie griff mit einer Hand nach dem Halteriemen, mit der anderen umklammerte sie das Messer, bereit zuzustechen.

»Ich bin sehr enttäuscht von dir, Meg.«

Ihr Mädchen – beziehungsweise ihr früheres Mädchen – schniefte. »Zum Glück muss ich nicht mehr so tun, als scherte mich Ihre Enttäuschung, Miss.«

Clara gelang ein dünnes Lächeln. »Es ist dir nie besonders gut gelungen vorzutäuschen, dass dir etwas an uns liegt. Aber so zu tun, als wüsstest du nicht, wo Richard ist, das hast du wirklich gut gemacht.« Sie betrachtete sie. »Wie lange geht das schon mit ihm?«

Meg hob das Kinn. »Ich muss Ihnen nicht antworten.«

»Nein, aber ich denke, du erzählst es mir nur zu gern. Anscheinend hast du meinen Bruder gänzlich in deinen Bann gezogen.«

Clara schenkte ihr einen bewundernden Blick, der hoffentlich nicht allzu falsch, sondern im Gegenteil vertrauenerweckend wirkte. Megs Gesicht leuchtete auf. »Glauben Sie wirklich?«

Clara nickte. *Vater, vergib mir.* »Ich habe ihn noch nie so leidenschaftlich erlebt wie bei dir.« Sie hatte Gerüchte über seine Eroberungen gehört, war jedoch – Gott sei Dank – bis jetzt noch nie Zeugin seiner fleischlichen Gelüste geworden. Sie schluckte. Vielleicht gelang es ihr ja, Meg ein paar Informationen über Richards Pläne mit ihr zu entlocken. »Ich nehme an, er will mit dir nach Frankreich oder Irland durchbrennen, wenn das hier vorbei ist.«

»Oh nein, nicht nach Frankreich. Richard sagt, dorthin will Lord Houghton.« Sie sah Clara erschrocken an, presste die Lippen zusammen und schlug den Blick nieder.

Clara schluckte und kämpfte gegen eine Welle der Übelkeit an, während sie daran dachte, was ihr Vater gestern Abend gesagt hatte. Nur weil ihr Schuft von Bruder böse Pläne hatte, brauchte sie sich diesen Plänen noch lange nicht zu fügen.

Sie blickte durch den winzigen Ausschnitt, den der rote Ledervorhang frei ließ, aus dem Fenster. Sie waren in die Steyne eingebogen und fuhren zum Strand hinunter. Wo sie auch hingebracht wurde, es würde anscheinend per Boot geschehen. Wieder stieg Übelkeit in ihr auf. Mit einem Mal war es ihr gleichgültig, welche Auswirkungen ihr Handeln auf andere hatte. Sollte doch der Graf sich um Lavinia kümmern. Sie musste jetzt vor allem an sich selbst denken.

Wieder bogen sie gefährlich schnell um eine Ecke. Diesmal verlor Meg endgültig das Gleichgewicht. Clara hatte nur darauf gewartet. Sie warf sich gegen die Tür und entriegelte sie gleichzeitig. Sie stürzte hinaus auf die Straße und schlug so hart mit dem Kopf auf, dass sie das Gefühl hatte, er würde vom Boden abprallen. Laut stöhnend presste sie eine Hand an den Hinterkopf. Dann starrte sie auf das Blut an ihrer Hand.

Wie durch einen Nebel bekam sie mit, dass die Kutsche hielt. Schritte näherten sich. Eine Hand packte sie und zog sie hoch. Dann zerrte Richard sie unter Beschimpfungen zurück zur Kutsche und stieß sie hinein. Sie übergab sich heftig. Über Megs Schuhe.

Meg stieß einen angewiderten Laut aus. Aber immerhin hatte sie das Messer aus der Hand gelegt. Nur leider fühlte Clara sich zu keinen weiteren Heldentaten imstande. Sie rollte sich auf dem Sitz zusammen. Ihr tat der ganze Körper weh. Immer wieder wurde ihr schwarz vor Augen. Wenn sie doch nur so geistesgegenwärtig gewesen wäre, sich auf Richard zu erbrechen, vielleicht wäre er dann so angewidert gewesen, dass er sie hätte laufen lassen. Sie fasste neuen Mut. Vielleicht wirkte diese Methode auch bei anderen?

Endlich hörte das Herumschlingern auf und sie wurde halb aus der Kutsche gehoben, halb gerissen. »Bleib stehen, du dumme Gans.«

Prompt brach sie zusammen und fiel zu Boden.

»Clara, das reicht!« Richard packte ihren Arm und riss sie hoch. Sie schrie auf vor Schmerz.

Klatsch!

Ein Brennen breitete sich über ihre Wange aus. Ihr Gesicht flog zur Seite, ein Ruck ging durch ihren Hals. Sie sah die flache Hand erneut auf sich zukommen und duckte sich.

»Richard!«

»Wie kannst du es wagen, mich so anzusprechen?«

Wieder hörte sie das Geräusch eines Schlags – diesmal nicht gegen sie gerichtet – und gleich darauf einen Schrei und ein ersticktes Aufschluchzen. Vielleicht würde Meg nun doch nicht mit ihm wegfahren. Clara rappelte sich auf die Knie und blickte auf. Zwei Fischer beobachteten sie von einem Boot aus mit offenem Mund. Die Demütigung würgte sie schlimmer, als wenn er sie in den Kanal geworfen hätte. Welche Beschämung!

Sie erhob sich langsam, bis sie stand. Ihre Füße drohten auf den winzigen Steinen auszurutschen, ihre Knie zitterten, doch sie nahm alle ihre Würde zusammen und sah ihren Bruder an. »Warum tust du das?«

»Ich brauche Geld, Clara. Was hätte ich sonst tun sollen?«

»Du hättest dich wie ein Herr verhalten können.« Sie spie das Wort förmlich aus.

»Hast du nicht gehört? Ich habe jegliches Anrecht auf die Anrede verloren, zur gleichen Zeit, da du das Recht verloren hast, dich eine Hochwohlgeborene zu nennen.«

Sie weigerte sich, auf das Bohren in der alten Wunde zu reagieren. Es war Zeit, die Strategie zu wechseln. »Wo bringst du mich hin?«

»Das wirst du noch früh genug sehen.«

Er stieß sie vorwärts und fluchte, als sie sich loszureißen versuchte. Wenn ihr doch nur die beiden Fischer zu Hilfe kommen würden! Aber sie mussten sie natürlich für eine Dirne halten, so wie sie aussah, in ihrem Nachthemd, mit blutverschmiertem Gesicht. Wahrscheinlich dachten sie sich nichts dabei, wenn ein gut gekleideter Herr eine Frau schlug. Nein, von ihnen hatte sie keine Hilfe zu erwarten.

Sie würde zu Gott beten müssen, der sie in jener wilden Nacht vor vielen Monaten auf den Klippen von Brighton beschützt hatte, dass er an diesem kühlen Morgen auf Brightons Strand blicken mochte. Sie stolperte, kleine Steinchen bohrten sich in ihre Fußsohlen. Etwa eine halbe Meile vor der Küste sah sie ein kleines Segelschiff warten.

»Miss DeLancey.« Sie erstarrte. »Ich hatte nicht erwartet, dass Sie so begierig sein würden, mich hier zu treffen.«

Ihr Magen hob sich. Langsam drehte sie sich um und sah Lord Houghton ins Gesicht. »Was wollen Sie?«

Er lächelte. »Ich werde dafür sorgen, dass Sie den richtigen Mann heiraten.«

»Und wer soll das sein?«

»Ich natürlich.« Er betrachtete sie von oben bis unten, doch dabei wich das lüsterne Glitzern in seinen Augen einem Stirnrunzeln. »Allerdings hatte ich nicht damit gerechnet, Sie so – leger gekleidet zu sehen, und nicht so blutverschmiert.«

Bittere Galle stieg ihr in den Mund. Sie schluckte. »Ich fürchte, Sie haben sich geirrt.«

Eine graue Braue hob sich. »Jedenfalls bin ich mit einer Situation wie dieser nicht wirklich vertraut, das muss ich zugeben. Sagen Sie mir, meine Liebe, inwiefern habe ich mich geirrt?«

»In dem Mann, der der richtige für mich ist.«

»Clara«, ließ sich Richard warnend vernehmen.

»Das sind ganz bestimmt nicht Sie! Sie sind nur ein lasterhafter, böser alter Mann. Ich verachte Sie.«

»Clara!«

»Neben Ihrer kleinlichen Verdorbenheit ist der Heldenmut meines künftigen Mannes geradezu riesenhaft. Er hat vielleicht keinen uralten Adelstitel und kein prächtiges Anwesen, aber er liebt mich und er will das Beste für … autsch!« Sie rieb sich den Arm an der Stelle, wo Lord Houghton sie gekniffen hatte.

»Tun Sie ihr nicht weh«, murmelte Richard.

»Das sagt der Richtige«, schnaubte Lord Houghton. »Aber was kann man schon von einem Mann erwarten, der bereit ist, seine Schwester zu verkaufen.«

Clara wischte einen Blutstropfen ab, der ihr übers Gesicht lief, und sah ihren Bruder an. »Du hast mich verkauft?«

»Er hat mir Geld versprochen, Clara«, murmelte er und schlug die Augen nieder. »Ich hatte keine Wahl.«

»Man hat immer eine Wahl.« Sie ließ sich zu Boden sinken. Wenn Lord Houghton sie wollte, würde sie es ihm auf jeden Fall so schwer wie möglich machen. »Siehst du, Richard? Man hat die Wahl.«

»Stehen Sie auf«, sagte Lord Houghton.

Clara rührte sich nicht, sondern grub ihre Finger fester in den Sand und klammerte sich an zwei großen Steinen fest. Konnten Steine auch heute noch Monster töten?

»Stehen Sie auf!« Lord Houghton packte sie an dem Arm, den Richard ihr verdreht hatte. Sie schrie vor Schmerz auf und ließ die Steine los.

»Hören Sie auf!«, brüllte Richard. »Clara, ich weiß, was du vor mir denken musst, aber du musst tun, was er sagt.«

»Es spielt keine Rolle, was sie denkt«, sagt Lord Houghton und steckte eine Hand in seine Manteltasche. »Sie haben sie hergebracht wie Sie versprochen haben, und sogar recht passend gekleidet, muss ich sagen, angesichts der Dinge, die ich in Kürze zu tun gedenke.«

Oh lieber Gott!

»Jetzt fehlt nur noch die Bezahlung.«

Richards Augen glommen gierig auf. Er streckte seine Hand aus.

Ein Schuss war in den morgenstillen Straßen von Brighton zu hören. Ben blieb stehen und erstarrte. Gott bewahre, dass Clara verletzt war! Er könnte es sich nie verzeihen.

»Kommen Sie!« Braithwaite zog Ben am Arm und zerrte ihn in Richtung Küste. Er dankte Gott für seinen Freund, dessen Gegenwart eine gewisse Beruhigung war.

Er wollte nicht über den Blickwechsel zwischen Clara und dem Grafen nachdenken. Er wollte nicht darüber nachdenken, ob sie seine Werbung akzeptierte.

Seine Selbstvorwürfe wuchsen ins Unermessliche. Daran war ganz allein sein miserabler Plan schuld. Es war sein Fehler. Wie konnte er Richard zweimal in einer Nacht aus den Augen verlieren?

Sie rannten eine Anhöhe hinauf. Dahinter glitzerte die See in den ersten Sonnenstrahlen. Doch heute würde es kein erfrischendes Schwimmen für ihn geben. Er sah ein paar Fischer, die mit offenem Mund ein Schauspiel vor ihnen am Strand verfolgten. Ganz in ihrer Nähe lag eine Frau am Boden, ihr hysterisches Schluchzen sagte ihnen, dass sie sich ihr lieber vorsichtig nähern sollten.

Braithwaite ging zu ihr und half ihr auf, in eine etwas würdevollere Position. »Miss?«

Es war Claras Mädchen. Die dritte Gestalt von vorhin. Ben kämpfte gegen einen Panikanfall. »Wo sind sie?«

Sie deutete auf den Strand.

Ben winkte Braithwaite, ihm zu folgen, und ließ den Blick über den Strand schweifen. Bis auf drei Gestalten nicht weit von einem mit zwei Mann besetzten kleinen Ruderboot war er verlassen. Weiter draußen tanzte ein Boot unter vollen Segeln auf dem Wasser. Das konnte nur eines bedeuten: Clara sollte nach Frankreich gebracht werden.

Sein Mund wurde trocken. Er sah, dass Richard am Boden lag,

Clara beugte sich über ihn. Ihre Schultern zuckten krampfhaft, als weinte sie. Die Entfernung war zu groß, er konnte nichts hören, doch Lord Houghton schien Clara anzuschreien. Sie schüttelte den Kopf.

Was sollte er tun? In einem Kampf Mann gegen Mann hätte er sich zwar behaupten können, doch er war zu weit entfernt, um auf diese Weise einzuschreiten. Und eine Waffe besaß er nicht. *Lieber Gott, hilf uns!*

»Kemsley.«

Er sprang vor Schreck in die Höhe. »Hawkesbury!«

Der Graf blickte auf die Gestalten unten am Strand. »Verzeihen Sie. Anscheinend hat meine Armeeausbildung doch etwas getaugt. Und – was wissen wir?«

»Offenbar hat es DeLancey nicht genügt, mit Johnson zusammenzuarbeiten, und er hat noch einen Handel mit Houghton geschlossen. Der alte Lüstling hat auf ihn geschossen. Claras Verhalten lässt darauf schließen, dass er tot ist.«

»Ist vielleicht das Beste für die Familie, wenn der Halunke … Verzeihung, Kemsley, ich sollte nicht schlecht von …«

»Sie haben ja recht«, murmelte Ben. Er hatte noch nie einen Menschen so sehr gehasst wie Richard in diesem Moment, aber sein Hass auf Houghton war fast genauso groß. Wenn er doch nur ein Schiff hätte, sodass er die beiden kielholen lassen könnte. Er ballte die Fäuste und atmete langsam aus. Solche Gedanken halfen Clara nicht. »Was sollen wir tun?«

»Ich habe mir letzte Nacht von unserem Gastgeber ein Paar Pistolen geborgt. Ich dachte, Sie könnten eine nehmen.«

Ben schüttelte den Kopf. »Ich war noch nie ein guter Schütze.«

»Ah. Ich war im Spanischen Unabhängigkeitskrieg Scharfschütze, aber wenn man die Pistolen eines anderen Mannes benutzt, lässt sich nichts mit Sicherheit sagen. Und auch wenn Sie glauben, dass ich Miss DeLancey nicht besonders mag, so habe ich doch keineswegs den Wunsch, ihr eine Kugel in den Leib zu jagen. Aber wenn ich für eine Ablenkung sorge, könnten Sie beide«, er nickte zu Braithwaite hinüber, »sie vielleicht aus der Gefahrenzone bringen und dann sorgen wir dafür, dass Houghton mit seiner Gemeinheit nicht durchkommt.«

Ben atmete tief die salzige Luft ein. Seine Gedanken überschlugen sich, doch allmählich wich die Ratlosigkeit einer großen Klarheit und er hatte das Gefühl, wieder festen Boden unter den Füßen zu haben. »Gott helfe uns«, sagte er laut.

»Amen.«

Kapitel 31

Tränen trübten Claras Sicht, während sie verzweifelt versuchte, den Blutstrom zu stoppen, der durch Richards Hemd drang. *Lieber Gott, hilf uns.*

Er sah Clara mit offenem Mund wie ungläubig an. »Ich hatte nicht bemerkt …«

Sie brachte ein schwaches Lächeln zustande und versuchte, ihm zu sagen, dass sie ihm vergab. »Ganovenehre ist keine Ehre, nicht wahr?«

Plötzlich wirkte er verloren, wie ein kleiner Junge, der sich verlaufen hatte. »Ich wollte nicht, dass es so ausgeht. Ich wollte doch nur Geld. Ich habe zu spät gemerkt, dass Johnson Hawkesbury einfach nur umbringen wollte. Houghton hat mir Geld angeboten und ich …«

»Schschsch, nicht sprechen. Du brauchst deine Kraft.«

»Sie sind ein Narr«, schnaubte Lord Houghton. »Als ob ich Ihnen je Geld geben würde.«

»Houghton!«

Die Stimme, die von der Landspitze kam, ließ sie aufblicken. Lord Hawkesbury.

Houghton fluchte und riss sie zu sich hoch. Die Mündung einer Waffe presste sich an ihr Ohr. Ihre Beine gaben nach, doch sie wollte nicht ohnmächtig werden. Sie wollte es nicht! Sie musste helfen.

»Lassen Sie sie los, Houghton«, rief der Graf und hob eine Pistole.

»Niemals!«

»Lassen Sie sie los.« Richards Stimme war schwach. »Clara …«

»Richard, ich vergebe dir.«

Sie wurde zu dem kleinen Ruderboot gezerrt. Die beiden Fischer, die sie vorhin gesehen hatte, waren fort.

»Wo sind die Trottel?«, murmelte Houghton.

»Vielleicht hat ihnen Ihre Zahlmethode nicht gefallen.«

Er hob erneut die Pistole. Sie zuckte zusammen, er lachte mit kalten, harten Augen. »Steig ein.«

»Lieber sterbe ich hier mit meinem Bruder, als mit Ihnen irgendwohin zu gehen.«

»Das lässt sich machen. Jetzt steig ein.« Er riss an ihrem Arm – warum nahmen sie immer alle ihren linken Arm? – und schob sie gewaltsam in das kleine Boot. Sie kauerte sich auf eine Seite und schlang die Arme gegen die Kälte um sich, während Lord Houghton mit der einen Hand die Waffe auf sie richtete und mit der anderen das Boot ins Wasser schob. Sie blickte über die Schulter zurück zum Strand. Der Graf war mit ebenfalls erhobener Pistole näher gekommen. Er wirkte bestürzt, aber er konnte nicht schießen, weil er sonst riskiert hätte, sie zu verletzen.

Ein paar unter Grunzen durchgeführte, entschlossene Stöße, und sie waren im Wasser. Dann begann Houghton zu dem wartenden Segelboot hinauszurudern, immer darauf achtend, dass Clara zwischen ihm und dem Strand war. Kleine Wellen zogen sie abwechselnd hinaus und nahmen sie wieder mit zurück an den Strand, doch Lord Houghton war hartnäckig und besaß eine Kraft, die angesichts seines Alters und des Flairs von Kultiviertheit und Verfeinerung, das ihn umgab, überraschend war. Sie blickte zurück zum Strand. Lord Hawkesbury war nur noch ein Fleck. Sie sah, dass mehrere Männer um Richard herumstanden. Ihr Herz verkrampfte sich aufs Neue.

»Hawkesbury kann Ihnen nicht helfen«, sagte Houghton. »Und Ihr dummer Seemann ist nirgends zu sehen.«

Sie erstarrte innerlich. Es stimmte, Mr Kemsley war nicht zu sehen. Hatte er sie aufgegeben?

»Keiner wird Ihnen mehr helfen, Miss DeLancey.«

Das stimmt nicht ganz, flüsterte eine leise Stimme in ihr.

Herr, was soll ich tun?

Ein Vers aus einem Psalm, den sie am Sonntag in der Kirche gelesen hatte, kam ihr in den Sinn. Gott war mächtiger als die mächtigen

Wellen des Meeres. Sie ließ den Blick übers Wasser schweifen. Wie tief war es wohl? Konnte sie schwimmen? Sie war nicht gefesselt. Wenn sie erst bei dem Segelboot waren, hätte sie nicht mehr die Chance zu fliehen. Wäre sie doch nur mit Tessa schwimmen gegangen, wie sie es die ganze Zeit vorgehabt hatten!

»Kommen Sie nicht auf dumme Gedanken«, warnte sie Lord Houghton. »Ich werde Sie nicht rausfischen.«

»Ist das ein Versprechen?«

»Was?«

»Wie ich schon sagte, ich sterbe lieber, als noch länger mit Ihnen zusammen zu sein.« Sie stand auf und fing an, das kleine Boot zu schaukeln.

»Clara, nein!«

Doch sie ignorierte ihn und sprang aus dem Boot in das beißend kalte Wasser.

Ben rieb sich das Seewasser aus den Augen und beobachtete vom Bug des Segelbootes aus, wie Clara in der Tiefe verschwand. Nein! Er suchte sich einen besseren Ausguck. Er durfte sie nicht verlieren. Houghton schrie und suchte verzweifelt, doch die See blieb dunkel, das Wasser war zu trüb. Houghton würde sie niemals rechtzeitig finden. Ben sprang ins Wasser.

Es war beißend kalt und beruhigend zugleich. Er hatte nicht mehr an seine gebrochene Nase gedacht und hatte jetzt Schwierigkeiten beim Tauchen. Wenn dieser Tag vorüber war, würde er froh sein, wenn er überhaupt noch eine Nase hatte.

Er kam an die Oberfläche und holte keuchend Luft. Dann schwamm er mit kraftvollen, sauberen Zügen und versuchte dabei, seine Panik zu zügeln. Gott hatte ihnen bis hierher geholfen, er hatte ihm und Braithwaite die Kraft gegeben, die beiden Männer zu überwältigen, die Houghton für das Ruderboot angeheuert hatte. Danach war es ihnen gelungen, zu dem anderen Boot hinauszuschwimmen, deren Mannschaft, die sie überrascht und ebenfalls überwältigt hatten, jetzt gefesselt oder bewusstlos an Bord lag. Gott würde ihnen auch weiterhin helfen.

Endlich war er bei dem tanzenden Ruderboot, wo Houghton lästerlicher fluchte, als Ben es je bei einem Seemann gehört hatte.

Houghton drehte sich um. »Das wurde aber auch Zeit! Ich hoffte, dass einer von euch das verdammte Mädchen entdecken …« Er starrte Ben an. »Moment! Sind Sie nicht …«

Ben tauchte fort von den Flüchen und ignorierte den heftigen Schmerz in seiner Nase, während er nach etwas Weißem Ausschau hielt.

Erinnerungen stiegen auf, an eine andere Dame, die er auf See verloren hatte, an eine gefährliche Nacht, ein anderes schreckliches Abenteuer. Ein Leben, das er nicht hatte retten können.

Zähneknirschend trat er abwechselnd Wasser und pflügte durch die zunehmend stärker werdenden Wellen. Da!

Er schwamm näher, noch näher. Clara schlug wild mit den Armen um sich, ihr Haar wogte hinter ihr, ihr weißes Gewand klebte an ihrem Körper, sodass sie aussah wie eine Wassernymphe aus den griechischen Mythen.

Er schwamm näher, griff nach ihren Händen und zog sie an die Wasseroberfläche. Sie hustete, spuckte Meerwasser aus und schnappte verzweifelt nach Luft.

»Gutes Mädchen.« Er legte einen Arm unter ihren Körper und schwamm mit ihr in Richtung Sicherheit, unterstützt von den Wellen, die sie mitnahmen in Richtung Strand. Hinter sich hörte er Houghton schreien. Vor sich, über den kleinen weißen Schaumkronen, sah er Hawkesbury verzweifelt am Ufer auf und ab laufen. Richard war noch immer von mehreren Männern umgeben. Er packte Clara fester. Endlich hielt er sie im Arm, konnte sich beweisen, konnte die Fehler der Vergangenheit hinter sich lassen.

Sie erreichten das flache Gewässer in Ufernähe. Er stolperte vorwärts und brach auf dem groben Kieselstrand zusammen, Clara noch immer im Arm. Ihre grünen Augen waren panisch aufgerissen, sie murmelte zusammenhangloses Zeug, das Haar hing ihr wirr ins Gesicht. Ben strich ihr sanft die dunklen Strähnen aus den Augen, aus der blutigen Stirn. »Schsch, mein Liebling, du bist jetzt in Sicherheit.«

Die Feuchtigkeit auf ihrem Gesicht war nicht nur Meerwasser »Du wirst mich nicht mehr verlassen?«

»Niemals«, versprach er.

Sie schmiegte sich an seine Brust und klammerte sich fest. Er schlang seine Arme um sie, bis sie aufhörte zu zittern, und die Hitze die in ihm aufstieg, ihn mahnte, sich daran zu erinnern, dass er ein Herr und sie die Tochter eines Viscounts war. Er ließ sie zögernd los und wandte sich ab, sich wohl bewusst, dass sie Zuschauer hatten dass Füße auf sie zueilten.

»Kemsley! Aufpassen!«

Ein Schuss. Strandkiesel spritzten nur wenige Zentimeter vor Claras Kopf entfernt in die Luft. Ben warf sich über sie, doch ohne sie zu berühren, nur von dem Wunsch beseelt, sie zu beschützen.

»Ben!« Sie blickte zu Tode erschrocken zu ihm auf und zitterte erneut wie Espenlaub.

»Lieg still.« Es gelang ihm, sie beruhigend anzulächeln, doch sein Knie pochte in der ungewohnten Haltung, auf Ellbogen und Zehenspitzen, um jeden Kontakt zu vermeiden. Der Himmel mochte verhüten, dass ihre Mutter – oder eine der ruchlosen Brightoner Klatschbasen – sie so schockierend nah beieinander sahen.

Ein weiterer Schuss erklang. Hinter sich hörte er einen Mann aufschreien, dann einen dumpfen Aufschlag.

Clara keuchte auf, ihre Augen wurden – soweit das möglich war – noch größer. Sie war ihm so nah, dass er die goldenen Punkte in ihren Augen sehen konnte, ihren Atem auf seiner Wange spürte, ihre rosigen Lippen zittern sah. Sie schienen ihn einzuladen, ihr die Art von Trost zu spenden, von der er träumte. Doch er wagte nicht, sich zu rühren.

Auf den Steinen waren Schritte zu hören. Er hob den Kopf. Hawkesbury näherte sich, eine schimmernde Pistole in der Hand.

Der Graf lächelte sie grimmig an. »Kein Grund mehr zur Sorge.«

Ben warf sich zur Seite und setzte sich auf, während der Mann, den Clara einst geliebt hatte, seinen Mantel auszog und ihn ihr umlegte. Eifersucht stieg in ihm auf. Er kämpfte sie hinunter, kämpfte gegen seine Verunsicherung, indem er es vermied, die beiden, die leise miteinander sprachen, anzusehen, und stattdessen zu dem kleinen Boot hinausblickte, das auf dem Wasser tanzte. Houghtons zusammengesunkene Gestalt wurde mit den Wellen hin und her geworfen. Der Wind, der aufgefrischt hatte, ließ Ben in seinen durchnässten Kleidern schaudern. Er musste seinen Mantel suchen und zusehen, dass er in trockene Kleider kam.

Er tat einen zitternden, schmerzenden Atemzug, dann zwang er sich aufzustehen und ging schwankend davon.

Kapitel 32

Das Krankenzimmer war erfüllt vom Geruch des Todes. Auch jetzt, da er diese Welt bald verlassen würde, behielt der verderbliche Einfluss seine Macht über Richard. Das Gift von der Schusswunde, das sich in seinem Körper ausgebreitet hatte, hatte ein Fieber verursacht, das ihn von Tag zu Tag schwächer werden ließ. Der Arzt konnte wenig für ihn tun. Clara konnte nur beten und hoffen, dass die Vergebung, die sie ihm immer wieder zusprach, seinem Gewissen ein wenig Erleichterung brachte. Er faselte von Eroberungen und Ausschweifungen und sie versuchte, nicht hinzuhören. Wenn es ganz schlimm wurde – wenn er seine Erlebnisse mit den Prostituierten beschrieb, mit denen er ein Verhältnis gehabt hatte –, schickten der Arzt oder ihr Vater sie hinaus. Dann war sie froh, das Zimmer verlassen zu können.

»Clara.« Richard sah sie mit glänzenden Fieberaugen an, der feuchte Schimmer auf seiner Stirn verriet das erbarmungslose Brennen in seinem Körper.

Sie rutschte ein wenig in ihrem Sessel nach vorn, damit er ihr Gesicht besser sehen konnte. »Ja, was ist?«

»Ich sterbe.«

Ihre Augen brannten, sie hatte einen Kloß im Hals und konnte nur nicken.

»Ich … ich wusste nicht …« Seine Stimme verklang, wie so oft, wenn er den Faden verlor oder einschlief.

»Es spielt keine Rolle mehr«, sagte sie.

Nichts spielte jetzt noch eine Rolle. In den letzten zwei Wochen war ihre Welt ganz auf Richard zusammengeschrumpft. Sie pflegte ihn und als man ihr sagte, dass es hoffnungslos stand, wartete sie geduldig, dass er seinen letzten Atemzug tat. Sie bekam so gut wie nichts mehr von der Außenwelt mit. Mattie besuchte sie weiterhin getreulich, doch sie war praktisch die Einzige. Tessa war von Viscount Featheringtons Schwester nach Northamptonshire eingeladen worden, auf Hartwell Abbey. Sie hatte mit ihr kurz über ihre Garderobe gesprochen, denn Tessa war in heller Aufregung gewesen bei dem Gedanken, dass sie auf dem Erbsitz eines Herzogs zu Gast sein würde.

»Ich habe gehört, dass es dort Geheimgänge gibt.« Tessas blaue Augen waren riesig geworden. »Hartwell Abbey ist ein sehr altes und vornehmes Haus.«

Clara hatte genickt. »Die Herzogin wird sich freuen, jemanden zu Besuch zu haben, der an diesen Dingen Gefallen findet, zumal wenn es ein frisches neues Gesicht ist, in dem so viel Begeisterungsfähigkeit liegt.«

»Ich hoffe, ich blamiere mich oder Henry nicht.« Sie errötete. »Ich möchte so gern alles lernen, was ich wissen muss.«

Das sollte sie besser auch. Anscheinend hatte Lord Exeter stillschweigend seine Zustimmung zur Verlobung seines Sohnes gegeben.

»Du wirst ein großer Erfolg sein. Du hast ein liebevolles, fröhliches Herz und Charlotte wird das sehr zu schätzen wissen.«

»Oh ja, ich vergaß, du kennst sie ja alle.«

»Nur flüchtig.«

»Mir wäre wohl auch jede Abwechslung willkommen, wenn ich so abgeschieden leben würde.«

Clara hatte gelächelt. Sie hatte das Gefühl, dass es seit einer Ewigkeit ihr erstes Lächeln war. »Vielleicht solltest du ein ganz klein wenig mehr darauf achten, nicht immer alles so direkt zu sagen.«

Ihr Lächeln, als sie an dieses Gespräch dachte, erlosch, als sie Richard erneut die Stirn trocknete. Es war schwer zu glauben, dass so viel geschehen und doch so vieles ungelöst geblieben war. Ihre Hände waren geheilt, die blauen Flecken verschwunden. Manchmal, wenn sie bei ihrem Bruder wachte, neigte sie beinahe dazu, wie ihre Mutter

zu denken, dass Richards Verhalten in den letzten Monaten nur eine
vorübergehende Verirrung war. Es war ihr fast nicht möglich, den
liebenswerten Bruder ihrer Kindheit mit dem gewissenlosen, ge-
walttätigen Wüstling, als der er sich in seinem Delirium offenbarte,
in Verbindung zu bringen. Dennoch hatte sie sich einen Rest Zuneigung zu ihm bewahrt. Sollte sie ihn etwa wegen seiner verkehrten
Entscheidungen in den letzten Monaten fallen lassen? Das konnte sie
nicht. Sie hatte ihm vergeben. Außerdem war ihr Bruder nicht der
Einzige, der in seinem Leben verkehrte Entscheidungen getroffen
hatte.

Armer Richard. Ihre Kehle wurde eng. Sie betete, dass er Frieden
mit Gott finden mochte, denn an die Alternative wollte sie nicht einmal denken. Schauder überliefen sie, als sie an einen Traum dachte,
den sie kürzlich gehabt hatte: Ein gähnender Abgrund hatte sich vor
Richard geöffnet und er war hineingetaumelt und gefallen, hinab in
Hoffnungslosigkeit und ewige Verzweiflung. Gott wollte, dass Richard Vergebung fand, dass er nicht verloren ging. Sie hatte ihrem
Bruder vergeben und liebte ihn, obwohl er gerade nicht liebenswert
schien. Sie schluckte. Für ihre Liebe gab es eigentlich ein paar bessere
Kandidaten als den Mann, der hier im Haus ihres Vaters lag.

Doch gleich darauf schämte sie sich. Anscheinend dauerte es doch
länger, die Denkweise der alten Clara abzulegen. Sie schickte ein
kleines Stoßgebet um Vergebung zum Himmel und widmete sich
wieder ihrem Patienten.

Als die große Uhr halb fünf schlug, löste ihr Vater sie ab. Seine
jetzige Fürsorge für seinen Sohn stand in direktem Gegensatz zu seiner früher gezeigten Fähigkeit, ihm die Aufmerksamkeit zu entziehen. Auf Mutter konnten sie zurzeit nicht zählen. Sie sagte, es falle
ihr zu schwer, ihren Sohn so leiden zu sehen, ohne ihm helfen zu
können. Es tat Clara in der Seele weh zu sehen, wie ihre stolzen Eltern endlich zugaben, dass Richard schwere Fehler begangen hatte,
und wie sie ihm jetzt, da es zu spät war, reuevoll ihre Zuwendung
schenkten oder vorenthielten. Wie viel besser wäre es gewesen, wenn
Richard sich nicht so sehr hätte von seinem Stolz bestimmen lassen,

wenn auch sie selbst sich nicht so lange von ihrem Stolz hätten leiten lassen!

Sie nahm einen Schal von dem Haken in der Diele und ging hinaus. Sie brauchte ein wenig frische Luft. Die Sonne ging bereits unter. Fest in ihren Schal gewickelt, spazierte sie an der Statue des Regenten vorüber zu den Klippen.

Der Sonnenuntergang färbte den Himmel, Streifen von Rosa und Purpur verschwammen in Gold. Es war der gleiche goldene Schimmer, den sie vor ein paar Monaten gesehen hatte, als sie an derselben Stelle gestanden und Gott gebeten hatte, sie von der Vergangenheit zu befreien. Auch heute schimmerte die Stadt in einem fast mystischen, weichen Licht.

So viel war seither geschehen. Und so viel war ungeklärt geblieben.

Ihre Augen brannten. Sie schluckte. Am Himmel schrie eine einsame Möwe.

Clara schmiegte sich in ihren Schal. Die allgegenwärtige Brise drang dennoch durch ihren leichten seidenen Schutz hindurch; sie schauderte.

Entgegen seinem Versprechen hatte Mr Kemsley die Stadt fast sofort nach dem Vorfall mit Richard verlassen. Mattie hatte bei einem ihrer Besuche gesagt, es hätte etwas mit der Admiralität zu tun, was Clara nur zu gern glauben wollte. An manchen Tagen fiel es ihr jedoch schwer, ihre Zweifel zum Verstummen zu bringen. Die Müdigkeit, die Anstrengung der letzten Wochen, in denen sie ihren Bruder versorgt hatte, machten sie anfällig für die alten Gedanken, dass sie wertlos und hässlich sei und niemand sie liebte. Sie kämpfte mit Gottes Wort dagegen an, doch manchmal, wie jetzt, schien die Einsamkeit sich mit der Ablehnung, die sie niederdrückte, zu verbünden. Sie wollte an gute Dinge denken, aber …

Herr, hilf mir.

Ihr Gebet flog zum Himmel hinauf, ihre Gedanken wanderten zu jenem schicksalhaften Tag zurück. Wieder schauderte sie. Gott sei Dank hatte Mr Kemsley sie vor dem Ertrinken gerettet. Gott sei

Dank hatte der Graf Lord Houghton erschossen und sie so aus großer Gefahr gerettet. Und Gott sei Dank war das alles am frühen Morgen geschehen, bevor die ganze Stadt auf den Beinen war und Zeuge der Ereignisse werden – und tratschen – konnte. So wie es aussah, hatten der Regent und Lord Hawkesbury dafür gesorgt, dass der Klatsch nicht ausuferte, denn keiner von beiden wollte seinen Namen mit dem Tod von Lord Houghton oder Richard DeLancey in Verbindung gebracht sehen. Irgendwann kam dann das Gerücht auf – und wurde im Folgenden aufs Eifrigste verbreitet –, dass Houghton vom Geist seiner verstorbenen Frau heimgesucht worden sei. Clara musste lächeln. Sie hätte nie gedacht, dass sie einmal froh sein würde, als Gespenst zu gelten, aber besser so, als wenn die Leute die wahre Identität des ganz in Weiß gekleideten Geschöpfs herausfanden, das an jenem Morgen am Strand gesehen worden war.

Ja, so viel war geschehen seit jenem magischen Sonnenuntergang. Und so vieles war noch immer in der Schwebe.

Ihr Herz schlug bang. Warum hatte Mr Kemsley sie nicht besucht? Schämte er sich der Verbindung und wollte seinen Beinaheantrag lieber zurücknehmen, nachdem sie solchen Schmerz über seine Familie gebracht hatte? Mattie hatte versucht, sie zu beruhigen, doch die nagenden Zweifel wollten nicht verstummen. Vater hatte gesagt, er habe ihm seinen Segen gegeben – und ein verliebter Verehrer hätte sie doch ganz sicher besucht. Vielleicht liebte er sie ja einfach nicht mehr.

Clara blinzelte. Sie wollte und wollte nicht so denken. Sie atmete tief ein und den Schmerz langsam wieder aus.

Denke an etwas Gutes, hatte Mattie gesagt, statt auf die Einflüsterungen der Verzweiflung zu lauschen. An etwas Gutes, wie die Tatsache, dass sie nicht mehr das Mädchen war, das sich beinahe gewünscht hatte, von den Klippen zu stürzen. Heute gelang es ihr fast immer, durch Gebete und das Lesen in der Bibel ihren Geist heiter zu halten. Sie hatte jetzt Freunde, wahre Freunde, Menschen, mit denen sie lachen und sogar ein wenig herumalbern konnte, die sie trotz ihrer Fehler liebten – trotz jener Momente, in denen sie vergaß, dass sie ein neues Geschöpf war, und sich wieder wie die alte Clara verhielt. Wieder holte sie tief Luft und dankte Gott für ihre Freunde.

Sie dankte Gott für alles Schöne und Gute, wie diesen Sonnenuntergang vor ihren Augen, der goldene Bänder über den Himmel legte. Gierig sog sie seine Schönheit ein.

Und sie dachte an ewige Wahrheiten, an das, was die Bibel über sie sagte: dass Gott sie, was auch geschehen mochte, nie verließ. Im Gegensatz zu bestimmten Personen … Tränen traten ihr in die Augen; sie blinzelte sie fort.

Sie dachte an Dinge, die sie bewunderte, wie die Art, wie Kapitän Braithwaite Mr Kemsley geholfen hatte.

Sie dachte an lobenswerte Dinge, wie … Sie runzelte die Stirn. Hatte sie überhaupt Gelegenheit gehabt, Mr Kemsley dafür zu danken, dass er ihr schon wieder das Leben gerettet hatte? Vater war geradezu überschwänglich gewesen in seinem Lob, doch hatte sie selbst sich je bei dem Mann bedankt?

Sie schluckte. »Herr, Gott, bitte hilf, dass er es erfährt. Sei bei ihm, wo auch immer er sich aufhält, und segne ihn und schenke ihm, was er sich wünscht.«

Jetzt erschienen die ersten Sterne am Himmel. Traurigkeit überwältigte sie. Wenn sie doch nur ein helleres Gemüt hätte und nicht alles so tief empfände! Wenn sie doch einfach einen Sonnenuntergang bewundern und wieder gehen könnte, ein dankbares Lächeln im Herzen. Doch auch wenn ihre Lippen ein Lächeln formten, schien ihr Herz doch niemals mehr lächeln zu können.

Sie drehte sich um und machte sich langsam auf den Rückweg nach Hause. Dabei wappnete sie sich für die nächste Wache am Bett ihres Bruders. Sie würde mutig sein, um ihrer Eltern und um Richards willen. Schluss mit der Gefühlsduselei!

Sie bog in die Royal Crescent ein und spazierte an der lächerlichen Statue vorbei. Dabei warf sie einen letzten Blick auf den samtigen Himmel.

»Verzeihen Sie.«

Sie drehte sich um. Trat einen Schritt zurück. Ihr Mund war

plötzlich ganz trocken. Sie fand keine Worte. Warum war er hier? Warum jetzt? Was wollte er? Unter seinem aufmerksamen Blick wurde ihr abwechselnd heiß und kalt.

»Miss DeLancey?«

Ben betrachtete das Gesicht, das ihn seit Wochen bis in seine Träume hinein verfolgt hatte. Wie schön es war, ihre Züge, ihre Augen wieder so dicht vor sich zu sehen. »Clara?«

»G…guten Abend.«

Er sah zu den letzten Resten des Sonnenuntergangs hinüber. »Es ist ein schöner Abend.«

»Ja.«

Ein Schweigen breitete sich aus, erfüllt mit der Peinlichkeit der vielen Dinge, die ungesagt waren. Reue nagte an seinem Herzen. Wie sollte er ihr erklären, was er in den vergangenen Wochen getan hatte, wie sollte er ihr seine Abwesenheit erklären, wo ihr Herz so verletzt sein musste. Im trüben Straßenlicht sah er, dass sie errötet war. Ihr Erstaunen zeigte sich in ihrem Blick, als sei er eine Erscheinung und könnte jeden Moment wieder verschwinden. »Es tut mir leid, dass ich einfach gegangen bin.«

Sie zuckte halbherzig mit den Schultern; er empfand es wie einen Stich. Bedeutete er ihr nichts mehr? »Mattie … hat es mir erklärt.«

Gott segne seine Schwester, doch sie konnte es nicht erklären, nicht richtig. Die Admiralität war nur ein Vorwand gewesen, bis er wusste, wie er weiter vorgehen sollte. Aber jetzt wusste er es und konnte nur hoffen und beten, dass Clara ihn verstehen würde. »Ich weiß, dass meine Abreise ein wenig unvermittelt gewirkt haben muss. Ich habe versucht, es Ihrem Vater zu erklären, bevor ich ging.«

»Er hat nichts gesagt. Er musste sich vor allem um meinen Bruder kümmern.«

Ben deutete auf das Haus. »Ich war gerade dort. Nach Auskunft der Diener kämpft Richard noch.«

»Es ist ein vergeblicher Kampf. Der Arzt sagt, wir müssten jeden Tag damit rechnen, dass er stirbt.«

»Das tut mir leid.« In diesem Moment stimmte das sogar.

Sie legte den Kopf schief; offenbar glaubte sie ihm, denn sie nickte. »Möchten Sie kurz mit hineinkommen?«

Er war in letzter Zeit in zu vielen prachtvollen Häusern gewesen. Im Moment war ihm der Gedanke an die Enge unerträglich. »Ich würde lieber …«

»Noch einen Spaziergang machen?«

»Ja, aber nur, wenn Sie mich begleiten.«

Sie sah zur Tür hin. »Ich … man erwartet mich …«

»Ich habe mit Ihrem Vater gesprochen. Er weiß, wo wir sind.«

Er bot ihr seinen Arm. Sie nahm ihn, aber nur leicht, nicht wie eine Frau, die den Arm des Mannes nimmt, den sie liebt. Doch heute Abend würde er die Wahrheit herausfinden.

Er führte sie auf die Klippen. Als sie zum Aussichtspunkt kamen, spürte er, wie ihr Griff fester wurde. Von hier aus sah man die Lichter Brightons, unter anderem den Pavillon, der hell erleuchtet war. Um sie herum tanzten kühl und belebend die Winde vom Meer.

»Erinnern Sie sich an das erste Mal, als wir uns hier begegnet sind?«

Er sah sie überrascht an. Sie hatten nie darüber gesprochen, ob sie wirklich die geheimnisvolle Frau war, die er in jener wilden, windigen Nacht auf der Klippe gerettet hatte. »Ja.«

»Ich … ich war tief unglücklich und verzweifelt.«

»Ja? Ich fürchte, ich erinnere mich nicht an jede Einzelheit jener Nacht.«

Doch er erinnerte sich an das meiste. An den Schreck, den er bekommen hatte, als sie in Richtung Kante rutschte. An die unglaubliche Erleichterung, als er sie zurückgezogen hatte, in Sicherheit. An die Wärme in den kurzen Momenten, die er sie gehalten hatte.

»Ich«, sie leckte sich über die Unterlippe – ein berückender Anblick –, »ich weiß gar nicht, ob ich Ihnen je richtig dafür gedankt habe, dass Sie mich in jener Nacht gerettet haben.«

»Das haben Sie. Daran erinnere ich mich.«

Er betrachtete sie. Sie wandte den Blick nicht ab. Er suchte in ihren grünen Augen nach der Wahrheit. »Sie haben mir noch nicht erzählt, was Sie damals hier oben gemacht haben.«

Ihre Hände, ihr Blick entglitten ihm. »Ich … ich hatte das Gefühl, nicht mehr weitermachen zu können, die Schande nicht mehr zu ertragen.«

»Wegen der Gerüchte über Sie?«

»Die zweifelhafte Miss DeLancey.« Jetzt sah sie ihn wieder an und verzog den Mund zu einem winzigen Lächeln. »Ich war überrascht, dass Sie mich nicht erkannten.«

»Ich habe überlegt, ob ich Sie vor Jahren einmal auf einem Ball in London gesehen hatte, aber ein bescheidener Seemann braucht gar nicht erst zu versuchen, mit der Tochter eines Viscounts zu sprechen. Danach war ich lange außer Landes.«

Sie nickte und schlug die Augen nieder. »Ich bin froh, dass Sie mich damals nicht erkannten.«

»Unsere Vergangenheit ist vorbei, Clara. Es hat keinen Sinn, weiter darin zu leben.«

»Nein.« Ihr Lächeln vertiefte sich. »Ich habe Ihre Aufrichtigkeit immer geschätzt.«

»Das Leben ist zu kostbar für Ausflüchte.« Er nahm ihre Hände und versuchte, den Mut aufzubringen, endlich zu sagen …

»Danke, dass Sie mich vor Lord Houghton gerettet haben.« Wieder schauderte sie. »Ich glaube, ich will niemals wieder schwimmen gehen.«

»Ich könnte es Sie lehren.«

»Wie bitte?« Wieder schwebte das Lächeln um ihren Mund. »Das würde mich dann endgültig auf einen schlechten Ruf festlegen.«

»Dann sollten wir vielleicht vorher heiraten.«

Sie öffnete den Mund.

Er schluckte. »Und zwar sehr bald.«

»Sie möchten mich heiraten?«

»Ich will noch immer nur Sie heiraten.«

»Aber Richard …«

»Nein, ihn will ich nicht heiraten.«

Ihr kurzes Lachen verstummte sofort wieder. »Nein, aber …«

Er legte seine warmen Finger um ihre kalten Hände. »Wenn es der richtige Zeitpunkt ist und Ihre Eltern einverstanden sind, dann möchte ich, dass wir heiraten. Ich liebe Sie, Clara.« Ihr Herz hämmerte, nur zu bereit, seine Gefühle zu erwidern.

»Oh!« Ihre Wangen schimmerten in den letzten Strahlen des Sonnenuntergangs. »Aber Sie sind weggegangen.«

Ben kämpfte gegen die Enttäuschung an. Er antwortete: »Ich bin nach London gefahren, um mir den finanziellen Teil von der Belohnung des Prinzregenten zu holen. Und ich habe Hawkesbury getroffen. Johnsons Gefangennahme bedeutete, dass er das Geld zurückbekam, das er verloren glaubte. Anscheinend möchte er mir eine Art Finderlohn geben.«

»Wirklich?«

»Ich wollte es nicht annehmen, aber dann erfuhr ich bei einem Besuch bei meiner Bank, dass eine anonyme Spende in Höhe des Betrags eingegangen war, den er mir geben wollte. Anscheinend kann ein Graf sich über die Wünsche eines normalen Sterblichen hinwegsetzen.« Er lächelte verlegen. »Ich habe es ihm gegenüber angesprochen, doch er war zu beschäftigt mit Johnsons Prozess. Wie ich mitbekommen habe, wäre es ihm lieber, Johnson würde in die Kolonien verfrachtet als gehängt.«

»Johnson hat Glück, dass der Graf so großzügig ist.«

Jetzt kam der schwierige Part. »Sie klingen, als würden Sie den Mann bewundern«, sagte er vorsichtig.

»Lord Hawkesbury bewundern? Ja, ich glaube schon.« Sie legte den Kopf schief, wieder huschte ein kleines Lächeln über ihr Gesicht. »Aber sosehr ich Lord Hawkesbury auch bewundere, das ist gar nichts dagegen, wie ich einen anderen verehre.«

»Wie Sie einen anderen verehren?« Sein Herz klopfte wild.

Sie nickte und sah ihn fest an. »Er hat einen regen Geist und unbändigen Mut und ist voller zarter Rücksichtnahme auf andere. Wie könnte ich diesen Mann nicht verehren, ihn nicht lieben?«

Ben unterdrückte gewaltsam ein breites Grinsen und nickte ernst. »Ein solcher Musterknabe verdient natürlich alle Hochachtung, das stimmt. Auch wenn es sich angesichts solcher Hochachtung eigentlich verbietet, dass der Bewunderte so unbeholfen ist.«

»Eine Eigenschaft, die uns umso besser zusammenpassen lässt.«

Beseligt trat Ben dichter an sie heran, hob eine Hand und strich ihr sanft eine ebenholzschwarze Locke aus dem Gesicht. Als er sprach, klang seine Stimme heiser. »Und wer könnte der privilegierte Empfänger einer solchen Gunst sein?«

»Ich glaube, die Antwort darauf wissen wir beide, nicht wahr?« Ihre Lippen öffneten sich sanft und einladend.

Mit klopfendem Herzen legte Ben die Hand auf ihre dunklen Locken und zog sie an sich. Er neigte den Kopf und senkte den Mund auf das seidige Feuer ihrer Lippen, zu einem langen, wundersamen Kuss, der alle Zweifel auslöschte, alle Träume hoch auffliegen ließ und in seinem Körper Sehnsucht nach der Hochzeitsnacht weckte.

Irgendwann löste er sich von ihr, mit einem leicht schwindeligen Gefühl. »Ich liebe Sie, Miss Clara DeLancey.«

»Und ich liebe Sie.« Sie lächelte, stellte sich auf die Zehenspitzen und küsste ihn wieder. »Sie und nur Sie.«

Epilog

London
Mai 1816

Clara blickte sich im Ballsaal um. Hier war die Creme de la Creme der Londoner Gesellschaft versammelt, blutjunge Debütantinnen, junge Gecken, stolze Eltern, und alle sprachen über die Neuigkeit, die ebenso wunderbar wie erfreulich war. Der heutige Ball fand zu Ehren der Tochter des Prinzregenten statt. Prinzessin Charlotte hatte vor Kurzem ihren Traumprinzen, ihre große Liebe geheiratet. Die Hochzeit hatte an Stil und Kosten alles je Dagewesene übertroffen. Die Zeremonie und die öffentlichen Feiern waren sicherlich weit prächtiger gewesen als bei ihrer und Bens Heirat im November letzten Jahres, doch Clara war überzeugt davon, dass die tiefe Liebe, die sie und ihren Mann verband, durch nichts zu übertreffen war.

Ben war so gut, so geduldig, so freundlich. Sie schaute ihn an. Er sah blendend aus in seinem neuen Anzug und der Krawatte, als sei er in den Rang des Baronets hineingeboren und hätte ihn nicht erst vor drei Wochen erhalten, bei einer Feier, die ebenso sehr unter dem Zeichen der überschwänglichen Lobeshymnen des Regenten stand wie unter dessen deutlicher Verspätung. Ben war jetzt Sir Benjamin Kemsley und würde am Garter Day im nächsten Monat den Hosenbandorden erhalten.

Die Belohnung war in voller Höhe ausgezahlt worden und ermöglichte ihnen zusammen mit einem unerwarteten Geschenk des Marquis von Exeter ein weit bequemeres Leben, als sie sich hätten erträumen können. Ein paar Wochen vor der Heirat seines Sohnes im Februar war Ben gebeten worden, Lord Exeter aufzusuchen, und zwar sobald es ihm möglich sei. Anscheinend war dem Marquis eingefallen, dass er ein, wie er es nannte, kleines Cottage nicht weit von London in West Sussex besaß. Wie sich herausstellte, war das Cottage gar nicht so klein, sondern ein sehr schönes Herrenhaus, das einem kürzlich verstorbenen Cousin gehört hatte und jetzt an Lord Exeter gefallen war. Doch der hatte keine Lust, sich damit zu belasten, hatte er Ben auseinandergesetzt, und es Ben zum Geschenk gemacht, weil es angeblich von seinen achtsamen und gewissenhaften neuen Besitzern nur profitieren würde. Ben war genauso überrascht gewesen wie sie. Zu ihrer ganz großen Freude hatten sie von ihrem neuen Zuhause aus eine prachtvolle Aussicht auf die Isle of Wight und waren ganz in der Nähe ruhiger Gewässer, in denen, hatte Ben ihr versprochen – oder vielleicht eher angedroht? –, er sie das Schwimmen lehren wollte.

»Warum lächeln Sie, Lady Kemsley?«

»Nur aus Glück, Sir Benjamin.«

Die blauen Augen ihres Ehemannes zwinkerten ihr zu, als dächte er an ihr Geheimnis. »Wenn wir nach Hause kommen, ist es hoffentlich warm genug, dass wir mit den Schwimmlektionen anfangen können.«

»Benjamin!«

Er trat näher und flocht seine Finger in ihre. »Du kannst doch wohl nichts an meinem Wunsch auszusetzen haben, noch ein wenig Zeit mit dir zu verbringen, bevor wir zu dritt sind?«

»Schsch! Deine Geschwister kommen. Ich möchte nicht, dass George es schon erfährt.«

Sie hatte den Verdacht, dass George nicht allzu glücklich darüber war, dass seine Baronetswürde einen niedrigeren Rang hatte als Benjamins, und er schien auch wenig erfreut gewesen zu sein, als er erfuhr, dass man ihnen ein Anwesen geschenkt hatte. Eine ungetrübte Freude bescherte ihm dagegen Tessas unvorstellbar vorteilhafte Ehe mit Lord Featherington. George war so stolz auf diese Verbindung, ls hätten die beiden sie ihm zu verdanken. Jedenfalls prahlte er immer, wenn Ben und Clara sich zu einer Familienveranstaltung auf Chatham Hall aufhielten, vor den Verwandten seiner Frau damit.

Mattie und David erwarteten ebenfalls Zuwachs, bereits im Frühsommer, nicht erst Mitte Herbst. Das war auch der Grund, warum sie in den letzten Wochen nicht in London gewesen waren.

Tessa kam zu ihnen und umarmte Clara liebevoll. »Wie schön, dich zu sehen!«

»Ich freue mich auch. Wie war Italien?«

»Oh, wunderschön! Charlotte hatte uns schon gesagt, dass wir es sehr genießen würden. Sie und Hartington waren Ende letzten Jahres dort. Und weißt du, was? Sie erwarten wieder ein Kind!«

»Oh schön, was für eine gute Nachricht. Wie geht es den Zwillingen?«

»Bestens!« Dabei schaute sie sich nach ihrem Mann um, sodass Clara der Gedanke kam, es könne möglicherweise auch bei ihnen nicht mehr lange dauern, bis das Baby der Familie Kemsley ein eigenes Baby bekam. »Oh! Bitte richte deinen Eltern meine besten Wünsche aus.« Tessas blaue Augen wurden ganz rund vor Sorge. »Ich hoffe, es geht ihnen allmählich wieder besser nach dieser schweren Zeit? Die letzten Monate waren nicht leicht für sie.«

Das stimmte. Doch Mutter schien einen gewissen Trost darin zu finden, dass sie Richard noch einmal für einige Zeit bei sich haben konnte, wenn auch nur zum Sterben. »Es geht ihnen den Umständen entsprechend gut, danke.«

Tessa nickte und sah sie mitfühlend an. »Und dir?«

»Mir geht es sehr gut, danke.«

»Ich dachte, ich hätte ein gewisses Strahlen in deinem Gesicht gesehen.« Ein leichtes Lächeln trat auf ihr Gesicht und ihre Augen tanzten glücklich, als sie sich vorbeugte und sagte: »Zwillinge sind in unserer Familie nicht üblich, nur damit du Bescheid weißt.«

»Tessa!«, ermahnte Ben sie lachend. »Ich weiß wirklich nicht, wann du dir je das würdige Auftreten einer Marquise zulegen wirst.«

»Gut, dass ich nur einen Viscount geheiratet habe, nicht?«, meinte sie frech und ging zu ihrem Mann, dessen Gesicht bei ihrem Anblick aufleuchtete.

Andere Gäste verwickelten sie noch ein paar Minuten in den Austausch von Höflichkeiten, doch als sie ihre Pflicht erfüllt hatten konnten sie sich endlich auf die Suche nach Lord und Lady Hawkesbury machen. Neben Lavinia saß ein Mädchen, das man bei allem guten Willen nur als graue Maus beschreiben konnte. Clara meinte sich zu erinnern, sie bereits kennengelernt zu haben, doch sosehr sie auch überlegte, es fiel ihr beim besten Willen nicht ein.

»Ah, Clara! Oder soll ich sagen, Lady Kemsley?« Lavinia nahm freundlich Claras Hand. »Wie geht es Ihnen?«

»Sehr gut, danke.«

»Das glaube ich gern, mit Ihrem gut aussehenden Ehemann und Ihrem hübschen Häuschen.«

»Es ist wirklich bezaubernd«, nickte Clara, »wenn auch nicht ganz das Cottage, das man uns glauben machen wollte.«

»Ich freue mich, dass Lord Exeter so würdige Besitzer gefunden hat.«

»Er ist so großzügig. Es geht Ihnen doch hoffentlich gut? Sie sehen jedenfalls sehr gut aus.«

»Ja, nicht wahr?«, stimmte ihr Lord Hawkesbury zu. »Aber ich bin da natürlich ein wenig voreingenommen.«

»Nicht nur ein wenig.« Lavinia errötete. Ihre Augen ruhten auf ihrem Mann.

Clara sah das braunhaarige Mädchen neben der Gräfin an. Sie war eher unansehnlich mit ihrer langen Nase, hatte aber sehr schöne, große braune Augen. Jetzt fiel es ihr wieder ein. »Miss Winthrop, nicht wahr? Verzeihen Sie, bestimmt sind Sie inzwischen verheiratet.«

»Nein, das bin ich nicht«, sagte Miss Winthrop und errötete tief, während Clara ebenfalls die Hitze ins Gesicht stieg.

»Meine liebe Freundin Catherine aus Gloucestershire ist zu Besuch bei uns«, sagte Lavinia.

Die Brünette nickte. Ihr Blick war wachsam und wie von Traurigkeit umschattet.

»Ich erinnere mich. Sie reiten gern.«

Die braunen Augen leuchteten auf. »J…ja. Ja, das tue ich. Sie auch, wenn ich mich recht erinnere.«

»Ich reite nicht mehr so viel wie früher. Mein Mann zieht das Segeln dem Reiten vor.«

»Das ist wahrscheinlich eher unbequem, wenn man über Land reisen möchte.«

Clara lachte. Miss Winthrop hatte einen sehr netten Sinn für Humor.

Sie tauschten noch ein paar Höflichkeiten aus, dann zog Ben sie mit sich in einen kleinen Nebenraum. »So. Das war doch gar nicht so schlimm, oder?«

Wie gut dieser Mann sie kannte. »Du hattest recht. Aber glaube mir, ich habe nicht den leisesten Stich empfunden.« Er zog eine Braue hoch. »Nichts«, bekräftigte sie.

Er lachte und zog sie an sich. »Ich glaube dir.«

Natürlich. Und deshalb war sie die glücklichste aller Frauen. Sie hatte geliebt, ihre Liebe verloren und eine neue Liebe gefunden. Doch diesmal wurde ihre Zuneigung erwidert, hundertfach erwidert. Sie verdiente Benjamin nicht und auch nicht das unfassbare Glück, das sie empfand. Sie genoss die Liebe des Mannes, der sie genauso liebte wie sie ihn: frei, ohne Schuld oder Makel, jedoch in vollen Zügen.

Bens blaue Augen wurden dunkel, sein Lächeln inniger. »Sind wir jetzt lange genug hier, um uns entschuldigen zu können, damit ich meine Frau nach Hause bringen kann?«

»Bring mich nach Hause.« Sie stellte sich auf die Zehenspitzen und küsste ihn.

Sein Atem stockte. Sein Griff wurde fester. »Wie skandalös von dir, meine Liebste.«

»Nicht skandalös, nur notwendig, da du meiner Zuneigung nicht sicher zu sein scheinst, meine größte, einzige Liebe.«

Er lachte – ein Lachen, das ihr Herz mit Wärme erfüllte – und zog sie zur Tür.

Sie würden leben und nicht zurücksehen. Die Finsternis der Nacht war nur ein Zwischenspiel gewesen. Jetzt schien wieder die helle Sonne.

Nachwort der Autorin

Ich versuche in meinen Romanen stets, die Fiktion mit historischen Fakten zu verbinden, um meine Geschichten auf einen festen Grund zu stellen. Vielleicht finden Sie die folgenden Anmerkungen interessant.

Im April 1816 kam es zu einem verheerenden Ausbruch des Mount Tamora in Niederländisch-Ostindien (dem heutigen Indonesien). Dabei wurde die gesamte Vegetation der Insel zerstört. Es kam zu einem Tsunami, der auf den umliegenden Inseln über fünfzigtausend Todesopfer forderte. Der Ausbruch erreichte eine Höhe von über 43 Kilometern. Es war einer der gewaltigsten Vulkanausbrüche der Geschichte. Die Asche und anderen Partikel hielten sich monatelang in der Atmosphäre und führten zu prachtvollen Sonnenuntergängen, wie man sie Ende Juni, Anfang Juli und im September in London beobachten konnte. Das sind die herrlichen Farbspiele, die Clara in diesem Roman miterlebt. Der Ausbruch soll für ein globales Absinken der Temperatur verantwortlich gewesen sein, was 1816 in Europa und Nordamerika zu verheerenden Missernten führte und zu einem Phänomen, das als »das Jahr ohne Sommer« bezeichnet wurde und zu einer Massenmigration führte. Doch das ist eine andere Geschichte.

Der Schiffbruch der *Ansdruther* ist an den Untergang der *Arniston* angelehnt, eines britischen Ostindienfahrers auf dem Weg von Ceylon nach England, mit 378 Passagieren und Mannschaft an Bord. Das Schiff erlitt im Mai 1815 vor der Küste Südafrikas Schiffbruch. Nur sechs Personen überlebten. Diese Männer hielten fast eine Woche durch und begruben die Leichen, die angespült wurden, bis sie vom Sohn eines Bauern gerettet wurden. Man geht davon aus, dass das Fehlen eines Marinechronometers – eines wichtigen Navigationsinstruments, mit dem der Längengrad gemessen wird – die Ursache für den Schiffbruch war, denn dadurch konnte der Kapitän in einem heftigen Sturm nicht die genaue Position des Schiffs bestimmen und lief auf ein Riff auf.

Ich konnte nicht so viele Menschen umbringen (nicht einmal fiktiv), deshalb habe ich das Ganze ein wenig abgeändert.

2015 hatte ich das Glück, meine Schwester besuchen zu können, die damals in England lebte. Eine mit Eindrücken vollgepackte Rundreise führte uns nach Bath, Irland, Derbyshire, Schottland und London und auch in Brighton verbrachten wir einen Tag. Wenn Sie je Gelegenheit haben, Brighton zu besuchen, müssen Sie sich unbedingt den Royal Pavillon anschauen. Das Zeugnis der Verschwendungssucht und des zweifelhaften Geschmacks des Prinzregenten ist ein wundersames Gebilde voller chinesischer, indischer und maurischer Versatzstücke, die ein fantastisches Ganzes ergeben, das jeder Beschreibung spottet.

Die wundervolle Belegschaft im Brighton-Hove-Pavillon – insbesondere David Beevers, der Direktor des Royal Pavillons – hat uns eine in höchstem Maße aufschlussreiche Einführung in die Umbauten zur Zeit des Prinzregenten gegeben. Das Buch *The Making of the Royal Pavillon* von John Morley war eine unschätzbare Quelle für die Recherche nach präzisen zeitgenössischen Details der Innenausstattung. Wenn Sie den Pavillon heutzutage besuchen, werden Sie feststellen, dass die Einrichtung sich ein wenig von der damaligen unterscheidet, doch das liegt an späteren Umbauten und natürlich an der künstlerischen Freiheit.

Der Prinzregent (der spätere König Georg IV.), nach dem die Zeit des Regency benannt ist, war nach vielen zeitgenössischen Berichten ein Hedonist, der sein Vergnügen in Frauen, Gelagen und übertriebener Prachtentfaltung suchte. Was sein Auftreten und seine Redeweise angeht, fand ich *The Letters of King George 1812–1830*, herausgegeben von A. Aspinall, besonders nützlich.

Dank

Ich danke dir, Gott, dass du mir diese schöpferische Gabe und die wunderbare Gelegenheit, sie auszuleben, geschenkt hast. Danke, dass du uns durch das Vorbild deines Sohnes Jesus Christus lehrst zu lieben.

Ich danke dir, Joshua, für deine Liebe und Ermutigung. Du bist ein Fels in der Brandung.

Danke, Caitlin, Jackson, Asher und Tim, für euer Verständnis dafür, dass Mummy so viel Zeit in ihrer Fantasiewelt verbringt. Ich bin so dankbar, dass Gott uns mit euch gesegnet hat.

Meiner Familie, meiner Kirchengemeinde und meinen Freunden danke ich, dass sie mich immer wieder ermutigen und aufheitern. Ein ganz großes Dankeschön gilt Roslyn und Jacqueline, die so geduldig meine vielen Manuskripte gelesen und mir geholfen haben, die schwierigen Stellen zu meistern.

Ich danke Tamela Hancock Murray, meiner Agentin, die dieses kleine australische Buch auf den riesigen amerikanischen Markt gebracht hat.

Ich danke den Autoren und Bloggern in Australien und Amerika, die das Buch empfohlen und ihm die Türen geöffnet haben. Ihr seid ein großer Segen.

Ihr lieben Mitstreiterinnen bei Ladies of Influence and Ladies Who Launch: eure Unterstützung und Ermutigung ist Gold wert.

Dem großartigen Team des Verlags Kregel danke ich, dass das Vorgängerbuch hübsch aussieht und sich wunderbar liest.

Und nicht zuletzt danke ich meinen Lesern. Ich weiß Ihre Worte der Ermutigung und Ihre freundlichen Rückmeldungen sehr zu schätzen. Sie sind wirklich Gold wert. Danke, dass Sie mir helfen, das Interesse an Miss Ellisons und Lady Charlottes Schicksal auch bei anderen zu wecken. Ich hoffe, Sie haben auch an der Geschichte von Clara Freude.

Gott segne Sie.

Renate Ziegler

Berenike – Liebe schenkt Freiheit

Gebunden, 13,5 x 21,5 cm, 256 Seiten
Nr. 395.864, ISBN 978-3-7751-5864-0
Auch als E-Book

Rom 92 n. Chr. – Nach dem gewaltsamen Tod ihres Vaters wird die junge Berenike als Sklavin nach Rom verschleppt. Sie landet im Haushalt eines gefühlskalten Prätors und soll sich um seinen Sohn kümmern. Doch Berenike blickt langsam hinter die kalte Fassade des Witwers… Ein spannender, historischer Roman zur Zeit der Christenverfolgung.

Gilbert Morris

Das Schwert der Wahrheit

Gebunden, 13,5 x 21,5 cm, 464 Seiten
Nr. 395.929, ISBN 978-3-7751-5929-6
Auch als E-Book

England im 16. Jahrhundert. Myles, unehelicher Sohn einer Magd, lernt seinen adligen Vater kennen. Er findet sich in einer komplett anderen Welt wieder. Bei Auseinandersetzungen um William Tyndale, der die Bibel ins Englische übersetzt, muss er sich zwischen der Liebe und dem Glauben entscheiden. Der erste Band der Wakefield-Saga!

Carolyn Miller

Die hinreißende Lady Charlotte

Gebunden, 13,5 x 21,5 cm, 384 Seiten
Nr. 395.971, ISBN 978-3-7751-5971-5
Auch als E-Book

Der zweite Band der Regency-Romantik-Reihe von Carolyn Miller. Charlotte ist auf der Suche nach der großen Liebe, doch der Wunschkandidat Ihres Vaters entspricht ganz und gar nicht ihren eigenen Vorstellungen. Und dann ist da noch seine Vergangenheit, die die Liebe im Keim zu ersticken droht.

Jennifer Delamere

Wohin dein Herz mich ruft

Gebunden, 13,5 x 21,5 cm, 384 Seiten
Nr. 395.905, ISBN 978-3-7751-5905-0
Auch als E-Book

London 1881 – Die unabhängige Julia Bernay will Medizin studieren und Ärztin werden. Der Rechtsanwalt Michael Stephenson hat es durch harte Arbeit geschafft, dem schlechten Ruf seiner Familie zu entkommen. Ein schicksalhafter Unfall in der Londoner U-Bahn führt die beiden zusammen.